本书获得广西高校人文社会科学重点研究基地
文学与文化研究中心基金资助

明末清初戏曲『独重节烈』研究

张惠 著

中国社会科学出版社

图书在版编目（CIP）数据

明末清初戏曲"独重节烈"研究/张惠著. —北京：中国社会科学
出版社，2024.1
ISBN 978 - 7 - 5227 - 1981 - 8

Ⅰ.①明… Ⅱ.①张… Ⅲ.①古代戏曲—女性—人物形象—
研究—中国—明清时代 Ⅳ.①I207.37

中国国家版本馆 CIP 数据核字（2023）第 097279 号

出 版 人	赵剑英
责任编辑	陈肖静
责任校对	郝阳洋
责任印制	戴 宽

出 版	中国社会科学出版社
社 址	北京鼓楼西大街甲 158 号
邮 编	100720
网 址	http://www.csspw.cn
发 行 部	010 - 84083685
门 市 部	010 - 84029450
经 销	新华书店及其他书店

印 刷	北京明恒达印务有限公司
装 订	廊坊市广阳区广增装订厂
版 次	2024 年 1 月第 1 版
印 次	2024 年 1 月第 1 次印刷

开 本	710×1000 1/16
印 张	19.5
插 页	2
字 数	293 千字
定 价	109.00 元

摘　要

明末清初（天启至康熙四十年），戏曲剧本呈现出"独重节烈"的风貌。

作品方面，首先，传奇中的贞节烈女涉及各个层面，而且为了维护贞节这种信仰，不论何时何地，只要到了威胁贞节的境地，她们都不惜杀身以守身。其次，贞节烈女并不是孤独的，在她们周围环绕着诸多作为陪衬的节妇，这些次要人物形成一个强调贞烈的氛围。最后，贞节烈女的范畴除了贞节，还包括气节。贞节烈女的"所指"是丰富的多样化的，其"能指"是深刻的。

作家方面，首先，贞节烈女形象成为不同作家的共同关注和选择。其次，作家在改编原作时，根据需要作出自己的取舍，而这种删与增所本的正是贞节。再次，作家给予贞节烈女远远超出现实的光明结局以作表彰。最后，作家倾向于对礼的复归和对理的肯定。

读者方面，读者对剧作的欢迎，读者对卓文君形象的再评价，读者对作者用世深心的体察和赞赏，读者由观剧产生的深沉故国之感，从不同方面说明了对节烈的欣赏和认同。

那么，此际"独重节烈"之原因何在？明末的浇漓世风和鼎革之变，带来了反思和救世风潮，身处其中的剧作家也做出了自己的思考和回答。他们认为，明之世风日下和社稷之变，传奇有所罪焉。"心病还需心药医，解铃还须系铃人"，故而，明末清初传奇中出现了"独重节烈"倾向。

　　明末清初这段在戏曲中表现贞节烈女的潮流，不仅时间跨度长、范围广，而且作者的身份非常多元复杂——儒林、遗民、遗臣、贰臣、夹缝人、无名氏、托钵山人、仕清作家……

　　在明末清初这个时期，虽然不同"身份"的作家选择了相似的表现主题，即"贞节烈女"，然而在不同作家的笔下，又有着不同的内涵。既有誓彼柏舟、之死矢靡他的贞，也有一与之醮、终身不改的节；既有为主殉身的义烈，亦有为夫殉身的节烈，也有为父复仇的孝烈，以及为国雪耻的忠烈。明末清初戏曲中这些各自独立、丰富多元的形象，构成了恢宏的图景，造成前呼后应、此起彼落的效果，形成了事实上的"复调"，使得这种现象成为一种值得深思的存在。

　　剧作家"独重节烈"的潮流体现了"凝视"（Gaze）心理，即他人看待自己的眼光折射之后，构成了人自己的再现。戏曲中的"贞节烈女"潮流在这个特定时期，是由于父权式期待的"凝视"形塑而成。剧作家以贞节烈女自比自励从而实现救国救世的愿望，他们还有一个强有力的思想倚籍，即关盼盼之与文天祥。

　　然而，其雨其雨、杲杲出日，剧作家并未收到他们意想之中的效果。本书从演出和现实，以及经济学原理，对这种理想与现实的背离做出了探究。看似纷繁复杂的文化现象背后正是有经济规律之手的拨动。明末清初戏曲"独重节烈"潮流的云去云来和行为经济学中的禀赋效应（Endowment Effect）密切相关。

　　关键词：明末清初戏曲　独重节烈　凝视　禀赋效应

目　录

Content

第一章　绪论

　　凝视（Gaze）是心理学及文化研究中的一个用语，拉冈在《精神分析的四个基本观念》中，将凝视定义为自我和他者之间的镜映关系，即他人看待自己的眼光折射之后，构成了人自己的再现。莫薇进一步将拉冈的概念延伸，认为当女性受到男性观众的凝视，往往会以这种父权式期待的方式（如展现温柔、性感）来展现自己；而福柯则在《临床医学的诞生》和《规训与惩罚》两著作中，把凝视视为某种"建制化"的过程，都是把原本不清楚的事物变为清楚可见，因而易于加以掌控、监督、管理，这种凝视作为一种工具，成为现代社会知识体系霸权的一部分。

　　当我们用凝视（Gaze）来观察明末清初这一时期的戏曲剧本之时，会发现一个奇异、广泛而深刻的现象，即集中于表现"贞节烈女"。

第一节　本书"明末清初"时限之界定

　　明末清初是一个特殊而敏感的时代。从明初到明中晚期，虽然历经太祖的大肆杀戮功臣；燕王的靖难之变；英宗的土木堡之变、夺门之变；武宗的肆意出游、豹房荒淫；世宗的大礼仪之争，无心朝政、一心修道；神宗的争国本、廷击案；光宗的红丸案；从英宗时愈演愈烈的宦官专权；以及贯彻明王朝始终的后金（清）侵扰，明朝的基业没有根本动摇，而且经济继续向前发展，并出现了资本主义萌芽。

但是，夕阳无限好，只是近黄昏。由于异族的强盛崛起、励精图治——努尔哈赤、皇太极、多尔衮和八旗及降清汉人的上下一心，计日程功；以及明朝自身的衰落——熹宗的专为木匠之戏；魏忠贤与客氏的乱政；思宗的刚愎自用、自毁长城（杀袁崇焕、熊廷弼等人）；张献忠、李自成的农民起义，明朝终于走到了末路穷途。

世局如此，世风亦如影随形：父子不亲，兄弟操戈，追名逐利，越礼逾制，贪淫成风，教化荡然。有识之士对此时局世情蹙眉悬心，反躬自省，力图有所补救，引入正轨。然而，大厦将倾，又岂是一木可支！崇祯十七年（1644），李自成攻破北京，崇祯帝以发披面，吊死煤山。神州陆沉、鼎湖龙去，二百九十七年基业山陵崩摧！惊怖、伤痛、嗒然若丧、忽忽如狂、心胆俱裂、穷途痛哭……所有这一切都不足以形容明亡带给明人的惶惑与痛楚。固若金汤却原来不堪一击，歌舞升平片刻间尸横血溅。这种记忆和伤痕是如此的惊心与刻骨，以至于时人无法释然，难以忘记。措手不及的鼎革之变又带来一种沉重的反思和救世风潮。

"文变染乎世情，兴废系乎时序。"① 黑云压城城欲摧，渔阳鼙鼓动地来，在这种风雨如晦和天崩地解的大环境中，传奇也无法再沉醉和沉默，故而，明末清初的传奇月下密约、花间偷期的描述淡化了，取而代之的是对贞节孝烈的强调。

关于明末清初的时限界定，有学者认为："明末清初小说，大体说来是指从《金瓶梅》到《红楼梦》这一时期的作品。"② 由此而推，则明末清初的时限，是从明万历至清乾隆近二百年。谢国桢先生认为："我所说的明末清初学者所处的时期，是指着公元十七世纪，即明万历三十年以后，到清康熙四十年左右（1602—1701）这百年中。"③ 这个界定得到吴秀华先生的赞同。

---

① （南朝梁）刘勰著，周振甫注：《文心雕龙注释》，人民文学出版社 1981 年版，第 479 页。

② 司马师：《新领域在开拓中——才子佳人小说研究情况概述》，见《才子佳人小说述林》，春风文艺出版社 1985 年版，第 1 页。

③ 谢国桢：《明末清初的学风》，人民出版社 1982 年版，第 1 页。

本书对明末清初这个时期界定于天启元年（1621）至康熙四十年（1701）之间。本书如此界定缘于下列原因：百足之虫，死而不僵。明神宗朝还未真正走向不可收拾的穷途。"自万历以上，法令繁而辅之以教化，故其治犹为小康。"① 政治方面，神宗末年及光宗朝，东林党人依然在朝当事，除奸抗暴。如廷击案中刑部主事王之寀审出张差背后的主使；红丸案中给事中杨涟、御史左光斗、礼部尚书孙慎行力主李可灼进药可疑；移宫案中给事中杨涟、御史左光斗击破李选侍挟持皇太子的阴谋。

而熹宗朝正人君子消亡殆尽：熹宗朝阉党得势，把持朝野，气焰熏天，玩弄熹宗于股掌之上，如设计堕张皇后胎，公然扑杀胡贵妃，勒令冯贵人自尽，幽禁饿死张裕妃，贬李成妃为宫人等。

物以类聚，众佞来附：诸官称魏忠贤"九千岁"，甚至"九千九百岁"，在各地为魏忠贤设立生祠，甚至无耻之尤监生陆万龄请以魏忠贤配孔子，忠贤父配启圣公。

阉党党同伐异，对迫害正人君子不遗余力：天启四年（1624），杨涟上疏参劾魏忠贤。天启五年（1625），阉党反扑，六人惨遭杀害，时称"六君子"，即杨涟、左光斗、魏大中、袁化中、周朝瑞、顾大章。天启六年（1626），又有七人遇害，时称"后七君子"，即高攀龙、周顺昌、周起元、缪昌期、李应升、周宗建、黄尊素。阉党又编制《缙绅便览》《点将录》《同志录》，对列名其上的东林党人大肆杀戮，不遗余力。又编纂《三朝要典》，颠倒三案是非，定王之寀、孙慎行、杨涟为罪魁祸首。至此，东林党人被杀逐殆尽。军事上的自毁长城也与阉党专权有关：阉党欲以熊廷弼为题目构陷东林党人，故构罪诬死熊廷弼。孙承宗为魏忠贤所排斥，不得不罢职而去。

经济方面，万历末年依然派出众多矿监税使到各地征敛，其经济繁荣势头不减。苏州、杭州的资本主义萌芽持续向前发展。而天启与崇祯的农民起义造成白骨露于野，千里无鸡鸣的惨象："凡流贼蹂躏抢掠之

---

① （清）顾炎武撰，周苏平、陈国庆点注：《日知录》，甘肃民族出版社1997年版，第435页。

地，千里无烟，满目蒿草。"① 人口的减少和环境的动乱对经济造成了沉重的打击。

军事方面，明神宗朝即将结束的时候，明与后金的战略地位发生根本性的逆转：万历四十六年（1618），努尔哈赤发布"七大恨"，告天征明。万历四十七年（1619），努尔哈赤在萨尔浒山附近，与明朝发生决定辽东形势的一次大战，双方作战五日，后金大获全胜。萨尔浒之战的结果，辽东局势起了根本变化，从此明朝在军事上失去了主动进攻的力量，而后金则由防御转入进攻。

后金及清在熹宗和思宗朝步步进逼：天启元年（1621），辽沈之战，后金夺取沈阳、辽阳，不久之后，迁都辽阳。天启五年（1625），迁都沈阳。崇祯六年、七年（1633—1634），明叛将孔有德、耿仲明、尚可喜航海降金，大大增强后金的实力。崇祯九年（1636），皇太极命阿济格入长城，破昌平，焚天寿山德陵（明熹宗陵）。克城十二座，俘人口牲畜十八万。崇祯十一年（1638），多尔衮越过长城大举深入，连下四十三城。崇祯十四年（1641），洪承畴、祖大寿降清。清破松山、塔山、杏山，使明朝完全丧失再战的能力，只有坐待灭亡。

在内忧外患的情况下，天启与崇祯朝不仅出现养兵千日，用兵无人的怪现象，甚至有兵甚于贼的流毒。天启之兵无心守战："窃叹各营习操演故事，无训练实功。强弱并淆，勤惰莫辨，使壮士亦化为懦夫也。"② 崇祯朝防御之兵成为祸民之贼："有兵之处，间里皆空。未戡一二贼兵，先添万千兵贼。"③ 本来就身处左支右绌的时局，天启、崇祯帝又犯了军事上退贤进庸、杀戮忠良的错误。天启二年（1622），熊廷弼被捕下狱，后传首九边；天启六年（1626），罢免孙承宗而以怯懦无能的阉党高第为经略；崇祯二年（1629），皇太极施反间计，崇祯帝将袁崇焕下狱，不久凌迟处死。农民起义在这种焦头烂额的环境下爆发，又给

---

① 黄彰健辑：《明实录》第六十六卷《崇祯长编》，台北"中研院"历史语言研究所校印1962年版，第11页。

② 黄彰健辑：《明实录》第六十六卷《明熹宗实录卷十二》，台北"中研院"历史语言研究所校印1962年版，第18页。

③ （明）冯梦龙：《冯梦龙全集》第十七卷，江苏古籍出版社1993年版，第2页。

予熹宗和思宗朝致命的一击：天启七年（1627），爆发王二起义，拉开大起义的序幕。崇祯八年（1635），农民军召开荥阳大会，农民起义形成规模。崇祯十七年（1644），李自成攻破北京，崇祯帝自缢身亡，有明一代至此沦亡。天启和崇祯朝才是矛盾的集中爆发期和腐烂败坏不可收拾的末世，故而，将上限定于天启。

下限定于康熙四十年（1701）基于以下考虑。

在政权方面，清政府先后绞杀南明各个小朝廷，这个过程一直持续到康熙年间：顺治二年（1645），灭福王；顺治三年（1646），灭唐王；康熙元年（1662），灭桂王。

直到康熙中叶，各种抗清势力才依次被剿灭或招抚：康熙三年（1664），联合抗清的夔东十三家覆灭。

康熙二十年（1681），三藩之乱被镇压下去。康熙十二年（1673），康熙帝下令三藩俱撤，吴三桂于当年十一月反叛。蓄发、易衣冠、呼清帝为满酋，发布檄文，倡言"兴明讨虏"。虽然，吴三桂此举绝非如他所言反清复明，但除了别有用心之流的乌合响应，也确实掀起了一波不小的反清浪潮。这也证明了故国之思尚未泯灭，遇风即燃，则清廷此时，得明之人也，未得明人之心也。然而，激烈的拉锯战过后，清廷赢得了最后的胜利。康熙二十年冬，清军进入云南行省，吴三桂之孙吴世璠自杀。历时八年，波及十数省的三藩之乱被削平。

康熙二十二年（1683），台湾被收复。康熙二十二年闰六月，在玄烨的授意下，施琅统战船三百、水师二万攻打澎湖，一战而克，大获全胜。郑克塽率众薙发，登岸投降，清政府收复台湾。这时，明人忍死以望恢复的最后一线希望也破灭了。只要大清王朝没有完全统一中国疆土，那么，无论何时，还有卷土重来的机会。可是，已经是"普天之下，莫非王土；率土之滨，莫非王臣"①了。"天道无亲，常与善人"②，莫非清廷，真的是天命之主吗？现实使人不得不产生这样的怀疑。

在文化方面，对文人的拉拢与收买也直到康熙年间才见成效。《清

① 周振甫：《诗经译注·卷五 小雅·北山之什·北山》，中华书局2010年版，第312页。
② 高明：《帛书老子校注·德经 八十一》，中华书局1996年版，第217页。

史稿·选举四》述云："顺、康间，海内大师宿儒，以名节相高。或廷
臣交章论荐，疆吏备礼敦促，坚卧不起，如孙奇逢、李颙、黄宗羲辈。
天子知不可致，为叹息不置，仅命督抚抄录著书送京师。"① 当三藩败
局已显，康熙决心不再给坐观成败、逡巡犹豫的遗民文士更多考虑机会
了，康熙十七年（1678），特诏举行博学鸿词科。凡学行兼优文辞卓越
之人，不论已仕未仕，在京三品以上及科道官、在外督抚布按各举所
知，其内外各官果有真知灼见，在内开送吏部，在外开报督抚，代为题
荐，范围之广，颇有一网打尽、野无遗贤之意。于是，不要说时人舟车
奔走，甚至一些明朝的遗老遗少，也纷纷"一队夷齐下首阳"。

明朝的王室被剿灭殆尽了，没有"奉天子以讨不臣"的理直气壮、
堂堂正正了；农民军的残余武装被镇压了，再想反抗也"心有余而力
不足"了；以吴三桂为首的"三藩之乱"被绞杀了，不要说真反清，
就是假反清，也因为残酷无情的扫荡而销声匿迹了；台湾收复了，挟海
岛之一隅以抗中华的地利也失去了。清廷又广开门路，网罗人才以笼络
天下人心，不要说击楫中流，就连新亭对泣也没有人了。先朝何在？弹
冠相庆躬逢盛世的人们，是再也不会关心和回首的了。而且，定稿于康
熙三十八年（1699）的《桃花扇》在《本末》中提到："然笙歌靡丽
之中，或有掩袂独坐者，则故臣遗老也；灯炧酒阑，唏嘘而散。"② 一
声何满子，双泪落君前。先朝臣民对故国的思恋到斯也未能断绝。然
而，故臣遗老尚有几人？在康熙四十年（1701）的时候，不要说这些
遗老多已托体山阿：归庄卒于康熙十二年（1673），顾炎武卒于康熙二
十一年（1682），吴嘉纪卒于康熙二十三年（1684），王夫之卒于康熙
三十一年（1692），钱澄之卒于康熙三十二年（1693），黄宗羲卒于康
熙三十四年（1695），屈大均卒于康熙三十五年（1696），陈恭尹卒于
康熙三十九年（1700），就算自故国鼎革之日出生的晚辈，也已经近来
人事半消磨，更何况后者，早已在心理上认同了"清人"这种身份。
只有在心理上割断了与旧朝的联系，新朝的统治才能基本称得上稳固。

---

① （清）赵尔巽：《清史稿·选举四》，中华书局1976年版，第3183页。
② （清）孔尚任：《桃花扇》，人民文学出版社1963年版，第6页。

因而，权将下限定于康熙四十年（1701）。

第二节　明末清初戏曲"独重节烈"现象

对于明末清初的戏曲，研究者可谓众矣。总的来说具备以下特点：其一，偏重戏曲史、戏曲观、曲学价值。其二，偏重名家或特定作家群，如李渔、袁于令、洪升、孔尚任，苏州派等。其三，偏重单篇和小集，如《清忠谱》《比目鱼》《长生殿》《生花梦》三部曲以及《石巢四种曲》《笠翁十种曲》等。其四，偏重形象的探讨，如冯小青、佳人形象、妒妇形象等。

对于明末清初戏曲作品中的贞节问题，前人虽有所研究，但这种研究只是以某个作家或某部作品为考察对象，如《西楼记》《比目鱼》等。并且提出明末清初女性贞操观念淡化的观点，如吴秀华先生的《明末清初小说戏曲中的女性形象研究》一书，但吴秀华先生的立论基础偏重于小说。

本书则以明末清初的戏曲为观照对象，通过对比核查，认为此期戏曲存在"独重节烈"现象。根据《古本戏曲丛刊》《曲海总目提要》以及《古典戏曲存目汇考》《明清传奇综录》《古本戏曲剧目提要》诸书，明末清初已佚或仅存佚曲的传奇作品有250余部，不知下落的有十余部；天启元年至康熙四十年（1621—1701）所存传奇剧本有240余部。剧本内容主要包括时事戏、公案戏、水浒戏、三国戏、神仙道化、忠孝节烈、发迹变泰等。其中出现贞节烈女的有100余部，约占43%（其中不能确定确切年代的作品暂时按除在外。完全翻刻原作的作品也不计入，如徐肃颖《异梦记》翻刻王元寿万历四十六年（1618）同名作，《丹青记》翻刻《牡丹亭》，《丹桂记》翻刻周朝俊《红梅记》，《玉合记》翻刻梅鼎祚同名作）。当然，对"独重节烈"的判断不能仅仅建立在作品的数量上，通过全面具体的考察，发现明末清初戏曲"独重节烈"体现在以下几个方面。

从作品方面，该类型的剧本数量繁多。这种对贞节烈女的强调不是一小部分，而是比较广泛密集的存在。首先，起码有上百本戏曲剧本或多或少，或深或浅地塑造了守贞死烈的女子形象，涉及各个层面，而且为了维护贞节这种信仰，不论何时何地，只要到了威胁贞节的境地，她们都不惜杀身以守身。其次，贞节烈女并不是孤独的，在她们周围环绕着诸多作为陪衬的节妇，这些次要人物形成一个强调贞烈的氛围。最后，贞节烈女的范畴不仅仅局限于为夫守身的节烈，还包括为父报仇的孝烈，为主殉身的义烈，为国尽忠的忠烈，即除了贞节，还包括气节。贞节烈女的"所指"是丰富的多样化的，其"能指"是深刻的。

从作家方面，即使作品众多、作品中节烈人物众多，如果这些作品仅仅成于一二人之手，也并不能说明此时期剧作家对节烈有共同的关注。然而，此际的剧作家仿佛是不约而同地选择了贞节烈女作为思想的代言，或者，在对人物的处理中体现了抑淫扬贞的倾向。

如冯梦龙：《新灌园》（明崇祯间墨憨斋刻本）、《精忠旗》（明崇祯间墨憨斋刻本）、《人兽关》（明崇祯间墨憨斋刻本）、《一捧雪》（明崇祯间墨憨斋刻本）。

李玉：《一笠庵新编一捧雪传奇》（明崇祯刻本）、《一笠庵新编人兽关传奇》（明崇祯刻本）、《一笠庵新编永团圆传奇》（明崇祯刻本）、《麒麟阁》（旧抄本）、《两须眉》［清顺治十年（1653）序刻本］、《眉山秀》［清顺治十一年（1654）序刻本］、《千钟禄》（旧抄本）、《牛头山》（旧抄本）、《风云会》（清《环翠山房十五种曲》抄本所收本）、《五高风》（传抄本）、《清忠谱》（清康熙初苏州树镱堂原刻本）、《埋轮亭》（清升平署抄本）。

张大复：《如是观》［现存清康熙五十年（1711）马子元抄本，但根据张大复其他作品时期推断，此剧应属明末清初之作］、《金刚凤》（旧抄本）、《快活三》［明崇祯乙亥（1635）卞端甫抄本］、《读书声》（旧抄本）。

王罐：《秋虎丘》［清康熙十五年（1676）序刻本］。

许自昌：《灵犀佩》［明天启四年（1624）查味芹抄本］。

王元寿：《景园记》（旧抄本）（一名《石榴花》）。

袁于令：《西楼记》（明剑啸阁原刻本）、《金锁记》（清内府精抄本）。关于《金锁记》的作者，有叶宪祖和袁于令之争，根据郭英德《明清传奇综录》："《南词新谱》卷23'仙吕入双调'收录《金锁记·冤鞫》中〈辣姜汤〉曲，题'袁令昭作'，现存抄本均有此曲。《增补南音三籁·戏曲下》'天籁'中，收录《金锁记·私奠》全出〈越调·小桃红〉套，与诸抄本次序无异，曲文仅个别字有出入。"①

王翊：《红情言》（清初刻本）。

沈嵊：《息宰河》（明末且居刻本）。

刘方：《天马媒》［明崇祯四年（1631）章庆堂刻本］、《罗衫合》（清内府抄本）。

朱葵心：《回春记》［明崇祯十七年（1644）序刻本］。

郑小白：《金瓶梅》（旧抄本）。

朱九经：《崖山烈》［清康熙二年（1663）抄本］。

周公鲁：《锦西厢》（清《环翠山房十五种曲》抄本所收本）。

阙名：《金花记》（红格抄本）。

阙名：《衣珠记》（清初抄本）。

沈谦：《翻西厢》［现存明崇祯十六年（1643）刻本］。《翻西厢》作者有周公鲁和沈谦之争，孙楷第《戏曲小说书录解题》："考沈谦《东江别集》卷四，有北曲套数一首，序云：'是日演余新剧《翻西厢》。'其词有云：'俺将《西厢》孽案平反尽，费几许移花斗笋。止不过痛惜那双文，根究出微之漏网元因。'似此剧即谦所作。"②

邱园：《党人碑》（旧抄本）。

叶稚斐：《琥珀匙》（旧抄本）、《英雄概》（旧抄本）。

朱素臣：《十五贯》［清顺治七年（1650）精抄本］、《秦楼月》（清康熙间文喜堂刻本）、《翡翠园》（精写本）。

阙名：《锦蒲团》（旧抄本）（或云朱素臣作）。

朱佐朝：《艳云亭》（旧写丝栏抄本）、《夺秋魁》（清永庆堂抄

---

① 郭英德：《明清传奇综录》，河北教育出版社1993年版，第403页。
② 孙楷第：《戏曲小说书录解题》，人民文学出版社1990年版，第336页。

本)、《双和合二种》(旧抄本)、《血影石》(旧抄本)。

陈二白：《双官诰》(旧抄本)。

盛际时：《人中龙》(清抄本)。阙名：《意中人》(清顺治间刻本)。

遗民外史：《虎口余生》(现存清乾隆间抄本)。《虎口余生》序云："国朝定鼎以来，海宁奠安，迄有百岁。"似已超出本文下限的范围。但根据《明清传奇综录》考证："书前有康熙三年(1664)余生子叙及六年(1667)遗民外史序，可知遗民外史或系康熙初年人。"故归入讨论范围。

沈受宏：《海烈妇》[有"康熙九年(1670)八月二日余不乡后人书于三影堂"之《海烈妇传奇自序》，现存清道光二十一年辛丑(1841)梅花庵刻本]。

沈玉亮：《鸳鸯冢》[有"康熙己巳(1689)除夕薇岩德滋序"之〈序〉，现存清康熙间刻本]。

王夫之：《龙舟会》[同治四年(1865)的曾氏金陵刻本]。

陈轼：《续牡丹亭》(旧抄本)。

吴伟业：《秣陵春》(清顺治间振古斋刻本)。

孟称舜：《娇红记》(明崇祯间刻本)、《二胥记》[明崇祯十七年刻本(1644)]、《贞文记》(明崇祯间刻本)。

李渔：《蜃中楼》(《笠翁传奇十种》)、《意中缘》(《笠翁传奇十种》)、《凰求凤》(《笠翁传奇十种》)、《比目鱼》(《笠翁传奇十种》)、《玉搔头》(《笠翁传奇十种》)、《巧团圆》(《笠翁传奇十种》)、《慎鸾交》(《笠翁传奇十种》)。

洪升：《长生殿》[有"康熙己未(1679)仲秋稗畦洪升题于孤屿草堂"之《自序》，现存清康熙间稗畦草堂原刻本]。

孔尚任：《桃花扇》[有"康熙己卯(1699)三月云亭山人偶笔"[1]之《桃花扇传奇小引》，现存清康熙戊子(1708)初刻本]。

首先，贞节烈女形象成为不同作家的共同关注和选择。其次，作家

---

① (清)孔尚任：《桃花扇》，人民文学出版社 1963 年版，第 157 页。

在改编原作时，根据需要作出自己的取舍，而这种删与增所本的正是贞节。再次，作家给予贞节烈女远远超出现实的光明结局以作表彰。最后，作家倾向于对礼的复归和对理的肯定。这些作家的身份悬殊且复杂，有儒林、遗民、遗臣、无名氏、贰臣、"夹缝人""托钵山人"等多种类型。出生于明末，在明朝灭亡后，不仕前朝，也不仕后朝，称之为遗民，如"苏州派作家"；仕于前朝，不仕后朝，称之为遗臣，如陈轼。仕于前朝，又仕于后朝，称之为贰臣，如吴伟业。但不仕前朝，却仕于后朝呢？既非遗民，又非遗臣，又非贰臣，暂且称之为"夹缝人"，如孟称舜。以及仕清作家，如洪升与孔尚任。这些传奇剧作家生年并不相若，也并非都有鼎革之变的共同经历，但是他们的作品中却反映出这种较为相似的创作倾向。而且，由于他们出身、背景、阅历、环境都不尽相同甚至是大相径庭，这种相似的创作倾向就更值得注意。

从读者方面，这些剧作家不但在作品中塑造守贞死烈的形象，还通过"夫子自道"的题词来剖白自己的写作意图。同时，读者对剧作的欢迎，读者对卓文君形象的再评价，读者对作者用世深心的体察和赞赏，读者由观剧产生的深沉故国之感，从不同方面说明了读者不但看懂了剧作家的用世深心，更不乏赞同和鼓励。作品、作者和读者环环相扣，共同组成了一个"独重节烈"的体系。

从社会氛围方面，与这批剧作相伴随的还有一场关于贞节的大辩论，这场以归有光《贞女论》为肇始的大辩论，不但是赞同贞节者取得压倒性胜利，而且胜利者的一方主要代表为归庄——归有光的孙子。明代的归有光以反对过于苛刻不近人情的贞节、提倡人性而著称，但到了清初，孙辈的归庄却以拥护和赞同贞节著称。这并非仅仅可以归结为历史的倒退，通过对归庄文集、生平，以及胜利一方人生履历的查考，发现他们对贞节的呼吁并非仅仅是个人偏好那般简单。这场大辩论和这批剧作可以说是遥相呼应，互为表里，共同构成了那个时期的一种特殊现象。

第三节　明末清初戏曲"独重节烈"意义何在？

明末清初戏曲对节烈的强调体现在贞节烈女的形象涉及各个层面，不论神仙幽魂、后妃公主、贵妇贫女、妾婢倡优，在贞节面前，她们是一致的，也是平等的。

剧中的贞节烈女有神仙，如《蜃中楼》中的龙舜华、龙琼英。

有魂魄，如《秣陵春》中的黄展娘。

有后妃，如《千钟禄》中的中宫乌氏，《如是观》中的太后、皇后，《英雄概》中的东、西宫娘娘，《血影石》中的建文帝之正宫，《虎口余生》中的皇后、贵妃等。

有公主，如《英雄概》中的玉鸾英公主。

有郡国夫人，如《重重喜》中的吴国夫人。

有相国夫人，如《翻西厢》中的崔夫人，《非非想》中的项夫人。

有尚书夫人，如《回春记》中的王氏。

有散官之妇，如《一捧雪》中的莫夫人，《永团圆》中的陶氏，《罗衫记》中的郑氏，《倒鸳鸯》中的金氏等。

有寒门荆妇，如《景园记》中的无名氏，《绿牡丹》中的钱氏，《金瓶梅》中的宋氏，《金花记》中的胡氏和娄金花，《眉山秀》中的无名氏，《金刚凤》中的无名氏和铁氏，《夺秋魁》中的姚氏，《双和合》中的宗氏，《海烈妇》中的海凤姑，《鸳鸯冢》中的戴氏等。

有千金小姐，如《灵犀佩》中的梅琼玉，《贞文记》中的张玉娘，《红情言》中的卢湘鸿，《翻西厢》中的崔莺莺，《秣陵春》中的黄展娘，《巧团圆》中的曹小姐，《景园记》中的罗惜惜，《鸳鸯梦》中的崔娇莲等。

有贫家女儿，如《灵犀佩》中的窦湘灵，《金锁记》中的窦端云，《天马媒》中的裴玉娥，《二奇缘》中的张淑儿，《读书声》中的戴润儿等。

有妾，如《一捧雪》中的雪艳娘，《锦蒲团》中的查蟾儿等。

有婢，如《衣珠记》中的荷珠，《秦楼月》中的绣烟，《双官诰》中的碧莲等。

有烟花女子，如《天马媒》中的薛琼琼，《秦楼月》中的陈素素，《意中缘》中的林天素，《玉搔头》中的刘倩倩，《慎鸾交》中的王又嫱，《鸳鸯梦》中的平蔼如，《桃花扇》中的李香君等。

有戏子，如《比目鱼》中的刘藐姑等。

明末清初传奇剧本中不惟节烈女子众多，而且行为之酷烈令人咋舌，包括自缢、投井、溺池、跳河、沉江、蹈海、自刎、吞金，举火自焚等等。

为什么此时期的节烈形象如此广泛且惨烈？明末的浇漓世风和鼎革之变，带来了反思和救世风潮，身处其中的剧作家也做出了自己的思考和回答，他们认为，明之世风日下和社稷之变，传奇有所罪焉。"心病还需心药医，解铃还须系铃人"，故而，明末清初戏曲中出现了"独重节烈"现象。因此引发了一个疑问，这种现象究竟意义何在？

其一，我们要思辨的是，固然"贞节烈女"在现代社会被认为是封建、腐朽的观念，然而陈寅恪先生曾经说过，对历史人物要有"了解之同情"，虽然我们未必能够"还原历史"，但是将某些观念放置于当时的社会环境内，有助于我们更充分地认清其多面性。"贞节烈女"作为男性书写的对象，也是男性"凝视"（Gaze）的客体。虽然其本质是具备了社会话语权的雄性（Male）保护私有财产的本能使然，但经过代代传承和强化，使之成为一种"美德"的体现。而女性予以认同，也会以受到这种父权式期待的方式（如死烈、守贞、守节）来展现自己，当然这是以女性身体和心灵的巨大摧残为代价，但在史书立传、朝廷旌表、官府免役、地方揄扬的社会风气下，"贞节"是作为"美德"被肯定和认同的。同样，作为书写者的男性，也有着"香草美人"自比的传统和"姜妇"情结，相比于他们效忠的国朝和帝王来说，他们也是一种"女子"，同样要"守身如玉"，而在朝代鼎革之际，最高的标准也是"杀身成仁""宁死不屈"和"绝不变节"，这和他们提倡的女子"死烈、守贞、守节"其实是一致的。以此而观，那些男性剧作家所创作出来的"独重节烈"剧本，则不可以封建、腐朽一言以蔽之，而应由表及里，探析其深层的文化心理和社会意义。

其二，这些剧作家相信能够"以此救世"是否太过不切实际？这必须又要回到传承不绝于缕的"礼乐"传统。《礼记·乐记》早已将音乐和国家兴衰联系在一起："凡音者，生人心者也。情动于中，故形于声，声成文，谓之音。是故治世之音，安以乐，其政和。乱世之音怨以怒，其政乖。亡国之音哀以思，其民困。声音之道，与政通矣。"① 在剧作家看来，是人欲放纵导致礼崩乐坏进而导致亡国破家，明代的剧作太多倚红偎翠、弄粉调朱，淡化甚至放弃文学社会责任，因此，他们要恢复"正声"，呼吁甚至是主动担负起文学社会责任。戏曲由于具有抒情和叙事双重功能，并有长达几十折的巨大容量，而且，又有"撰曲者不化身为曲中之人，则不能为曲"② 的独特写心功能，因此可以成为一种合适的"工具"。

这种不同剧作家的相似创作倾向，有异族入主饱经丧乱的时代大背景的投影，致使"救民于水火之心"③ 贯注于文学创作；也有作者自身个人经历的烙印，使其自觉不自觉地在作品中自况、追悔或是补救。其外化就是对文学社会责任的重新强化和担负。这些剧作家创作倾向相似地表现出对贞与理的咏赞和皈依，则是以一种"反动"来对抗明中后期以来传奇过于强调"主情""反礼"侵蚀社会风气造成时运日降堤溃江决的恶果。因此，剧作家以贞为形象，以理为内核，试图重新维系人心和社会体制。

---

① （汉）郑玄注，（唐）孔颖达疏，李学勤主编：《十三经注疏·礼记正义》，北京大学出版社1999年版，第1077页。

② （清）孟称舜辑：《古今名剧合选》，《古本戏曲丛刊四集》，北京图书馆出版社1998年版，第1页。

③ （清）顾炎武：《与人书三》，（清）顾炎武撰，华枕之点校：《亭林文集》卷四，中华书局1983年版，第91页。

第二章　儒林作家：以王夫之《龙舟会》为中心

第一节　《龙舟会》之故事流变

《龙舟会》在《船山遗书》中第七十四卷，是王夫之（1619—1692）留存的唯一称得上是俗文学的作品，主要敷演小娥的父亲和丈夫遇害，给她托梦两个杀人凶手的姓名是"车中猴，门东草；田中走，一日夫。"小娥不解其谜，四处询问，后李公佐用拆字法告诉她，"申属猴，车字去了上下两横，中间是个申字。门下东字，上加草头，是个兰字。田字中间一竖，走上走下，也是申字。一字加夫字，又加日字，是春字。明明是申兰申春两个人姓名"。① 小娥女扮男装投入申兰门下，寻机手刃了仇人，为父亲和丈夫报仇雪恨。

然而这部《龙舟会》，其子王歌称之为"诗出"。冯沅君也指出："明清杂剧与金元杂剧有着显著的差别，就是其中上品往往与抒情诗接近，它们常是作者富有诗意的自白。"② 孙楷第云："夫之之意不唯咏事，实以寄慨。"③ 因此，《龙舟记》是王夫之的寄托之曲，作为硕儒，他为什么选择写一部主题为女子复仇的杂剧？又寄托了什么感慨？

---

① （清）王夫之：《船山全书》，岳麓书社1995年版，第900页。
② 冯沅君：《记女曲家吴藻》，《古剧说汇》，商务印书馆1947年版，第394页。
③ 孙楷第：《戏曲小说书录解题》，人民文学出版社1990年版，第331页。

梁启超曾说:"王船山为清初大师之一,非通观全书不能见其精深博大。"① 因此,他的杂剧《龙舟会》的真正意蕴也必须联系其史学、哲学以及生平、家事,才能领悟到其真意。

谢小娥为父亲丈夫报仇之事,首见于唐李公佐的传奇《谢小娥传》。唐末李复言作《续玄怪录》,有"尼妙寂"一则,亦记谢小娥事。北宋初修《新唐书》,采其入《列女传》。南宋王象之《舆地纪胜》中"江南西路临川军"条,亦记载了此事。明代凌濛初话本小说《初刻拍案惊奇》,有《李公佐巧解梦中言 谢小娥智擒船上盗》一则,衍生成更详细的故事。

王夫之的《龙舟会》,看似和小说与史传中对谢小娥复仇之事的描写改动不大,只是把文体改为了戏曲,主体情节没有任何改变,但是细读之下,对于李公佐为小娥解谜的时间、小娥报仇的时间、小娥父亲与丈夫的名讳、太守对小娥案件的处理等多处都进行了改写。而这些改写并非率然之举,而是深思熟虑、深有寄托,其中蕴含了王夫之的家恨国仇,借女性救国、男性无能以讽世,并最终以失落告终。

表2-1   关于谢小娥报仇的各版本重要细节改写

出处	主人公名	父名	夫名	遇害时间	解谜时间	小娥杀贼时间	小娥具体擒贼经过	主审官及具体行为
《太平广记》卷四百九十一	谢小娥	隐名商贾闾	段居贞	不详	元和八年春	时元和十二年夏岁。"或一日"(也就是并非一个特殊的节令)	小娥潜锁春于内。抽佩刀,先断兰首。呼号邻人并至。春擒于内,兰死于外	浔阳太守张公。善其志行。为具其事,上旌表。乃得免死
《幽怪录》	叶妙寂。变男装易名"士寂"	叶昇	任华	唐贞元十一年春	贞元十七年	永贞二年重阳(擒贼是在一个特殊的节日——"重阳")	二盗饮既醉,士寂奔告于州,乘醉而获(并没有手刃仇人,而是报官)	

_____

① 梁启超:《国学入门书要目及其读法》,《饮冰室合集》第九册《饮冰室专集》,中华书局1989年版,第7页。

出处	主人公名	父名	夫名	遇害时间	解谜时间	小娥杀贼时间	小娥具体擒贼经过	主审官及具体行为
《新唐书》卷二百五《列女传》第一百三十	谢小娥	不见记载	段居贞	不详	不详	不详	小娥闭户,拔佩刀斩兰首,因大呼捕贼,乡人墙救,禽春	刺史"张锡""嘉其烈,白观察使"
《类说》卷十一《幽怪录·申兰申春》	叶妙寂	叶昇	任华	不详	不详	不详	二盗既醉,妙寂奔告有司而获之	不详
《类说》卷二十八《异闻集·谢小娥传》	谢小娥	不详	段居正	不详	元和八年	"他日"(也就是并非一个特殊的节令)	会群盗夜宴,沉醉。娥抽刀斫兰首,呼号邻人并禽春	
《枣林杂俎·和集·幽冥录》	谢小娥	父为广州兵官(姓名不详)	仅父遇害,不言有夫	不详	不详	李员外生日	害父之贼为"盐商李员外","俟生日,举家酣醉,持刀尽杀之"	
《真珠船》卷五《谢小娥》	姓名乃谢小娥,不作叶妙寂		夫为段居贞,亦非任华	不详	不详	不详		
《初刻拍案惊奇》第十九卷《李公佐巧解梦中言谢小娥智擒船上盗》	谢小娥男装时改名谢保	隐名在商贾间	段居贞	不详	元和八年春	"忽然一日。"申春"今日江上获得两个二十斤来重的大鲤鱼,不敢自吃,买了一坛酒,来与大哥同享。"张公上表为小娥请免死的时间为"元和十二年四月",则杀盗一定不迟于四月。亦即必不是端午节	衣襟内拔出佩刀,把申兰一刀断了他头。欲待再杀申春,终究是女人家,见申春起初走得动,只怕还未甚醉,不敢轻惹他。忙走出来邻里间,叫道:"有烦诸位与我出力,拿贼则个!"	太守道:"法上虽是如此,但你孝行可靠,志节堪敬,不可以常律相拘。待我申请朝廷,讨个明降,免你死罪。"

续表

出处	主人公名	父名	夫名	遇害时间	解谜时间	小娥杀贼时间	小娥具体擒贼经过	主审官及具体行为
《龙舟会》	谢小娥男装时名李小乙	谢皇恩	段不降	不详	贞元十二年二月	端阳佳节	〔入内取刀先杀孚，众惊起爬跌，追赶尽斫杀介〕贼子冤仇已报，俺且除下这头巾，换了女衣，割下申兰申春两颗头，望空浇酒祭告爹爹段郎者	江州刺史钱为宝着地方将贼人尸首，撺入江中去，一面差人收查贼赃入官，这妇人不消羁管，任他去罢

第二节　为君父复仇之孝烈幻梦

第一，《龙舟会》寄托了王夫之的家恨。在有关谢小娥报仇的各种记载中，对于小娥手刃仇人的时间，有的并没有给出一个具体的时日，杀贼的时间为"或一日"①，也就是并非一个特殊的节令；有的写是在大盗的生日，"俟生日，举家酣醉，持刀尽杀之"②；有的写在重阳节，如"永贞二年重阳，二盗饮既醉，士寂奔告于州，乘醉而获"③。

没有写具体的时日是可以理解的，因为谁也无法预料什么时候盗贼会放松警惕，成为一个合适的报仇时间。放在盗贼的生日也是可以理解的，因为在生日之际，手下贼众前来拜寿，有利于一网打尽，同时生日又会有宴席，盗贼们饮酒喝醉，才有可乘之机。放到重阳那一天，是"待到重阳日，还来就菊花"，重阳有饮酒的习俗，方便小娥下手。

但是这三种时间王夫之都没有采纳，而是放在五月端午这一天。其一，对于戏剧表演来说，不论是大盗的生日，或者是重阳节，他们的服

---

① 谭正璧：《三言二拍资料》，上海古籍出版社 1980 年版，第 667 页。
② 谭正璧：《三言二拍资料》，上海古籍出版社 1980 年版，第 672 页。
③ 谭正璧：《三言二拍资料》，上海古籍出版社 1980 年版，第 669 页。

装不会有很大的改变；而且即使是拜寿或者赏菊，舞台表现也是偏静态的。但是五月端午赛龙舟之际，大家的服饰比较统一，服采也比较鲜明；而且赛龙舟也是动态的，"龙舟队队逞英豪，擂鼓摇旗莽叫号"①，会取得更好的舞台效果。其二，对于情节发展逻辑来说，赛龙舟是在水上，小娥的父亲和丈夫遇害也是在水上，相似的场景将会唤起小娥深刻的仇恨。再者，重阳节是一个敬老和思亲的节日，但是对于小娥来说，还有何老可敬，何亲可思？端午节是一个和死亡有关的节日，本身就源起于屈原投江。屈原的投江照应了小娥的父亲和丈夫受屈死于水中，而选择五月端午手刃两个仇人则是以牙还牙，以血还血。其三，更深层次的是，王夫之特意选择五月端午这一天，是跟他自己的家事有着深刻联系的。顺治四年（1647）五月，清军攻陷衡州，王夫之全家逃散，父王朝聘、叔王廷聘、二兄王参之及叔母在战乱中死亡。王夫之的父亲王朝聘嘱其子女要抗清到底。正是在五月的时候，他的父亲、叔父、兄长、叔母遭遇清军，惨遭杀害，国破家亡！王夫之与父亲感情深厚，当年张献忠以他父亲为质，逼他来降。

> 夫之自引刀遍刺肢体，舁往易父。贼见其重创，免之，与父俱归。②

因此，他选择五月端午那一天，是希望自己化身小娥，能够亲手报仇。在现存所有小娥报仇的版本中，小娥或者是向官府汇报了两个仇人的踪迹，让官府把两人擒拿究治。或者是杀了申兰，而将申春交给官府。只有王夫之的《龙舟会》是小兰亲手杀了两个仇人，毫不假手他人，这应该也是王夫之快意恩仇的寄托。

第二，《龙舟会》寄托了王夫之的国仇。在王夫之的文艺理论中，强调文学对社会现实的讽喻作用。他曾经称赞《诗经》中的"齐诗"

---

① （清）王夫之：《船山全书》，岳麓书社 1995 年版，第 906 页。
② （清）赵尔巽：《清史稿》，中华书局 1977 年版，第 13106 页。

"能使人作,是故其夸也,一往有余而意不倦也。① 在"含蓄"之外,他也推崇"直截":"诗教虽云温厚,然光昭之志,无畏于天,无恤于人,揭日月而行,岂女子小人半含不吐之态乎?《离骚》虽多引喻,而直言处亦无所讳。"② 《龙舟会》的风格正是"直截"多于"含蓄","一往有余而意不倦"。《龙舟会》的创作意图正是为了"使人作","正而(尔)国"。康和声《龙舟会杂剧序》指出其"乃借小娥诡服为男托佣申家报仇之事,以暗示后来假手复国之计。其词丽,其志苦,其计亦良非迂"③。

现存谢小娥报仇的版本中,有的并没有写李公佐帮她解谜的时间和小娥报仇雪恨的时间,但是在《太平广记》和《初刻拍案惊奇》中,都写清楚了确切的时间,解谜是在"元和八年春"④,报仇是在"元和十二年"⑤。但是王夫之的《龙舟会》非常确切地写了两个时间:李公佐帮助谢小娥解谜的时间是"贞元十二年二月",谢小娥报仇的时间是"贞元十五年"。

> 自别恩官,换了男妆,捏个名字叫李小乙,抓寻到江州,果有申兰申春二人名姓不错。
>
> 〔末〕果不错么,你却怎生?
>
> 〔旦〕俺便投入他家佣工,尽心奉承他三年,却寻着父亲丈夫血衣和印记包单,一心杀他,未得其便。
>
> 〔末〕是难是难。
>
> 〔旦〕恰遇端阳佳节,两个贼徒,引四个倭罗,一堆儿饮酒,俺小意儿劝他醉倒了,只消一把刀,送了这孽障,报了这冤。⑥

---

① (清)王夫之:《诗广传》卷二,中华书局1964年版,第44页。
② (清)王夫之:《夕堂永日绪论内编》三十七,见《船山全书》,岳麓书社1995年版,第836页。
③ (清)康和声:《龙舟会杂剧序》,载(清)王夫之《龙舟会》,郑振铎《清人杂剧二集》,民国二十三年长乐郑氏影印本。
④ 谭正璧:《三言二拍资料》,上海古籍出版社1980年版,第666页。
⑤ 谭正璧:《三言二拍资料》,上海古籍出版社1980年版,第667页。
⑥ (清)王夫之:《船山全书》,岳麓书社1995年版,第915—916页。

元和和贞元是两个完全不同的年号，元和是唐宪宗的年号，贞元是唐德宗的年号，王夫之不会犯下混淆年号这样低级的错误；而且他还把时间写得这么精确，那么他的用意何在呢？

当查看《资治通鉴》德宗神武圣文皇帝的记载，我们将会发现贞元这两年中，出现了两个特别重大的事件。贞元十二年（796），吐蕃攻打唐朝，"壬子，吐蕃寇庆州"[①]。贞元十五年（799），唐朝抵御住了吐蕃。"吐蕃众五万分击南诏及嶲州，异牟寻与韦皋各发兵御之，吐蕃无功而还。"[②] 因此，王夫之是暗中照应了史实。

当我们再查看王夫之自己书写的《读通鉴论》对唐德宗的评论，将会发现他把谢小娥报仇事件，从唐宪宗时期提前到唐德宗时期，是以唐德宗喻明思宗。

唐宪宗身正令行、整顿朝纲、大有作为，不仅结束了德宗朝以来的藩镇跋扈局面，还呈现出"元和中兴"的气象。而唐德宗朝是安史之乱后唐王朝的又一次天下大乱时期，除有田悦、李怀岳、李正己、梁崇义四镇之乱外，还有朱泚泾原兵变及李怀光叛乱等。贞元是唐德宗把唐代两个有为君主的年号贞观和开元两个年号合并而成，寄寓了他希望自己成为有为之君，这一点也和明思宗朱由校宵衣旰食，希望有所作为的形象是比较相似的，甚至唐德宗的性情和为君之道也和明思宗相仿：

> 德宗之为君也，躁愎猜忌，以离臣工之心，而固无奢淫惨虐之暴行以失其民，故乱者自乱，德宗固居然四海之瞻依也。[③]

但是唐德宗时期又是一个特别吊诡的时代。大臣们或者身亡，或者相互攻讦，互相推诿，最终导致几乎无人可用：

> 卢迈得风疾，庚子，贾耽私忌，宰相绝班，上遣中使召主书

① （北宋）司马光:《资治通鉴》，中华书局1956年版，第7575页。
② （北宋）司马光:《资治通鉴》，中华书局1956年版，第7585页。
③ （清）王夫之:《读通鉴论》，中华书局1975年版，第842页。

承旨。①

丙午，户部书尚、判度支裴延龄卒，中外相贺，上独悼惜之。②

唐德宗希望有所作为，但他的行为又每每与之相反：

初，上以奉天窘乏，故还宫以来，尤专意聚敛。藩镇多以进
奉市恩，皆云"税外方圆"，亦云"用度羡余"，其实或割留常
赋，或增敛百姓，或减刻吏禄，或贩鬻蔬果，往往私自入，所进
才什一二。③

最终导致他有心无力，事与愿违，甚至与他的愿望背道而驰，这些
也都和崇祯朝比较相似。崇祯帝拒绝逃走，身殉社稷，吊死煤山。王夫
之对崇祯帝充满爱怜悲伤，以至于"数日不食，作《悲愤诗》一百韵，
吟已辄哭"④。但是，王夫之在《读通鉴论·唐德宗》中指出，"唯唐之
君臣，不倡死社稷之邪说，沮卷土重来之计"⑤，故而唐德宗能够仓皇
北出之后平定群逆，兴复唐朝，因此，王夫之将历史上发生在唐宪宗朝
的谢小娥事件提前到唐德宗，寄寓了他对明朝的祝祷。

在现存谢小娥报仇的各个版本中，叫叶妙寂是误用，真实姓名应该
以谢小娥为是。她的父亲在《新唐书》中没有出现姓名，在《太平广
记》的记载中，"隐名商贾间"⑥。她的丈夫在《新唐书》卷二百五
《列女传》第一百三十中和在《太平广记》卷四百九十一中叫"段居
贞"，在《类说》卷二十八《异闻集·谢小娥传》叫"段居正"。但
是，王夫之给了她的父亲和丈夫特殊的姓名，父亲叫"谢皇恩"，丈夫
叫"段不降"，也就是感谢皇恩浩荡，以及断然绝不投降之意。小娥改

① （北宋）司马光：《资治通鉴》，中华书局 1956 年版，第 7575 页。
② （北宋）司马光：《资治通鉴》，中华书局 1956 年版，第 7575 页。
③ （北宋）司马光：《资治通鉴》，中华书局 1956 年版，第 7572 页。
④ （清）王夫之：《船山全书》，岳麓书社 1996 年版，第 809 页。
⑤ （清）王夫之：《读通鉴论》，中华书局 1975 年版，第 842 页。
⑥ 谭正璧：《三言二拍资料》，上海古籍出版社 1980 年版，第 666 页。

成男装之后改为什么姓名？其他的版本都没有写，《初刻拍案惊奇》中说她改名为"谢保"。《龙舟会》中则让她连姓也改了，叫作"李小乙"。不让小娥姓谢，主要原因不是为了让盗贼们减少对她的怀疑，而是这个李姓有特别的含义，它是唐朝的国姓。所以，当谢小娥改名为李小乙报仇的时候，她就不单单是一个女子为父亲为丈夫报仇的故事，而是寓意了唐朝的子民为自己的国家报仇。

这种国族的寓意在在皆是，比如小孤神女的感叹："大唐国里忘忠孝，指点裙钗来报冤。"①

再如申兰、申春与其他四贼笑诨道："咱若有这些闲气力，则教李官家穿不稳衮龙袍。"② 之前关于谢小娥报仇的记载中，申兰、申春只不过是江洋大盗，绝没有悖逆夺位之心。但是《龙舟会》中，他们则成为觊觎皇位的乱臣贼子。

又如小娥的唱词，在手刃仇人之际，她唱道："高辛女权混入盘瓠队。"③ 其中高辛是华夏民族的称谓，而盘瓠则是对蛮夷少数民族的称谓。

帝喾（前2275—前2176），高辛氏，姬姓，名俊，华夏族。生于高辛（今河南省商丘市睢阳区高辛镇），故号高辛氏，黄帝曾孙，上古时期部落联盟首领，五帝之一，前2245年（颛顼78年）时年30岁的姬俊继承帝位，成为天下共主，以亳（今河南商丘）为都城，以木德为帝，号高辛氏，当年改元为帝喾元年。前2245—前2176年在位，深受百姓爱戴。享寿100岁，死后葬于故地高辛。春秋战国后，被列为"三皇五帝"中的第三位帝王，帝喾前承炎黄，后启尧、舜，奠定华夏根基，是华夏民族的人文始祖，

据《后汉书·南蛮传》、晋干宝《搜神记》等书记载，远古帝喾（高辛氏）时，有老妇得耳疾，挑之，得物大如茧。妇人盛于瓠中，覆之以盘，顷化为龙犬，其文五色，因名盘瓠。"时帝有畜狗，其毛五采，名曰盘瓠"。盘瓠，一作槃瓠，又称为葫芦狗，是古代中国南方民族传

---

① （清）王夫之：《船山全书》，岳麓书社1995年版，第892页。
② （清）王夫之：《船山全书》，岳麓书社1995年版，第906页。
③ （清）王夫之：《船山全书》，岳麓书社1995年版，第910页。

说中的神犬，盘瓠死后，"其后滋蔓，号曰蛮夷"，为传说中瑶族、畲族的祖先。

不管是唐代的史书还是《太平广记》，都没有记载谢小娥和申兰、申春分属于不同的民族。而且这些记载中，无论是语言、服饰还是行为，都没有反映申兰、申春属于少数民族。因此说申兰、申春这些大盗是蛮夷民族，是王夫之的再创作，是影射了后金对汉族的屠戮。

第三，把报仇的希望寄托在女子身上，这反映了王夫之对现实的深深失望。王夫之的《龙舟会》中，出现了三种他所批判的男性官员，一种是以钱为宝为代表的贪墨的官员，一种是连妓女也比不上的厚颜无耻的投降派，第三种是以李公佐为代表的不作为的官员。这些官员们或者无耻，或者无能，或者不作为，逼迫谢小娥无奈只能依靠自己微弱的力量。

无耻的官员是钱谦益等投降派。王夫之说："大唐家九叶圣神孙，只养得一伙胭花贱。"[1] 疑似这讽刺的是以钱谦益为首的投降派，现实情况则是一干重臣甚至还比不上烟花妓女。明朝破亡之际，名妓柳如是劝钱谦益殉国，钱谦益本来答应了，但是在投水的过程中反悔上岸，借口水太凉，反而是柳如是奋身投入荷花池，身殉未遂。

> 乙酉五月之变，柳夫人劝牧翁曰："是宜取义全大节，以副盛名。"牧翁有难色。柳奋身欲沉池水中，持之不得入。其时长洲沈明伦馆于牧斋家，其亲见，归说如此。[2]

名妓顾横波也曾劝丈夫忠君守节、以死殉国：

> 甲申，流寇李自成陷燕京，事急时，顾谓龚若能死，已请就缢，龚不能用，有愧此女矣。[3]

---

① （清）王夫之：《船山全书》，岳麓书社 1995 年版，第 917—918 页。
② 金嗣芬：《板桥杂记补》，南京出版社 2006 年版，第 131 页。
③ 龚斌、范少琳：《秦淮文学志》，黄山书社 2013 年版，第 1542 页。

　　可龚鼎孳却舍不得自己的前途和美满家庭,以至于终为贰臣,还把没有殉节的原因推之于顾横波:"我原欲死,奈小妾不肯何"①。

　　因此,虽然王夫之没有在《龙舟会》中指名道姓地批判钱谦益、龚鼎孳等人,但是这些唱词已经深刻地涵括了:"王右丞称觞在凝碧池,源少卿拜舞在白华殿。破船儿没舵随风转,棘钩藤逢人便待牵。羞天花颜面愁,人见叩头,虫腰肢软似棉堪怜。翻飞巷陌乌衣燕,依然富贵扬州跨鹤仙。"②

　　无能的官员是钱是宝等害民官。在原作中,太守张公是一个正面的形象,他不仅为小娥上表请求免除死罪,还为她请求旌表:"时浔阳太守张公。善其志行。为具其事,上旌表。乃得免死。"③《新唐书》中还载明了张公的姓名及行为,刺史"张锡""嘉其烈,白观察使"④,说明张公实有其人,实有嘉行。但是《龙舟会》把张公改名为"钱是宝",并把他从一个正面形象改写为一个彻头彻尾的反面形象。他放走小娥并不是觉得小娥杀人是为父报仇情有可原,而是觉得这样硬棒的女人不好惹。他下令把申兰、申春的尸体推入江中,并不是有除恶务尽之心,而是毁尸灭迹,不用向上司汇报,从而可以把申兰、申春的家产籍没入官,实际上落到自己手里,从而照应了这个"钱是宝"的名称。

　　　　一来这妇人硬棒不好惹,二来李判官是上司参佐,三来不行申报,那贼家中赃物便入官。〔转身介〕叫保长,他既有赃据,着地方将贼人尸首,擤入江中去,一面差人收查贼赃入官,这妇人不消羁管,任他去罢。⑤

　　同时,这也呼应了一开始小娥得知申兰、申春是自己的杀父仇人却不肯报官,是因为知道官府根本不会替她申冤,反而有可能将她究治。

①　(明)冯梦龙:《甲申纪事》,(台北)"中央"图书馆1981年版,第37页。
②　(清)王夫之:《船山全书》,岳麓书社1995年版,第916页。
③　谭正璧:《三言二拍资料》,上海古籍出版社1980年版,第667页。
④　谭正璧:《三言二拍资料》,上海古籍出版社1980年版,第670页。
⑤　(清)王夫之:《船山全书》,岳麓书社1995年版,第912—913页。

钱是宝最后的行为说明了小娥的判断是正确的。一来印证了小娥的聪明才智，二来说明了整个官场的黑暗。因为在凶徒伏法，人证物证确凿的情况下，官员还是这样胡乱判案，更不用说那些既无才智又无力量的蒙冤小民了。

李公佐也成了王夫之批评的对象，"孤负了我做大丈夫的，挽苍虬，带吴钩，无力相援，只待听雌龙夜吼"①。一开始，这或许是令人意外的。因为一来是李公佐帮助谢小娥解出了"车中猴，门东草；田中走，一日夫"的谜底是申兰、申春，否则的话，小娥永远不会找到，或者要更晚才能够找到她的杀父和杀夫仇人。二来小娥的父亲和丈夫遇害的时间和地点都不在李公佐的任期和辖区内。责难李公佐的理由何在？又有什么深意呢？这种看似矛盾的处理，其实联系一下王夫之的天下观就可以理解了。《龙舟会》中的李公佐代表了"有才干却不作为的官员"。当他解出了杀人凶手是申兰、申春，难道他不应该进一步去追查，把凶徒绳之以法吗？虽然说小兰父亲和丈夫遇害的时间和地点不在他的任期和辖区之内，但是为官不应该为民做主吗？虽然我们可能用现实的规则，觉得李公佐"不在其位不谋其政"，王夫之这种指责是责之过严，责之无据。然而用大天下观来衡量，就犹如"楚人失弓，楚人得之"，既然受惠的是百姓，那么官员又怎么能以不是自己任期和辖区的百姓为由就不追查呢？在王夫之的《龙舟会》里，李公佐就代表了明朝末年那些有能力，却不作为的官员。事不关己，高高挂起，斤斤计较于"不在其位、不谋其政"的小节，完全不明了"天下兴亡，匹夫有责"的大义。因此，最终只能靠女性来"救国"：

> 这贼呵，仗凶威自占了浔阳一霸。杀将来全不消八阵六花。轻轻的埽尽妖氛刚半霎。定不争差。何须惊诧。列位看官们，你休道俺假男儿洗不尽妆阁旧铅华。则你那戴须眉的男儿元来是假。②

---

① （清）王夫之：《船山全书》，岳麓书社 1995 年版，第 903 页。
② （清）王夫之：《船山全书》，岳麓书社 1995 年版，第 913 页。

《太平广记》中最后对谢小娥的评论应该是王夫之这样塑造的立意之所在。

> 君子曰："誓志不舍，复父夫之仇，节也；佣保杂处，不知女人，贞也。女子之行，唯贞与节，能终始全之而已，如小娥，足以徵天下逆道乱常之心，足以观天下贞夫孝妇之节。"①

妇人女子尚且知道为父亲为丈夫报仇，那么这些男性官员们难道不知道为国报仇吗？难道男子们保家卫国，会比一个弱女子乔装改扮为男子投入仇人门下伺机报仇更难吗？在现实中王夫之以谢小娥自励，投入抗清斗争期待能够像龙舟会那样手刃仇人，保家复国，希望清朝能够灰飞烟灭，贰臣们没有好下场，"做贼称雄也枉然，不见安禄山建号称天，到头只是刀头死，只羞杀王维与郑虔"②，但是有更多的男子，他们选择了忘却前朝之恩、国破家亡之恨，屈膝投降，弹冠相庆。最终，清朝的统治稳固了，王夫之的期待——《龙舟会》报仇复国成为奢望和梦想。

第三节　大唐国里忘忠孝，指点裙钗来报冤

《龙舟会》暗寓了王夫之的家仇，还有两处内证，那就是反复用了屈原和伍子胥的典故。这些典故，两处是明用，两处是暗用。

明用为第三折："【一剪梅】：屈原江水子胥潮，自古难消，今日须消。如霜一把报仇剑，生在今朝，死在今朝。"③

暗用为第二折"问谁是吊北渚灵均哀郢"，以及"【绵搭絮】你须把妆楼远望，一笔儿勾，做一个吴市吹箫佩蒯缑。"④

---

① 谭正璧：《三言二拍资料》，上海古籍出版社1980年版，第668页。
② （清）王夫之：《船山全书》，岳麓书社1995年版，第893页。
③ （清）王夫之：《船山全书》，岳麓书社1995年版，第904页。
④ （清）王夫之：《船山全书》，岳麓书社1995年版，第902页。

就《龙舟会》四折的体例而言，四次引用这个密度算很高的了。屈原死于五月，伍子胥则是父兄被杀之后立志复仇，"楚并杀奢与尚也"，伍子胥只身逃往吴国，到吴国后受到阖闾重用，发兵击败楚国，破楚都城郢。这些与王夫之父兄被杀于五月他立志复仇的情形比较相似。

由此引来一个疑问。既然伍子胥和他的相似度如此之高，那么他写杂剧的时候，为什么要写《龙舟会》而不直接选择伍子胥来表现呢？有的说法认为选择谢小娥这样的烈女有助于王夫之逃脱清朝严厉的迫害。"冒烈女之名，而不犯当时文网之忌，虽曰小本戏曲，以视庄言法语，明垂教戒，启发尤深。"① 这种说法有一定道理，但却未必是唯一的原因。因为王夫之亲自多次参加了抗清起义，难道抗清起义不比写一本杂剧《伍子胥》更会招致清朝的追杀吗？那么，这必须回归到《龙舟会》的写作时间。在《船山全书》中，王夫之并没有标注《龙舟会》具体写作于何时。现存的各家研究中，有的也说明不知具体何时，"《龙舟会》的具体创作年代难以确定"②。但是有两家的说法。一种认为写于1652年，也就是顺治九年。

> 《龙舟会》究竟写于何时，《船山遗书》以及其他有关资料都没有明确记载。从作品内容和时代气息看，不可能产生得太早或太晚，而应在满族统治者已经基本上占领中原但尚未完全控制整个中国，即南明王朝的最后年代，人民抗清斗争仍在艰苦地支撑着的时刻。联系作品中所涉及的一些史实来考查，我以为，当在船山从南明朝廷罢官归家之后，隐居湘西之时，即一六五二年前后所成。③

一种认为写于1654年到1661年，也就是在顺治十一年到顺治十八年。

---

① 康和声：《龙舟会杂剧序》，载（清）王夫之《龙舟会》，郑振铎《清人杂剧二集》，民国二十三年长乐郑氏影印本。
② 孟泽：《安身之所立命之据——王夫之〈船山记〉、〈龙舟会〉发微》，《古典文学知识》1997年第4期。
③ 谭家健：《浅谈王夫之的杂剧〈龙舟会〉》，《湖南师范大学社会科学学报》1979年第3期。

从《龙舟会》的创作（当作于一六五四年到一六六一年间，本人另有专文论述）到一八六五年（清同治四年）刊印，再到一九六二年衡阳湘剧团的整理演出，其间经历了三百年，未见有演出的记载。①

这两家的说法，不管是顺治九年（1652）还是顺治十一年（1654），都可以佐证《龙舟会》把小娥报仇的时间放在五月端午，寓意了王夫之的家仇，因为王夫之的父兄被杀于顺治四年（1647）五月。王夫之与父亲的感情很深，当他的父亲被张献忠挟持，为了救父，王夫之"自刺身作重创，傅以毒药，异至诚所"②，所以可以想见他的父亲在顺治四年被杀，给他造成了多大的心理悲恸。王夫之的父亲王朝聘嘱其子女要抗清到底，因此明亡之后，王夫之每次出门都要打伞穿木屐，以示和清朝不共戴天，并且脚下绝不践清朝一寸土地。因此，这有助于解释并非像其他版本中把杀父杀夫仇人全部报官，或者大部分只是杀死了杀父仇人而把杀夫仇人提交给官府，《龙舟会》谢小娥在最后是亲自手刃了两个仇人，因为这种仇恨也是不共戴天，因此绝对不愿假手他人。

那么从顺治四年到顺治十一年（1647—1654），王夫之具体都有哪些行为呢？他一方面不懈地参加抗清斗争，另一方面却在南明朝廷目睹了吏治的腐败以及遭受排挤。1649年，王夫之历尽艰险，到达永历行在肇庆，次年受职翰林庶吉士，成为朝廷官员。但是永历王朝吴楚党争方酣，"纪纲大坏，骄帅外讧，宦倖内恣，视宏隆朝之亡辙而更甚"③。内阁王化澄和太监夏国祥朋比为奸，弄权卖国，残害忠良，排斥异己，把金堡、丁时魁、刘湘客、蒙正发等人下狱，还要陷害较为正直的少傅严起恒。王夫之为了国家利益，坚决和王化澄等进行斗争，接连三次上疏参劾王、夏等结党误国④，想以自己卑微之位绵薄之力挽狂澜于既

---

① 易楚奇:《试论王船山的杂剧〈龙舟会〉》,《船山学报》1984 年第 1 期。
② （清）王夫之:《船山全书》（十六）,岳麓书社 1996 年版,第 72 页。
③ （清）王夫之:《船山全书》（十六）,岳麓书社 1996 年版,第 401 页。
④ （清）王夫之:《船山全书》（十六）,岳麓书社 1996 年版,第 752 页。

倒。王化澄恼羞成怒，竟采用卑劣手段，伪造一篇王夫之写的诗序，诬蔑他想造反，企图加以杀害。幸亏忠贞营高必正（原李自成部下）以武力营救，方免遭毒手。随后永历帝准他告病归休，他便离开肇庆去桂林，旋归衡阳。

伍子胥不仅亲自报了父兄之仇，而且灭了楚国，并将楚王掘墓鞭尸，"及吴兵入郢，伍子胥求昭王。既不得，乃掘楚平王墓，出其尸，鞭之三百，然后已"①。王夫之虽然有相似的抱负，可是现实却令他深深失望。他自己被人陷害，说有谋反之心。最终被排挤离开南明朝廷。而南明朝廷的男性官员们，也是争名夺利。不但他自己实现不了报仇与恢复明朝的愿望，指望这些男性官员去救国的愿望更是落空。他自愧不能如伍子胥那样覆楚，更是借《龙舟会》来骂世。男性官员们不忠不孝，只知争名夺利，"大唐国里忘忠孝，指点裙钗来报冤。""有谢皇恩女儿小娥，虽巾帼之流，有丈夫之气，不似大唐国一伙骗纱帽的小乞儿，拚着他贞元皇帝投奔无路。则他可以替他父亲丈夫报冤"②。而裙钗中却包藏着文韬武略，包含着用世雄心，"针线厢包藏着黄公略。青鸾尾胜戴着兜弁帽"③，最终做成了这一绝大事业。

谢小娥在各种版本中大部分都被归为"孝烈"，即使是《龙舟会》中的反面人物钱是宝也不得不承认谢小娥是"孝烈"。按照守身为节、杀身为烈的标准，谢小娥并没有死，为什么也归入烈呢？因为谢小娥在起心动念复仇以及变身投入仇人门下时，早已将生死置之度外。她不但在得知亲人遇害之际心死，更是为复仇义不恤身。为父夫守身殉死，当然是节烈；但是不恤生死，能够为父夫报得血海深仇，是更高层次的"烈"。因此傅惜华《清代杂剧全目》赞叹王夫之《龙舟会》道："以儒硕工曲，慷慨激昂，笔酣意足，实属仅见。盖其人气节学问，照耀当时，仅此一剧，足光艺林，不必以多为贵也。"④

① （西汉）司马迁：《史记》，中华书局1959年版，第2176页。
② （清）王夫之：《船山全书》，岳麓书社1995年版，第892页。
③ （清）王夫之：《船山全书》，岳麓书社1995年版，第896页。
④ 傅惜华：《清代杂剧全目》，人民文学出版社1981年版，第52页。

第三章 遗民作家：以"苏州派"作家作品为中心

第一节 苏州派作家及其作品节烈总览

苏州派作家以李玉为首，不下 20 人。如吴县的朱素臣、朱佐朝、叶稚斐、张大复、盛际时、郑小白；长洲的陈二白、刘方等。这批作家大都屈沉下层，成为明末遗民而不愿屈节事清，或对清统治者不满而不甘受其奴役，所以淡泊功名，自寻乐趣。

清初沈朝初《忆江南》："苏州好，戏曲协宫商，院本爱看新乐谱，舞衣不数旧霓裳，昆调出吴闾。"① 就反映了苏州作家适应演出的需要，独擅"场上之曲"的盛况。尤其是李玉，不仅其曲"案头场上，交称便利"，"元玉言词满天下，每一纸落，鸡林好事者争被管弦；如达夫、昌龄声高当代，酒楼诸妓，咸歌其诗"②；而且微言大义，"当场之歌呼笑骂，以寓显微阐幽之旨。"③

这些遗民剧作家创作了大量旌扬节烈的作品，其作品的共同特点是：一切多在现实中解决，极少死后化神如鸳鸯蝴蝶之类，而是夫妇团圆或朝廷旌表。在易代之际，人们不再冀望于缥缈的将来，一切都要在现实

---

① （清）顾禄撰，来新夏点校：《清嘉录·卷七 七月·青龙戏》，中华书局 2008 年版，第 152—153 页。

② 蔡毅：《中国古典戏曲序跋汇编》，齐鲁书社 1989 年版，第 1470 页。

③ （明）李玉撰：《北词广正谱·北词广正谱吴伟业序》，载王秋桂主编《善本戏曲丛刊 80—81·北词广正谱一、二》，台湾学生书局 1987 年版，第 9 页。

中得到圆满，这其实也是动荡的时代在人们心头沉重阴影的反产物。

因为这些遗民作家作品中人物形象众多，本书将其分为正册、副册、又副册。"正册"指该剧本中有以死明志之主要人物，"副册"指该剧本中有守贞出逃之主要人物，"又副册"指该剧本中有守节殉烈之次要人物。

表3-1　　　　　　　　正册（该剧本中有以死明志之主要人物）

（按：《吐绒记》与《红情言》雷同）

卷数	作者	版本	书名	人物	页码	言论（行为）
第一卷	张凤翼	旧抄本	《五福记》	柳氏	下10	宁受刑，那婚夷事不成，总芙蓉瓶碎沉秋梗，一点贞心终如铁硬
第三卷	沈璟	旧抄本	《重校十无端巧合红蕖记》	曾丽玉	下29	妈妈说那里话。自古道烈女不更二夫，驷马难追一诺。孩儿情愿饿死，做崔门之鬼，决不偷生为魏子之妻
第四卷	叶宪祖	旧抄本	《金锁记》	窦端云	上25	我生是蔡家人，死是蔡家鬼，绝无他志的嘘。愿居孀终身守节，青史姓名香
第五卷	徐复祚	汲古阁刊本	《投梭记》	元缥风	上67	孩儿果然与谢郎有约，誓不从人
第六卷	许自昌	抄本	《灵犀佩传奇》	窦湘灵	上15	相公，这个有奴家在此。既已许了相公，我生是你家人，死是你家鬼，就是被他夺去，我唯有一死，断不相负
第六卷	许自昌	抄本	《灵犀佩传奇》	梅琼玉		投江自尽
第十二卷	周公鲁	明末刊本	《识闲堂第一种翻西厢》	崔莺莺	上39	红颜一命朝露濡，叹曾晓诗书，敢偷生把青蝇自污
第十九卷	王翙	清初刊本	《红情言》	卢湘鸿	上27	妾为郁金丸无从分剖，背了母亲寻死
第二十一卷	朱葵心	明末刊本	《新刻回春记》	王氏	上56	今日老爷死于国难，妾安敢偷息人间。忠魂凛凛归何处，共泉台夫忠妇节相伴
第二十四卷	无名氏	抄本	《罗衫记》	郑氏	上21	他若再来强逼，啊呀，罢，我也顾不得了，只索自尽，免得玷辱此身

卷数	作者	版本	书名	人物	页码	言论（行为）
第二十五卷	无名氏	旧抄本	《衣珠记》	荷珠	上24	我坚贞自持松柏操，罢罢罢，拼得个玉碎珠沉魂暗消
第二十七卷	无名氏	抄本	《金花记》	娄金花	上16	倘他果然胡行，奴家是个单身，如何争得他过，罢了，事到头来，拼却一死便了
第二十八卷	无名氏	旧抄本	《锦蒲团》	查蟾儿	下3	还是依了孩儿，终为姚门死守。孩儿纵然不肖，女工针指，还可侍奉终身。倘有逼勒，拼着一死
第二十九卷	李玉	明崇祯刻本	《一笠庵新编一捧雪传奇》	薛艳娘	下22	冤有头，债有主，我家受此贼天大冤仇，誓必杀他，以雪此恨
第三十卷	李玉	明崇祯刻本	《一笠庵新编人兽关传奇》	桂贞儿	下20	教他用心攻书，自有相见之理。奴家生是施家人，死是施家鬼，父母纵有他意，奴家断不改节的
第三十一卷	李玉	明崇祯刻本	《一笠庵新编永团圆传奇》	江兰芳	上30	但我兰芳宁甘九死，岂事二天。只守着贞操，视死如归而已
第四十一卷	李玉	旧抄本	《意中人》	刘梦花	下5	刘梦花偷生在世，也是枉然，不如寻个自尽罢
第四十三卷	叶稚斐	抄本	《英雄概传奇》	玉鸾英公主	下9	若唐家天下数绝，奴家以身殉之，决不偷生
第四十三卷	叶稚斐	抄本	《英雄概传奇》	邓端云	下18	母亲，你堕人奸计了。孩儿只是一死便了
第四十四卷	叶稚斐	旧抄本	《琥珀匙》	桃佛奴	下11	冀得一死，克守完贞
第五十卷	朱佐朝	旧抄本	《血影石》	建文帝之正宫	上23	妾虽庸姿弱质，颇知大义。祸临不测，有死无二
第五十卷	朱佐朝	旧抄本	《血影石》	翁氏	上48	我节义坚，难保全，岂肯贪生过别船，休把恩情来挂牵。潜脱金蝉，潜脱金蝉，甘赴清流浪掀
第五十卷	朱佐朝	旧抄本	《血影石》	齐京奴	上76	自从一家祸陷，将奴发入教坊司。奸臣又生毒计，把忠良家属尽行解入海夷。奴家几次欲寻自尽，奈因看守甚严，不得自由。今晚住在驿中，内巡俱已睡熟，此时不死，更待何时

卷数	作者	版本	书名	人物	页码	言论（行为）
第六十三卷	朱素臣	清初刊本	《秦楼月》	陈素素	下3	奴家虽本烟花，此身已有所属。今日到此，惟有清萍甘蹈，断断白璧难污
第六十三卷	朱素臣	清初刊本	《秦楼月》	绣烟	下4	我绣烟名虽贱婢，实与姐姐生死相依。你这班强盗，不过是个草贼，却敢作此妄想。我每几日以前，便已打算在此了，既要将我祭刀，何不快快下手
第六十四卷	朱素臣	旧抄本	《翡翠园》	赵翠儿	上54	此际有何计策，总是丈夫死了，我独生何益？我如今带一匕首，前去哭诉，宁王如若不能听从，我就阶除鲜血溅付青萍，向泉台等候，共夫登
第六十九卷	邱园	旧抄本	《党人碑》	刘琴儿	上70	念小姐金闺弱质，正堪指鹿为马。奴是村户蒲姿，何妨以李代桃，因此上，奴甘代落花无主一任到天涯
第七十一卷	刘方	暖红室刊本	《天马媒》	薛琼琼	下30	君家莫逞威，奴岂烟花辈，一马一鞍自矢柏舟义
第七十一卷	刘方	暖红室刊本	《天马媒》	裴玉娥	下42	若老爷毕竟生疑，吾又何以生为？不如撞死在地，也强如死于奸贼之手
第七十二卷	朱英	清顺治刊本	《倒鸳鸯传奇》	水素月	上20	奴家被乌兵抢来，拘禁在船，几番欲待自尽
第七十三卷	朱坦纶	旧抄本	《玉鸳鸯》	文霞仙	上71	只因老爷遭此惨祸，在我身罹不共戴天之仇，自应捐身报父
第七十九卷	张大复	旧抄本	《快活三》	陶莺儿	上41	我是孤身女子，当此乱离之际，倘遇不良之人，如何是好？我千休万休，不如死休
第七十九卷	张大复	旧抄本	《快活三》	陶莺儿	下2	奴家清白出身，岂肯献笑依门？如要我作此勾当，情愿将身死
第八十四卷	张大复	旧抄本	《读书声》	戴润儿	上7	况女儿家被父母这等羞耻，何以生为？罢，不如就将这汗巾缠死
第八十四卷	张大复	旧抄本	《读书声》	戴润儿	下1	我爹妈万一有伤风败俗之言，奴家只得一死相待便了
第八十五卷	盛际时	抄本	《人中龙传奇》	李琼章	下14	我今朝一死何疑，我今朝一死何疑，呀吓，恁鸦雀难将凤欺

卷数	作者	版本	书名	人物	页码	言论（行为）
第八十五卷	盛际时	抄本	《人中龙传奇》	王竹枝	下27	相公，你三世一身，关系非浅，此地断难久居，只索分手前去。倘有祸及妾身，以死报君便了
第八十七卷	陈二白	旧抄本	《双冠诰》	碧莲	上44	替冯家做个看家狗罢
第九十卷	郑小白	旧抄本	《金瓶梅》	宋氏	上26	此话不须提起，我是贞节妇，岂肯败伦失义。我这洁烈躯，不与叛贼诛，我自触阶毙
第九十二卷	王瓄	清初刊本	《秋虎丘》	于桂娘	下13	依我看来，倒不如一死甘休
第九十二卷	王瓄	清初刊本	《秋虎丘》	王翘儿	下72	我想这件事体，千不是万不是，都是我王翘儿不是。到如今也悔不及了，惟有一死，以报徐郎
第九十五卷	钮格	抄本	《新编磨尘鉴》	冯女	上19	我父亲若有不虞，我就去向山君将父命讨
第九十五卷	钮格	抄本	《新编磨尘鉴》	范母	上27	训子名题气宇轩，美名儿万古流传，苦对尽孤灯面
第一百卷	采芝客	清初刊本	《鸳鸯梦传奇》	崔娇莲	上48	我那爹爹呵，你道秦郎乃一介寒儒，恐伤体面，竟不知我心甘淡泊，有志葚盐。你既弃此而就彼，我只索一死而谢世了
第一百卷	采芝客	清初刊本	《鸳鸯梦传奇》	崔娇莲	下2	嗃，我是千金小姐，他是我的侍女。你休想千金女怎向强梁，早教人一帆风送。若是你无端凌逼，拼得个染刀红
第一百卷	采芝客	清初刊本	《鸳鸯梦传奇》	平蔼如	下39	奴家将真情诉与状元，他念桑梓之情，必以节义为重，或仗状元之力，得与石郎完聚，亦未可知。倘或事不从心，奴家匣中匕首，可以自裁

表3-2　　　　**副册（该剧本中有守贞出逃之主要人物）**

卷数	作者	版本	书名	人物	页码	言论（行为）
第七卷	史磐	明刊本	《新刻宋璟鹣钗记》	真国香		我因你父亲赶逼进京来，不想柳沃若只说你在京师，骗我到韦相公处，他拘系在书房，苦逼成就，我只得越墙而逃

卷数	作者	版本	书名	人物	页码	言论（行为）
第十卷	许	明末刊本	《笔末斋订定二奇缘传奇》	张淑儿	下10	对菱花将形变改，假男妆且逃非害
第二十卷	王元寿	抄本	《景园记传奇》	罗惜惜		和丫鬟巫云扮作男子模样，到天津桥会见张郎，与他同到湖北
第二十七卷	无名氏	抄本	《金花记》	娄金花	上26	这里到京还有二千余里，你既单独，又是女身，况且干戈四起，盗贼生发，怎生行走，莫若把女妆卸却，改扮男子的模样，方不能惹祸起衅
第六十卷	朱素臣	旧抄本	《十五贯》	苏戌娟	上40	我苏戌娟本是旧族，原非下弃，岂肯被人鬻身，终为媵婢。咳，罢罢罢，千休万休，不如死休

表3—3　　　　又副册（该剧本中有守节殉烈之次要人物）

卷数	作者	版本	书名	人物	页码	言论（行为）
第一卷	张凤翼	旧抄本	《五福记》	柳婆婆		守寡
第四卷	叶宪祖	汲古阁刊本	《金锁记》	蔡婆婆		守寡
第十一卷	王异	明末刊本	《弄珠楼》	阮氏	上6	老身阮氏，远适金闾，不幸寡居，茕茕无依
第十二卷	周公鲁	明末刊本	《识闲堂第一种翻西厢》	崔夫人	上28	事已甚急，女孩儿不免同我在你爹爹柩前殉难
第十四卷	吴炳	明末刊本	《绿牡丹》	钱氏	上11	老身钱氏，年近六旬，夫男早丧，在车宅做个保母
第二十卷	王元寿	抄本	《景园记传奇》	无名氏	下10	客官，我是寡妇人家，勿歇男家。个到别处去罢
第二十四卷	无名氏	抄本	《罗衫记》	张氏	上3	老身张氏，幼适苏门，不幸中道分鸾
第二十五卷	无名氏	旧抄本	《衣珠记》	王氏	上15	可怜十载守孤媚，死枕鸾衾半壁冷，茕茕无语伴银釭。老身王氏，十年丧夫，又无男女

卷数	作者	版本	书名	人物	页码	言论（行为）
第二十七卷	无名氏	抄本	《金花记传奇》	胡氏		守寡
第二十八卷	无名氏	旧抄本	《锦蒲团》	上官氏		守节
第二十九卷	李玉	明崇祯刊本	《一笠庵新编一捧雪传奇》	莫夫人	下45	老身家变流徙边境，已经三载，尝遍了千般苦楚，说不尽万种凄凉
第三十五卷	李玉	清顺治刊本	《一笠庵汇编眉山秀传奇》	无名氏	上40	就是我丈夫与儿子尽被他害死了，单剩老身，还要出免役钱
第三十七卷	李玉	清顺治刊本	《一笠庵汇编清忠谱传奇》	刘氏	上79	我幼年失怙，赖母刘氏抚养长成。苦节贞操，无由旌表。吏部周公，素非相识，力致当道，上疏具题，得造节妇牌坊
第三十八卷	李玉	旧抄本	《千钟禄》	中宫乌氏	上5	辞别龙颜肠断，地下早邀游，拚则向火窟里把身投
第四十卷	李玉	旧抄本	《麒麟阁》	窦氏		守寡抚孤
第四十三卷	叶稚斐	抄本	《英雄概传奇》	东西二宫娘娘		东西二宫娘娘都投御河自尽了
第四十七卷	朱佐朝	旧抄本	《艳云亭》	上官琼珠	下4	妾身自幼从戎，颇有胆智，今愿效荆轲行刺。官人，你将我献至李贼，只说青楼女子，倘得收纳，妾身暗藏匕首，待他近身那时节，即忙刺杀贼首
第五十六卷	朱佐朝	旧抄本	《夺秋魁》	姚氏	上2	老身姚氏，幼适岳门，不幸夫君早丧，家道凄凉
第五十七卷	朱佐朝	旧抄本	《双和合二种》	宗氏	上3	老身宗氏，自幼嫁与盖门为妇，不幸儿夫旧岁一病身亡，并无半点子嗣，止存一女，小字和儿

卷数	作者	版本	书名	人物	页码	言论（行为）
第六十四卷	朱素臣	旧抄本	《翡翠园》	赵氏	上13	老身夫家姓赵……近因我夫主亡过，带渠出来
第七十二卷	朱英	清顺治刊本	《倒鸳鸯传奇》	金氏	上9	老身金氏，嫁属水门。先夫水蘅，别号倩草，官居朝散。不幸李闯入寇，被难京都
第七十五卷	张大复	抄本	《重重喜》	张夫人	下21	汝父自要我进门，无一日团聚。他驰骤王事，十有余年
第七十五卷	张大复	抄本	《重重喜》	吴国夫人		守寡
第七十八卷	张大复	稿本	《金刚凤传奇》	无名氏	上8	老身临安一个老妪，十年孀居，并无男女
第七十八卷	张大复	稿本	《金刚凤传奇》	铁氏	上28	老身姓铁，夫主身亡，守着女儿
第八十二卷	张大复	旧抄本	《如是观》	太后	上25	陛下善保圣躬，勿以老妾为念
第八十二卷	张大复	旧抄本	《如是观》	皇后	上26	自缢树上
第九十一卷	王续古	旧抄本	《非非想》	项夫人	上40	本宅自先太师弃世之后，茕茕自守
第九十三卷	王	清初刊本	《双蝶梦》	陆氏	上3	夫主嗟亡化，镇日间泪珠飘洒，十载凄凉孤共寡

第二节　殉烈之广泛及与时代之联系

明末清初传奇中不惟节烈众多，而且行为之酷烈令人咋舌。

自缢。如《灵犀佩传奇》中的窦湘灵："奴家原与萧凤侣有婚姻之约，不想遇着尤效，两相争娶，又被告断奴嫁与尤效。奴家不忍负萧凤侣旧日鸳盟，因此缢死的。"① 如《鸳鸯梦》中的崔娇莲，因崔父将其许与羊家，与秦璧生不能同衾，死不能同穴，立志要死，不负秦郎之

———————

① （明）许自昌：《灵犀佩传奇》，抄本，上本，第32页。

盟:"有了,不免把此罗帕自缢便了。"①

溺池。如《快活三》中的陶莺儿,"妈妈又逼我接客,因我不从,将我剥下衣服痛打一顿,日逐饮食都减了。奴家一向在此苟延性命,指望还有骨肉团圆之日,如今势不能够了。只落得信断爹娘、夫君隔绝。你看这一池碧水倒做了我的尽头路了。我那蒋大颠的丈夫吓,做妻子的今日与你永诀了。岂教水性浑流咽,还将清白存贞节。"②

沉江。如《灵犀佩传奇》中的梅琼玉:"奴家被文昌庵尼姑赚出,要领到杭州,与尤效为妾,因此计无所出,只得投江身死。"《红情言》中的卢湘鸿:"妾生不得事父母,死不得在家乡,今夜饮恨江天,随风无主,谁人白我一段冤枉。"③

蹈海。"我想这件事体,千不是万不是,都是我王翘儿不是。到如今也悔不及了,惟有一死,以报徐郎。"④

自刎。如《翡翠园》中的赵翠儿:"此际有何计策,总是丈夫死了,我独生何益?我如今带一匕首,前去哭诉,宁王如若不能听从,我就阶除鲜血溅付青萍,向泉台等候,共夫登。"⑤《鸳鸯梦传奇》中的平蔼如:"奴家将真情诉与状元,他念桑梓之情,必以节义为重,或仗状元之力,得与石郎完聚,亦未可知。倘或事不从心,奴家匣中匕首,可以自裁。"⑥

罗帕缠死。如张大复《读书声》中的戴润儿:"况女儿家被父母这等羞耻,何以生为?罢,不如就将这汗巾缠死。"⑦

举火自焚。如李玉《千钟禄》中的皇后乌氏:"辞别龙颜肠断,地下早遨游,拚则向火窟里把身投。"⑧

---

① (清) 采芝客:《鸳鸯梦传奇》,清初刊本。
② (清) 张大复:《快活三》,旧抄本,下本,第27页。
③ (清) 王翃:《红情言》,清初刊本,上本,第27页。
④ (清)《秋虎丘》,清初刊本,第九十二卷,下卷,第72页。
⑤ (清) 朱素臣:《翡翠园》,第六十四卷,上卷,第54页。
⑥ (清) 采芝客:《鸳鸯梦传奇》,《古本戏曲丛刊三集》,商务印书馆1957年版,下卷,第39页。
⑦ (清) 张大复:《读书声》,旧抄本,上卷,第7页。
⑧ (清) 李玉:《千钟禄》,旧抄本,上卷,第5页。

撞石而毙。如《金瓶梅》中的宋氏："我这洁烈躯，不与叛贼诛，我自触阶毙。"①

骂贼而死。"我绣烟名虽贱婢，实与姐姐生死相依。你这班强盗，不过是个草贼，却敢作此妄想。我每几日以前，便已打算在此了，既要将我祭刀，何不快快下手。"②

剧中主要人物不止一次寻死。《鸳鸯梦》中的崔娇莲，原本为不负初盟自缢，出逃守贞被太湖强盗所劫，献与寨主义胜天大王。娇莲又以死明志："老强盗，我二人视死如归，矢不失节。"③《鸳鸯冢》中的戴氏，夫死后自缢，被救活后，复碎金钗吞服，又被救。乃水米不沾，时刻痛哭求死，未几殉节。对于这些贞节烈女来说，何处不是埋骨之地，何时不是殉节之时？贞节不是装点门面的话语，而是成为一种信仰和践履。"女子名节在一身，稍有微瑕，万善不能相掩。"④ "死节之妇，身当凶变，欲求生必至失身，非捐躯不能遂志，死乎不得不死，虽孔孟亦如是而已。"⑤

甚至为表示自身的清白而寻死。《红情言》中的卢湘鸿，因收藏的郁金丸丢失，被诬私与书生，湘鸿遂以死以明清白；《读书声》中的船户之女戴润儿，因赞隔壁宋儒书声琅琅，被父母讥刺对书生有意，润儿一时忍气不过，自杀以证清白。

甚至为了一种可能性而寻死。在战乱的威胁下，在贼未至之前即自杀。《快活三》中的陶莺儿，在乱离之际，因为害怕遇到不良之人无从脱身而投河自尽。《英雄概》中的玉鸾英公主，在叛贼入京之际，命令六宫嫔妃"有志气者早早自尽，莫想偷生，致遭凌辱"。⑥ 守节本是男子设定的"美德"来要求女子，长时间的积淀之后，内化为女子自觉

① （清）郑小白：《金瓶梅》，《古本戏曲丛刊三集》，商务印书馆1957年版，第26页。

② （清）朱素臣：《秦楼月》，清初抄本，下卷，第4页。

③ （清）采芝客：《鸳鸯梦传奇》下卷，《古本戏曲丛刊三集》，商务印书馆1957年版，第2页。

④ 吕坤：《闺范》卷二，《善行·女子之道》，第188页。

⑤ 吕坤：《闺范》卷二，《善行·女子之道》，第187页。

⑥ 《英雄概》下卷，《古本戏曲丛刊三集》，商务印书馆1957年版，第10页。

的行为。在男子缺席的情况下，女子便以男子眼中的道德标准来约束自己和同性。

作品对贞烈的强调还体现在贞节烈女不是"皎皎空中孤月轮"，而是众星捧月，互相辉映。《天马媒》中薛琼琼入宫不忘旧情，守身以待；裴玉娥落入奸贼之手，宁甘一死，富贵难淫。《翻西厢》中当孙飞虎围住寺院，索要金珠和小姐之时，除莺莺不愿偷生自污外，红娘和夫人也纷纷以死明志——红娘愿寻自尽，代替小姐；夫人要和莺莺同在相国灵柩前殉难；更有吊颈鬼、饮药鬼、水鬼纷至迭来劝夫人小姐自尽；崔相国阴灵也因此暗自欣慰。《一捧雪》中莫好古之妾雪艳娘刺贼后自刎；莫好古之妻流徙边境，凄凉苦楚，茕茕自守。《秦楼月》中，不惟落入强人之手的陈素素断不辱身，素素的婢女绣烟亦是刚烈不屈，骂贼而死。《血影石》中，因朱棣篡位，建文君臣流落民间。不惟化为血影石的翁氏因为不甘发配象奴而跳河自尽；剧中的次要人物如建文帝的正宫娘娘也祸临不测，有死无二；翁氏之媳齐京奴几次欲寻自尽，只因看守太严，不得自由，遂趁驿中巡守熟睡之际，再次寻死；等等。

剧作中绝大多数都是"守正捐躯"，即父母悔婚，宁甘一死；或逼奸成就，不从而亡，甚至仅仅乱兵已至，为了一种"可能"而事先寻死。女子恐被贼污，事先殉节，以"杀身"来"守身"，是乱世的特殊环境造成的。

表 3 - 4　　　　　清顺康雍乾四朝贞节烈女一览表　　　　　（单位：人）

年代	守节	殉烈	贞女
顺治	403	175	
康熙	4822	252	49
雍正	9995	3	221
乾隆	66200	877	1468

从表 3 - 4 中可见在清朝已经相对稳定的时代，最多者乃是夫死守节，而且不赞同夫死殉节。康熙二十七年（1688），玄烨看到礼部呈递的一份为山西省烈妇荆氏等照例请旌事由，发表议论：全国每天都发生丈夫死了，妻子便以死相殉的事，为数不少，如此轻生从死，实属反

常。若再旌表，必将使从殉者愈增愈多。所以他下令，此后再有亡夫妇人从死之事，当永严禁之。

明末清初戏曲中"守正捐躯"（即拒奸自尽，或逼嫁致死之类）多，这是由治世和乱世对"妇职"的要求侧重点不同而造成的。

从《清高宗实录》卷67雍正帝的诏谕我们可以略窥治世妇职之要求：

> 不知夫亡之后，妇职之当尽者更多，上有翁姑，则当奉养以代为子之道；下有后嗣，则当教育以代为父之道。他如修治蘩繁，经理家业，其事难以悉数，安得一死毕其责乎？①

可见在治世，妇职集儿媳、妻子、母亲三位于一身。但是在明末清初的动荡时代，人命危浅，朝不虑夕，妇职中包含的赡养公婆、抚养子女的责任都难以兑现，只剩下唯一的责任——对丈夫守贞尽节。

逼嫁未成，剧中人物何不出逃守贞？乱兵未至，剧中人物何必预先殉死？

试就剧观之，剧中守贞出逃之人物仅五人，其中真国香恰好来到意中人叔父家。张淑儿恰逢杨维聪之叔父，被收为义子。罗惜惜和婢女改为男装，路上被强盗洗劫一空，险些丧命；惜惜又巧遇意中人之叔父，被收为义子，方能重逢。娄金花潦倒之际恰逢丈夫以前投店的店主，受其资助，男装赴考，一举中的。苏戍娟本已问成大辟，幸得清官拔出生天。——世间岂全为如此美事？

何况乱离之际，谁信其贞？即使乱兵中之烈女，世间尚有许多议论出来，疑她是被辱死烈，比之未辱先死，已是降等，或者辱后被杀，更是取笑于人。"今之时，某妇以污辱死，某女以兵烬死，而其夫若子百喙以号于人曰：'是不屈死也，是先事死也。'然卒无验，人亦莫之然，闻言者第掩口胡卢耳。"②

---

① 史式：《清实录·七》，中华书局1985年版，第1019页。
② 李修生主编：《全元文·卷一四五三 陈谟 九·跋昂霄妻唐伯贞哀辞后》，凤凰出版社1998年版，第278页。

出逃守贞，谁能为之辩白？况辩白者又何能取信于人？故女子只能不惜一死；甚至为了"可能"而不惜一死；并且，贞节有等级上的差别，假如遇到强暴，白刃加身之际而以死保全清白，或者因夫死没能与丈夫偕老，愿意以身殉之，这些烈女烈妇都被认为是舍生取义，属于上品。假如家境贫寒，青春丧偶，没有儿子，或者有遗腹子或幼儿，在这种情况下坚持守节，比起烈女烈妇，已经减等为中品。而那些家境富裕，子嗣众多的贵妇在夫死之后守节，仅仅被列为常品。作者为了表明她们非"二等人物"，也惟有让趋死者如此之多也。

第三节　节烈之强化与增益

明末清初的节烈型剧本不仅为主要人物形象大费周章，次要人物形象也做尽功夫，这些细处也许别人根本就不曾注意，但传奇作家唯恐一节偶疏，而全篇破绽出矣，故而紧针密线，而此针线细密处正见作家心思缜密处——为营造一个贞节的纯粹氛围不遗余力。如此期剧本中非常普遍的"寡妇"形象，传奇对小说再创作中的"洁化"，以及《金锁记》《翻西厢》和《金瓶梅》对节烈的强化和增益。

明末清初的节烈型剧本中，寡妇的出现频率非常高。如《景园记》（旧抄本）中的无名氏，《金锁记》（清内府精抄本）中的蔡婆，《绿牡丹》（现存明崇祯间金陵两衡堂刻《粲花斋新乐府》所收本）中的钱氏，《罗衫记》（又名《罗衫合》，现存清内府抄本）中的张氏，《弄珠楼》（明崇祯间杭州凝瑞堂刻本）中的阮氏，《金花记》（红格抄本）中的胡氏，《翻西厢》［现存明崇祯十六年（1643）刻本］中的崔夫人，《衣珠记》（现存清初抄本）中的王氏，《麒麟阁》（旧抄本）中的窦氏，《清忠谱》（清康熙初苏州树堂原刻本）中的刘氏，《双蝶梦》（现存清初刻本）中的陆氏，《夺秋魁》（现存清永庆堂抄本）中的姚氏，《双和合》（旧抄本）中的宗氏，《非非想》（旧抄本）中的项夫人，《倒鸳鸯》［现存清顺治七年（1650）序玉啸堂刻本］中的金氏，《重重喜》（旧抄本）中的吴国夫人，等等。

有的一篇之中就出现两三个寡妇，如《金锁记》（清内府精抄本）中的婆媳，《金花记》（红格抄本）中的婆媳，《金刚凤》（旧抄本）中的铁氏和无名氏。

而且，对名节的恪守，即使偏远地域也不例外。如《景园记》（旧抄本）中的无名氏，"客官，我是寡妇人家，勿歇男家个。到别处去罢"。①

作品中的这些寡妇，有的确有其事，如《麒麟阁》（旧抄本）中秦琼之母与《夺秋魁》（现存清永庆堂抄本）中岳飞之母；但许多人作家即使不将其处理为守寡，也丝毫不影响剧情的发展。如《绿牡丹》（现存明崇祯间金陵两衡堂刻《粲花斋新乐府》所收本）中的钱氏，只是车宅的一个保母；《弄珠楼》（明崇祯间杭州凝瑞堂刻本）中的阮氏，只是为侄儿提供了一个投奔的去处；如《金刚凤》（旧抄本）中的无名氏，只是给钱婆留的不凡出身提供了一个见证，她的身份是否为寡妇毫无用处。然而作者为何就"随手"将其安排成守寡呢？这固然是动乱之中人命危浅的一种表现。因为动乱之中，男性的死亡太普遍了；而现实生活中，夫死守节也太普遍了，作家之写作，只是现实生活的描摹而已。并且，殉烈与守节之次要人物，作者也不曾安排团圆、还魂、受旌之美好结局，可见剧作家早已不自觉地认为夫死守节是一种自然。金圣叹云："譬如画虎者，四边草木都须作劲势，不然，便衬不起也。"②剧中主次人物之关系恰如此论，但又高之。因为次要人物不惟衬托了主要人物，而且也形成一种氛围。在这种普遍守贞殉烈的氛围中，主要人物之行为自然而然。

这一时期改编自明代短篇白话小说的戏曲，出现了明显的"洁化"现象。代表作为取材于《警世通言》的《读书声》《人兽关》；取材于《醒世恒言》的《二奇缘》《天马媒》；取材于《初刻拍案惊奇》的《快活三》《景园记》。

---

① 《景园记》下，《古本戏曲丛刊三集》，商务印书馆1957年版，第10页。

② （清）金圣叹著，陆林辑校整理：《第五才子书施耐庵水浒传》，凤凰出版社2016年版，第505页。

《读书声》取材于《警世通言》卷二十二《宋小官团圆破毡笠》，小说中宋金由刘父收留，后来父母做主与女儿刘宜春婚配。“宋小官是宦家之后，况系故人之子，当初他老子存时，也曾有人议过亲来，你如何忘了？今日虽然落薄，看他一表人材，又会写，又会算，招得这般女婿，须不辱了门面。我两口儿老来也得所靠。”① 传奇增饰为润儿和宋儒并不相识，润儿对宋儒无心的赞赏被父母讥为对书生有意，遭到答骂，遂以死以明清白。

《人兽关》取材于《警世通言》卷二十五《桂员外穷途忏悔》。小说中，全家都因忘恩负义受到变犬之报：

> 桂大惊，奔至后园。看见其妻孙大嫂与二子桂高、桂乔，及少女琼枝，都聚一处。细认之，都是犬形，回顾自己，亦化为犬。②

传奇改为桂家一家负心，惟有桂女贞节自守。当施还连受桂家奚落羞辱之时，惟有桂女私下赠金，又托人传话：“奴家生是施家人，死是施家鬼，父母纵有他意，奴家断不改节的。”③ 冯梦龙订定的《人兽关》传奇，对李玉把桂女处理成贞节烈女沿袭不变。惟改动一二字，将“断不改节”改为“誓不改节”④，其意不变。由于《墨憨斋订定人兽关传奇》和《警世通言·桂员外穷途忏悔》都出自冯梦龙之手，这种改动是颇堪玩味的。冯梦龙认同了李玉对桂女形象的处理，并对这一改动击节赞赏：“施之德，桂不能报，而其女报之”，“父脱犬而犹为人，女之余庇也”⑤，特别强调了贞节的回天之力。

《二奇缘》取材于《醒世恒言》卷二十一《张淑儿巧智脱杨生》。

---

① （明）冯梦龙:《警世通言》，华夏出版社1994年版，第204页。
② （明）冯梦龙:《警世通言》，华夏出版社1994年版，第259页。
③ （清）李玉:《人兽关》下本，《古本戏曲丛刊三集》，商务印书馆1957年版，第20页。
④ （明）冯梦龙:《墨憨斋订定人兽关传奇》，《冯梦龙全集》，江苏古籍出版社1993年版，第1340页。
⑤ （明）冯梦龙:《墨憨斋订定人兽关传奇》，《冯梦龙全集》，江苏古籍出版社1993年版，第1275页。

小说中不存在守贞的情节，传奇中却增饰两处，一是奸僧悟石凌逼淑儿成奸，淑儿自誓："必欲相凌甘自刎"①；二是悟石自立为紫光皇帝，要纳淑儿为正宫，淑儿于是出逃守贞。《天马媒》取材于《醒世恒言》卷三十二《黄秀才徼灵玉马坠》。在小说中，薛媪要一力成全黄损和裴玉娥，但传奇中，为了表现玉娥的苦节，改为薛媪得到玉娥，以为奇货可居，强逼玉娥接客，玉娥大怒不从："呀，妈妈，你说哪里话来，奴家虽落难至此，自古道烈女不更二夫。倘后有出头日子，绝不忘你今日，何故奚落奴家。"②

《快活三》取材于《初刻拍案惊奇》卷十二《陶家翁大雨留宾　蒋震卿片言得妇》。在小说中，陶幼芳幼年许嫁同郡褚家，不料褚子双目失明，幼芳因此与表兄约定私奔。但传奇改私奔为逃婚，莺儿（即幼芳）不愿嫁与残疾之人，欲暂避一时，与表兄从无私相往来之事；只是表兄心怀不轨，欺骗姨母与表妹，欲借避婚之名中途拐骗。

《景园记》取材于《初刻拍案惊奇》卷二十九《通闺闼坚心灯火　闹囹圄捷报旗铃》。小说中的张幼谦和罗惜惜在同窗之时，已暗中做下夫妻之事。后罗父因嫌张家贫寒，将惜惜许与辛家。幼谦逾墙相会惜惜，被罗家父母所执，送往县衙。牢中得闻捷报，县令主婚，两人成亲。只因金榜题名，遂把以前做过的没脊梁、惹羞耻的事，一床锦被遮盖了去。但传奇《景园记》着重改在两处：罗惜惜和张幼谦并不曾肌肤相亲；在得知张、罗不能得偕鸾凤之时，幼谦与惜惜不曾越礼相会，而是惜惜出逃守贞。

《金锁记》《翻西厢》和《金瓶梅》则对节烈进行了强化和增益。

《金锁记》改自关汉卿《感天动地窦娥冤》。其改动有三。

第一，改窦娥已嫁为未嫁。如《窦娥冤》中窦娥本来曾与蔡婆之子结缡。这一点不仅有蔡婆的叙述，"自成亲之后，不上二年，不想我这孩儿害弱症死了"③，也有窦娥的再度确认，"至十七岁与夫成亲，不

---

① （明）许恒：《二奇缘》上本，《古本戏曲丛刊三集》，商务印书馆 1957 年版，第 28 页。
② （明）刘方：《天马媒》下本，《古本戏曲丛刊三集》，商务印书馆 1957 年版，第 3 页。
③ （元）关汉卿：《关汉卿戏曲集》，中国戏剧出版社 1958 年版，第 849 页。

幸丈夫亡化"①。

但是改编的《金锁记》处理成窦娥甘愿为未谋面的丈夫守节。蔡昌宗与窦娥未曾一面，就在游学途中溺水。蔡婆遂做出这样的决定："你年纪幼小，如花蕊未开，况与我儿未曾一面，何忍误你终身。待你父亲回来，别寻配偶。"② 反是窦娥柏舟自誓："我生是蔡家人，死是蔡家鬼。绝无他志的嘘。愿居孀终身守节，青史姓名香。"③

那么，为何改已嫁为未嫁呢？事实上，窦娥在《金锁记》中即使已嫁，情节结构也不会有任何影响。叶宪祖这样处理，是为了演出效果起见。首先，假如窦娥已嫁，那么丈夫死后的守节，会使人认为也许是夫妇鹣鲽情深，不忍遽离。但是，窦娥不仅未嫁，而且未见夫面就立誓为夫守节，这对受众的震撼是更强烈的。因为本来，"夫父子兄弟，以天合者也；夫妇，以义合者也。以天合者，无所逃于天地之间；而以人合者，可制以去就之义"④。夫妇的关系相对于父子而言，是不稳固的。尤其，晚明的重利轻义已经使人产生惶惶然的危机感了："世教日衰，穷人欲而灭天理者，何所不至?"明末清初的乱离更使人有"夫妻本是同林鸟，大限来时各自飞"⑤ 的哀叹。在这种情况下，未嫁守节贞女的出现，不仅抚慰了人心，而且有助于昭示，虽然矫枉难免过正。

第二，蔡婆不曾失节。《金锁记》煞费苦心，将《窦娥冤》中一个有污点的蔡婆形象也改为一个无瑕模样。在《窦娥冤》中，由于张驴儿父子的勒唁，蔡婆不得不答应婆媳招赘的要求。"我的性命都是他爷儿两个救的，事到如今，也顾不得别人笑话了。""孩儿也，再不要说我了，他爷儿两个都在门首等候，事已至此，不若连你也招了女婿罢。"⑥ 因而遭到了窦娥的耻笑："你如今六旬左右，可不道到中年万事

---

① （元）关汉卿:《关汉卿戏曲集》，中国戏剧出版社1958年版，第850页。

② （明）叶宪祖:《金锁记》上本，《古本戏曲丛刊三集》，商务印书馆1957年版，第23页。

③ （明）叶宪祖:《金锁记》上本，《古本戏曲丛刊三集》，商务印书馆1957年版，第23页。

④ （清）钱大昕:《潜研堂文集》卷八，载陈文和《嘉定钱大昕全集》第九册，江苏古籍出版社1997年版，第106页。

⑤ （明）臧懋循编:《元曲选·冯玉兰夜月泣江舟杂剧·第二折》，中华书局1958年版，第1744页。

⑥ （明）叶宪祖:《金锁记》上本，《古本戏曲丛刊三集》，商务印书馆1957年版，第37页。

休！旧恩爱一笔勾，新夫妻两意投，枉教人笑破口。"①《金锁记》则特意将张驴儿父子改为母子，张母与蔡婆两名老妇当然不可能得偕秦晋，从而不落痕迹地避免了《窦娥冤》中蔡婆失节之讥。

第三，蔡婆曾经防闲。对张驴儿同住蔡家，《金锁记》也特地增加了蔡婆相拒和张婆相骗的情节："令堂同住使得，只是寡妇人家，大哥觉有些不便。""老亲娘，我哩儿子原有生意做。暂过一两日，便出门往地方，别营运。"② 这就既使张驴儿入住蔡家成为可能，又使蔡婆免遭门风不谨的恶名。

以明末清初时人看来，《窦娥冤》中蔡婆稀里糊涂招两名男子不分时日地住入寡妇家中，而且还知道张家父子的用意就是谋娶婆媳二人，这无疑是极不得体的行为。在一个不清白的家庭中，凭什么就相信窦娥不是"白沙在涅，与之俱黑"而是"出淤泥而不染"呢？所以对蔡婆的处理，也有与窦娥交相辉映的意思。

再看《翻西厢》，更是夺胎换骨。周公鲁在写作缘起中已经交代明白："为崔郑洗垢。"在《西厢记》中，郑恒是拨乱的小人，张生是"至诚"的"傻俊角"，莺莺是以情反礼的千金。但是，《翻西厢》完全颠覆了这一切：郑恒是至情至义的彬彬君子，张生是求亲不成写淫秽小说败坏莺莺名誉的小人，莺莺则成了不敢错行一步路的贞女："郑公子重姻亲孤身翊难，张方假忘瓜葛百计怀淫，崔小姐痛留诗清贞自矢。"③

首先，《翻西厢》彻头彻尾地把《西厢记》中的崔莺莺改造成了一个贞节烈女。在《西厢记》中，莺莺虽有《闹简》时的假意和《赖简》时的矜持，但许多行为无疑是大胆到有些轻佻：路遇张生时脉脉含情"临去秋波那一转"④；酬简诗露骨地表白"隔墙花影动，疑是玉人

---

① （明）叶宪祖：《金锁记》上本，《古本戏曲丛刊三集》，商务印书馆1957年版，第37页。
② （明）叶宪祖：《金锁记》上本，《古本戏曲丛刊三集》，商务印书馆1957年版，第37页。
③ （明）周公鲁：《翻西厢》上本，《古本戏曲丛刊三集》，商务印书馆1957年版，第1页。
④ 隋树森：《元曲选外编·崔莺莺待月西厢记杂剧·第一本张君瑞闹道场·第一折》，中华书局1959年版，第262页。

来"①；以及对张生自荐枕席，私相成合。

但在《翻西厢》中，莺莺不惟与张方假（即张珙）没有相互酬答、私相成配的经历，而且自始至终，从生到死，甚至在梦中，她都是念念不忘守身如玉，一而再、再而三地以死，以伤肤坏体来维护清白。当孙飞虎围困寺院索要莺莺的时候，莺莺宁甘玉碎，后来又毁肤明志。张方假谋求莺莺不成，作《会真记》百般诋毁，郑恒之父见了张珙编造的《会真记》，作书休了莺莺，一时做媒求亲之人络绎盈门，莺莺不由暗自烦恼："我与郑郎姻盟既定，自应矢死靡他。只恐我母亲一时义以爱移，必致我倒做节难全孝了。"因而用金刀刺臂题诗，不肯易节："银筝雁断玉纤寒，肯把丝弦别试弹。抵死只留芳骨在，免教孤冢污青山。"② 因见求婚者愈多，恹恹成病，终至身亡，莺莺临死嘱托母亲在墓碑上书"待字郑氏崔女莺莺之墓"，"也见俺矢拳拳从一无他念"。③

其次，当孙飞虎围住寺院，索要金珠和小姐之时，红娘和夫人纷纷以死明志："夫人小姐在上，不如待红娘寻个自尽，替了小姐吧"；"事已甚急，女孩儿不免同我在你爹爹枢前殉难"。莺莺也自誓："红颜一命朝露濡，叹曾晓诗书，敢偷生把青蝇自污"④，更有吊颈鬼、饮药鬼、水鬼纷至迭来劝夫人小姐自尽。崔相国阴灵也暗自欣慰："我那夫人女孩儿呵，羡烈身躯，好规模，我受你地下荣名更不虚。"⑤

最后，《翻西厢》把《西厢记》的重要地点普救寺改为普救庵，其用意不言自明。相国妇人和千金小姐怎能混迹全为男性的寺院？改寺为庵，只有一字之差，而含蕴自是不同。不要小看这一闲笔，它造成了一个滴水不漏的环境。如果莺莺还住在僧家寺院，即使后文有再多的守节殉烈之举，也难免遭人讥评，以为瓜田李下，嫌疑难防。尼姑庵的大环境，为莺莺创造了一个纯净的氛围。

---

① 隋树森：《元曲选外编·崔莺莺待月西厢记杂剧·第三本张君瑞害相思·第二折》，中华书局 1959 年版，第 291 页。
② （明）周公鲁：《翻西厢》下本，《古本戏曲丛刊三集》，商务印书馆 1957 年版，第 41 页。
③ （明）周公鲁：《翻西厢》下本，《古本戏曲丛刊三集》，商务印书馆 1957 年版，第 61 页。
④ （明）周公鲁：《翻西厢》上本，《古本戏曲丛刊三集》，商务印书馆 1957 年版，第 39 页。
⑤ （明）周公鲁：《翻西厢》上本，《古本戏曲丛刊三集》，商务印书馆 1957 年版，第 41 页。

如果说前两作还是因缘生法，那么《金瓶梅》便是翻空易奇。

如果说小说《金瓶梅》的主题还有"劝淫"和"止淫"的争执，传奇《金瓶梅》则将主题单一明确化——"止淫"。西门庆、潘金莲、李瓶儿、春梅"罗绮氤氲满画堂，一个个回头笑一场"，"一朝撒手，何殊梦觉黄粱"，使得"旧日人归，萧条不禁凄凉。演当场，看官着眼，胜似篇章"。[①]

这里，有一个居高临下的审视者，西门诸人的争名夺利、贪色好淫，在他眼中，不过是蚁排兵蜂酿蜜蝇争血，徒自劳碌而已。同时，他还把西门诸人的无谓奔忙、取亡之路揭示当场，如暮夜醒人清钟、愈火清凉一剂。

而且，传奇《金瓶梅》增添了一个小说中根本没有的角色——宋氏。本书认为，这个"宋氏"不仅是个拟指，还是个总称。

宋氏之父病故，阖家奔丧，途中冲犯军队。宋氏之夫被拉出斩首。贼首下令将宋氏送到自己府中，待得胜班师，纳为偏房。宋氏痛斥贼首："我是玉清冰清，肯和叛贼同器？""我是贞节妇，岂肯败伦失义？"[②] 当贼首以"不从者斩"相逼时，宋氏傲然相对："住了，我何劳贼刀加首。""我这洁烈躯，不与叛贼诛，我自触阶毙。"[③] 如果宋氏仅仅如此，那么和其他贞节烈女相比，也不过"泯然众人矣"。但是，她撞阶前的言语发人深思："我宋氏今日之死，上不愧夫君，下不愧黎庶。"[④] 以她平民之妇的身份，"不愧黎庶"何来呢？再看贼首的反应，"咳，可惜，好一个贞烈妇人，是孤家害了他了。"遂下令工部备棺，殡葬于西郊。并且冢前立一石碑，镌着宋氏之墓。这已经是相当难得了，贼首又下令，命礼部官"行旌烈，春秋祭，不负娇娥节义"。[⑤]虽然这节烈是他逼迫所致，但宋氏的行为使威逼者也肃然起敬。为了宋氏的节烈，贼首备棺殡葬，冢前立碑，旌表节烈，春秋行祭，并下令：

---

① （清）郑小白：《金瓶梅》，《古本戏曲丛刊三集》，商务印书馆1957年版，第2页。
② （清）郑小白：《金瓶梅》，《古本戏曲丛刊三集》，商务印书馆1957年版，第26页。
③ （清）郑小白：《金瓶梅》，《古本戏曲丛刊三集》，商务印书馆1957年版，第26页。
④ （清）郑小白：《金瓶梅》，《古本戏曲丛刊三集》，商务印书馆1957年版，第26页。
⑤ （清）郑小白：《金瓶梅》，《古本戏曲丛刊三集》，商务印书馆1957年版，第27页。

"速传吾令,分付各营诸将,今后不许虏掠民间妇女,违令者斩。"并且,贼首还有一个目的——"留于那世上淫奔作话提"。① 宋氏有些僭越的言语和贼首看似过分张扬的举动,当引入移风易俗的眼光来看时,方觉出其看似矛盾的合理性。

其实,为了一人的节烈,感动贼首下令不再虏掠妇女,这无疑是郑小白的幻想。但是,"留于那世上淫奔作话提"却是他想传递给观众的信息。"宋氏"是大宋不屈于胡虏之贞烈女子的拟指与总称,而明人一贯以己为大宋的裔民,所以,所谓的"宋氏"乃是明清易代之际对明之节烈女子的褒扬罢了。

第四节　主可不仁,我无不义:以李玉 "一人永占"为中心

李玉曾经谈到《一捧雪》《占花魁》等作品是自己心灵的寄托:

> 予于词曲,夙有痂癖;数奇不偶,寄兴声歌,作《花魁》、《捧雪》二十余种,演之氍毹,聊供喷饭。②

"一人永占"中塑造了诸多贞节女子的群像,《一捧雪》中的雪艳娘,"痛幽魂石化,泣悲风城堕,矢贞操海枯石裂"③。《人兽关》中的桂贞儿,"奴家生是施家人,死是施家鬼,父母纵有他意,奴家断不改节的"。④《永团圆》中江兰芳,因为未婚夫贫贱父亲悔婚,兰芳毅然投江自尽,"坚贞怎移,早辨个九死期无愧"⑤;当后来被贼人掳走,逼迫成亲,兰芳也是选择以死明志,"叹薄命遭逢磨折,身世等浮云,拚得

---

① (清)郑小白:《金瓶梅》,《古本戏曲丛刊三集》,商务印书馆1957年版,第27页。
② 吴毓华:《中国古代戏曲序跋集》,中国戏剧出版社1990年版,第362页。
③ (清)李玉:《李玉戏曲集》,上海古籍出版社2004年版,第70页。
④ (清)李玉:《李玉戏曲集》,上海古籍出版社2004年版,第172页。
⑤ (清)李玉:《李玉戏曲集》,上海古籍出版社2004年版,第345页。

个一死志常申也啰"①。

甚至《占花魁》中，莘瑶琴是一个妓女，似乎很难和贞节产生联系。然而，和小说《卖油郎独占花魁》相比，李玉也专门增益了莘瑶琴被卖入烟花之后执意寻死以保清白的情节：

> 【归朝欢】残生的，残生的，堕落堑中。视一死如归偏勇。一任你，一任你，巧计牢笼。我坚心纵石烂海枯不动。……（唱）：一时误入妖狐洞。拚得个阶前碎首清名永。②

更进一步的是，完成于崇祯年间的"一人永占"，其中的贞节女子群像，和剧作中的男性次要人物群像，共同反映了李玉对世事时局的思索和诉求。

一 主可不仁，我无不义

《一捧雪》中，主君莫怀古并不是一个视功名利禄如浮云粪土的品格高洁之士，而是主动要去追求高官厚禄，他的妻子劝阻他，家事富饶，而且生活安稳幸福，没有必要去招惹宦海风波：

> 相公，你宦趣已尝，天伦足乐，况圃中情致颇饶，何不在家逍遥数夕，又去沾惹那洛阳尘也?③

莫好古提出严世蕃对他多次致书相约，妻子告诫以"他是冰山，何足倚仗；后须防玉石之难分，今当虑喜怒之不测"④的金玉良言，但是莫怀古官迷心窍，一意孤行。

---

① （清）李玉：《李玉戏曲集》，上海古籍出版社2004年版，第351页。
② （清）李玉：《李玉戏曲集》，上海古籍出版社2004年版，第222页。
③ （清）李玉：《李玉戏曲集》，上海古籍出版社2004年版，第6页。
④ （清）李玉：《李玉戏曲集》，上海古籍出版社2004年版，第6页。

甚至他也不是一个完美受害人。严世蕃想得到他的玉杯，他提出，只要给予他相应的官职，就可以将玉杯奉上，"只要司空升我做个河道粮储都御史，我便向家中取来相送"①。但是严世蕃履行了承诺，莫怀古却不舍得传家之宝，所以暗自找玉工做了一个假杯呈上。假如不愿失去玉杯，为什么不明言拒绝，反而要提出要以官职交换？而且这个官职并不是一个虚衔，是根据他现在的身份地位所不可能得到的。莫好古自己也坦承"我这恩官怎做得到都御史"②，严世蕃先是升他做太常寺正卿，并通过汤勤告知"由奉常便当转升河道，节制七省，那时管教台台万倍获利"③。对此，莫好古也是不胜雀跃，设宴与汤勤弹冠相庆，"喜同游京国，共蹑云霄。旧貂裘复沐恩荣，新珠履羡登清要"④。严世蕃卖官鬻爵自然不对，但是莫好古用假杯交换官职恐怕也是品德有污。进而，他又把假杯之事在酒醉之中告诉了汤勤。

王国维曾经提出，人生有三大悲剧，一是恶人悲剧，二是命运悲剧，三是剧中人因地位、利益而不得不互相加害。

> 第一种之悲剧，由极恶之人，极其所有之能力以交构之者。第二种由于盲目的运命者。第三种之悲剧，由于剧中之人物之位置及关系而不得不然者。⑤

那么汤勤告发莫怀古并不单单只是恶人悲剧，因为莫怀古通过玉杯交换官职之事是通过汤勤办理，那么一旦严世蕃发觉玉杯是假的，汤勤也免不了包庇甚至是主使之嫌。因此，汤勤为了自身安危，将不得不告发莫怀古。

莫怀古还是一个污点主君。他对严世蕃和汤勤出尔反尔、言而无

① （清）李玉：《李玉戏曲集》，上海古籍出版社2004年版，第26—27页。
② （清）李玉：《李玉戏曲集》，上海古籍出版社2004年版，第28页。
③ （清）李玉：《李玉戏曲集》，上海古籍出版社2004年版，第31页。
④ （清）李玉：《李玉戏曲集》，上海古籍出版社2004年版，第31页。
⑤ 王国维、蔡元培、胡适：《三大师谈红楼梦》，生活·读书·新知三联书店2007年版，第24页。

· 53 ·

信，对自己的家仆莫诚也并非一个仁义之主。当严世蕃怀疑杯子是假的，亲自带家丁前来莫怀古家中搜查，莫诚见势不对，偷偷身藏玉杯，从后门遁走。事后莫怀古见严世蕃翻箱倒柜找不出真杯，反而斥责莫诚为什么刚才严世蕃搜邸的时候不在，不帮他分辩。莫怀古让莫诚去访觅匠人做假玉杯，莫诚告诫老爷一定要三缄其口，不可泄露于人招祸。送假杯时，他要汤勤仔细检点，以便将来发生问题时，好脱掉莫家干系。莫怀古醉后要他拿出真杯，他故意说："玉杯送与严爷了，哪里还有？"① 但是，莫诚小心谨慎的种种努力却被莫怀古的粗疏大意完全抵消，最终落得被人追杀的结局。可是，对于这样一个智商和品行都有缺陷的主人，甚至他的取死之道都可以说是咎由自取，莫诚却选择牺牲自己"代死"：

> 老爷且停悲泣，听小人一言告禀，老爷承先老爷宗祧之重，况公子年幼，未列缙绅，老爷一身关系非小。只有小人世受豢养之恩，此身之外，无可报效。②

于是，莫诚以"荥阳纪信"自比自励，从容替死。《史记·项羽本纪》记载，公元前204年，楚汉相争期间，刘邦兵困荥阳城，内无粮草，外无救兵，求和无望。在汉王刘邦即将城破被俘的危急关头，与刘邦面貌相似的纪信进言，"事已急矣，请为王诳楚为王，王可以间出。"于是，纪信乘黄屋车，傅左纛，前遮后拥，并大呼："城中食尽，汉王降。"而此时的刘邦已率数十轻骑从荥阳西门而出，向成皋逃去。项王发觉是纪信，问："汉王安在？"纪信对曰："汉王已出矣。"于是，"项王烧杀纪信。"③ 莫诚为主君替死，雪艳娘则为主君杀身复仇。"生少匹，死我职，怎做亡猿失火风马及，拚个碎首君门把沉冤涤。"④ 因此，

---

① （清）李玉：《李玉戏曲集》，上海古籍出版社2004年版，第33页。
② （清）李玉：《李玉戏曲集》，上海古籍出版社2004年版，第48页。
③ （西汉）司马迁：《史记》，中华书局1959年版，第326页。
④ （清）李玉：《李玉戏曲集》，上海古籍出版社2004年版，第59页。

假意许嫁汤勤，却在成亲之夜行刺，"钢刀上，钢刀上，冤仇雪"①，在乱刀搠死汤勤之后，雪艳娘为了不连累莫家，持刀自刎，以至于旁观众人都以"义烈"目之。

莫诚和雪艳娘的身份同质，莫诚是奴仆，雪艳娘虽是侍妾，但她原是婢女收房。第二出《嘱训》中莫怀古告别方相公时说："携一小婢，聊以简点邸中薪水。"② 第三出《燕游》中雪艳娘向莫妻道："贱妾蒙夫人朝夕抚养提携，何敢轻离膝下。今蒙老爷严命携行，一虑老爷伏侍不周，二念夫人定省有缺，重沐鼎言，敢不领命。"③ 可见莫诚和雪艳娘皆为奴婢。

莫诚和雪艳娘的行为亦同质，他们同为"义烈"。而且雪艳娘的行为得到了更高性质的评价。一个人死亡正常分为三种层次，第一层次是生物学上的死亡；第二层次是社会宣布他（她）的死亡；第三是最后一个记住他（她）的人离开这个世界。雪艳娘虽然肉体上毁灭，埋身青冢，但是她的精神却被铭记和传颂得到了永生——"若姬之死，千古犹生矣"④。而且戚继光祭悼她的时候，士人们作诗咏叹：

> 青陵台下流风古，乌鹊歌中落日黄。多少衣冠拜巾帼，头颅谁肯付疆场！⑤

更有借雪艳娘这个婢妾讥刺囤冗误国、贪生怕死的文武大僚之意。

实际上，宣扬莫诚和雪艳娘这两个"义仆"，尤其是面对有缺陷的不仁之主还要坚持自我的"义"，其重要作用在于对大臣的教育意义，正如李诩《戒庵老人漫笔》卷四中《今古敦谊仆》义仆范信事迹所揭示的那样：

---

① （清）李玉：《李玉戏曲集》，上海古籍出版社 2004 年版，第 71 页。
② （清）李玉：《李玉戏曲集》，上海古籍出版社 2004 年版，第 10 页。
③ （清）李玉：《李玉戏曲集》，上海古籍出版社 2004 年版，第 11 页。
④ （清）李玉：《李玉戏曲集》，上海古籍出版社 2004 年版，第 75 页。
⑤ （清）李玉：《李玉戏曲集》，上海古籍出版社 2004 年版，第 75 页。

范信者，昆山龚泰云亨家奴也。泰家不造，食指众，而日不能给，乃鬻信及其妻于常州夏雉渎某家，数年不通。正德初，泰益贫甚，无所依归。一日适经其所，遇信于途，信见故主，泣拜地下，恳延至新主家，谓新主曰："此信故主，今流落在此，信心不忍，欲望容留。信夫妇愿不惜早暮，佣力报主，以图供养。"故主新主义之，听允其志。而信俟农事稍闲，即肩负小贩，往来村落中，市卖以给，迫今不衰。呜呼！信一奴耳，为主转卖其身，犹恋恋不忘其义也，故书而表之，以愧为人臣食君之禄不顾礼义不能执义而反卖国者。①

李玉塑造这样的"义仆"形象，既有他个人经历的感怀，也是受了李贽哲学思想的影响。

吴伟业在《北词广正谱》序中有云："李子元玉，好奇学古士也。其才足以上下千载，其学足以囊括艺林。而连厄于有司；晚几得之，仍中副车。甲申之后，绝意仕进。以十郎之才调，效耆卿之填词。"② 才华绝世的李玉，却因为出身卑微，是当时大学士申时行府中的奴仆，导致不能施展抱负，因此刻意在自己创作的剧本中为"奴仆"生色：

元玉系申相国家人，为申公子所抑，不得应科试，因著传奇以抒其愤，而"一、人、永、占"尤盛传于时。其《一捧雪》极为奴婢吐气，而开首即云："裘马豪华，耻争呼贵家子。"意固有在也！③

李玉在《万里圆》卷下第二十三出借黄含美之口对李贽大表钦敬："我想李卓吾先生，一代伟人，千秋法眼。那《正藏书》斧钺古今，这《续藏书》揄扬昭代，俱堪不朽"④，那么李贽思想值得肯定之处何在？

---

① （明）李诩：《戒庵老人漫笔》，中华书局 1982 年版，第 157 页。
② 蔡毅：《中国古典戏曲序跋汇编》，齐鲁书社 1989 年版，第 61 页。
③ 中国戏曲研究院编：《中国古典戏曲论著集成》（第八册），中国戏剧出版社 1959 年版，第 158 页。
④ （清）李玉：《李玉戏曲集》，上海古籍出版社 2004 年版，第 1657 页。

《万里圆》指出:

> 这是徐中山、常开平诸公,这是方正学、铁鼎石诸公,〔唱〕名臣开国勋犹展,忠臣靖难冰霜现。〔白〕这是孝义名臣,〔唱〕试看取孝义无亏有几贤。①

李玉对李贽思想的肯定和共鸣是因为"忠孝节义"四字。李贽虽被视为"异端"②,实际上却是礼教的维护者,痛恨伪道学假道学。李贽在《焚书》卷一《答焦漪园》曾说:"又今世俗子与一切假道学,共以异端目我,我谓不如遂为异端,免彼等以虚名加我,何如?"③

明代万历年间的思想文化界有两股主要的思潮,一股是以李贽等人为代表的王学左派的叛逆思潮,另一股是以顾宪成等东林党人为代表的改良思潮。这两股思潮在学风上名标赤帜:前者务虚,后者务实。东林党人明确主张"论学以世为体",而王学左派则"相与讲求性命,切磨德义";东林党人要求"念头"要"在世道上"(黄宗羲《明儒学案》卷五八《东林学案》一),而王学左派则"空疏无本"(潘耒《日知录序》,顾炎武《日知录》卷首)。虚与实,本来就水火不相容,更何况两股社会思潮呢!李玉生活在东林党人最为集中的三吴地区,却敢于突破常规,引进吸收李贽思想中符合东林党人思想的地方④。李玉希望通过褒奖忠义,教化人心的手段来挽救颓废的世风,剧作中反复提及"义",戚继光赞美捐躯的雪艳娘,"怒忡忡杀气横空耀宝刀,残灯闪血溅魂飘。冲牛斗山岳尽摧摇,冰霜操,凛凛义气九天高"⑤。《永团圆》中的江兰芳,"今日里捐生全义葬沟渠,抵多少须眉绝少男儿气"⑥。李

---

① (清)李玉:《李玉戏曲集》,上海古籍出版社 2004 年版,第 1657 页。
② 参见张惠《李贽》,中国发展出版社 2008 年版,第 262 页。
③ (明)李贽:《焚书》,中华书局 1961 年版,第 8 页。
④ 王延辉:《从李玉的戏曲创作看他的思想》,硕士学位论文,西北师范大学,2009 年,第 19 页。
⑤ (清)李玉:《李玉戏曲集》,上海古籍出版社 2004 年版,第 3375 页。
⑥ (清)李玉:《李玉戏曲集》,上海古籍出版社 2004 年版,第 330 页。

赞的"斧钺古今""揄扬昭代""千秋法眼"的春秋笔法，以及对
"忠孝节义"的推崇，与李玉重视戏曲的社会教化功能，正好不谋
而合。

二 四面楚歌与帝国奴仆

《占花魁》对小说《卖油郎独占花魁》做了诸多增益和改写，表现
之一就是次要人物改为武官。在冯梦龙的《醒世恒言》第三卷《卖油
郎独占花魁》中，秦重只是普通人家之子，但是《占花魁》却把他改
造成了父亲为"种经略辖下的统制官"，"定远西戎，伏波南粤，不枉
英雄一世"①，还是勤王的将领，甚至在对秦重的教育方面，也是教育
他军事武备方面：

> 我儿，吾闻世治用文，世乱用武。况你生于武弁之家，这几
> 句诗云子曰，料难挣个出头日子。若得娴熟些弓马韬略，后日边
> 庭上一刀一枪，也搏个封妻荫子。今日我和你到辕门外去演习
> 一番。②

《卖油郎独占花魁》之中，莘瑶琴父母俱存，只是被乱军冲散，而
且只是普通人。但是《占花魁》把莘瑶琴改造为"父亲官拜郎署"，但
父母双亡，由叔父抚养，而叔父"职居内班"，也是一个军事将领。任
青先生认为这样的改造是为了提升男女主人公的道德水平，从而在
《占花魁》中强调忠孝节义：

> 这样一来，小市民阶层的男女主人公成了士大夫阶层的公子千
> 金。这些从小被封建伦理道德浇灌着长大的仕宦子弟与平民阶层的
> 青年男女在行为处事上有明显不同，更为注重礼义教化，普通的婚

---

① （清）李玉：《李玉戏曲集》，上海古籍出版社 2004 年版，第 205 页。
② （清）李玉：《李玉戏曲集》，上海古籍出版社 2004 年版，第 206 页。

恋故事就此引入了忠孝节义的大命题。①

然而，假如说我们把视线放得更加广阔一些，就会发现这种改动的意义并非如此简单。"一人永占"这四部剧中，弥漫着李玉对时局的深深焦虑。

无独有偶，《人兽关》也是把次要人物的身份改为武官。冯梦龙《警世通言》第二十五卷《桂员外途穷忏悔》中，施还的岳父之一名支德，是个文官，致仕在家。

> 那人姓支名德，从小与施济同窗读书，一举成名，剔历外任，官至四川路参政。此时元顺帝至正年间，小人用事，朝政日紊。支德不愿为官，致政而归。②

《人兽关》不但把他的名字从"支德"改为俞德，更重要的是改成了在职的武将，而且是剿除沿海倭寇。"不意浙东海寇窃发，圣上命我提师征讨。"③　而且最终大获全胜，"旋师天外、旋师天外，扫尽妖氛辟草莱。乘鳌海上驾潮来，金镫齐敲奏凯回。俘献神京，功著平台"。④

《桂员外途穷忏悔》中，欺骗桂员外的尤滑稽是因为贪赃受到言官弹劾而下狱受刑而死:

> 适值尤滑稽为亲军指挥使受赇枉法，被言官所劾，拿送法司究问。……后闻先生受刑不过，竟死于狱中。⑤

但李玉改编的《人兽关》里，尤滑稽是因为军事上的失机导致

---

① 任青:《试论李玉婚恋传奇中的"重理轻情"现象及其积极意义——以〈永团圆〉〈占花魁〉为例》，《广西师范学院学报》(哲学社会科学版)2011年第1期。
② (明)冯梦龙:《警世通言》，华夏出版社1994年版，第252页。
③ (清)李玉:《李玉戏曲集》，上海古籍出版社2004年版，第152页。
④ (清)李玉:《李玉戏曲集》，上海古籍出版社2004年版，第175页。
⑤ (明)冯梦龙:《警世通言》，华夏出版社1994年版，第259页。

"官无一百日，君流三千里"①。

【前腔】我只指望做高官韩范齐，因此上昧亲情如撮戏。那晓得跨征鞍一战多狼狈，〔净〕敢是失了机么？〔付净〕因此上脱朝衣问拟着铁衣。②

尤滑稽的倒台完全可以因为是贪腐，那果报的效果是一样的，但是李玉依然把它设计成了军事战争上的失机获罪。

不仅如此，在一人永占这四部剧中，都描写了抗倭和抗金的种种战争。

在《卖油郎独占花魁》之中，靖康之耻、高宗继位只是一个背景，短短数字交代：

金虏乘之而起，把花锦般一个世界，弄得七零八落。直至二帝蒙尘，高宗泥马渡江，偏安一隅。③

但是李玉的《占花魁》却用了整整一折来批判刘豫献城的投降，又用整整三折《惊变》《虏焚》《渡江》，铺叙描写亡国之惨和失国之悲：

胡尘燐，刮尽了三宫六院将金辇，这的是国家奇变、国家奇变。
【仙吕过曲】【掉角儿】〔合〕巩皇图永固千年，岂无端一朝兵燹。裂冠裳帝王蒙尘，弃家园群臣被谴。闪杀人听鸣笳、遭胡马，掳金珠、掠子女、不分良贱。④

【混江龙】乱纷纷万骑豺狼横剑戟，痛煞煞两宫环佩逐腥臊。

---

① （清）李玉：《李玉戏曲集》，上海古籍出版社 2004 年版，第 194 页。
② （清）李玉：《李玉戏曲集》，上海古籍出版社 2004 年版，第 195 页。
③ （明）冯梦龙：《醒世恒言》，天津古籍出版社 2004 年版，第 22—23 页。
④ （清）李玉：《李玉戏曲集》，上海古籍出版社 2004 年版，第 209 页。

一霎里长驱妃后，远系臣僚；人民涂炭，子女悲号；宫闱尘土，畿甸蓬蒿，金瓯破损，玉轴摧摇；钟北阙，荆棘南朝。闪得俺神龙失水类枯鱼，祥鸾避弋如穷鸟。①

甚至李玉还通过康王赵构之口，总结了钦徽二宗失国的原因:"这都是二帝不听忠臣之言，致有今日之祸。"② 并通过神道崔府君指出了一条解决之道:"临安事业留英主，莫负中兴守一隅。"③

在《一捧雪》里面，雪艳娘一方面为了保护自己的老爷莫怀古，另一方面为了保护大将戚继光，所以才选择了假意屈身于汤勤，并且在成婚之夜将汤勤刺死。但是为什么是戚继光? 因为莫好古的好友可以是任何一个官员，甚至他可以是个文官，只要汤勤揭发头颅并非莫怀古，是这个好友私自庇护放逃了莫怀古，那么不管这个好友是谁，雪艳娘都是可以牺牲自己去救护于他的。一方面，非常重要的是，戚继光是抗倭大将，而且在抗倭斗争中刚刚取得了胜利。"下官提兵出塞，至古北口始遇虏酋，连战连胜，直追至横山，斩首千级，余虏望风远遁。"④ 那么雪艳娘救护戚继光，就不单单是为了自己的小家，也是为了家国千秋大业。另一方面，戚继光是国之长城，而一捧雪虽然是个宝物，却只是一个死物，而严世蕃为了一个杯子，不顾戚继光在国事上的重要作用，执意要置戚继光于死地。那么莫怀古的好友是戚继光的这个设置，一方面是寄予了李玉的期望，也就是在戏曲的闲笔中，也不忘补描抗倭胜利的心愿，另一方面也慨叹了国事的糜烂不可收拾。

如果说《一捧雪》《人兽关》《占花魁》中增益了强敌环伺的倭寇和外族之变，那么《永团圆》中则铺叙了帝国的心腹大患——内部的起义军。

《永团圆》之中，投水被救的江兰芳又被任金刚、赛昆仑一伙贼寇

---

① （清）李玉:《李玉戏曲集》，上海古籍出版社 2004 年版，第 212 页。
② （清）李玉:《李玉戏曲集》，上海古籍出版社 2004 年版，第 212 页。
③ （清）李玉:《李玉戏曲集》，上海古籍出版社 2004 年版，第 213 页。
④ （清）李玉:《李玉戏曲集》，上海古籍出版社 2004 年版，第 58 页。

劫走，落入黑店为婢女。适逢高谊任满朝京，途中误入黑店，多亏兰芳
通风报信才使高谊死里逃生，高谊遂将兰芳收为义女。但是这伙胆大包
天的贼寇，居然敢到官衙之中，要劫掠帑银。

> 黄巾侣赤眉曹，屯聚着十万雄骁。没军储多恼燥，因此上借库
> 藏非是俺贪饕。怎休得把性命尘轻，偏惜着钱和钞。①

任金刚、赛昆仑这伙强贼，"处畿省之地，恣鬼蜮之谋，持刃凌
官，拥众劫库"②，正与明帝国晚期此起彼伏的起义军相似。因此不仅
次要人物高谊身兼武职，"三溢节钺经纶手，撑半壁营开细柳"③，男主
人公作为县令，不但要设计破除任金刚、赛昆仑劫库，还要剿尽余匪，
"城内城外搜除余党"④。甚至剧中的次要反面人物江纳，也"起补东阿
县主簿，蒙都爷钧旨，留作巡捕官"⑤。

因此，"一人永占"整体通读的话，就会发现对外寇内盗的焦虑弥漫
其中，这是李玉对时局的关注甚至不自觉地影响了他对人物的设置。比
如《占花魁》中的秦重实际上是一个割裂的形象，李玉把他塑造为将门
之子，前期"十三篇详明冲击攻围。须知道度陈仓虚虚实实……看他年
封侯万里表男儿"，豪情万丈，立志"鹰扬事业家声美，麟阁丹青亘古
垂"。⑥ 然而后期他流落做了卖油郎之后，既不见他毅然投军施展所长，
也不见他把之前所习得的三韬六略应用于卖油事业或追求美娘。他做生
意小本微利，迟眠早起，见到门首倚门送客的美娘也不知道她是妓院女
子，此后得知和美娘共宿一夜需十两银子，他也只是"我自明日为始，
逐日将本钱扣出，积攒三分，只消一年，事便成了"⑦，完全是一个普

---

① （清）李玉：《李玉戏曲集》，上海古籍出版社 2004 年版，第 367 页。
② （清）李玉：《李玉戏曲集》，上海古籍出版社 2004 年版，第 372 页。
③ （清）李玉：《李玉戏曲集》，上海古籍出版社 2004 年版，第 372 页。
④ （清）李玉：《李玉戏曲集》，上海古籍出版社 2004 年版，第 371 页。
⑤ （清）李玉：《李玉戏曲集》，上海古籍出版社 2004 年版，第 371 页。
⑥ （清）李玉：《李玉戏曲集》，上海古籍出版社 2004 年版，第 206 页。
⑦ （清）李玉：《李玉戏曲集》，上海古籍出版社 2004 年版，第 247 页。

通的小本经济生意人。他的形象如此矛盾，是因为李玉要让他的父亲秦良承担起另一条家国主线，抗金功成，平定天下，"疾扫金人归朔漠，长驱铁马定中原"。①

徐铭延先生曾经举出朱佐朝《轩辕镜》中奴仆张恩为主子王连成替死；朱素臣《未央天》中马义夫妇救主，妻自杀，夫滚钉板；李玉《一捧雪》中的莫诚为主子莫怀古替死，《五高风》写王安、王成父子也是为了救主，子替死，父滚钉板，认为这种"义仆热"不足取：

> 　　活跃于明末清初之际的李玉及其同派作家朱佐朝、朱素臣等，更在戏曲创作中变本加厉地表现了这种"义仆热"，应该说，这是当时剧坛上的一股逆流。②

然而，假如说我们把李玉的"义仆"和"一人永占"中的武将对看呢？这些对国家有着重要意义的将领，不管他们的地位如何尊贵，他们实际上也都是"奴仆"，是帝国的"奴仆"。因此，他们要为了这个国家，殚精竭虑，不管是外寇还是内患，都要发挥自己的聪明才智，努力去弥补天塌地陷。

《一捧雪》严世蕃这样的二世祖不仅能掌握官员升迁大权，"逆他的轻则遣戍谪官，重则拟辟；奉他的不要说一岁三迁，便一日九迁，也由得他哩"③，甚至能够随意因为一个玉杯就能决定军事长城戚继光的生死，而边防失守的夏总兵，本该依律斩首示众，却因向严世蕃送了几万两银子的礼，不但没有治罪，没有降职，甚至还让他"立功带罪，坐镇封疆"④。生杀予夺大权旁落，国事糜烂如此，可见天子的昏聩。《占花魁》中徽、钦二宗更是听信奸佞亡了江山，这些描述实际上和晚

---

① （清）李玉：《李玉戏曲集》，上海古籍出版社2004年版，第207页。
② 徐铭延：《论李玉的〈一捧雪〉传奇》，《南京师大学报》（社会科学版）1980年第2期。
③ （清）李玉：《李玉戏曲集》，上海古籍出版社2004年版，第26页。
④ （清）李玉：《李玉戏曲集》，上海古籍出版社2004年版，第23页。

明君主和政局的处境极其相似。

明朝发展至天启时，门户之害、阉党之争的混乱局面已不可掌控。"帝茫无主宰，而好作聪明，果于诛杀，使正人无一能任事，惟奸人能阿帝意而促其一线仅存之命，所谓'君非亡国之君'者如此。"①

> 明自世宗而后，纲纪日以陵夷，神宗末年，废坏极矣。虽有刚明英武之君，已难复振。而重以帝之庸懦，妇寺窃柄，滥赏淫刑，忠良惨祸，亿兆离心，虽欲不亡，何可得哉。②

然而，"一人永占"中这些作为"奴仆"的臣僚，信奉"天下无不是的君主"，因此他们勠力"补天"，他们和"奴仆"莫诚、"婢妾"雪艳娘是同质的，永远勤勉，永不怀疑。这是完成于崇祯一朝的"一人永占"极为特殊的地方，李玉已经感知到无所不在的外寇内患威压，然而对这个王朝的眷恋和热爱，他希望臣子以"忠仆"自居，勇于担责，敢于牺牲，以挽救风雨飘摇的帝国。壮怀激烈的李玉迫不及待地想把自己救国救民的愿望表达出来，因此在他笔下恨不得"全民皆兵""全民皆忠"，只是帝国积痼已深，况且呼吁最强烈的地方往往是最薄弱的地方，剧作和现实的巨大落差，已经预示了帝国不可避免的崩溃。

---

① 孟森：《明史讲义》，上海古籍出版社 2002 年版，第 324 页。
② （清）张廷玉等撰：《明史》，中华书局 1974 年版，第 306—307 页。

第四章 遗臣作家：以陈轼《续牡丹亭》为中心

第一节 陈轼生平与《续牡丹亭》书写

"遗臣作家"以陈轼为代表。陈轼（1617—1694），字静机，福建侯官（今福建闽侯）人。崇祯十三年（1640）进士，授南海县知县，南明隆武朝擢为御史。桂王时，官至苍梧道。入清不仕，晚年流寓江浙，约卒于康熙三十三年（1694）。著有《道山堂集》四卷等，其代表剧作即《续牡丹亭》，还与郑开极、陈学夔等编纂《福建通志》六十四卷。陈轼与著名戏曲家黄星周交往友善，黄氏序文称其"诗文之瑰丽沉雄，词剧之鲜妍香艳，又复轹古烁今，绝无而仅有"①。

《续牡丹亭》传奇共四十二出，分上下两卷，各二十一出。近人所编《曲海总目提要补编》记有此剧，并介绍剧本内容云："因汤显祖载柳梦梅乃极佻达之人，作者欲反而归之于正，言：梦梅自通籍后，即奉濂、洛、关、闽之学为宗，每日读《朱子纲目》；又与韩侂胄相牴牾，而当时许及之、赵师罙等趋承侂胄者，皆梦梅所不合。大率皆戏笔也。梦梅官迁学士，且纳春香为妾，盖以团圆结束，补《还魂记》（即《牡丹亭》）所未及云。"②

《续牡丹亭》传奇十分罕见，版本有二：南京图书馆古籍部藏清三

① （明）黄周星：《道山堂集·序》，载（清）陈栻撰，张小琴点校《道山堂集》，广陵书社2016年版，第1—2页。

② 北婴：《曲海总目提要补编》，人民文学出版社1959年版，第37—38页。

槐堂刻本，题《续牡丹亭传奇》，署"静庵编""袯翁阅"，二卷，四册，共四十二出。国家图书馆藏民国古吴莲勺庐抄本①，姚燮《今乐考证》之"国朝院本"著录："静庵一种：《续还魂》，一名《续牡丹亭》。"②《笠阁批评旧戏目》也曰："《续还魂》静庵作。"③一般认为，此"静庵"，当为"静机"之误，实即陈轼。

对于《续牡丹亭》，学术界存有如下两种观点。一种是以北婴、邓绍基、郭英德等先生为代表，他们分别于《曲海总目提要补编》《中国古代戏曲文学辞典》及《明清传奇综录》中，认为《续牡丹亭》出于戏笔。

另一种是以徐扶明、华玮、赵天为等先生为代表，他们分别于《牡丹亭研究资料考释》《"情"归何处——陈轼〈续牡丹亭〉述评》及《〈牡丹亭〉续作探考——〈续牡丹亭〉与〈后牡丹亭〉》④中阐述《续牡丹亭》的创作思想，认为《续牡丹亭》是借古喻今、抒怀写愤之作。

从剧本内容看，《续牡丹亭》第四十二折《会合》写："俏还魂笔锋端重，则索把余波翻动，不是那镂影吹尘优孟同。"⑤可见陈轼撰写《续牡丹亭》并非出于戏笔，而是寄寓深刻的思想蕴含。

陈轼在明末中举入仕，又在南明和桂王时期历任为官，他本想在仕途上有所作为，却不幸因为朝代更替，为保气节，自断前程，但心中对旧朝兴亡，对自身际遇，未尝不遗恨感慨。这些复杂的情感被转化为《续牡丹亭》中的细节，陈轼的第七孙陈汉揭示了两者之间的联系：

先王父由县令起家，陟谏垣，晋卿贰，方将大有可为，亡何遭时不偶，漂泊归隐五十余年。则兹编之续，毋亦夺酒杯以浇块

---

① 除以上两个版本以外，《续牡丹亭传奇》全文可参考王汉民《福建文人戏曲集·元明清卷》，海峡文艺出版社2012年版，第126—210页。
② （清）姚燮：《今乐考证》，上海古籍出版社1995年版，第278页。
③ （清）笠阁渔翁：《笠阁批评旧戏目》，《中国古典戏曲论著集成》第七册，中国戏剧出版社1959年版，第305页。
④ 赵天为：《〈牡丹亭〉续作探考——〈续牡丹亭〉与〈后牡丹亭〉》，《东南大学学报》2010年第3期。
⑤ （清）陈轼：《续牡丹亭》，清初旧抄本。

垒者欤。①

李自成攻入北京建立政权固然是击垮明王朝的直接外因,然而,明末东林党和阉党之间的斗争,虽有清浊之辨,但内斗的消耗无疑也是分量极重的内因。因此,《续牡丹亭》借柳梦梅来写党争之祸,柳梦梅推崇朱熹为学术出众的精神领袖,许及之却以柳梦梅"批点《纲目》《集注》二书"为由,参奏他为伪学党,柳梦梅因此被贬柳州,即也曾是柳宗元因党祸而被贬的地方,杜宝也因党祸而被迫辞去相位。

许及之、赵师罍等人掀起党争,正义之士被折磨、被流放,而许及之谄媚权贵,借"放龙舟""鼓楫采莲"②等讨好太尉田庆;赵师罍也不择手段地陷害打击正义之士,"宿怨私仇,报复殆尽。"这些细节不免有明末政治生态的影射。

作者对于党争,找不到合理的办法来消除。剧中他通过癞头鼋金阶上奏,使得皇上下旨为柳梦梅平反,把许及之、赵师罍之流革职提问。仅靠癞头鼋冒死进谏就可以平反党争冤狱,这种处理方法极为幼稚,是作者无奈的选择。

《续牡丹亭》中的人物结局也反映了清初遗民文人复杂多元的思想意识。柳梦梅遣戍柳州,后平反升任西川安抚。杜宝被迫辞去相位,后官复原职,辞官回西川养老。招步玉因柳梦梅之荐而官西川总管,带兵平定溪蛮之乱,立下大功。癞头鼋因正直敢言先任邛州监税,后升夔州判官。陈最良因"老耄革职"于富春江边假隐,圣旨召为吏部郎中,后任西川顺庆太守。《牡丹亭》的原班人马以及桂林的招步玉都在西川相会。作者这样安排,一方面有追怀杜甫的诗才与功德之意;另一方面,当时西南一带仍有很强的反清势力,作者这样安排或许是把希望寄托在西南一带,希望在汉族的领导下,西南夷族成为明室复兴的重要力量。

---

① 王汉民:《福建文人戏曲集》,海峡文艺出版社2012年版,第126页。
② (清)陈轼:《续牡丹亭》,清初旧抄本。

第二节　从"以情反礼"到"皈依于理"

《牡丹亭》在汤显祖生前与身后虽亦遭受非议，但总体来说都大获殊荣、备受推崇，其主角柳梦梅也因为痴心地拾画叫画、掘墓活尸而和"生生死死为情多"的杜丽娘一起，成为"以情反礼"的标志性人物。

《牡丹亭》之后，出于对汤作的追慕，出现了不少改本和续作，其中明传奇包括：沈璟《同梦记》、臧懋循《还魂记》、硕园《还魂记》、冯梦龙《风流梦》、徐肃颖《丹青记》。清传奇包括：陈轼《续牡丹亭》、王墅《后牡丹亭》等。

沈璟的《同梦记》①，《南词新谱》中《古今入谱词曲传剧总目》注云："词隐先生未刻稿。即串本《牡丹亭》改本。"②但已佚。臧懋循的《还魂记》，现存明万历四十六年（1618）吴兴臧氏原刻《玉茗堂四种传奇》所收本。署"临川汤义仍撰""吴兴臧晋叔订"。硕园的《还魂记》，现存明末汲古阁原刻初印本、汲古阁刻《六十种曲》所收本。冯梦龙的《风流梦》，现存明崇祯间墨憨斋刻本。徐肃颖《丹青记》，现存明末刻本。但是和《牡丹亭》两相对比可以发现，两者的情节关目、曲词宾白如出一辙，只是变动了名字而已。陈轼的《续牡丹亭》，现存旧抄本。王墅的《后牡丹亭》，已佚。因此，去掉已佚的，即沈璟的《同梦记》和王墅的《后牡丹亭》；再去掉重复的，即徐肃颖的《丹青记》，实际可考的作品有明传奇臧本《还魂记》、硕本《还魂记》、冯本《风流梦》和清传奇陈本《续牡丹亭》。

前三本传奇和陈轼的《续牡丹亭》存在显而易见的差异。首先，前三本都是明人作品，而《续牡丹亭》卷首署"清初静庵撰"，为清人作品。其次，前三本都是仿作，主题还是柳梦梅与杜丽娘从相识、相恋

---

① 仅存残文。据谢伯阳《全明散曲》记载：沈璟"……又改编《牡丹亭》为《同梦记》，《紫钗记》为《新钗记》。今仅《南词新谱》存有《同梦记》残文。"（参见谢伯阳编纂《全明散曲》，齐鲁书社2016年版，第3780页）

② （明）词隐先生（沈璟）编著，鞠通生重定：《南词新谱·古今入谱词曲传剧总目》，中国书店1985年版，第6页。

到成婚的生死情缘；而《续牡丹亭》则是续作，主要讲述柳梦梅的婚后生活与仕途生涯。但是，这些都不是根本性差异之所在，《续牡丹亭》的特殊性在于它从根本上颠覆了柳梦梅的形象。

前三本传奇确实和《牡丹亭》有出入，表现在三个方面。一是为了缩短演出时间删去汤本的某些场次。臧本《还魂记》删去汤本《怅眺》《肃苑》《慈戒》等十六出。合并《腐叹》《延师》《闺塾》等三出为《延师》，合并《秘议》《回生》两出为《回生》。硕本《还魂记》删去汤本《腐叹》《延师》《怅眺》等十二出。冯本《风流梦》删去汤本《劝农》《虏谍》《诇药》《榜下》《闻喜》等出。合并《言怀》与《怅眺》为《二友言怀》，《腐叹》与《延师》为《官舍延师》等。这样做的原因是因为汤作原本有五十五折，"常恐梨园诸人未能悉力搬演"①。

二是为了减轻演员负担更改汤本某些场次的次序。臧本《还魂记》将汤作的《忆女》移至《还魂》之后，"为旦上场太数也"②。

三是为了容易演唱而删改汤本中的唱词。虽然汤显祖求雪里芭蕉之趣，反对以曲调害意，宣称"吾意所至，不妨拗折天下人嗓子"③。但仿作为求合调能歌，把《品令》《豆叶黄》《二犯么令》等曲改词，是因为汤作这些曲词"多不合调，姑为改窜，庶歌者舌本不至太强耳"④。

然而，从根本上来说，柳梦梅形象的基本内核没有变化，依然还是一个风流而又痴情的翩翩佳公子。甚至，其佻达程度在某些改作中相比《牡丹亭》有过之而无不及。汤作原本中，杜丽娘死后，其真容被柳梦梅拾到，声声呼唤，杜丽娘感其痴情，夤夜相访，自称"奴年二八，没包弹风藏叶里花"，主动要求和柳梦梅夜夜欢会，"妾千金之躯，一旦付与郎矣，勿负奴心。每夜得共枕席，平生之愿足矣"⑤。而柳梦梅则

---

① 摘自臧晋叔改本《还魂记》批语，载（明）汤若士撰，臧晋叔订《玉茗堂四种传奇》，金阊书业堂藏版，（清）乾隆廿六年重镌，国家图书馆藏本。

② 摘自臧晋叔改本《还魂记》批语，载（明）汤若士撰，臧晋叔订《玉茗堂四种传奇》，金阊书业堂藏版，（清）乾隆廿六年重镌，国家图书馆藏本。

③ （明）王骥德著，陈多、叶长海注释：《曲律注释》，上海古籍出版社2012年版，第309页。

④ 摘自臧晋叔改本《还魂记》批语，载（明）汤若士撰，臧晋叔订《玉茗堂四种传奇》，金阊书业堂藏版，（清）乾隆廿六年重镌，国家图书馆藏本。

⑤ （明）汤显祖：《牡丹亭》，人民文学出版社1984年版，第143页。

是被动地接受。然而，到了冯梦龙的《风流梦》，杜丽娘自称偶步荒园，欲央求小姑姑相送，不料误敲了秀才之门。和柳梦梅匆匆一面之后，便主动告辞，反而是柳梦梅以"更深黑魆魆怎到家，况隔着荒园堪怕"相吓。当杜丽娘摆出休认作阮肇桃花的矜持时，柳梦梅主动表白"这是前缘天遣为姻娅，乘良夜省陪茶"①。经过冯梦龙的改造，柳梦梅掌握了行动的主动权，和他在梦中要求杜丽娘题柳和芍药栏温存保持了一致性，也更凸显出他性格中的风流一面。

但是，在《续牡丹亭》中，婚后的柳梦梅又是如何表现的呢？一开始他便忏悔了自己的少年行径：

> 夫人，我想在南安旅邸，拾了一幅行乐图，怪叫怪喊，这些狂
> 故态，到了圣上面前，一毫也用不着。②

拾画叫画，本来是柳梦梅的风雅和痴情的体现，而此处，却自蔑为"怪叫怪喊""狂故态"，是自谦还是另有隐情呢？柳梦梅的身份和环境已经发生了变化，原来只是一个默默无闻的秀才，甚至为饥寒还有过打秋风的念头，"日下便只身出门，以图干谒"③；旅途跌卧雪地，"把金梁玉柱生扑倒"④，如果不是陈最良施以援手，结果很有可能客死荒郊。而婚后，柳梦梅以新科状元的身份跻身官场，身为显宦。以前独自寄居梅花观，只和画中的丽娘朝夕相对；而现在列班于金銮殿，一举一动都要注意影响。那么，柳梦梅的转变是由成长造成的从率性转为世故吗？答案也是否定的。因为，柳梦梅不仅是追悔了少年时候的荒唐行为，他的世界观和人生观都发生了翻天覆地的转变。

在朱熹被用之时，柳梦梅以手加额，庆幸不已，"婺源朱先生，乃道学宗主"，"朝廷用得此人，眼见天下太平也"⑤。

---

① （明）冯梦龙：《冯梦龙全集》第十三卷，江苏古籍出版社1993年版，第1113页。
② （清）陈轼：《续牡丹亭》，清初旧抄本。
③ （明）冯梦龙：《冯梦龙全集》第十三卷，江苏古籍出版社1993年版，第1071页。
④ （明）冯梦龙：《冯梦龙全集》第十三卷，江苏古籍出版社1993年版，第1095页。
⑤ （清）陈轼：《续牡丹亭》，清初旧抄本。

对朱熹的著作推为集大成之作，"这集注呵，网罗宗旨，羹蘁圣贤，旁搜诸子，推评本原"，详加揣摩，"不免砂批""细加穷究当忘倦"①。对朱熹的人品学问都称赞不已，认为"朱晦庵是当今第一人品，第一学问"②。朱熹被打成"伪学"，许及之见柳梦梅批点纲学集注，又在人前流连赞叹，诬告他为伪党，柳梦梅被牵连下狱，即使如此，柳梦梅毫无悔意，"我与朱晦庵呵，果然是思齐荐，想慕余"③。

柳梦梅被流放西粤之后，又遭到早已变节的韩子才的冷遇与驱逐。即使如此屡遭贬谪和挫折，在遇到边蛮女将招步玉后，柳梦梅依然以国事为重，积极为国分忧，"将军，国家偷安已久，武备不修。今见麾下军容整肃，留心戎事，还该替国家出力才是"④。

杜丽娘因见春香长成，不忍令其远嫁以致分离，于是萌生将春香许配柳梦梅为妾的念头，不料遭到了柳梦梅的坚决拒绝，表示和夫人白首同心，怎可"做这没良心的勾当。我断不能从命"。"听他燕燕莺莺任销歇，不羡那香山桃柳叠。"⑤ 即使杜丽娘表白这是出于真心绝非试探，自己决不吃醋，然而，柳梦梅却认为，"后妃南国声名彻，怎奈冷风樛木折"⑥，搬出诗经的典故，申明即使杜丽娘有后妃容人之德，但自己却君子慎独，不愿比目中析、连理树折，处处以礼义经典约束规范自己的行为。

第三节　道学之隆替与国家之兴衰

《牡丹亭》原作及众多续作中的风流少年，在《续牡丹亭》中摇身一变，成为一个老成持重的道学先生，而且，仅仅经历了婚后为官的短暂时期。如果没有遇到重大的变故，一个人的性格举止是无法发生如此

① （清）陈轼:《续牡丹亭》，清初旧抄本。
② （清）陈轼:《续牡丹亭》，清初旧抄本。
③ （清）陈轼:《续牡丹亭》，清初旧抄本。
④ （清）陈轼:《续牡丹亭》，清初旧抄本。
⑤ （清）陈轼:《续牡丹亭》，清初旧抄本。
⑥ （清）陈轼:《续牡丹亭》，清初旧抄本。

根本性转变的。但是,《续牡丹亭》中根本没有柳梦梅成长的轨迹,他一出场就是这副少年老成的道学模样,如果不是剧本的题目彰明了和《牡丹亭》的渊源,不是柳梦梅、杜丽娘这些名字提示着和原作一脉相承的关系,不是行文中隐隐约约对前事的回顾,读者根本无法想象这样一个柳梦梅的出现,因为除了名字之外,其言行举止甚至心理活动都完全是另一个人。那么,陈轼为什么要创作这样一个人物,而且,要以柳梦梅的身份出现?是画蛇添足还是借助名著的名头攀龙附凤?《续牡丹亭》说得很清楚,"临川本无咱面孔,谢词家文情如涌",希望读者"休认做画蛇传诵"①。它是有所预期的,那么,它的预期又是什么呢?

《续牡丹亭》以道学的兴衰隆替截然分为两部分,在道学被打成"伪学"之后,古板但清廉的杜宝、"一饭不忘忧君"的柳梦梅等一批正直官吏受到牵连,被打为伪党余孽,纷纷辞官、下狱或贬谪。而一般宵小,趁机群魔乱舞,韩侂胄、许及之、赵师𥽻等人青云直上,网织罪名,排除异己,将整个朝政祸害得乌烟瘴气,"眼见得倾梁倒柱,谁支得大厦将危?"②曾经颇有抱负的韩子才,也在污浊的环境中随波逐流、与之俱黑,不顾玷污祖宗杜甫的名声,一心只图巴结毫无渊源的新贵叔叔"韩侂胄","笑骂由人笑骂,好官我自为之"③,为此不惜冷遇、驱逐并陷害老友柳梦梅。饱读诗书的腐儒陈最良,虽然不为大恶,却官迷心窍,一心投机钻营,借助曾是杜丽娘老师的身份和杜宝、柳梦梅拉关系走门路。即使被贬,也是假隐,沽名钓誉,把隐逸当成一条终南捷径,"万一朝廷搜求遗逸,我陈最良就此出去应诏"④。

当道学恢复了指导性地位之后,正人君子还朝擢用,小人奸党革职提问,朝政面目廓然一清。"抗昌言批鳞可通,苟且却名位高崇。居官矢心须尽忠,廊庙山林,进退从容。"⑤从传奇的格局上表现出道学和

① (清)陈轼:《续牡丹亭》,清初旧抄本。
② (清)陈轼:《续牡丹亭》,清初旧抄本。
③ (清)陈轼:《续牡丹亭》,清初旧抄本。
④ (清)陈轼:《续牡丹亭》,清初旧抄本。
⑤ (清)陈轼:《续牡丹亭》,清初旧抄本。

国家命运的密切联系,不仅有这样的隐喻,作者又忍不住在文中做了这样的明示:

> 道学之隆替,关系国家之兴衰①。

因此,《续牡丹亭》虽然生长在《牡丹亭》的沃土之上,"牡丹亭艳发树头红,又长出小枝娇弄"②,却对原作做了偷梁换柱的改动,把高扬的"以情反礼"的旗帜暗暗转变为"皈依于理"。但是,这种改动却不是哗众取宠,"不是那镂影吹尘优孟同"③,而是寄托遥深:把柳梦梅由风流佻达的才子改造成老成持重的道学家,把道学的隆替作为国家兴衰的风向标,其目的是点醒世人,彰显道学的重要。

然而,由此又引发一个疑问,为什么柳梦梅成为"传声筒"?因为要宣扬道学的重要性的话,不用柳梦梅这个名字,不和《牡丹亭》攀上关系,陈轼的这部剧作以其完整性和丰富性也完全可以独立存在。那么,为什么"必须"是柳梦梅?

由于柳梦梅的家喻户晓,他性格中的风流佻达也随之作为耳熟能详的事实被承认甚至被固定下来。他几乎成了所有风流才子的"共像",陈轼突然地把这么一个人物改造为道学中坚,给人的第一感觉是谬以千里无法接受。但是,强烈的排斥感之后,这迫使人们去思索原因所在。无论是把无名小卒还是理学名儒作为这部剧作的主人公,其共同特点都是平淡无奇,因为无名小卒本身就可黑可白,而理学名儒又太过"天经地义"。理学被他们接受和弘扬,体现不出理学的说服力。风流才子被理学征服,对理学和理学家低首下心,更能体现理学的力量,即所谓"背面敷粉"法。以柳梦梅为表现对象,能够更强烈地突出"反弹琵琶"的效果。风流才子一变为理学家,这种"一石激起千层浪"的争议性能够更好地发挥作品对读者的"刺"和"提"的作用。

---

① (清)陈轼:《续牡丹亭》,清初旧抄本。
② (清)陈轼:《续牡丹亭》,清初旧抄本。
③ (清)陈轼:《续牡丹亭》,清初旧抄本。

另外一个值得注意的是此剧的叙述时间,不同寻常地把婚后作为表现内容。一般来说,才子佳人戏都写到"洞房花烛夜,金榜题名时"为止。下面的内容都一切尽在不言中:幸福美满。为什么很少作家去表现"以后"?因为"文似看山不喜平",但所有的幸福又很相似,再写下去势必流于平淡。然而再写风波的话,才子佳人也有婚后的琐碎和磕碰,和凡夫俗子又有什么区别?况且又违背了"幸福美满"的前提,所以作家宁可藏拙。

但是,《续牡丹亭》一开始就把时间放在柳梦梅和杜丽娘婚后,这并不仅仅因为它要直接接上《牡丹亭》敕赐成婚的结尾。通过对比可以发现,与《牡丹亭》的香艳相比,《续牡丹亭》几乎一笔不及燕婉之私。《续牡丹亭》中的柳梦梅从出场到结束,无论在朝还是在野,都是在为国事、政事奔波。

其实,作家在才子佳人"大团圆"之后搁笔,这种"藏拙"是一种江郎才尽的表现。虽然以"没有材料可写"和"虽有材料不值得写"自辩,但隐含内容是思路和才力的狭窄——只局限于家庭甚至闺阁,越此则无以为继。而《续牡丹亭》之所以敢把叙述时间完全集中于婚后,是因为它发掘和开创了一个不同的领域,即从小家走向了大家,从闺阁走向了朝堂。

在才子佳人戏中,才子经常在开场时"言怀",才高八斗、学富五车,要成为擎天柱、架海梁。但是,八斗才、五车书常常用来传帖寄简,最多也不过最后圆了一个"一举成名天下知"的美梦。至于擎天架海、忧民报国则不知下落。《续牡丹亭》开掘了才子的后一部分,即关心民瘼。这种拓展给了作家充分表现的空间,自然有充分的和重大的材料可供撷取和使用。那么,《续牡丹亭》把叙述时间集中于婚后,仅仅体现了作家的眼界和才力吗?

其他没有作如此拓展的作家,未必没有关注过"朝堂"领域,也未必没有驾驭"关心民瘼"这个题材的能力,之所以没有涉足,除了这个领域和题材相对于偷香窃玉、私期密会吸引力不足,"从来院本千奇百诧,其间情事,总不越五种人伦。大率摹绘夫妇之情者,十之七八，其余四种，合计不过二三。以末世人情，厌正而趋奇，嗜淫而恶恶"①。而且，安逸舒适的大环境使得一般作家对忧国忧民本身认识性不足，表现起来容易流于表面，也难以引起充分的共鸣，于是，作家也乐得避重就轻。但是，沧桑巨变使人们的关注面从家庭转向朝堂，从爱情转向政治。"文变染乎世情，兴废系乎时序"②，政局的变化引发了关注面的变化，具体到陈轼的剧作，便外化为叙述时间的转移。

第四节　"遗臣"的观剧感喟

遗臣不与清朝合作，他们拒不入仕，退隐乡野，以自身独特的观照视角审视过去与当前的社会生活状况。他们的才华无从施展，思想上充满着强烈的忧患意识，内心处于彷徨与苦闷中。由于清代文字狱的迫害，使他们更多地采用代言体的戏曲，通过剧中人物的语言行动来表现自己的情感。以戏演人生，将创作的视角转移到历史与现实的巨变，以反映矛盾复杂的思想感情。③

陈轼在《续牡丹亭》中通过陈最良对功名利禄的醉心，尖锐地指出了为官者得人敬重，无官者遭人鄙贱：

> 说是这等说，从来林下何曾见一人。你看做官的【东瓯令】登王路，上天衢，助益精神貌不癯。那不做官的，山林贱相人欺侮，旧宾朋皆飏去，风吹败絮与残襦，谁肯拂茅庐。④

像陈最良这样老迈之人，仍汲汲营营向杜宝谋求官职，因"老耄革职"后，他反应十分强烈，"拿纱帽大哭"，并为之"气倒"。为了再次得到功名，他到富春江去假扮渔父沽名钓鱼（誉），最后终于如愿以

---

① （清）李渔：《李渔全集》第五卷，浙江古籍出版社 1992 年版，第 415 页。
② （南朝梁）刘勰著，周振甫注：《文心雕龙注释》，人民文学出版社 1981 年版，第 479 页。
③ 张小琴：《清初文化视域下的遗民心态研究——以陈轼〈续牡丹亭〉为例》，《东南学术》2017 年第 1 期。
④ （清）陈轼：《续牡丹亭》，清初旧抄本。

偿，官授吏部，又任西川顺庆太守。

许及之为了升官发财，谄媚权贵，见太尉田庆乃朝廷心腹之臣，就与他结交周密。见杜宝不受拉拢，因此党同伐异，诬告柳梦梅为伪学一党，借以打击杜宝："那平章老儿翁婿相关，衣履有嫌，自然不安其位了。"①

柳梦梅考中状元，官授翰林，少年科甲，踌躇满志，才德两兼，却被复杂的官场关系网，以及莫须有的罪名罗织入罪，丢官流放，又受尽折辱。在这种情况下，柳梦梅依然坚持"道学"，就不仅仅是学术或修身的层面，更显得难能可贵。

陈轼本人就非常崇尚理学思想，他在《林亮臣八秩寿序（代）》云："闽中林文节先生……因得悉其家世，知理学名臣流泽未泯焉。"②陈轼文中讲述林亮臣家族后裔崇奉理学，对理学名臣后继有人感到欣慰与赞叹。

《续牡丹亭》和陈轼《道山堂集》中的《鱼朝恩论》有异曲同工之处，都寄寓了对亡明的深深思考。虽然《鱼朝恩论》谈的是唐代灭亡之由：

> 唐代宗以鱼朝恩为天下观军容宣慰处置使总禁兵，何欤？朝恩而知兵也？体非全气，军容自此而躜，况乎险佞怙宠败国蠹政，已非一日。③

但是显然陈轼是在借古讽今。柳梦梅为朱熹任"经筵日讲官"而感到由衷的高兴："朝廷用得此人，眼见天下太平也。"当朝廷奸佞小臣起伪学党祸时，他对权奸当道深为担忧："正人君子，一网打尽。眼见权奸充斥，国事日非，如何是好？"被打入伪学一党而被拘提审时，

---

① （清）陈轼：《续牡丹亭》，清初旧抄本。
② （清）陈轼：《道山堂集》，载四库全书存目丛书编委会《四库全书存目丛书·集部》第201册，齐鲁书社1997年版，第427页。
③ 四库全书存目丛书编委会：《四库全书存目丛书·集部》第201册，齐鲁书社1997年版，第299页。

他正直敢言，为朱熹理学辩护："自古君子与君子为朋，无非文章声气，互相切磨，怎么说是党？""我见他端方孤洁，是个汨流柱，俭岁稷，人中杰。更兼那开来推圣哲，继往辟淫邪。"① 但反面人物赵师罢对正义之士"任意捃摭，百般锻炼，宿怨私仇，报复殆尽"。②

陈轼《续牡丹亭》中"道学之隆替，关系国家之兴衰"得到了同是"遗臣"的读者黄周星的知赏。

《续牡丹亭》卷首有一款题识，提及黄周星曾对《续牡丹亭》大加称赏：

> 元曲首推西厢，续者或病其不称；明曲首推牡丹亭，而先大夫续之。黄九烟年伯顾独加鉴赏，此岂私阿所好哉？——五男于侯谨识。③

黄周星（1611—1680），"字九烟，金陵（上元）人也。初生时，为周氏乞养，故从周姓，名星，由湖广湘潭籍入北雍，登崇祯癸酉顺天乡榜，庚辰成进士，甲申谒选得请复黄姓加于原名，不忘周也"。④ 明崇祯十三年（1640）中庚辰科进士，十六年（1643）授户部主事。入清后，不仕，康熙十九年（1680）有人以博学鸿儒荐，避不赴；迫之，乃叹曰："吾苟活三十七年矣，老寡妇其堪再嫁乎？"遂于端午，自撰《墓志铭》及《解脱吟》《绝命词》，效屈原投江，遇救得免，家人劝慰，然死志愈坚。"六月望后，夜复赴水，冀无援者，又为人救免。公愤甚，而家人防益密，至七月十七夜半，乘间复蹈清流，防者觉而奔救之，公乃自绝饮食，至二十三日而卒，时年七十。"⑤

因此，黄周星和陈轼，不仅是同年进士，而且有着相同的政治取向、相似的人生经历。

黄周星在戏曲理论著作《制曲枝语》中，曾对汤显祖"四梦"作

---

① （清）陈轼：《续牡丹亭》，清初旧抄本。
② （清）陈轼：《续牡丹亭》，清初旧抄本。
③ 王汉民：《福建文人戏曲集·元明清卷》，海峡文艺出版社2012年版，第126页。
④ （清）叶梦珠：《阅世编》，上海古籍出版社1981年版，第104页。
⑤ （清）叶梦珠：《阅世编》，上海古籍出版社1981年版，第107页。

过这样的评价：

> 若近代传奇，余惟取汤临川"四梦"。而"四梦"之中，《邯郸》第一，《南柯》次之，《牡丹亭》又次之。若《紫钗》，不过与《昙花》《玉合》相伯仲，要非临川得意之笔也。①

可见，黄周星最推崇的汤临川作品，并非《牡丹亭》，而是《邯郸记》和《南柯记》。但他却独独鉴赏陈轼的《续牡丹亭》，原因何在？黄周星指出："论曲之妙，无它，不过三字尽之，曰'能感人'。"②

《邯郸记》和《南柯记》都是看破了官场波谲云诡从而转向宗教寻求心灵安慰的作品，《续牡丹亭》在看破官场黑暗方面与之是相似的，但它却没有退向宗教，而是坚持正道直行，因此"道学"实际上已经成了一个理想和信念的符号。故而，《续牡丹亭》是把"对污浊社会的批判，对国家命运的关注，对个人前途的忧患，和对道德理想的热望，水乳般地交融在一起"③。

更具讽刺意味的是，《续牡丹亭》中的男性，正面人物要么挂冠，要么流放，即使把癞头鼋树为为官的楷模——"假使天下的官，都照癞头鼋这样做去，眼见得太平万世了"④，但是癞头鼋解决问题的模式为一旦"铁胆触金阶"，就立即河偃海清，不免使人产生虚妄的不真实感。

相比而言，《续牡丹亭》剧中，杜丽娘文可治国、招步玉武可安邦。亦不得不使人产生男性缺席，使得女性被推向前台以"匡世"的感喟。

---

① （清）黄周星撰，谢孝明、马美著校点：《黄周星集》，岳麓书社2013年版，第163页。
② （清）黄周星撰，谢孝明、马美著校点：《黄周星集》，岳麓书社2013年版，第162页。
③ 郭英德：《明清文人传奇研究》，北京师范大学出版社1992年版，第21页。
④ （清）陈轼：《续牡丹亭》，清初旧抄本。

第五章 无名氏作家：以《铁冠图》为中心

第一节 《铁冠图》的作者：李渔？叶稚斐？无名氏？

《铁冠图》的最初作者不详，现存版本既是一个杂合本，又是一个残本。创作年代跨越顺治、康熙、乾隆三朝，但其中主要场景还在本书的讨论下限康熙四十年（1701）之前。

关于《铁冠图》的作者，有以下几种说法。

其一，李渔（1611—1680）所作。早在康熙年间，郑达在《野史无文》卷四中就认为这部剧作的作者为李渔：

> 巩永固（少保骑马都督）无子，一女适李国祯子，后随李南下。子号公藩，挈重资，逃居江南和州城南门内居住。奈村农夫（郑达）于康熙戊午年（十七年）二月，曾至其家访之，乃侯硕夫（原注：名雍，驸马之子）之书荐也。公藩以千金赂李渔笠翁，作《铁冠图记》，为父作尽忠死节戏文，掩饰奸状，以愚草野耳目，人皆信之，尽属乌有也。①

但是由于李渔所写的《铁冠图》吹捧李国祯尽忠死节，是存心"淆惑视听""淆乱黑白"，所以他也不敢让人知道自己是《铁冠图》

---

① （清）郑达：《野史无文》卷四，中华书局 1960 年版，第 29—30 页。

的作者。①

其二，叶稚斐（1612—1695）所作。成书于康熙末年或雍正初年的《传奇汇考标目》，叶稚斐名下有"《逊国疑》即《铁冠图》"②。吴梅先生因此在《中国戏曲概论》卷下《清人传奇》中把《铁冠图》列为叶稚斐作；他的另一著述《〈曲海目〉疏证·清人传奇部》又在叶稚斐作品中把《铁冠图》写作《逊国疑》。③ 王国维先生也认为叶稚斐《逊国疑》就是《铁冠图》。

其三，清代无名氏所作，原本已佚。另，程宗骏先生曾提出，《别母乱箭》可能是"由当时的文人、曲家、串客或原著者，会同艺人们在演出过程中合作加工而成"。④

现存《铁冠图》是一个杂合本，又是一个残本。由三种杂合：无名氏的《铁冠图》、曹寅的《表忠记》（又名《虎口余生》）、遗民外史的《虎口余生》。

在《铁冠图》盛演之后，又出现了同类题材的两种传奇。一是康熙中叶曹寅（1658—1712）所作的《表忠记》，应有五十余出，因以边大缓自述《虎口余生记》中事作为全剧头尾，故又名《虎口余生》。其原作亦已散佚，仅能从《曲海总目提要》卷四十六中的介绍得其梗概。二是乾隆初年遗民外史的《虎口余生》，有抄本流传，共四十四出，已收入《古本戏曲丛刊》第五集。"遗民外史"所著《铁冠图》之具体时日，亦不详。据庄一拂先生考证："当为寅后之节删本。"⑤ 又据周妙中著《清代戏曲史》中所转抄之卷首刊有"遗民外史自序"的另一不同版本目录，共七十二出。但是程宗骏先生认为：

上述《铁冠图》七十二折，似不仅是"初稿目录"，也不是曹

---

① 刘致中：《〈铁冠图〉为李渔所作考》，《文学遗产》1989 年第 2 期。

② 《传奇汇考标目》，《中国古典戏曲论著集成》（七），中国戏剧出版社 1959 年版，第 237 页。

③ 王卫民编：《吴梅戏曲论文集》，中国戏剧出版社 1983 年版，第 177、332 页。

④ 程宗骏：《关于〈表忠记〉与〈铁冠图〉》，《艺术百家》1992 年第 3 期。

⑤ 庄一拂编著：《古典戏曲存目汇考》，上海古籍出版社 1982 年版，第 1263 页。

寅所撰之《表忠记》原五十余出文学本。①

陆萼庭在《读〈曲海总目提要〉札记》的第三部分《〈铁冠图〉齣目辨正》认为:"曹寅的编写《虎口余生》,作意与《铁冠图》相近,但各有侧重点,彼偏于'宫闱戏',写闯王兵临城下时明宫君臣的心态,此则偏于'忠臣戏'故其作一名《表忠记》……从整体看,曹氏的《虎口余生》有创作,有改编,合'宫闱戏'与'忠臣戏'为一,欲取原《铁冠图》而代之。"②

而遗民外史的《虎口余生》,"主要抄袭了前人的作品,加上东拾西扯编集成书"③,然亦"正因有了外史本,曹氏原作的框架和形貌乃显"④。

大约到了乾隆中叶,"《铁冠图》已完成齣目的新旧交融、重行组合的历程"⑤。"由于《铁冠图》是老牌子,冠名问题不能含糊,所以始终沿用着。"⑥(清)钱德苍编选,汪协如点校之《缀白裘》中共存十折《铁冠图》折子戏,《探营》《询图》《观图》《夜乐》《守门》《杀监》《别母》《乱箭》《借饷》《刺虎》。收入清宣统三年(1911)昆山国乐保存会编校的《昆曲粹存初集》的《铁冠图》,有《询图》《探山》《营哄》《捉闯》《借饷》《观图》《对刀》《拜恳》《别母》《乱箭》《撞钟》《分宫》《守门》《归位》《杀监》《刺虎》《夜乐》《刑拷》。这十八出,"说是全本,其实残缺。历史地看,残缺却是一种进步"。⑦

《铁冠图》由于是一个杂合本,所以创作年代也有跨越。无名氏的《铁冠图》创作时间在顺治年间。顺治十六年(1659)方文在《涂山集》续集《徐杭游草》之七绝《湖上观剧》中,已提到《铁冠

---

① 程宗骏:《关于〈表忠记〉与〈铁冠图〉》,《艺术百家》1992 年第 3 期。
② 陆萼庭:《清代戏曲与昆剧》,(台北)"国家"出版社 2005 年版,第 368—369 页。
③ 陆萼庭:《清代戏曲与昆剧》,(台北)"国家"出版社 2005 年版,第 367 页。
④ 陆萼庭:《清代戏曲与昆剧》,(台北)"国家"出版社 2005 年版,第 366 页。
⑤ 陆萼庭:《清代戏曲与昆剧》,(台北)"国家"出版社 2005 年版,第 370 页。
⑥ 陆萼庭:《清代戏曲与昆剧》,(台北)"国家"出版社 2005 年版,第 372 页。
⑦ 陆萼庭:《清代戏曲与昆剧》,(台北)"国家"出版社 2005 年版,第 372 页。

图》在杭州演出：

> 谁谱新词忌讳无，优伶传播到西湖。惊心最是张方伯，不敢重
> 看《铁冠图》。①

而曹寅的《铁冠图·别母乱箭》则作于康熙三十八年（1699）之前。根据清人王藻《莺脰湖庄诗集》卷十五所收《寒夜观剧偶成十首》中之第七首："擎杯含泪奉高堂，宁武关前血战场。一战差强人意耳，早传褒语自先皇。"及此诗自注："曹楝亭《铁冠图》，周公曾拒我朝之兵于河西务，太宗皇帝（按，此指天聪间皇太极）临阵叹曰：'自登州登陆以来，如入无人之境，惟此一战差强人意耳！'"②此显系王藻观看《铁冠图》之《别母》《乱箭》两折后所作。其第八首为："英烈夫人刺贼胸，弱龄宫眷凛霜锋。欲图射马獐偏代，遗恨千秋匹卧龙。"自注：明宫娥费氏，本朝顺治初封英烈夫人。此诗所述无疑为曹寅《铁冠图》之《刺虎》。③《莺脰湖庄诗集》卷十五所收诗篇之年代，是从清康熙三十二年至三十八年（1693—1699），从而推知王藻在寒夜所观"曹楝亭《铁冠图》"，至迟编成于康熙三十八年（1699）。而曹寅于康熙二十九年（1690）六月出任苏州织造，三十一年（1692）十一月自苏州赴江宁织造任。因此可以推知曹寅编写此剧"当在康熙三十八年之前；甚至可能在苏州织造任上。这时，他不仅自备家庭戏班，而且还从事戏曲创作"。④

"遗民外史"所著《铁冠图》则在乾隆时期。

本章主要探讨的《别母乱箭》和《贞娥刺虎》，俱创作于康熙三十八年（1699）之前。此外，《别母乱箭》的另一个版本《白氏尽节》的

---

① 方文：《涂山续集》，清康熙二十八年（1689）刊本，第26页。
② 钱仲联主编：《清诗纪事·乾隆朝卷·王藻·寒夜观剧偶成诗》，凤凰出版社2004年版，第1218页。
③ 程宗骏：《关于〈表忠记〉与〈铁冠图〉》，《艺术百家》1992年第3期。
④ 徐扶明：《曹寅与〈虎口余生〉传奇》，《元明清戏曲探索》，浙江古籍出版社1986年版，第231页。

折子戏，见于清初刊本《新刻精选南北时尚昆弋雅调》首册，演周妻白氏被绑，招其夫降，白氏为激夫死战，撞城而死。华玮先生论断《新刻精选南北时尚昆弋雅调》的刊刻当在康熙十三年（1674）。

　　有关《新刻精选南北时尚昆弋雅调》的成书年代，《中国曲学大辞典》称是"清初刻本"，中国艺术研究院图书馆书卡上注明为"清顺治间刻本"，其实此书刊刻时间应可以确定绝不早于康熙十三年（1674）。①

第二节　"节烈双全"之母与"女中英雄"之妻

　　《铁冠图》关于"周遇吉之妻"的形象塑造有两个版本，一是在《别母》版本中，主要以母亲的陪衬人物出现。本折主要叙述周遇吉因流贼围困岱州，恐战死沙场，无人奉养老母，周遇吉退守宁武关，心知此关旦夕必破，特回家见母亲一面，欲命家将保护母亲逃往他州外府，母亲反而激励周遇吉勿以小家为念。贼兵围困关前，周遇吉六神无主，"待我自刎了罢"，潜意识希望全家死在一处，母亲厉声喝止："啐！你若战死沙场，则名垂青史；若死在家中，只道你眷恋妻孥，可，可不遗臭万年！"②

　　其实，如果周遇吉自刎殉国，亦可称为大明尽忠，因为在甲申之变时，一些大臣都采取了自杀殉国的方式。

　　怀宗崇祯十七年（1644）三月十九日丁未，贼李自成陷京师，帝崩于煤山之际，大学士兼工部尚书范景文死之。初，贼犯都城，景文知事不可为，叹曰："身为大臣，不能从疆场少树功伐，虽死奚益！"十八日召对，已不食三日矣。饮泣入告，声不能续。翌日城陷，景文望阙再拜自经，家人解之，乃赋诗二首，潜赴龙泉巷古井死。③

---

① 华玮：《新发现的〈铁冠图·白氏尽节〉》，《中华戏曲》2013 年第 2 期。
② （清）钱德苍编选，汪协如点校：《缀白裘》，中华书局 1940 年版，第 47 页。
③ 谷应泰：《明史纪事本末》，（台北）三民书局 1969 年版，第 958 页。

户部尚书兼侍读学士倪元璐闻难，曰："国家至此，臣死有余责。"乃衣冠向阙，北谢天子，南谢母。索酒招二友为别，酹汉寿亭侯像前，遂投缳。①

左都御史李邦华闻难……乃题阁门曰："堂堂丈夫，圣贤为徒，忠孝大节，矢死靡他。"乃走文丞相祠再拜，自经祠中。②

左副都御史施邦曜闻变，恸哭题词于几曰："愧无半策匡时难，但有微躯报主恩。"遂自缢，仆解之复苏，邦曜叱曰："若知大义，毋久留我死。"乃更饮药而卒。③

大理寺卿凌义渠闻难，以首触柱，流血被面，尽焚其生平所著述及评骘诸书，服绯正笏望阙拜，复南向拜讫，遗书上其父，有曰："尽忠即所以尽孝，能死庶不辱父。"乃系帛奋身绝亢而死。④

然而，在《铁冠图》的作者看来，"平时袖手谈心性，临危一死报君王"还并非大义，因此，用周母特别点醒世人，不宜轻坏有用之身，而应以奋勇杀敌为念。因此，在《别母》的版本中，母亲占据主导地位，妻子只是陪衬。是母亲在周遇吉担忧之时，提出了解决之道。举东晋卞昆一家阖门死节为例，指出自己全家也会效仿，激励儿子放弃后顾之忧，奋勇杀敌。

> 东晋时有个苏峻跋扈，提兵犯阙。其时有个大夫卞昆仗剑与苏峻战于阙下而死，一子随父而亡，家中妻子亦伏剑而毙。其母年过九十，拍案大笑曰："吾门幸哉！吾门幸哉！父死为忠，子死为孝，妻死为节，母死为义！"其母亦自刎而亡。忠孝节义出于一门，至今巍巍庙像，赫赫丹青，千秋万世，永垂不朽。我们也效学他家，岂不美哉？⑤

---

① 谷应泰：《明史纪事本末》，（台北）三民书局1969年版，第958页。
② 谷应泰：《明史纪事本末》，（台北）三民书局1969年版，第958页。
③ 谷应泰：《明史纪事本末》，（台北）三民书局1969年版，第958页。
④ 谷应泰：《明史纪事本末》，（台北）三民书局1969年版，第958页。
⑤ （清）钱德苍编选，汪协如点校：《缀白裘》，中华书局1940年版，第48页。

值得注意的是，母亲也是早年丧夫，辛苦抚养儿子立身成名，"你父亲不幸早亡，喜汝名登武库，出镇此土"①，所以母亲首先是一个节妇。此后，又用投火自杀的方式，激励儿子舍家卫国，又是一位烈母，以一身兼节烈双美。而妻子作为节烈老母的陪衬人物，霜操自恃，自刎殉烈。

> 我是裙钗妇，守糟糠；闺箴从幼慕共姜，贞操自会凛冰霜。〔阿呀婆婆吓!〕只为龆龄幼子，衰老姑嫜，因此上，偷生忍死相偎傍。〔罢!〕到不如先淬青锋，免使伊牵心挂肠!②

但是在《白氏尽节》的版本中，是敌人俘获了白氏，将其绑上城头，以此要挟周遇吉投降。周遇吉于心不忍，追思妻子数十年陪自己同守边关、卧冰履霜；自己身为堂堂男子，不能庇荫其妻，如今家破人亡，连累妻子送死。反而是妻子视死如归，连用名将典故激励丈夫舍生忘死，为国尽忠，最终以撞城下死的方式坚定丈夫之志：

> 【前腔】（旦）当今宠命付伊行，谁肯去背国轻降！唔老爷，我和你世受君恩，尝怀死不得其所。岂不闻常山骂贼，青史流芳；卫律羁胡，万年遗臭；姚君素有杀妾之忠，张睢阳有烹妻之义。如此古人，谁不钦仰？我和你夫妻二人，一旦为国身亡，死复何恨，何须悲啼！厷老爷，双双含咲归泉壤，博得个青史争光。视死如归将身丧，飞头血、溅鸳鸯。（撞城下死）③

而且，和《乱箭》版本不同的是，白氏不仅仅是一个"晨昏甘旨勤供养，侍奉姑嫜"的贤媳，还是一个女中英雄，曾经与丈夫共同浴

---

①　（清）钱德苍编选，汪协如点校：《缀白裘》，中华书局1940年版，第47页。
②　（清）钱德苍编选，汪协如点校：《缀白裘》，中华书局1940年版，第49页。
③　（清）江湖知音者汇编，古潭订定：《新刻精选南北时尚昆弋雅调》，清初广平堂刻本，第1册，下栏，页码原缺。

血杀敌，亲自参与了大明社稷的保卫，因此她有比一般女性更强烈的家国之念。白氏并非无情，她和周遇吉感情深厚，因此她选择死亡，既避免丈夫为情丧志，又激励丈夫为国为家拼死复仇。

【前腔】香消粉褪受灾殃，逼得我玉碎珠沉。嗳老爷，昨日与你马前分手，今日又在城上相逢。喜的是前缘未尽，愁的是大限又临。厷老爷呵！俺和你睁睁两眼徒相望，止不住血泪千行。罢了，老爷，你乃是堂堂大将，合当为国身亡。你妻子虽是女流之辈，也曾冲锋冒阵，血战边城，事到于今，何惜一死！厷老爷，犹如我双双夫妻，战死在沙场上，又何惜两分张。①

因此，在《铁冠图》关于同一事件的两种版本两种叙述中，分别突出了"节烈双全"之母和"女中英雄"之妻，她们的共同点在于"深明大义"，都以牺牲生命为代价，激励男性主人公舍家卫国，甚至在男性主人公动摇或犹豫之际，充当了"指路人"的角色。周遇吉在《乱箭》一折中，连连战败左金王、射塌天、御弟一只虎等多名贼将，最终在万箭齐发，身受重伤的情况下，还用力打断了一只虎的左臂，堪称忠烈。而周遇吉的忠烈更反衬了其母、其妻的头脑和心胸。

第三节　方显得大明朝还有个女佳人

《铁冠图》更与众不同的是塑造了一个为国复仇的烈女费贞娥形象，费贞娥的最突出之处，在于她想凭借一己之力为明朝复仇。她假扮公主，本想行刺的对象是李自成，但不想李自成将她赐给二大王一只虎，因此临时起意，改为"刺虎"：

我想忠义之事，男女皆可做得。为此我到官中取了一把匕首，

---

① （清）江湖知音者汇编，古潭订定：《新刻精选南北时尚昆弋雅调》，清初广平堂刻本，第1册，下栏，页码原缺。

藏于身畔，又假妆公主模样，指望得近闯贼，杀此巨寇，与君父报仇。谁想反将我赐与兄弟一只虎为配。待他来时，我自有道理！①

剧作家接连以历史上三位著名的刺客来类比费贞娥，"要与那漆肤豫让争声誉，断臂要离逞智能。"②"可知俺女专诸不解江皋韵。"③

豫让是晋国正卿智伯瑶的家臣。晋出公二十二年（前453），赵、韩、魏联手在晋阳之战中攻打智氏，智伯瑶兵败身亡。为了给主公智伯瑶报仇，豫让漆身为厉，吞炭为哑，坏肤毁声以改变形貌，行刺赵襄子。

吴国要离请缨去行刺庆忌，定下苦肉计让吴王砍断了他的右臂，取得了庆忌的信任之后，要离趁庆忌没有防备，从他背后偷袭，以矛透胸杀死庆忌。

公元前515年，吴公子光乘与专诸密谋，以宴请吴王僚为名，藏匕首于鱼腹之中进献（鱼肠剑），当场刺杀吴王僚，专诸也被吴王僚的侍卫杀死。公子光自立为王，是为吴王阖闾。

豫让采取漆身、吞炭"丑化"改变外貌的方式以达到接近行刺对象的目的，费贞娥则是采取冒名公主"美化"的方式以达到接近行刺对象的目的。庆忌自定"苦肉计"，费贞娥则是巧言让一只虎卸甲，"今宵乃将军百年喜日，岂可穿此不祥之服？"又用"奴家亲与将军卸甲，才是妇道"④，既回绝了一只虎唤侍女前来伺候，又以卑伏之姿避免一只虎生疑。因此，不仅服装上"卸甲"，去掉了他的防护，从心理上也给一只虎"卸甲"，使他彻底放下了防备之心，趁其大醉、卸防，方能一击即中，行刺成功。

费贞娥更声明，自己不恋阳台云雨，无意巫山秦晋，像专诸一样一心刺杀，根本无心于二大王一只虎的"富贵"与"宠爱"。三位刺客虽

① （清）钱德苍编选，汪协如点校：《缀白裘》，中华书局1940年版，第61页。
② （清）钱德苍编选，汪协如点校：《缀白裘》，中华书局1940年版，第62页。
③ （清）钱德苍编选，汪协如点校：《缀白裘》，中华书局1940年版，第67页。
④ （清）钱德苍编选，汪协如点校：《缀白裘》，中华书局1940年版，第65页。

然青史留名，但是都付出了生命的代价，费贞娥最终也以自刎殉烈。

但费贞娥的特殊意义在于，她不是为了某个男子守身，而是为国复仇。更重要的是，整个大明朝四顾无人，虽然前有周遇吉这样的忠臣，然而只是凤毛麟角，而且这样的凤毛麟角也已经被乱箭射死。连李自成都感叹道："若是明朝将官个个如此，孤家怎能到此？"① 崇祯城破之前，下旨各勋戚贵大臣家捐输家财，以充兵饷。众臣不但个个退缩不愿捐输，还饮酒作乐，"新开斗大一枝大红牡丹，香艳撩人，大家痛饮一回。正是：今朝有酒今朝醉，管什么明日愁来明日忧？"② 等到李自成攻入城中，逼死君父，一家骨肉死于非命。"可笑那些臣子没有一个为国家报仇泄恨的。难道如此奇冤极恨，就干休了不成？"③ 本该匡世、救世的男性一无所见，因此只能由弱女子担负起救国复仇的重任：

> 拚得个身为虀粉！拚得个骨化飞尘！誓把那九重帝主沉冤泄，誓把那四海苍生怨气伸！也显得大明朝还有个女佳人！④

费宫人有几点特别值得关注，其一，年极小。刺虎之年，据《启祯野乘一集》仅十五岁，据《明史》亦不过十六岁。其二，费宫人是一个无名小卒，不是公主，不是皇后，也不是妃嫔，只是大明宫廷之中一个小小的彩娥宫女。实际上，费贞娥并不是一个真正的名字，贞是形容其志向，娥是形容其容貌，所以她只是明朝美貌坚贞女性的一个代号。但最终，她不仅被野史记录，还被收入正史，并且附在崇祯的正配周皇后之后。名列史传，这是史学家所能给予费宫人的最高赞誉，可谓备极哀荣。

费宫人的事迹最早载于邹漪的《启祯野乘一集》：

---

① （清）钱德苍编选，汪协如点校：《缀白裘》，中华书局 1940 年版，第 53 页。
② （清）钱德苍编选，汪协如点校：《缀白裘》，中华书局 1940 年版，第 60 页。
③ （清）钱德苍编选，汪协如点校：《缀白裘》，中华书局 1940 年版，第 61 页。
④ （清）钱德苍编选，汪协如点校：《缀白裘》，中华书局 1940 年版，第 62 页。

崇祯甲申，京师陷贼。费氏年甫及笄，投井，井竭。贼至，闻井中有声，救出之。贼见其姿容，互争未已。费氏诒曰："我乃长公主，若辈不得乱，必报汝主!"费氏意欲借以图闯也。见闯，审知非公主，赏贼将罗姓者，携出。费氏又诒之曰："妾年尚幼，实出天潢，义难苟合，望将军怜宥，择日成礼。"罗大喜。费氏暗藏利刃，伺罗酒酣，尽力直刺喉下，随以刀自断其颈，俱死筵前。贼悯其贞烈，葬之。①

之后，费宫人的事迹又被写入了《明史》卷一一四《列传第二·后妃二·庄烈帝愍皇后周氏》，并且直接附在自缢的周皇后之后：

宫人费氏，年十六，自投眢井中。贼钩出，见其姿容，争夺之。费氏诒曰："我长公主也。"群贼不敢逼，拥见李自成。自成命中官审视之，非是，以赏部校罗某者。费氏复诒罗曰："我实天潢，义难苟合，将军宜择吉成礼。"罗喜，置酒极欢。费氏怀利刃，俟罗醉，断其喉立死。因自诧曰："我一弱女子，杀一贼帅足矣。"遂自刎死。自成闻大惊，令收葬之。②

其三，最初的记录之中，费宫人未写籍贯，但传闻在天津，然而后来竟然据以为实。关于费宫人的籍贯，陆次云在《费宫人传》中称"未详其何地人"③。乾嘉年间，天津已普遍流传着费宫人籍贯是天津的说法，"姓氏昭青史，里居竟不闻，传是天津人"④。华鼎元《缄斋杂识》称"费宫人，为天津卫金事费敬之族人"⑤，高继珩则

① （清）郎济：《启祯野乘一集》卷一六《宫中二烈女传》，明崇祯十七年（1644）柳围草堂刻，清康熙五年重修本，《四库禁毁书丛刊》史部第41册，北京出版社2000年版，第24页。
② （清）张廷玉等编：《明史》卷一一四《列传第二·后妃二·庄烈帝愍皇后周氏》，中华书局1974年版，第3545页。
③ （清）陆次云：《北墅绪言》卷三《费宫人传》，清康熙二十三年（1684）宛羽斋刻增修本，《四库全书存目丛书》集部第237册，齐鲁书社1997年版，第337页。
④ （清）梅成栋编：《津门诗抄》卷二三，天津古籍出版社1987年版，第734—735页。
⑤ 《费宫人故里》，《半月戏剧》1937年第1卷第4期。

称大费家胡同就是费宫人的故里，但是"当日门楣何处寻，故老难逢空叹惜"①，可见当时找不到可以证明是费宫人同族的人，证实不了费宫人是天津籍这一说法。即使如此，"天津名人追吊宫人诗最盛"②，清代中后期天津诗坛领袖梅成栋对费宫人是天津人表示深信不疑，认为"地以人名传不朽，断非出自悠悠口"③。费家巷甚至还建有费宫人祠，存费宫人遗像，梅成栋之子梅宝璐有诗《题费宫人遗像》及题跋：

> 宫人，天津籍。城内费家巷，传为宫人故居。费家巷有宫人祠，祠有宫人遗像，仗剑徘徊，姿态如生。
>
> 青史模糊碧血新，千秋一剑气弥纶。
> 同仇尚有秦良玉，杀贼勤王到美人。
> 贞心如鉴数难征，遗恨空怜太液凝。
> 应化西山万峰雪，寒光长照十三陵。④

费宫人的事迹在清末的天津还影响到地方志的纂修，在当时的社会舆论影响下，光绪二十四年（1898）纂修完成的《重修天津府志》将陆次云的《费宫人传》和《明史纪事本末》中的费宫人故事收录其中。其实，光绪以前纂修的天津地方志，并没有对费宫人故事的记录，但编者认为，是明清鼎革之际，天津人文未盛，或许未及记载，但不可因无文献所据就否认费宫人为天津籍，况且天津毗邻北京，被选入宫的宫女尽多，亦多一重可能性。

此外记费宫人者，《绥寇纪略》《西河杂笺》《虞初续志》《烈

---

① （清）高继珩：《培根堂诗集》卷一《天津城内东偏费家巷，传为明季费宫人故里》，清道光、同治间迁安高氏刻培根堂全稿本，见《清代诗文集汇编》编撰委员会编《清代诗文集汇编》，上海古籍出版社2010年版，第600册，第6页。
② （清）张焘：《津门杂记》卷上《古迹》，天津古籍出版社1986年版，第15页。
③ （清）张焘：《津门杂记》卷上《古迹》，天津古籍出版社1986年版，第16页。
④ 徐世昌编：《晚晴簃诗汇》卷一六九，民国十八年（1929）退耕堂刻本，《续修四库全书》第1633册，第40页。

皇小识》与陆次云、袁枚、陈大复、张大年诸诗文，均未言何许
人。至乾嘉间，樊彬、梅成栋、马寿龄诸人始指费家胡同为其故
里。先曾有祠，并有遗像，如谓诸子傅会桑梓，则赵泌、高波瑸、
高继珩亦有诗张之。愚意鼎革之际，津地人文未盛，先无纪载不足
为异，即前志草创，如殷少保墓尚见遗，何有于此？亦不可据以疑
之，且观郡内，自兴济张氏之外，称某秀女庄者不一，盖因地近人
杰，明代固多选入掖庭，费氏度为津人钦？[①]

　　《铁冠图》之中一个小小的宫女费贞娥，不仅名列史传，而且乡梓
欢迎，哪怕疑似，也要纳入自己治下，这是因为她代表了一种与众不同
的精神力量，一种在投降、自杀之外的选择。此前提到《甲申殉难录》
中左副都御史施邦曜题诗道："愧无半策匡时难，但有微躯报主恩。"[②]
读来悲壮万分，但有识之士、号天醉居士的洪允祥却大不以为然，在
《醉余偶笔》这样当头棒喝道：

　　　　没中用人死亦不济事。然则怕死者钦？天醉曰，要他勿怕死是
　　　要他拼命做事，不是要他一死便了事。[③]

　　而《铁冠图》中的周遇吉和费贞娥，他们共同代表了剧作家的另
一种呼唤。周遇吉在战场上拼死厮杀，在临死之前还打伤了一只虎的左
臂。而一只虎正因为左臂受伤，战斗力大减，才给了费贞娥可乘之机，
让她能够以一个弱女子的身份而能行刺成功。剧作家这样安排，固然是
一种"合理化"，让剧情紧密衔接，细节之处也经得起推敲；但更是一
场"接力赛"，隐含希望有识之士珍重有用之身，投入抵抗的斗争之
中，而有望于复仇和复国。

---

　　①　（清）徐宗亮等编：《（光绪）重修天津府志》卷四六《列女·费宫人》，《天津通志·旧
志点校卷》上册，南开大学出版社1999年版，第1385页。
　　②　（清）谷应泰：《明史纪事本末》，（台北）三民书局1969年版，第958页。
　　③　周作人著，止庵校订：《知堂乙酉文编·道义之事功化》，北京十月文艺出版社2013年
版，第77页。

　　这就像《铁冠图》本身一样，这部由无名氏、曹寅、遗民外史在顺治、康熙、乾隆三个朝代接力书写、不断完善的剧作，更不知加入多少无名艺人的细节修缮和演出修改，在三朝不断地流传、书写、改写、演出，使它变成了一个累积型剧本，也像是一场"接力赛"。不同朝代的剧作家和艺人，都把自己的感悟和领会融入这个剧本之中，从而使它传达出某种时代的心声。

　　《铁冠图》最初的无名氏，不管是在久远的流传中遗失了名字，还是因为惧祸全身而隐去了名字，他虽然身名俱废，却仍然通过文字微言大义，惩奸扬善，评议时事，召唤时人。《铁冠图》成为残本，既有时间长河的冲刷，也受到时代的压制和损毁，但是其中最鲜明的主线，最强烈的情感，甚至最有干时忌的内容，却依然保存下来了。虽然《铁冠图》是铁冠道人以三幅图的样式预示了明朝必将灭亡，但是真正打动时人的却是景阳分宫、别母乱箭和贞娥刺虎。也就是宵衣旰食的崇祯帝，身边没有一个得力的大臣，敲响景阳钟却无一人救驾，最终只能在煤山上凄惨自尽；尽忠报国的周遇吉，全家死节，他孤身奋战，万箭穿身而死；以及小小的费宫人，以一己之力，刺杀李自成的御弟一只虎，代表了明朝的复仇。其经典的《别母乱箭》和《贞娥刺虎》，流传到了今天，依然不胜激荡人心，更不要说亲自见证历史翻覆的时人观看之后的感情冲击力了。

第六章　贰臣作家：以吴伟业《秣陵春》为中心

第一节　吴伟业生平与《秣陵春》书写

吴伟业（1609—1671），字骏公，号梅村，江南太仓人，复社领袖，受业于张溥。明崇祯四年（1631）一甲二名进士，授编修，官国子司业。弘光朝召拜为少詹事，甫任两月，即因与马士英、阮大铖不合而谢归。入清后，梅村杜门不与世通者十年，主持文社，声名藉甚。顺治十年（1653），应召入都，阻行者甚众，终于扶病而出。初授秘书院侍讲，后升国子监祭酒。十四年（1657）归里。十七年（1660），以奏销事议处，几至破家。康熙十年（1671）十二月二十四日卒。吴伟业与钱谦益、龚鼎孳并称"江左三大家"，自编《诗文集》四十卷，生前已有刻本。此外尚有传奇《秣陵春》，杂剧《通天台》《临春阁》，史乘《绥寇纪略》等著作传世。

吴梅村早年为明臣，曾受崇祯帝之殊遇，后来"世故牵挽，不克守其匹夫之节"[1]，变节仕清，终成贰臣。对于降志屈节，应诏出山一事，吴梅村负愧终生，其后期诗文中时时有追悔自责之词，《过淮阴有感》其二云："浮生所欠止一死，尘世无由识九还。我本淮王旧鸡犬，不随仙去落人间。"[2] 据清初顾湄《吴梅村先生行状》记载，吴梅村临

---

① （清）吴伟业：《吴梅村全集》，上海古籍出版社1990年版，第704页。
② （清）吴伟业：《吴梅村全集》，上海古籍出版社1990年版，第398页。

终之际，自叙平生事略曰："吾一生遭际，万事忧患，无一刻不历艰难，无一境不尝辛苦，实为天下大苦人。吾死后，殓以僧装，葬吾于邓尉、灵岩相近，墓前立一圆石，题曰诗人吴梅村之墓，勿作祠堂，勿乞铭于人。"① 吴梅村遗嘱称自己为"天下大苦人"，言辞之间，其心情可谓沉痛至极；而吴梅村对自己身后丧葬事务的安排，也几乎可以说是他一生心迹之最后表白。

吴梅村死后以僧装入殓，圆石立墓，题曰"诗人吴梅村"之墓，这一系列的后事处置既不是标新立异之举，亦非随意交代，而是吴梅村经过深思熟虑后做出的安排，既效法前贤，又寄托有深意。叶君远先生在《吴伟业评传》中指出："首先，'殓以僧装'就颇耐人寻味，他虽然信佛，却并没有出家。甲申之变时愿云和尚曾与他'相约入山'，当时他'牵帅未果'；几年后，愿云再次以出世相规劝，他连连表示'不负吾师约，十年践前诺'，然而始终不曾毅然割断世俗之情、以至他五十岁生日时愿云曾用'半百定将前诺践，敢期对坐听松声'的诗句委婉地责备他有负前约。而死后他却要'殓以僧装'，为什么？大概是想履践生前未曾实现的允诺吧？或许，更重要的是想避开身仕两朝之人究竟该以什么服色入殓的矛盾吧？因为他既不愿服清朝的服色，又不敢也无颜再服明服，那么'僧装'自然是最好的选择了。"② 吴梅村曾仕清为国子监祭酒，依当时惯例，其死后本当以朝服入殓，而他却遗嘱殓以僧装。个中原因，除叶君远先生已有的分析之外，作为一个熟知典故的诗人，吴梅村的丧葬处置可能也有效法古人的意味。《三国志》裴松之注引《晋阳秋》记载，三国时儒者谯周遗嘱曰："若国恩赐朝服衣物者，勿以加身。当还旧墓，道险行难，豫作轻棺。殡殓已毕，上还所赐。"③ 谯周本为蜀国旧臣，虽然后来仕晋，但是毕竟心怀愧疚，眷恋故国，其死后不肯以新朝所赐衣冠入殓，所表现的恐怕正是这种心态。

---

① 《碑传集》卷四十三，《清代碑传全集》上册，上海古籍出版社 1987 年版，第 229 页。

② 叶君远：《吴伟业评传》，首都师范大学出版社 1999 年版，第 271 页。

③ （西晋）陈寿撰，（南朝宋）裴松之注，中华书局编辑部点校：《三国志》，中华书局 1982 年版，第 1033 页。

吴梅村一身事二主的经历与谯周类似，他既不愿以清朝朝服入殓，也不敢复汉族衣冠，其以僧装入殓，或许对谯周事迹有所借鉴。

吴梅村墓碑题曰"诗人吴梅村之墓"，则另有隐衷。叶君远《吴伟业评传》认为，这是"一方面他本心的确不愿做清朝的官，所以不肯题清朝的官衔，另一方面也不好再用明朝给他的官衔，而他又确实称得上是一个杰出的诗人，所以只好如此题了"。① 吴梅村对于仕清终生无法自我原谅，其《自叹》诗云："误尽平生是一官，弃家容易变名难。"② 后来人对吴梅村也往往报以理解之同情，如咸丰时诗人宗源瀚（1834—1897）《题吴梅村先生写照》诗云："苦被人呼吴祭酒，自题圆石作诗人。"吴梅村"自题圆石作诗人"的做法，很可能是借鉴了金元之际诗人元好问的事迹。清末叶廷琯《鸥陂渔话》记载：

> 碑阴有魏初、姜彧记云："或与初尝先辱先生教诲，又闻先生之言曰：'某身死之日，不愿有碑志也；墓头树三尺石，书曰："诗人元遗山之墓"，足矣。'"③

元好问本为金人，而金朝为元朝所灭，元好问以遗民终，遗言墓碑题为"诗人元好问之墓"④。吴梅村与元好问都有鼎革之变的经历，但吴梅村又成为贰臣，内心感触更为过之。清代诗人金慰祖就曾将吴梅村比作元好问，其《吴梅村墓》诗云："两代诗名元好问，毕生心事沈初明。"因此吴梅村墓碑文字仿照元好问，这不是没有可能。⑤

《秣陵春》撰写于清顺治七年（1650）前后，在清顺治十年（1653）吴伟业出山任国子监祭酒之前。《秣陵春》叙述时间发生在南唐亡国不久后的北宋初年，已故南唐大学士徐铉之子徐适，因家道中落而被排拒于官场之外，只能隐居于旧宅之中。为了离家尝试寻找出仕的机会，徐

---

① 叶君远：《吴伟业评传》，首都师范大学出版社 1999 年版，第 272 页。
② （清）吴伟业：《吴梅村全集》，上海古籍出版社 1990 年版，第 176 页。
③ （清）叶廷琯：《鸥陂渔话》，台湾商务印书馆 1976 年版，第 3 页。
④ （清）叶廷琯：《吹网录　鸥陂渔话》，辽宁教育出版社 1998 年版，第 4 页。
⑤ 朱则杰、徐丰梅：《吴伟业墓碑与元好问》，《古典文学知识》2005 年第 1 期。

适不顾众人反对，将家藏后主李煜所赐玉杯连同祖先遗留的产业"宜官阁"，与南唐临淮将军黄济换取便于携带的钟、王法帖。

徐适以玉杯交换法帖之后，持帖到洛阳拜访父亲的学生、现下任官新朝的独孤荣，希望获得引荐。但是，独孤荣不但没有为徐适引荐，反而骗走法帖。正当徐适落魄时，南唐李后主和他的妃子黄保仪的魂魄让徐适得到黄济之女黄展娘使用过的宝镜，再从中施法，一面让徐适从宝镜中见到展娘的容貌，一面使黄展娘手中的玉杯出现徐适的倒影，两人因此一见钟情。李后主与展娘之姑黄保仪的亡灵早有心使徐适、展娘相配，于是导展娘之魂与徐适成婚，并赐给宝物烧槽琵琶，夫妻二人觅地汴梁居之，不料为恶人惊散，展娘灵魂重回秣陵，形神复合。

徐适蒙冤，幸其文才为当朝皇帝所赏，特赐状元及第，几经周折，终与展娘重谐花烛，徐适也顺利出仕新朝。《秣陵春》结尾，新朝皇帝为纪念李后主诏建摄山寺，徐适夫妇前往凭吊，李后主仙驾降临，说起旧宫零落，后主忻然道："世间光景，自然是这样的。如今证了仙果，也不放在念头上了。"剧终以曹善才与徐适的对话作结：（曹）"状元放心。有贫道在这里呵，凭着你两个早去做官僚。玉带金貂，紫绶绯袍，皓齿纤腰，翠袖珠翘，镜贴樱桃，杯泛葡萄，好一对形影的夫妻直到老。"（徐）"就此告别了。只因红粉佳人累，却让青山道士闲。请了。"①

剧中演绎的徐适的遭际，正是有吴伟业自身的投影：深切的亡国之痛，夹杂着一些侥幸和希冀。吴伟业《秣陵春》所塑造的徐适这一艺术形象，映射出明清之交朝代更替时身仕两朝之人的矛盾心态。任职四年的"贰臣"生活，是吴伟业人生中最不光彩的一段经历。清康熙十年（1671）吴伟业与他的老师李明睿在同一年告别人世。他在弥留之际，写下《临终诗四首》，其一云：

---

① （清）吴伟业：《吴梅村全集》，上海古籍出版社 1990 年版，第 1282 页。

忍死偷生廿载余,而今罪孽怎消除?

受恩欠债应填补,总比鸿毛也不如。①

这是吴伟业晚年愧疚、负罪、屈辱心情的真实写照。在真实世界中,曾有吴伟业的一则逸事,代表了这一心理:

吴梅村于壬子元旦,梦两青衣来呼曰:"先帝召汝。"梅村以为章帝也,急往。乃见烈皇帝。伏哭不能起。烈皇帝曰:何伤,当日不止汝一人也。②

吴伟业梦见先帝召见,他以为是宾天的顺治帝,结果却发现是崇祯帝,悲恸惭愧伏地号哭,崇祯帝却大度地原谅了他,并宽慰他说并非他一人如此,其实,所谓的"原谅"实际上是吴伟业自我愧疚和期待之潜意识的折射。

在艺术世界里,吴伟业以《秣陵春》寄寓了这一心愿,在或明或暗两条叙述线索中,一以寄思旧之情,一以寓履新之意。先是纵情想望故主的深恩,旧朝的盛典,再于不经意间点出其终归虚妄和不可凭藉,从叙述逻辑的自然演进中推出不得不顺从现实的理性选择。一个时代社会心态的变易亦由此得以表见。③观看《秣陵春》的熊文举写下《十绝》诗,其中之一道破了这一隐秘:

亭外山河照酒樽,玉人低唱易黄昏。

南唐往事犹如此,应为孤臣更怆魂。④

虽然熊文举、李明睿、吴伟业等都为"贰臣",但是在他们心目

---

① (清)吴伟业:《吴梅村全集》,上海古籍出版社1990年版,第531页。

② (清)刘献廷:《广阳杂记》,台湾商务印书馆1976年版,第11页。

③ 王于飞:《从〈临春阁〉到〈秣陵春〉——吴梅村剧作与清初士人心态的变迁》,《浙江学刊》2001年第2期。

④ 熊文举:《雪堂先生诗选》,清康熙刻本。

中，所选此路并非心甘情愿，而是万不得已，并为之愧悔于心，因此，吴伟业《秣陵春》剧中的徐适深深打动了他们，他们希望得到哪怕是部分的理解和原谅，这是他们被史传勒刻为"贰臣"，自我体认却是"孤臣"的复杂心路历程。

第二节　从"私约密期"到"不可面见"

《秣陵春》作于顺治"九年壬辰"①，吴伟业时年四十四岁。关于《秣陵春》的出版时间，学界一般以寓园居士李宜之作《秣陵春序》的顺治十年（1653）为初刻年份。今见刻本又以顺治年间振古斋本为最早也最权威，后有不少重刻本、复刻本。②

这部作于顺治时期的作品，和明中后期的同类作品——《牡丹亭》[明万历二十六年秋（1598）]、《画中人》（明崇祯间原刻本）、《梦花酬》[明崇祯间博山堂原刻本，有崇祯五年（1632）《题词》]——相比，存在不易察觉却极其重要的差别。

《秣陵春》中，黄展娘和徐适曾经三度相见，第一次是第十四出《镜影》，徐适看到镜中展娘的面容，千呼万唤，又怕客中人多眼杂，展娘下镜被人看到，因此准备匆匆回乡。第二次是第十七出《影现》，展娘下镜恰逢徐适，"迤逗的卫玠全身，右军一卷"③。而徐适也对展娘称羡不已："忽的回头，笑的轻圆。花倍旧时妍。"④ 然而，两人只能相见，却"像眼前有一层轻绡薄幔，件件明亮，件件是遮住的"⑤，更无法与对方交谈，"只是他许多说话，十句里我也一两句应，他却像一字不曾听得的"⑥，可谓"脉脉不得语"。直到第三次第二十二出《仙婚》，西王母降临，李后主、黄保仪主婚，茅、刘两仙掌礼，亲自撮合

① （清）吴伟业：《吴梅村全集》，上海古籍出版社1990年版，第1282页。
② 戴健：《论吴伟业的〈秣陵春〉传奇在清代的传播与接受》，《学术论坛》2016年第8期。
③ （清）吴伟业：《吴梅村全集》，上海古籍出版社1990年版，第1282页。
④ （清）吴伟业：《吴梅村全集》，上海古籍出版社1990年版，第1281页。
⑤ （清）吴伟业：《吴梅村全集》，上海古籍出版社1990年版，第1281页。
⑥ （清）吴伟业：《吴梅村全集》，上海古籍出版社1990年版，第1284页。

徐适、黄展娘成婚。

如果不和前代同类型作品相比,那么这些描述可能会成为一个被轻易滑过的场景。徐适和黄展娘从相见到结合需要这么多"寤寐思服,求之不得",难道是对徐适是否真正钟情于展娘的考验?如果仅仅是这样的话,那么这种考验应该是早有答案的,因为连徐适的小厮都用不解的口吻侧面描绘出了徐适的痴情:"偏生关了门,今日叫美人,明日唤小姐,莫非失心疯了?"①。如果要找到真正的玄机,不得不把《秣陵春》放在同类作品——《牡丹亭》《画中人》《梦花酣》——中加以考察。

当然,乍一看来,《牡丹亭》《画中人》和《梦花酣》都是一幅画作为重要的道具,而《秣陵春》却是镜子,似乎不太吻合。然而,仔细辨析可知,《牡丹亭》中的画像是杜丽娘自描春容,《画中人》是庚长明通过自己的想象画出的美人图,而《梦花酣》则是萧斗南在梦中邂逅一个美女醒后描画,其中也存在很大的差别。而且,《梦花酣》中的蕡桃在被人描画真容之后,恹恹成病,又逢战乱和母亲失散,最后病死在荒郊碧桃花下,又被路过的乱军践踏成了齑粉,其魂灵附在碧桃花上,最终也是因为萧斗南拾到一枝碧桃花,蕡桃才得以和萧斗南相见,和画的关系倒不大。因此,画和镜子倒是表象,而重要的实质是什么呢?其实,四剧最大的共同点,都是女主人公以魂灵的身份和男子相见并结合,而无论是画还是镜子,都是两人得以相会的媒介而已。因此,《秣陵春》和《牡丹亭》《画中人》《梦花酣》存在事实上的联系,应该归属于同一类作品。

在吴伟业笔下,对黄展娘与徐适相见的反复描写,其重点不在于时间的长短,而在于在不受约束的情况下,两人也不曾非分越礼。

展娘站在徐适面前,却如同纱幛阻隔,也无法与之交谈,有其艺术性的道理,因为她是一个魂灵而不是实体,也体现出展娘乍离魂后对外界事物混沌的认知,这种似真非真、似幻非幻非常符合展娘作为魂灵的特点。在这个层面上,《秣陵春》中的黄展娘要优于《牡丹亭》《画中

---

① (清)吴伟业:《吴梅村全集》,上海古籍出版社 1990 年版,第 1283 页。

人》和《梦花酣》中的同类女子形象，因为丽娘、琼枝、蒨桃除了可以遁形表现出灵异性之外，其他都和一个普通的人类少女没有任何差别。而吴伟业"如隔重纱""无以交谈"的描写，抓住魂灵没有实体缥缈无依的特点，在写"鬼"方面无疑要更胜一筹。那么，黄展娘和徐适的"相见不得语"仅仅是为了表现吴伟业艺术上的青出于蓝吗？答案当然是否定的。

《秣陵春》此前的作品，女主人公是在复活之后，"成人不自在"，接受人类社会的规则。《牡丹亭》中杜丽娘在复活后要求和柳梦梅在经"父母之命，媒妁之言"后结合，理由是"鬼可虚情，人须实礼"①。《画中人》中郑琼枝表白："前番相会的，只是魂儿，我女身依然未动。快送我到父亲任所，遣媒行聘，方与你明白成亲"②。《梦花酣》中蒨桃还魂后也是经父亲同意，并得皇帝赐婚，与萧斗南结合。然而，她们在之前离魂之时，则完全挣脱了人世的束缚，主动大胆地去追求自己的幸福。杜丽娘不但对柳梦梅主动委身，还约以"每夜得共枕席"③。郑琼枝由于庚子明对着画儿昼夜"跪他拜他玩他叫他"，飘然离魂，私奔庚子明而去。"但闻声唤，翩然弄影怀中；稍涉惊疑，立地栖身画上"④。为感痴情，"少不得夜夜偿他灯花债"⑤。蒨桃同样主动邀约"同至一宿"，与萧斗南"背东风恋软巫云"⑥。这些女子的肉身是不自由的，但她们在精神的国度，在礼法的触角接触不到的地方却获得了完全纯粹的自由。

以此来对比《秣陵春》，则可发现一个显著的不同，黄展娘不仅在为人之时谨守礼教，"俺娘亲拘管几曾饶，便算是画里儿郎不许瞧"⑦；就是在离魂之际的"暗室"也唯恐走错了一步路，"那生，与你个影儿看看，也索够了"，"蛾眉难画，琼浆未饮，知怨谁边"⑧。为何展娘如此

① （明）汤显祖：《牡丹亭》，人民文学出版社 1984 年版，第 157 页。

② 《画中人》卷下，《古本戏曲丛刊二集》，商务印书馆 1955 年版，第 36 页。

③ （明）汤显祖：《牡丹亭》，人民文学出版社 1984 年版，第 143 页。

④ 《画中人》卷上，《古本戏曲丛刊二集》，商务印书馆 1955 年版，第 34 页。

⑤ 《画中人》卷上，《古本戏曲丛刊二集》，商务印书馆 1955 年版，第 44 页。

⑥ 《梦花酣》卷上，见《古本戏曲丛刊二集》，商务印书馆 1955 年版，第 47—48 页。

⑦ （清）吴伟业：《吴梅村全集》，上海古籍出版社 1990 年版，第 1260 页。

⑧ （清）吴伟业：《吴梅村全集》，上海古籍出版社 1990 年版，第 1282—1283 页。

"慎独"呢？作品都带有作家自身投射的影子，《秣陵春》也不例外。

吴伟业的《秣陵春》，吴梅先生的《中国戏曲概论》有言："以玉杯、古镜、法帖作媒介，而寄慨于沧海之际"。① 并举《泣颜回》"江山余恨，长空黯淡芳草"② 和《集贤宾》"如今呵，新朝换了旧朝，把御牌额尽除年号。只落得江声围古寺，塔影挂寒潮"③ 为证。诚哉斯言。吴伟业虽为贰臣，而故国之思何可忘记，情郁于中，发而为文。蒋瑞藻《花朝生笔记》记载：

> 夏存古作《大哀赋》而叙南都之亡，庾信《哀江南》之亚也。吴梅村见之，大哭三日，《秣陵春》传奇所由作也。④

由此可见，《秣陵春》实是梅村用戏曲作为抒愤写心之作：

> 今之传奇，即古者歌舞之变也；然其感动人心，较昔之歌舞更显而畅矣。盖士之不遇者，郁积其无聊不平之概于胸中，无所发抒，因借古人之歌呼笑骂，以陶写我之抑郁牢骚。⑤

正如尤侗和郑振铎所言：

> 所谱《通天台》《临春阁》《秣陵春》诸曲，亦于兴亡盛衰之感三致意焉，盖先生之遇为之也。⑥

---

① 吴梅撰，江巨荣导读：《顾曲麈谈 中国戏曲概论》，上海古籍出版社 2019 年版，第 276 页。
② 吴梅撰，江巨荣导读：《顾曲麈谈 中国戏曲概论》，上海古籍出版社 2019 年版，第 276 页。
③ 吴梅撰，江巨荣导读：《顾曲麈谈 中国戏曲概论》，上海古籍出版社 2019 年版，第 276 页。
④ 蒋瑞藻：《小说考证》，上海古籍出版社 1984 年版，第 151—152 页。
⑤ （清）吴伟业：《吴梅村全集》，上海古籍出版社 1990 年版，第 1214 页。
⑥ （清）尤侗：《梅村词序》，《西堂杂俎三集》卷三，清康熙刻本。

诸剧皆作于国亡之后，故幽愤慷慨，寄寓极深。①

第三节　进退维谷与苦节不屈

据郑方坤《国朝名家诗钞小传》卷一记载，崇祯四年（1631），吴伟业时二十三岁，会试第一，殿试第二。然而，当时有人对吴伟业获得榜眼不服，告到崇祯帝那里，崇祯帝亲自批阅，不仅书"正大博雅，足式诡靡"八字，平息了这场风波；还特赐冠带归里完婚，是士子中极为难得的荣耀。

时犹未娶，特撤金莲宝炬，花币冠带，赐归第完姻，于明伦堂上行合卺礼。盖自洪武开科，花状元给假，此为再见，士论荣之。嗣后回翔馆阁，不十年荐升至宫詹。②

对崇祯帝的这种不世之隆恩，吴伟业怎能不铭刻于心？但是，入清之后，他多次受到举荐，为免累及家人，只得无奈出仕：

不意荐剡牵连，逼迫万状。老亲惧祸，流涕催装，同事者有借吾为剡矢，吾遂落彀中，不能白衣而返矣。③

仕清之后，顺治皇帝对他也是关怀备至，并且提拔他为国子监祭酒。

先是吾临行以怫郁大病，入京师而又病，蒙世祖章皇帝抚慰备至。吾以继伯母之丧出都，主上亲赐丸药。今二十年来，得安林泉者，皆本朝之赐。惟是吾以草茅诸生，蒙先朝巍科拔擢，世运既更，分宜不仕，而牵恋骨肉，逡巡失身，此吾万古惭愧，无面目以

① 郑振铎：《梅村乐府二种跋》，《吴梅村全集》，上海古籍出版社1990年版，第1503页。
② （清）郑方坤：《国朝名家诗钞小传》，《丛书集成初编》，中华书局1991年版，第13页。
③ （清）吴伟业：《吴梅村全集》，上海古籍出版社1990年版，第1132页。

见烈皇帝及伯祥诸君子，而为后世儒者所笑也。①

因此，他处在明崇祯帝和清顺治帝的两朝恩情之间，确实左右为难。再具体到吴伟业仕清之后的官场氛围，满汉官员之间一旦有了分歧与纠纷，不管是非曲直，受到谴责与惩处的一般是汉族官员。汉族官员对百姓耀武扬威，可是在满族官员面前，却不能不唯唯诺诺，低三下四，时时体味到种族歧视之苦、之辱。这同明王朝时期汉族地主官僚那种"惟我独尊"的局面已是不可同日而语了。因此在清代初年，满汉地主阶级之间既存在着合流的趋势，又存在着相当尖锐的矛盾，这种由清朝统治者对汉族地主阶级采取的笼络与压制的两手政策所造成的满汉地主阶级之间错综复杂的关系，正是吴伟业所置身的那一时期民族关系的一个非常重要的特点。汉族地主官僚对新朝的态度，因而也便表现出复杂矛盾的状态，当受到笼络、怀柔时，会表现出某种程度的认同，一旦受到压制、打击，又会牢骚不满、愤恨怨怼，勾起对先朝的无限怀念。②

因此，《秣陵春》之徐适受李后主冥恩情节，实是吴伟业受崇祯帝知遇之恩的暗喻。然而，剧中徐适又受到宋帝的宠遇，虽力辞不受，却表示"谢当今圣上宽洪量，把一个不伏气的书生欸欸降"③，又是吴伟业被迫应荐出仕清朝的写照。旧恩新遇，惆怅兴亡转眼；节操功名，怎生出处两难。

如果说徐适是吴伟业进退维谷的写照，那么其妻黄展娘就是吴伟业苦节不屈的象征。真公子偷走宝镜以谋展娘，求之不得怀恨在心，遂将展娘之名报与点绣女的太监，当时展娘病已沉重，侍儿袅烟挺身而出，李代桃僵。而展娘之真魂在李煜和黄保仪的作合下嫁与徐适，后因惊失散，飘荡失路，皂角大王率鬼卒擒住展娘真魂，欲迫其为正宫娘娘，展娘坚拒："我是个秀才妻、贵室女、魂灵活在，怎肯把莲花粪土栽？休

---

① （清）吴伟业：《吴梅村全集》，上海古籍出版社1990年版，第531页。
② 叶君远：《吴伟业评传》，首都师范大学出版社1999年版，第220页。
③ （清）吴伟业：《吴梅村全集》，上海古籍出版社1990年版，第1328页。

指望半星歪。"① 当皂角大王逼迫黄展娘就范之时，展娘抵死不从："我如今拚死在此"，"死是我的分内，快些砍了罢"。②

徐适和黄展娘同时是吴伟业个人期许的载体。因此，他们二人的行为，深深地打上了吴伟业个人的烙印。礼已经深深融入了吴伟业的血脉中，因为忠，得知崇祯宾天的消息，他号呼欲自缢，《吴梅村先生行状》："甲申之变中……号恸欲自缢，为家人所觉，朱太淑人抱持泣曰：'儿死，其如老人何？'"③ 但因为孝，他又无法割舍父母亲情，《清史稿文苑传》："性至孝，生际鼎革，有亲在，不能不依违顾恋，俯仰身世，每自伤也"④。因为孝，他不得不就仕清廷以避祸保家，《娄东耆旧传吴伟业传》："顺治中，当路多疑其独高节全名者，强荐起之。两亲惧祸及门户，严装催应征。至京，授秘书院侍讲、国子监祭酒，郁郁惨沮，触事伤怀，盖'乞活草间''所亏一死'之语，不啻数见也。"⑤ 因为忠，他又不得不终生面对贰于明朝的自责："病中赋贺新郎词云：'……脱屣妻孥非易事，竟一钱不值何须说。人间事，几完缺"⑥，遗令"死后殓以僧装，葬我邓尉、灵岩之侧，坟前立一圆石，题曰：'诗人吴梅村之墓'。勿起祠堂，勿乞铭"。⑦

在这种"我本淮王旧鸡犬，不随仙去落人间""春风无限潇湘意，欲采蘋花不自由"的自怨自艾的背景下，《秣陵春》整个剧本沉浸在一种"江山破碎""物是人非"的感慨和痛悔的氛围内。无论是主角徐适的"家国飘零，市朝迁改"⑧，还是配角南唐临淮将军黄济的"伤心处，夕阳乳燕，相对说兴亡"，"人亡物在，可伤可伤"⑨；曹善才的"何勘

---

① （清）吴伟业：《吴梅村全集》，上海古籍出版社 1990 年版，第 1322 页。
② （清）吴伟业：《吴梅村全集》，上海古籍出版社 1990 年版，第 1322 页。
③ （清）吴伟业：《吴梅村全集》，上海古籍出版社 1990 年版，第 1404 页。
④ （清）赵尔巽：《清史稿》第四百八十四卷，中华书局 1976 年版，第 12326 页。
⑤ （清）吴伟业：《吴梅村全集》，上海古籍出版社 1990 年版，第 1413 页。
⑥ （清）吴伟业：《吴梅村全集》，上海古籍出版社 1990 年版，第 1417 页。
⑦ （清）赵尔巽：《清史稿》第四百八十四卷，中华书局 1976 年版，第 12326 页。
⑧ （清）吴伟业：《吴梅村全集》，上海古籍出版社 1990 年版，第 1236 页。
⑨ （清）吴伟业：《吴梅村全集》，上海古籍出版社 1990 年版，第 1239 页。

曲里故国非""伊州唱罢千行泪"①；以及南唐后主李煜的"咳！我国破家亡，便是一抔残土，也不能保"②的叹息，都在传递着一种共同的惋惜和悔恨。在这种"恨无常""悲往事"的氛围中，再像此前剧本那样渲染偷香窃玉、私会密约无疑是非常不合适的。因此，吴伟业选取了一种克制的态度，以合法的"礼"的外衣去包裹徐与黄的爱情。

如果说徐适是吴伟业行为上的自己，那么黄展娘就是他良心上的自己。所以，徐适与黄展娘在重要关头能够以礼自持，并且必须在礼的形式下结合，源于"创造者"的对礼教的信奉和支持。

那么，为何吴伟业如此信奉和支持礼教呢？除了自幼耳濡目染以至于化为自身的一部分，更重要的原因是他亲身品尝了放任给社会造成的恶果，吴伟业曾慨叹："人苟不为名教束缚，则淫佚之事，何所不有？"③需要额外点出的是，这是吴伟业在为邹式金所编纂的《杂剧三集》写序言时所发的感慨。《杂剧三集》是在清初编纂成书的，按理应该命名为《清初杂剧》或者《国朝杂剧》，为何名为三集？这是因为所收入的剧作家无一例外都是由明入清的文人，而作品皆为"世变沧桑，人多怀感"，抒发"禾黍、铜驼之怨""击壶、弹铗之思"的内容。所以，《杂剧三集》寓意继《盛明杂剧》两编之后尘，也充分表现了不肯承认新朝的故国之思。而吴伟业面对这些作品，以斯人在斯时而对斯文，选择在这篇序言中对放任越礼提出批评，更是感慨尤深而痛楚尤切。吴伟业对以前的一集、二集评论道："余尝阅之，大半多绮靡之语"④，认为这正是社会环境"气运日降，淫倍于贞"的反映。为了追求绝对自由，明人试图将放纵人欲、挣脱名教作为砸碎一个旧世界的方式，但是，放纵人欲不但涣散了道德维系下的公共凝聚力，也使冷漠、猜忌、欺诈迅速地蔓延，不但无法创造一个更好、更合理的社会，反而使之更加糜

---

① （清）吴伟业：《吴梅村全集》，上海古籍出版社1990年版，第1249页。

② （清）吴伟业：《吴梅村全集》，上海古籍出版社1990年版，第1271页。

③ （清）吴伟业：《杂剧三集序》，《吴梅村全集》，上海古籍出版社1990年版，第1209—1210页。

④ （清）吴伟业：《杂剧三集序》，《吴梅村全集》，上海古籍出版社1990年版，第1209—1210页。

烂。这样的后果是连相对自由也失去了。"淫佚"放纵正是造成"山河破碎"的原因之一，基于此等认识，吴伟业当然更是刻意要和明中叶"一见钟情"即可越礼而合的作品区别开来。因此，这也是《秣陵春》中为何强调守节、不可越礼的一个很好的注脚。

第四节　两条传播路径与复杂的观剧群体

虽然吴伟业的《秣陵春》寄托遥深，但如果只是他自己案头赏玩，也是影响寥寥。然而，《秣陵春》并非"典型的案头戏"①，它不但有文本刊刻与场上搬演两种传播路径，而且欣赏它的主要群体组成也非常复杂和意味深长，既有贰臣群体，也有遗民群体。

在文本传播方面，既有帝王的关注，也有进士的题咏。顺治皇帝也阅读过这部剧作的文本，"世祖曾于海淀览其参定《秣陵春》曲"②。康熙三十三年（1694）进士、河南新安人吕履恒则作《念奴娇·题〈秣陵春〉传奇》词一阕：

> 六朝如梦，谁解道、野老江头歌哭。海思云愁还寄托，旧都霓裳法曲。瑶水筵前，翠微宫里，夙世仙缘卜。非空非色，个中人自如玉。
>
> 争奈身作虚舟，心同明镜，形影相交逐。劫火虽烧莲性在，不怕罡风颠扑。拨尽鹍弦，挝残羯鼓，泪断声难续。曲终人远，数峰江上犹绿。③

这阕词化用了很多唐人的诗歌，如"野老江头歌哭"来自杜甫《哀江头》有"少陵野老吞声哭"，实为满腹国破家亡的感伤，痛苦至极，但只能吞声忍泪。除杜甫外，还有李白《飞龙引》之"云愁海思

---

① 曾垂超：《论吴伟业的戏曲创作：兼评案头戏》，《厦门教育学院学报》2003 年第 2 期。
② 程其珏等：《光绪嘉定县志》（卷十九），上海书店出版社 1991 年版。
③ （清）吕履恒：《梦月岩诗余》，四库全书存目丛书本。

令人嗟"，以及钱起《省试湘灵鼓瑟》中"曲终人不见，江上数峰青"。也使用了很多唐代的典故，如"霓裳法曲"是唐代大曲中的法曲精品；"翠微宫"为唐代行宫之一；"鹍弦"是指用鹍鸡筋制成的琵琶弦，唐代梨园艺人所创，事见段安节所著《乐府杂录》中；"羯鼓"乐器虽在南北朝时传至中土，但盛行却在唐代开元、天宝间，南卓《羯鼓录》述之甚明。

吕履恒为什么在《秣陵春》的题咏中化用这么多唐代文化？戴健先生指出，这是因为刚刚覆灭的明朝在政治与文化上皆以唐代为楷模，朱元璋开国不久即诏令天下"衣冠如唐制"[1]，吕履恒是借"唐"怀"明"，真正哀悼的是明亡，体恤的是剧作者吴伟业遭遇易代巨变却仍心念前明的痛苦。[2]

场上搬演方面，从顺治到康熙年间，从南昌沧浪亭，到如皋水绘园，再到昆山南园，一共有三阶段不同的演出。

第一阶段是在吴伟业的座师李明睿之沧浪亭演出。李明睿承上启下，师从汤显祖，又身为吴伟业的座师。吴伟业受李明睿提携，领南宫第一，高中榜眼，对座师满怀感激之情，写有《寿座师李太虚先生序》。李明睿的《阆园山人四部稿》，署"门人湘江赵开心、娄江吴伟业梓"，是由其门人赵开心、吴伟业刊刻的，该书有吴伟业的点评。李明睿的挚友熊文举明确提出了汤显祖、李明睿、吴伟业的师承关系：

> 紫玉红牙许共论，临川之后有梅村。
> 可知宗伯名师弟，孝穆兰成早及名。[3]

清顺治十三年（1656）前后，李明睿回到南昌老家隐居，购弋阳王府旧邸，建阆园，并特意在城西蓼水旁修建了一座园林，名为"沧浪亭"。他把从扬州带来的精妙昆腔女伶组成一个家班，经常在沧浪亭

---

① "中研院"历史语言研究所：《明实录》（洪武元年二月），上海书店出版社1984年版。
② 戴健：《论吴伟业的〈秣陵春〉传奇在清代的传播与接受》，《学术论坛》2016年第8期。
③ （清）熊文举：《雪堂先生诗选》，清康熙刻本。

演出，裘君弘辑《西江诗话》卷十记载：

> 李明睿，字太虚，南昌人，天启进士，历官少宗伯，归里构亭
> 蓼水旁，曰"沧浪"。家有女乐一部，皆吴姬极选。①

在清顺治十四、十五、十六、十七年（1657、1658、1659、1660）
这几年间，沧浪亭经常有演出活动，演出最多的剧目是李明睿老师汤显
祖的《牡丹亭》和门人吴伟业的《秣陵春》：

> 公尝于亭上演《牡丹亭》及新翻《秣陵春》二曲，名流毕至，
> 竞为诗歌，以志其胜。②

《秣陵春》场上演出的最早确切记录乃顺治十六年（1659）的南昌
沧浪亭雅集，观剧者留诗为证。更值得关注的是，这一阶段观剧的主体
恰恰是和吴伟业同身份的"贰臣"。参与观剧者，李明睿（1585—
1671）、熊文举（1599—1669）、李元鼎（1595—1670）③、朱徽［生卒
年不详，明崇祯四年（1631）进士］四人皆曾历仕明、清两代。李明
睿本是明天启进士，为翰林院庶吉士，入清后任礼部侍郎：

> （李明睿）明天启壬戌进士，改翰林院庶吉士，历坊馆，罢闲
> 六七年。廷臣交荐擢中允。时闯贼复秦，京师震动。总宪李邦华疏
> 请太子监国南都，备不测，上疑未决。而明睿疏请面对："太子
> 幼，必上自出乃有可为"。不用其策。寇逼，范景文重理前说事，
> 不及矣。入国朝，摄政王询于廷臣曰："汉官何人最贤？"众以明
> 睿对。乃起用为礼部侍郎，署尚书事。未几，以病乞休，卒年八十

---

① （清）裘君弘：《西江诗话》，清康熙四十二年（1703）刻本。
② （清）裘君弘：《西江诗话》，清康熙四十二年（1703）刻本。
③ 天启二年（1622），登壬戌科进士。崇祯年间，授行人司行人。崇祯四年（1631）升光禄
寺少卿。崇祯十七年（大顺永昌元年，清顺治元年，1644）李自成攻入北京后，再授光禄寺少卿。
李自成败，李元鼎降清。同年，授太仆寺少卿。

有七。①

　　李明睿出仕半年，不适应清朝朝廷的政务，因"朝参，行礼不恭，命革职为民"②。大概因为其在职时间较短，《清史》所列 157 名贰臣中，竟无其名。但究其实，他确实也是一名"贰臣"。

　　黎元宽［生卒年不详，明崇祯元年（1628）进士］入清后屡荐不起，是坚定的遗民；周令树（1633—1688）乃顺治十二年（1655）进士，是盛朝新贵；朱中楣（1622—1672）为明宗室朱议汶之次女、李元鼎之侧室。综上，沧浪亭雅集参与者的身份多元，遗民、贰臣、新贵相杂，但贰臣人数最多。③ 明朝灭亡后，清政府对前明官员采取留用政策，这些人又同李明睿一样选择出仕，被人视为"贰臣"，而清初民间舆论对"贰臣"们极为反感。"贰臣"们多数留恋旧朝廷，在朝为官，也是身不由己，对异族统治不习惯，弄不好就会遭到贬谪，在战战兢兢、诚惶诚恐的状态中过日子。他们很多人都是像李明睿一样，或以病乞休，或以照顾父母亲为由，回乡隐居。正好李明睿有这样一个观剧的聚会场所，而主人又非常大方，所以大家乐得寄情戏曲，写点观剧诗，聊以遣怀。④

　　贰臣的心态由李明睿的挚友熊文举所作的 20 首诗表达得最为痛切。熊文举，字公远，号雪堂，江西新建人，明崇祯四年（1631）进士，知合肥县，擢吏部主事、稽勋司郎中，后曾仕李自成大顺朝，入清官至吏部右侍郎、兵部左侍郎。

　　熊文举于顺治十六年（1659）写有《良夜集沧浪亭观女剧演新翻〈秣陵春〉，同遂初、博庵赋得十绝，呈太虚宗伯拟寄梅村祭酒》10 首、《再和李司马远山韵》4 首及《又和遂初诗》6 首。

　　　　哀音亡国不堪闻，谁过鸣銮念故君。

---

①　（清）陈纪麟、汪世泽：《南昌县志》，清同治九年刊本。
②　施祖毓：《李明睿钩沉》，《复旦学报》2002 年第 5 期。
③　戴健：《论吴伟业的〈秣陵春〉传奇在清代的传播与接受》，《学术论坛》2016 年第 8 期。
④　苏子裕：《越调吴歈可并论　汤词端合唱宜黄——清初南昌李明睿沧浪亭观剧活动一瞥》，《东华理工大学学报》（社会科学版）2016 年第 3 期。

想见娄江吊双影，伤心如读战场文。

量愁底事付东流，吹皱池塘绿未休。
漫把山河易真迹，昭陵石马泣高秋。①

诗中明确地指出，观众看懂了《秣陵春》的"亡国哀音"，吴伟业是带着明代遗民、旧臣的哀痛来撰写剧本的。"量愁底事付东流"化用李煜【虞美人】词中"问君能有几多愁？恰似一江春水向东流"之句，同表失国之悲。"双影"指《秣陵春》中两样重要道具宝镜和玉杯的幻影，意为观看《秣陵春》如同见到唐人李华《吊古战场文》那样惨切。"昭陵石马泣高秋"，则通过想象唐太宗墓室中八骏石刻的哭泣，来抒发兴亡难以预料的悲怆。

第二阶段是在康熙年间，《秣陵春》的搬演中心在如皋水绘园。许承钦《戊辰仲春偶游雉皋兼再访巢民先生》为水绘园搬演的最早记录，观赏时间是在康熙二十六年（1687）。水绘园主人冒襄（1590—1654）极爱搬演此剧，"日日演《秣陵》，歌哭吴司成"②；又因冒襄交游广泛，故此剧的观赏者不在少数。以《同人集》卷十一《己巳清和廿五日冒宪副前辈百岁生忌》诗所述为例，因题下录"吴锦玉川""三韩董廷荣天锡""张圮授孺子""许抡公铨""石为崧五仲"5人之作，故参与冒辟疆祭奠亡父事件者至少有此5人；又吴锦诗中有"传家共说今徐庾，故国争伤旧李唐"，并注明"是日演《秣陵春》"，故知此时曾搬演此剧。冒襄又曾以诗相邀佘仪曾观赏《秣陵春》："梅村祭酒谱《秣陵》，只有临川堪与京……毗陵即至申旧盟。"③综上，《同人集》所录《秣陵春》观赏者至少有7人：许承钦、佘仪曾、吴锦、许抡、张圮授、石为崧、董廷荣。

---

① （清）熊文举：《耻庐近集》（卷二），载《四库禁毁书丛刊》编纂委员会编《四库禁毁书丛刊·补编本》，北京出版社 2005 年版。

② 万久富、丁富生：《冒辟疆全集》，凤凰出版社 2014 年版，第 1499 页。

③ 万久富、丁富生：《冒辟疆全集》，凤凰出版社 2014 年版，第 1491 页。

《秣陵春》的水绘园观剧主体为遗民。许承钦（生卒年不详），字钦哉，号漱雪，湖广汉阳人，明崇祯十年（1637）进士，知溧阳县，后迁户部主事，甲申后坚隐不出。张垿授，明末清初如皋人，字孺子。吴锦、佘仪曾都未仕清。冒辟疆以遗民终老，一生以气节自高，清兵平定全国后，已经降清的原来复社成员陈名夏曾从北京写信给他，信中转达了当权人物夸他是"天际朱霞，人中白鹤"，要"特荐"他出来做官。但冒辟疆以"痼疾"坚辞。康熙年间，清廷开"博学鸿儒"科，下诏征集"山林隐逸"，冒辟疆属于应征之列，依然坚辞不就。他是吴伟业的好友，并曾经劝说吴伟业不要接受清廷的征召。虽然吴伟业最终仕清，作为好友的冒辟疆却理解吴伟业的痛苦挣扎，所以他才会在自己的水绘园多次演出《秣陵春》，表达对吴伟业的惋惜与同情。

沧浪亭搬演中，观剧者各抒己见，水绘园搬演中，观剧者的评赏则以冒辟疆为主导。

冒辟疆作有《步和许漱雪先生观小优演吴梅村祭酒〈秣陵春〉十绝句原韵》组诗：

> 老气心伤日日增，仙音犹自爱迦陵。
> 西宫旧恨娄东谱，四十余年红泪水。（琵琶所传皆西宫旧恨，非徐学士不能知也）

> 重谱霓裳乐事多，那知缓急付高歌。
> 曹生早识兴亡兆，薜荔山阿带女萝。（唐《霓裳羽衣》最为大曲，乱失其传。昭惠周后得残谱，以琵琶奏之，于是天宝遗音复传于世。内史舍人徐铉知音，问之国工曹生曰："法曲终则缓，此声反急，何也？"曹曰："旧谱原缓，官中有人易之，非吉兆也。"后主果亡）

> 到来旧客妙氤氲，老态犹然痴若云。
> 共听琵琶惊往事，青衫湿透不堪闻。（琵琶是全部龙穴，观者

须知其来脉。)

　　华音敢道发家伶，寂寞凝神始解听。①

　　《秣陵春》中，宝镜和玉杯本来是剧作中最重要的道具，玉杯原是李后主大宴群臣的场合中所用之杯，后主赏赐给徐铉，成为徐家传家之宝，后来展娘在玉杯中看到徐适的面容。宝镜被黄展娘使用过，留下了她的倩影，徐适得见，才谱得良缘。但在冒辟疆的解读中，琵琶却更重要："琵琶是全部龙穴，观者须知其来脉"，"共听琵琶惊往事，青衫湿透不堪闻"，因为它在《秣陵春》传奇中是亡国之恨的象征。

　　水绘园搬演此剧时吴伟业离世已近20年，距其出仕新朝前的"彷徨失措"更有30多年，尤其是通过《临终诗四首》及《与子暻疏》遗嘱，晚年梅村留给世人的是忏悔者的形象，这是遗民的冒辟疆极愿看到的——好友终究是眷恋故国与旧主的。这一切不仅淡化了《秣陵春》为失节者辩护的嫌疑，而且加重了亲朋故旧对梅村悲剧人格的认同。②

　　第三阶段《秣陵春》传奇或曾在昆山南园演出。据吴伟业为徐乾学之父徐开法所作墓文，徐氏晚年"偃息吾吴氏之南园，索余所作传奇，令儿童歌之以为乐"③，因言明是"传奇"，故所指应是《秣陵春》。徐开法卒于长子徐乾学及第之前，故而搬演不会早于康熙九年（1670）。徐氏乃昆山名门，开法之子中有两探花、一状元，家族有新朝之恩，却无进退之难，为何要搬演反映易代凄楚的剧作？究其原因，除开法本人曾历明清鼎革之外，亦因其妻家乃昆山顾氏，顾炎武为其妻弟，如此的人生经历与家族关系，自是难免兴亡感喟，其对《秣陵春》传奇抱有好感亦在情理之中。④

　　虽然同样欣赏《秣陵春》，同样为亡国悲哭惋叹，但又同与不同之间有辨，以熊文举为代表的贰臣群体，关注的意象是玉杯与宝镜，他们

① 万久富、丁富生：《冒辟疆全集》，凤凰出版社2014年版，第1487—1488页。
② 戴健：《论吴伟业的〈秣陵春〉传奇在清代的传播与接受》，《学术论坛》2016年第8期。
③ （清）吴伟业：《吴梅村全集》，上海古籍出版社1990年版，第944页。
④ 戴健：《论吴伟业的〈秣陵春〉传奇在清代的传播与接受》，《学术论坛》2016年第8期。

更有自我代入感；以冒辟疆为主导的遗民群体，关注的意象是琵琶，更关注对亡国旧主的祭奠与怀念。

吴伟业的好友冒辟疆曾经评价《秫陵春》说："先生寄托遥深，词场独擅，前有元四家，后与临川作劲敌矣"① 据考证，汤显祖的《牡丹亭》也曾在沧浪亭与水绘园中搬演过，文人亦有题咏，但观剧诗各是16 首与 8 首，难与《秫陵春》之接受盛况相比。究其原因，主要在于易代初期的特别节点《秫陵春》更能满足民众的审美需求。②

---

① 郑志良：《明清戏曲文学与文献探考》，中华书局 2014 年版，第 274 页。
② 戴健：《论吴伟业的〈秫陵春〉传奇在清代的传播与接受》，《学术论坛》2016 年第 8 期。

第七章 "夹缝人"作家一：以孟称舜《贞文记》《二胥记》为中心

第一节 《贞文记》与《二胥记》创作时间汇考

孟称舜是晚明重要的言情派戏曲家，其剧作由前期主张"至情"转变为崇尚"情贞"，有着特殊的历史"语境"。孟称舜后期主张纳情入理、情理合一，一方面使"理"因为有"情"的驱动而摆脱了行之"勉强"的弊端；另一方面使"情"在制"欲"的过程中被纳入"理"的范畴，这不仅是对程朱理学"存天理，灭人欲"与晚明社会恣情纵欲的双重纠偏，亦是明末"情""理"融合趋势的典型体现。对明王朝的忠贞是孟称舜后期剧作转向"情贞"的又一重要原因。孟称舜始终保持着高度的爱国热忱，儿女"情贞"遂成为清初严密文网下表达忠诚于亡明的重要途径。

清人周亮工的《尺牍新钞三集》收有孟称舜《答人言谤书》一则轶文：

> 承示云："韩子曰：'道高而谤至。'今子谤言日闻，意子道高所至欤!"呜呼！足下之言，其诔我耶？抑讥我耶？不佞无退之之才，而同其阨，命坐磨蝎，动与谤俱。退之云："动而得谤，名亦随之。"斯言若不以得谤为恨，而以得谤为喜。夫人之谤我者，将以毁我之名也；谤至而名随，则其谤我也，不滋以益我乎？顾舜但

有其谤耳，未有其名也。然名实非吾所乐有，名愈重则谤将益甚，故欲止谤，莫若进名。昔之学道者，书使坐者与之争席，而后其遗为益高。今使人谤我，是犹使人知有我也；使人知有我，是我之杜德为未深也，安在其为道高而谤至乎？然则我名之不如退之者，不顾反有愈乎而又何讥焉！①

明朝的覆灭，抗清志士一个个死走逃亡，使孟称舜的心灵受到极大的震撼，使他的思想发生了一次大的转折。在这篇书信中，孟称舜表现了一种不愿与清统治者合作的愤世嫉俗的态度，也许正是因此，许多人更大肆地攻击迫害他，所谓"谤言日闻"。可知孟称舜的晚年该是何等困顿危苦。②

孟称舜（1599—1684）③，字子塞、子若、子适，号卧云子、花屿仙史，会稽（今浙江绍兴）人，是明清之际著名的戏曲家。《乾隆松阳县志》中记载了孟称舜的好学与品行：

　　孟称舜字子塞，会稽人。训导。品方孤介，不肯与俗伍，不肯以私阿，力以励风俗、兴教化为己任。朔望升堂讲道，阐明濂闽心学，课士严整，勿敢或哗。学富才敏，昕夕诵读不绝，寒暑著述无休。适学宫颓废，谋如家事，汲汲不休。庙庑俎豆有未备者，皆缮补之。尊经阁藉其落成。其有功圣门盖不少云。④

孟称舜明崇祯年间考中秀才，但之后仕途坎坷，屡试不第。其与陈洪绶友好，陈洪绶曾在《宝纶堂集》卷五《邀孟子塞（丁卯九月）》写

---

① （清）周亮工：《尺牍新钞三集》，贝叶山房 1936 年版，第 214 页。
② 胡绪伟：《孟称舜轶文一则》，《荆州师专学报》（哲学社会科学版）1990 年第 2 期。
③ 详见徐朔方《晚明曲家年谱》之《孟称舜行实系年》。朱颖辉据《王粲登楼》杂剧第三折《石榴花》云："老兄也，恰似睡梦里过了三十。"孟氏有眉批："我亦如之。"又《古今名剧合选序》署"崇祯癸酉夏会稽孟称舜题"，推断孟称舜生于 1600 年前后。
④ 《（乾隆）松阳县志》12 卷，清乾隆三十四年（1769）刻本。

道："吾思孟十四，的的是吾兄。"① 崇祯二年（1629），孟称舜和哥哥孟称尧加入张溥等人组织之复社。崇祯十年（1637），孟称舜加入了祁彪佳等组织的枫社，成为临川汤显祖"玉茗堂派"（或"临川派"）的重要成员。清顺治六年（1649）被举为贡生，官松阳县训导，任上兴利除弊，廉正有声，顺治十三年（1656）力辞归，康熙二十三年甲子（1684）卒②。

孟称舜被认为是"临川派"继汤显祖之后最重要的剧作家，倪元璐称他为"我朝填辞第一手"。他编撰的《古今名剧合选》，是公认元明杂剧的一部重要选集，收录元明杂剧五十六种（包括他自己的《眼儿媚》《桃源三访》《花前一笑》与《残唐再创》四种），按照婉丽、豪放不同风格，分为《柳枝集》《酹江集》，并详加评点，有眉批六百零二条，旁批四十七条，内容深刻，见解精湛，是古典曲论的重要典籍之一。

孟称舜撰写的杂剧和传奇有十种，现存八种，成就较高者有杂剧《桃源三访》（亦名《桃花人面》）、《英雄成败》《死里逃生》《残唐再创》《花舫缘》《花前一笑》等；传奇有《节义鸳鸯冢娇红记》《二胥记》《张玉娘闺房三清鹦鹉墓贞文记》等。其中《娇红记》被评为"中国十大古典悲剧"之一。

顺治十三年（1656），孟称舜经过几年的努力，终于撰写成传奇《张玉娘闺房三清鹦鹉墓贞文记》，后来又更名为《贞文记》。作品一问世，轰动当时，后世人们把它和《西厢记》《追魂记》《娇红记》一起，称为"四美"剧本。

《二胥记》叙述的时间为春秋时，申包胥是楚国大夫，与伍子胥交好。楚平王七年（前522），伍子胥因父亲冤案逃离楚国，投奔吴国，楚昭王十年（前506），吴破楚，伍子胥将楚平王掘墓鞭尸，并痛斥楚王杀害自己父亲兄长的昏庸。申包胥赴秦，求秦哀公出兵救楚，七日不

① （清）陈洪绶：《宝纶堂集》，康熙三十年（1691）刻本。
② 胡绪伟：《孟称舜的卒年及后人》，载中国艺术研究院戏曲研究所《戏曲研究》编辑部编《戏曲研究》（第二十六辑），文化艺术出版社1988年版，第63—65页。

食,日夜哭于秦廷。哀公为之感动,终于答应发兵。与此同时,《二胥记》还塑造了申包胥妻子——钟离氏的忠贞形象。第一出下场诗道:"楚昭王感天能复国,钟离氏誓死等全贞。"

《贞文记》则叙述观音座前的善才和龙女,因思凡下界,转生为沈佺和张玉娘。张玉娘才貌双全,淹通书史,身边有侍婢二人,一名紫娥,一名霜娥,均有才色,亦通文墨;又蓄养一能言鹦鹉,聪慧能知人意,因而自诩这二婢一鸟为"闺房三清"。

玉娘先被父母许婚沈佺,后沈佺家道中落,父母有悔婚之意,愿另择高门为配,玉娘执意不允。后沈佺发奋求取功名,望得一第,不料染病而死,玉娘矢志守贞。前度求亲的名门公子王娟,今高中状元,再来求婚,玉娘父母颇为动心,玉娘不仅坚拒,还绝食而亡,竟以身殉。婢女紫娥、霜娥自缢同殉,所养鹦鹉也哀鸣而死。两家将其合葬,紫娥、霜娥和鹦鹉也一同随葬,人称其墓为"鹦鹉冢"。

《贞文记》取材于宋代实事。张玉娘,字若琼,宋末浙江松阳(今浙江遂昌县)人。父张懋,字可翁,号龙岩野父,仕宋为提举官。母刘氏,亦称贤淑。《松阳县志》记载张玉娘之事云:

> 忽夜梦沈生驾辇相迎,即披衣坐起,谓侍儿曰:"吾事定矣!"未逾月,竟不食而殒。[1]

玉娘有《兰雪集》传世,分上下二卷,计收古今体诗一百一十七首,词十六阕,皆清新婉约,至情流露之作。其中乐府歌辞,颇近唐音,如组诗"横吹曲辞"中的《塞下曲》:"寒入关榆霜满天,铁衣马上枕戈眠。愁生画角乡心破,月度深闺旧梦牵。愁绝惊闻边骑报,匈奴已收陇西还。"[2]又如《幽州胡马客》:"幽州胡马客,莲剑寒锋青。笑看华海静,怒振河山倾。金鞍试风雪,千里一宵征,帐底楸羽箭,弯弓

---

① 《(乾隆)松阳县志》12卷,清乾隆三十四年(1769)刻本。
② (清)陈衍辑撰,李梦生校点:《元诗纪事·卷三十六 闺阁·张玉娘》,上海古籍出版社1987年版,第818页。

新月明。仰天坠雕鹗，回首贯长鲸。慷慨激忠烈，许国一身轻。愿系匈奴颈，狼烟夜不惊。"① 这种激昂慷慨、以忠烈自许的气概，恐怕连李清照的《咏项羽》诸作，也难与之比拟。在这组诗后，作者自注云："以上凯歌乐府，俱闲中效而不成者也。丈夫则以忠勇自期，妇人则以负洁自许，妾深有意焉。"② 这组诗当作于元兵南下，南宋王朝垂危之际，作者无奈自身是一弱女子，难以忠勇自期，只能以贞洁自许。她的"贞洁"正是"忠勇"的折射，是她寓忠勇报国于孤贞自守的用心所在，也是她短促的一生所恪守的信念和行为规范。③

清顺治年间，经历了明清易代之痛的孟称舜，成为松阳教谕，见到玉娘的事迹、诗词以及自做的注解，不胜震动，有感于玉娘钟情守信，贞而能文，足以传世示劝：

> 然蜀山不崩，则景钟不应；龙虎不作，则风云不兴。不有玉娘精诚之所格，则紫娥、霜娥及鹦鹉必不从之俱死。难故不在从者而在主者。故曰：玉娘之才，天下之奇才；玉娘之行，天下之奇行也。④

于是与邑中好义诸生创议捐资，修复玉娘墓址，又在墓后建"贞文祠"，祭祀玉娘，孟称舜还亲自撰写祭文、祠记，并为这位女作家镂板梓行其遗作《兰雪集》，又谱写成三十五出的传奇剧本《张玉娘闺房三清鹦鹉墓贞文记》。

本章所着重探讨的《二胥记》《贞文记》都窜改了真实的创作时间。

徐朔方先生认为，孟称舜的《二胥记》的完成时间并非崇祯十六

---

① （清）陈衍辑撰，李梦生校点：《元诗纪事·卷三十六 闺阁·张玉娘》，上海古籍出版社 1987年版，第819页。

② （清）陈衍辑撰，李梦生校点：《元诗纪事·卷三十六 闺阁·张玉娘》，上海古籍出版社 1987年版，第819页。

③ 杨积庆：《元初女作家张若琼及其〈兰雪集〉》，《镇江师专学报》（社会科学版）1986年第4期。

④ （清）孟称舜：《贞文记》上卷，《古本戏曲丛刊二集》，商务印书馆1955年版。

年（1643）而应是崇祯十七年（1644）。孟称舜的《二胥记》卷首孟氏之"题词"，署癸未［崇祯十六年（1643）］，表明此前已经完成，而剧中内容则叙及崇祯十七年（1644）之事。如戏中申包胥借兵在楚王以后，表明作者在清兵入关、福王在南京即位的短时间内，心中还抱有复国的一线渺茫希望。据"旧宫禾黍"等语可知，此剧作于崇祯十七年（1644）朱由检自杀之后。"作者和他的友人把创作虚假地提前一年，改为明亡之前，无非是避免在政治上遇到违碍，现在应加以改正。"①

对于《贞文记》的创作时间，则有明末崇祯年间与清初顺治年间两种争论，这两个时间对孟称舜的创作意图有重大分歧，因此必须予以明确。

齐森华先生等主编的《中国曲学大辞典》②、李修生先生主编的《古本戏曲剧目提要》③、郭英德先生所编的《明清传奇综录》④、邓长风先生的《〈孟子塞五种曲序〉的真伪与〈贞文记〉传奇写作、刊刻的时间》、徐永明先生的《女诗人孟蕴和戏曲作家孟称舜》都主张创作于明末崇祯年间。

邓长风先生认为，《贞文记》的行款与《娇红记》全同，两书的刊刻不可能相隔十七年。《贞文记》与《娇红记》一样，也有陈老莲（洪授）的评点，而陈老莲卒于丙申之前四年的 1652 年——除非《娇红记》的陈评也是伪托的。因此，邓文认为《贞文记》传奇早在崇祯癸未之前已经写成，刊刻是在癸未年。⑤

徐永明先生也探讨了孟称舜《贞文记题词》的落款时间真伪问题，认为徐朔方《孟称舜行实系年》一文对《贞文记》创作时间的考证"可能失之武断"，并举三方面理由进一步论证：一是孟称舜创作《贞文记》的主要原因还在于族中先辈孟蕴事迹对他的触动；二是将弱女

---

① 徐朔方：《孟称舜行实系年》，《晚明曲家年谱》，浙江古籍出版社 1993 年版，第 550 页。
② 齐森华等主编：《中国曲学大辞典》，浙江教育出版社 1997 年版，第 395 页。
③ 李修生主编：《古本戏曲剧目提要》，文化艺术出版社 1997 年版，第 338 页。
④ 郭英德：《明清传奇综录》，河北教育出版社 1997 年版，第 432 页。
⑤ 邓长风：《〈孟子塞五种曲序〉的真伪与〈贞文记〉传奇写作、刊刻的时间》，《铁道师院学报》1998 年第 5 期。

子的守节与士大夫的气节相对照，这是古人写文章惯常的笔法，《贞文记》所写的张玉娘是由宋入元的人物，作品中写到民族思想是很自然的，不能因此断定作者创作此曲即在明朝灭亡之后，从而轻易否定作者亲署的年款；三是《贞文记》的署款在崇祯十六年（1643），一年后崇祯皇帝自缢，明朝宣告灭亡，而此前明军在清军和李自成军队的攻打下节节败退，不堪一击，士大夫和前线将领"或窜或伏"的失节现象比比皆是，"这足可以使作者产生要将弱女子守节与士大夫失节相对比的冲动，而没有必要非得等到明亡之后"。因此，"徐先生断定《贞文记》创作于清顺治十三四年的观点值得商榷，作者亲署的年款不能轻易被否定"。①

徐朔方先生、苏振元先生、吴庆晏先生、黄仕忠先生都主张创作于清初顺治年间。孟称舜在《贞文记题词》末尾署"时癸未孟夏望日稽山孟称舜书于金陵雨花僧舍"，但是徐朔方先生曾在《孟称舜行实系年》一文中，从《贞文祠记》的创作时间、《贞文记》中体现作者民族思想等角度力证《贞文记》作于崇祯十六年（1643）是作者的伪托，"实际上作于清初顺治十三年或略后"。②

苏振元先生最早撰文赞同徐朔方先生的说法。他在《孟称舜何时作〈贞文记〉》中提出两条证据：第一，据清初丽水县教谕徐开熙《修学建田纪略序》和宣统本《吴兴沈氏宗谱》，知孟称舜撰写《贞文祠记》的准确时间是"顺治十三年岁次丙申桂月望后二日"；而据《贞文祠记》的"题词"，建祠在前而撰传奇在后。第二，根据唐九纬《鹦鹉墓赞》的序，以及刘仁嵩《读兰雪集七章》等资料，进一步把《贞文记》写成的准确时间，明确为顺治十三年（1656）的深秋。③

吴庆晏先生指出，孟称舜刊刻《兰雪集》的活动是在其任职松阳训导期间，而《兰雪集》的刊刻与《贞文记》的创作二者在时间上是

---

① 徐永明：《女诗人孟蕴和戏曲作家孟称舜》，《浙江大学学报》（人文社会科学版）2007年第5期。
② 徐朔方：《孟称舜行实系年》，《晚明曲家年谱》，浙江古籍出版社1993年版，第550页。
③ 苏振元：《孟称舜何时作〈贞文记〉》，载中国艺术研究院戏曲研究所编《戏曲研究》第47辑，文化艺术出版社1993年版，第69—71页。

先后关系。清光绪八年（1882）松阳县署刊本《兰雪集》附录分别有唐九经的《读〈兰雪集〉七章（有引）》和唐九纬的《鹦鹉墓赞（有序）》。唐九纬的引中称:"子塞孟子自松阳振铎归,携贞女之遗诗,既梓其集,复为传奇以鼓吹当世人,且嘱余为之歌。自秋徂冬曾无隙暇,几为搦管,终未成篇。直至丁酉惊蛰后二日,忽然严冬,无数蛰虫出而遭劫。且也,雨中带雪,其实如子。柔脆者立靡,坚贞者自若。因念蒲柳不堪纪秋,犹之□蠕难当春冷,为赋七章,略表予慕。"从记述可知《兰雪集》刊刻在前,传奇创作在后。而根据唐九纬的序,《兰雪集》的刊刻与《贞文记》的创作二者在时间上孰先孰后则更为明显:"子塞孟子自松阳归,贻我张大家《兰雪集》一本,并备话鹦鹉墓事,将为谱之乐府,以垂永古……"可见孟称舜从松阳归来的时候,《贞文记》传奇尚未面世。因此,吴庆晏先生认为,《贞文记》是孟称舜入清之后才创作的作品,《贞文记题词》题署创作为崇祯年间的真实性值得怀疑。①

黄仕忠先生亲自勘查了久保氏旧藏珍本《贞文记》,经过比对认为:"《贞文记》只有一种刻本,即清初金陵石渠阁刻本。此版本今日尚存三种,唯久保旧藏本封面、首'叙'完整。""陈老莲与金陵石渠阁刻本《贞文记》毫无关系。由于这一关键的证据不能成立,邓长风先生的前述假设也就不推自倒了。"《贞文记》卷首录署祁彪佳撰的手书写刻之"叙",不排除是孟称舜本人撰写而假托于祁彪佳的可能性。因此,《贞文记》仍以完稿于顺治十三年（1656）深秋较为适宜。②

综合来看,唐九经和唐九纬是和孟称舜同时代人,而且与之交往甚密,他们亲自得到孟称舜赠送的《兰雪集》,并且熟知《贞文记》的创作经过,他们的记述更加可信。因此,本书取《贞文记》创作于清初一说。

---

① 吴庆晏:《从〈兰雪集〉的刊刻看〈贞文记〉的创作时间之争》,《四川戏剧》2008年第5期。

② 黄仕忠:《孟称舜〈贞文记〉传奇的创作时间及其他》,《浙江大学学报》（人文社会科学版）2009年第1期。

第二节 从"私结同心"到"守贞而死"

《贞文记》在孟称舜的现存作品中，是比较特殊的一篇。其中所塑造的贞女形象张玉娘，是一个几乎不食人间烟火的青女素娥式人物。

玉娘之守礼简直到了无以复加的地步：玉娘所在的白龙县本有踏春的风俗，"白龙县风俗，正月春初，举家男妇都要到云岩凌霄台游玩"，又是父母亲自邀请，但玉娘却为防抛头露面，不肯外出；她与沈生是双方父母同去观音庵中求子所得，又是同年同月同日生，故而早已定亲，但玉娘认为"未饮合卺之杯，恐无相见之理"①，因此当沈生求见时候不肯相见；当王娟派人求婚，张父有心悔亲，将玉娘嫁给王娟之时，丫鬟霜娥让玉娘给沈生传信，玉娘又叹"我与沈生尚未成婚，怎好传柬帖与他"②；沈生临死，"老爷回来说姐夫病体濒危，我姐姐亲自要去看他，老爷奶奶不肯"，③ 而玉娘也低首顺从，致使两人至死缘悭一面。

玉娘对沈生虽未见面，但其情却坚如磐石、至死不渝，"夙缘前契，我和他衷肠一样长自知"④；得知父亲意欲悔婚的消息，玉娘表示："我甘守着翠帷身寡。誓不把别人家鸳帏再踏，誓不把别人家香车更驾"⑤；沈佺临终，玉娘虽不能面见，却约定同生共死，"妾以鄙陋，得托君子，矢以终身，决无贰志……谷不偶于君，愿死以同室也"⑥。而玉娘在沈生死后，不仅在墓前发誓守节终身，而且断然拒绝了状元王娟的再度遣媒求婚，最后终于与沈佺相随于地下。

但是，《贞文记》之所以特殊，不仅仅在于张玉娘近乎苛刻的守礼守贞，而且在于她在孟称舜整体作品序列中的特别。首先，将她置于孟称舜的传奇作品中，由于孟称舜的传奇作品现存只有三部：《娇红记》

---

① （清）孟称舜：《贞文记》卷上，《古本戏曲丛刊二集》，商务印书馆1955年版，第16页。
② （清）孟称舜：《贞文记》卷上，《古本戏曲丛刊二集》，商务印书馆1955年版，第49页。
③ （清）孟称舜：《贞文记》卷下，《古本戏曲丛刊二集》，商务印书馆1955年版，第41页。
④ （清）孟称舜：《贞文记》卷上，《古本戏曲丛刊二集》，商务印书馆1955年版，第17页。
⑤ （清）孟称舜：《贞文记》卷上，《古本戏曲丛刊二集》，商务印书馆1955年版，第50页。
⑥ （清）孟称舜：《贞文记》卷下，《古本戏曲丛刊二集》，商务印书馆1955年版，第43页。

《二胥记》《贞文记》，而《二胥记》敷演的又是英雄传奇，所以在同敷演儿女情长方面，《贞文记》和《娇红记》由于同题材具有可比性。然而，作为同龄的青春少女，王娇娘和张玉娘在对待爱情方面却几乎大相径庭。

在张玉娘随分从时，不肯与早已订婚的沈佺见面时，王娇娘却对初次见面的申纯一见钟情，"但得个同心子，死同穴，生同舍"①。张玉娘至死也不曾和沈佺相见，而王娇娘却和申纯经过了题花、分烬的试探，和诗、拥炉的相怜，暴雨、醉酒的期阻，终于私会阳台。而且，娇娘为了达到和申纯私结同心的目的，不惜低声下气结欢侍儿，在人前遮掩失鞋之事，和申纯同游园林被母亲撞见却谎言独游。一个守礼不肯面见，另一个越礼私结同心，难道仅仅是出于性格差异吗？虽然，《娇红记》出自元宋梅洞的同名小说，而《贞文记》出自松阳县志，传奇与其本事大致相同。但问题的关键是，可入传奇的素材很多，为什么作者偏偏对她们发掘并加以表现？

将视野放得更广泛些，通览一下孟称舜现存所创作的作品和所编选的作品，是否会有什么启示呢？

孟称舜所创作的作品包括杂剧和传奇各五种。杂剧共有：《桃花人面》（后改为《桃源三访》）、《花前一笑》《英雄成败》（后改为《残唐再创》）、《死里逃生》和《眼儿媚》，均存。传奇共有《二乔记》《赤伏符》已佚；《娇红记》《二胥记》《贞文记》今存。

1633年，孟称舜编选完成《古今名剧合选》，其中收录56种元明杂剧，按照婉丽和豪放的不同风格，分为《柳枝集》《酹江集》，并详加评点。虽然孟称舜在《古今名剧合选》序言中宣称，婉丽和豪放并重，实际上他是更偏好婉丽的。他本人收入《古今名剧合选》中的四篇作品，《眼儿媚》《桃源三访》《花前一笑》在《柳枝集》，只有一篇《残唐再创》在《酹江集》。

以此再来看他的婉丽类作品，就会发现，他更偏好倚红偎翠的题

---

① （清）孟称舜：《娇红记》卷上，《古本戏曲丛刊二集》，商务印书馆1955年版，第12页。

材。《桃花人面》出自《本事诗》，写桃花人面事。崔护三次访问叶家，第一次与叶蓁儿定情；第二次来访，不见蓁儿，于门上题诗而去；第三次来访，见蓁儿已因见题诗感伤而死，崔护抚尸痛哭，蓁儿复活。《花前一笑》写风流才子唐伯虎事。唐寅被素香回眸一笑迷住，赶到沈家，卖身为奴，希望能接近素香。后来两人成为夫妇。《眼儿媚》写陈诜与歌妓江柳相好。知府孟之经命人在江柳脸上刺字，逐出城外，不许回来。临行前，陈诜泣赋《眼儿媚》词相别。后两人在陈诜结义兄弟的帮助下团聚。

> 才有庸隽，气有刚柔，学有浅深，习有雅郑，并情性所铄，陶染所凝，是以笔区云谲，文苑波诡者矣。[①]

由于受才气、环境、情性和陶冶的影响，作家总是不自觉地选择有相似性的形象加以表现，关汉卿更关注表现贫女或歌妓等下层妇女，而汤显祖更擅长表现贵族少女或少妇。生活背景和接触阶层影响了他们的表现范围。同理，娇娘的形象被孟称舜发掘并得以表现是很自然的，因为娇娘属于他所擅长和所关注的同一类"暖玉温香"式人物：这些女子蕙质兰心，对礼法有着大胆的藐视，又对心上人充满了痴情。

但是这样一来，张玉娘形象的特殊性更加突出：她对礼教循规蹈矩地追随，在言行举止方面不似一个豆蔻年华的少女，更像一个皓首穷经的宿儒，是一个青女素娥式的"冷"的人物。一般来说，作家不会轻易改变自己的审美嗜好，那么，张玉娘不属于"暖玉温香"式人物序列，却为何得到了孟称舜的青睐？

要想找寻到这个原因，首先要追溯到《贞文记》的写作年代。因为按照《贞文记》的题词"时癸未孟夏望日稽山孟称舜书于金陵雨花僧舍"的说法，应写于明崇祯十六年（1643），而事实并非如此。这一点徐朔方先生早有论证，根据题词提供的内证，孟称舜是"募资立祠

---

① （南朝梁）刘勰著，周振甫注：《文心雕龙注释》，人民文学出版社1981年版，第308页。

墓后"，为使张玉娘的事迹"广而征信"，才"因撰传奇布之"。可见立祠在先，写剧在后。那么贞文祠立于何时？是顺治十三年（1656）孟称舜任松阳教谕时所立。"若此记作于崇祯十六年，何能预见十四年后建成贞文祠、鹦鹉冢，并在松阳县学任职？"①

而且，松阳文联编《张玉娘研究资料选编》录《吴兴沈氏宗谱》载《续修贞文祠暨鹦鹉冢事略》说：

> 迄顺治初年，松阳教谕孟公称舜忽于庭右见《鹦鹉碑》，深为诧异，又有《兰雪》诗稿二卷，皆玉娘之遗迹。

可见孟称舜是在顺治初年才见到鹦鹉冢和张玉娘的《兰雪集》，之后才为之立祠，为之传奇。否则，如果真如题词所说，他是崇祯十六年（1643）就写了《贞文记》传奇的话，为何在顺治初年才见到鹦鹉冢和《兰雪集》并且还"深为诧异"呢？

如前所述，这并不是孟称舜第一次窜改自己作品的写作年代。孟称舜也宣称自己的《二胥记》是崇祯十六年（1643）所写。然而，在《二胥记》的结尾孟称舜却如此写道："旧宫禾黍叹离离，孤馆幽窗夜雨时。浊酒数杯灯一盏，老夫和泪写新词。"② "禾黍"典出于《诗经》，是亡国的代称，而明亡于崇祯甲申，即崇祯十七年（1644）。那么，如果《二胥记》写于崇祯十六年（1643），一个既然在国亡后还"和泪"的对故国充满感情的作者，难道会在国亡之前诅咒自己的王朝？事实上，这是因为明朝被农民军所灭后，总兵吴三桂迎接清军进入山海关。在历史还没有盖棺论定的时候，史可法等人都把他看作是痛哭秦廷求得救兵恢复楚国的申包胥一样的人物。因此，孟称舜创作《二胥记》以称扬之。为避免政治上有触忌讳，特意把创作时间提前了一年。《贞文记》的时间差异同样如此，因记中以宋末元初的时代背景讴歌忠义之士影射明清易代，以《忠愤》《成仁》等出影射亡国之痛太过明显：

---

① 徐朔方：《晚明曲家年谱》第三卷，浙江古籍出版社 1993 年版，第 571 页。
② （清）孟称舜：《二胥记》卷下，《古本戏曲丛刊三集》，商务印书馆 1957 年版，第 76 页。

乾坤似转轮，世界如汤滚，三光昼夜迷，四海鱼龙混，人类尽奔蚁，食禄皆鹰隼。燐火明宵旦，黄沙掩日昏，看一伙奸臣，一个个替胡儿骂汉人、俺这里悲辛，则待踮微躯作细尘。①

看你一伙的狗狐群，则待把生民来嚼尽，你本是华人，跟了胡人，跟了胡人，便待要杀尽华人。②

故而孟称舜不得不窜改作品的写作年代以避免在政治上受到牵连。因此，看似写于崇祯末年的《贞文记》实际却写于清初顺治年间。

而杂剧《桃花人面》和《花前一笑》写于天启年间，《眼儿媚》写于崇祯初年，传奇《娇红记》写于崇祯十一年（1638），这些剧作都写于明末，而《贞文记》写于顺治十四年（1657），是唯一一部孟称舜进入清初的作品。这和孟称舜关注视野的转变存在什么联系吗？

再者，孟称舜在《贞文记》题词中又说："然世有见才而悦，慕色而亡者，其安足言情哉。"③ 崔莺莺见才心喜，杜丽娘慕色还魂，一直是人们津津乐道的佳话，而孟称舜却认为这不能被称之为情。而且，孟称舜推崇汤显祖，并被认为是"玉茗堂派"中的一员，那么，为什么他如今却否定了汤显祖的"慕色而亡"的"反礼"之"情"呢？而且，他的《花前一笑》正是敷演素香对唐伯虎见才而悦，《桃花人面》正是铺叙叶蓁儿对崔护慕色而亡之事，以此看来，孟称舜又在《贞文记》中否定了他自己。这种自相矛盾的自我否定又是出于何种缘故呢？

1644年，明朝灭亡，清朝定鼎。这场天崩地坼的打击对于生于斯长于斯的子民是极为沉重的。呼天抢地难以置信之后，接着是力图抵抗，福王朱由崧1644年五月在南京建立政权、鲁王朱以海于1645年闰六月在绍兴监国、唐王朱聿键于1645年闰六月在福州建立政权、桂王朱由榔于1645年十一月广东肇庆建立政权。然而，1645年五月清军攻

---

① （清）孟称舜：《贞文记》卷上，《古本戏曲丛刊二集》，商务印书馆1955年版，第18页。
② （清）孟称舜：《贞文记》卷上，《古本戏曲丛刊二集》，商务印书馆1955年版，第18页。
③ （清）孟称舜：《贞文记·题词》卷上，《古本戏曲丛刊二集》，商务印书馆1955年版，第1页。

入南京，福王政权灭亡。1646 年六月，鲁王政权灭亡，八月唐王政权灭亡；而桂王先后转迁桂林、昆明，苟延残喘，根本无法和清廷对抗，恢复无望，直到 1662 年年初，吴三桂率清军攻入昆明，桂王政权灭亡。当最初的激烈和盼望渐渐冷却的时候，一个巨大的问题横亘在人们面前：曾经被认为是延续过三百年的铁桶江山，中间不是没有经历过内部的危机和外部的考验，然而何以这次为何如此轻易地土崩瓦解？不同阶层的人出于不同视角做出了不同的思考。

"破产竟留天上乐，铸山争买洞中花……人意似知今日事，急催弦管送年华。"① 像孟称舜这样经历了亡国之痛的人，隔着追悔与反思的泪眼望去：明亡固然在于清军太过强大，但根本原因在于明朝内部无心抵抗，正是这种"反礼之情"的流行，欲望的高张，使人们只注意到自我需要的满足而忘记了责任和道义，而这种忘记是导致明朝灭亡的主要原因。故而，在痛定思痛之后，他否定了汤显祖，也否定了自己，认为这种"解放人欲"的"反礼之情"不是值得肯定的情。

因此，孟称舜在顺治时期发现并表现张玉娘这种"冷"的恪守礼法的形象就不是偶然的。哈佛大学伊维德教授认为，"《贞文记》的材料来源是留下一整部《兰雪集》的著名女诗人张玉娘，但剧作者基本上不关心她的文学成就，而是一味极力表现女主角对从未谋面的未婚夫的忠贞，其意正在于以元蒙故事暗喻清朝现实，以女性贞节象征明朝遗民对于旧王朝的忠诚"②。

但是综观孟称舜明清两朝的剧作，还可发现更深一层的意义。在明末的时候，在安享太平视社会规范为赘疣之际，孟称舜用"私结同心"来施展才情挑战规范表现自我；而在清初的时候，在饱尝离乱呼唤社会规范作为保护的时候，他又用"不可面见"这样几近极端的方式来表达自己的悔恨，虽然这样显得有些矫枉过正。不仅如此，他还为张玉娘

---

① （唐）韦庄：《韦庄集笺注》，上海古籍出版社 2002 年版，第 76 页。

② ［美］伊维德：《女性的才气与女性的德行——徐渭的〈女状元〉与孟称舜的〈贞文记〉》，载华玮、王瑷玲编《明清戏曲国际研讨会论文集》，台北"中研院"中国文哲研究所筹备处，1998 年，第 549 页。

专程修建了贞文祠。这些都是他其他作品中的人物，即使是那些英雄人物，都不曾享受过的殊荣。而且，修建贞文祠和刊刻《贞文记》都不是他一己之力。贞文祠"俱出于松邑及四方之善信者"，刊刻《贞文记》之资，"则募自吾乡及金陵为多"。孟称舜对此解释道："盖表扬幽贞，风励末俗，实众情之所同。"这表明，孟称舜之所以认可和表现张玉娘，不是建塔于沙，孤芳自赏，而是有本之木，众望所归。

第三节 "失事求似"与曲中求直

《二胥记》，取材于《史记》卷六十六《伍子胥列传第六》，但《史记》叙述申包胥复楚本事的原文仅二百一十二字，其中子胥的言行又占去一部分，实以子胥为主，包胥为辅，但《二胥记》却改为包胥为主，子胥为辅。而且，《二胥记》增添了一个《史记》中完全不存在的人物——包胥之妻钟离氏。

选取历史题材敷演，是剧作家惯用手法。"金元以旋，多称引往事，托寓昔人。借他酒杯，浇我垒块，自可随意上下，任笔挥洒，以故戏曲勘诸史传，往往不合。"[1] 那么，孟称舜之《二胥记》对《史记》做了哪些敷演，其命意又何在呢？

《史记》上对包胥复楚仅寥寥数言："始伍员与申包胥为交，员之亡也，谓包胥曰：'我必覆楚'。包胥曰：'我必存之'。"[2]《二胥记》将其扩展，并通过唱词与道白，将包胥的心理动机层层勾画出来："咳，子胥，子胥，我欲教子报楚，则为不忠；教子不报，则为无亲。"[3] 又希望伍子胥能够恩怨分明，只诛杀奸臣费无忌便了，"则愿伊早赴他邦，归来时把这伙奸邪除尽"。[4] 由于子胥势必覆楚方消心头之恨，包胥只得对这位昔日故交表明态度："子能亡之，我能存之；子能

---

① （清）李渔：《三社记·叙》，《古本戏曲丛刊四集》，商务印书馆 1955 年版，第 1 页。
② （西汉）司马迁：《史记》，浙江古籍出版社 2000 年版，第 664 页。
③ （清）孟称舜：《二胥记》卷上，《古本戏曲丛刊三集》，商务印书馆 1957 年版，第 10 页。
④ （清）孟称舜：《二胥记》卷上，《古本戏曲丛刊三集》，商务印书馆 1957 年版，第 10 页。

危之，我能安之。你为亲仇要摧残故君，我尽臣职怎忍见江山虀粉？亡楚复楚，我和你各展平生蕴。你做的是子当然，我做的是殉君恩完臣谊一般着紧。"① 面对无法说服伍子胥同时兼顾忠孝的情况，申包胥做出了这样的抉择：他不能阻止，但必须补救。因此，他后来的不辞艰辛、万里跋涉、号哭秦廷、椎心泣血，固然是因为一言既出，驷马难追，是轻生死、重然诺的表现，"想前言在耳，重兴楚国吾心愿"；② 更是作为楚国臣子，上忧社稷、下悯黎民的情怀使然，"遥想琼楼上晓风乱飒，怎能够飞向君旁把双袖遮"，③ "破壁颓垣""人民半非"，④ "恶滚滚血流万斛胭脂水，愁叠叠尸积千年古战场，满眼悲伤"。⑤

《史记》对于申包胥乞求秦国出兵的过程如下：

> 于是申包胥走秦告急，求救于秦。秦不许。包胥立于秦廷，昼夜哭，七日七夜不绝其声。秦哀公怜之，曰："楚虽无道，有臣若是，可无存乎！"乃遣车五百乘救楚击吴。⑥

而《二胥记》着重以典型环境塑造典型人物，刻画了包胥在求秦路上的坎坷艰辛：经过些窄巍巍羊肠危道，黑漫漫鲸鲵深岛，下高高万里河山杳，凄戚戚板桥人迹少，月迷茅店鸡声早，云暝秋林雁影遥。萧条，听哀猿几处号；刁飚，西风泼面飘；又有猛虎拦路、野魅夜扰、强盗剥衣，将孤臣孽子救亡图存的坎坷情状渲染得淋漓尽致。除了以恶劣的自然环境衬托申包胥，在七日痛哭的基础上，孟称舜又着重添加了包胥富有说服力的辩论。

首先，申包胥以楚国灭亡的惨状打动秦王：掘墓鞭尸，一抔之土未

---

① （清）孟称舜：《二胥记》卷上，《古本戏曲丛刊三集》，商务印书馆 1957 年版，第 11 页。
② （清）孟称舜：《二胥记》卷下，《古本戏曲丛刊三集》，商务印书馆 1957 年版，第 7 页。
③ （清）孟称舜：《二胥记》卷上，《古本戏曲丛刊三集》，商务印书馆 1957 年版，第 41 页。
④ （清）孟称舜：《二胥记》卷下，《古本戏曲丛刊三集》，商务印书馆 1957 年版，第 1 页。
⑤ （清）孟称舜：《二胥记》卷下，《古本戏曲丛刊三集》，商务印书馆 1957 年版，第 37 页。
⑥ （西汉）司马迁：《史记》，浙江古籍出版社 2000 年版，第 664 页。

寒；凌宗毁庙，六尺之孤安在？"将相奔亡，士民逃散。"① 其次，又以秦国自身的安危晓喻秦王：得陇望蜀，暴吴之欲无厌；文恬武嬉，强秦岂尽忠臣？人无远虑，必有近忧。如果对楚坐视不救，下一个灭亡的命运就全落在秦国头上，并驳回了"楚国覆亡咎由自取""楚国对申包胥何恩""吴楚同为姬姓，臣吴何妨"的层层诘问。

对于秦王轻言许诺，未肯下旨的做法，申包胥不顾七天"日间不食，夜又无眠"②，泪尽血枯的疲困，又作歌进一步劝告秦王——如果姑息养奸，秦国必然"甘为吴虏""继绝兴亡"，通过"求—说—骂"，哭动其听，情转其肠，理契其心，骂激其勇，终于使得秦王慨然赋《无衣》之诗，下令立即出兵。

这不仅增强了历史的真实性与可信性——因为在强敌如林的情况下，为了保存实力，任何一个国家一般都不会轻举妄动。救亡的美名和自身的安危，尤其是后者，是打动秦王的关键，而这些仅仅靠哭泣是做不到的，也进一步地突出了包胥的智与勇。

据《史记》所载，复楚并非申包胥一人之力，而是众多因素综合的结果："六月，（秦）败吴兵于稷"；③ 而此时吴国内乱，夫概与阖庐争夺王位，阖庐"乃释楚而归击其弟夫概"；④ 楚国趁机复国。

而《二胥记》将楚国恢复完全归功于申包胥，"你把邦家造，功绩高，列土分茅恩尚少，便做道拜相封侯，还则是功多难报"。⑤ 其结果，是楚国对他"锡以重爵，分国而治"；⑥ 秦国对他"拜为秦国左丞相，进封关内侯"。⑦ 那么，《二胥记》为何对历史的改动如此之大呢？而且，在《二胥记》的结尾孟称舜忍不住直接抒情："旧宫禾黍叹离离，孤馆幽窗夜雨时。浊酒数杯灯一盏，老夫和泪写新词。"⑧ 与全剧内容

---

① （清）孟称舜：《二胥记》卷下，《古本戏曲丛刊三集》，商务印书馆1957年版，第38页。
② （清）孟称舜：《二胥记》卷下，《古本戏曲丛刊三集》，商务印书馆1957年版，第42页。
③ （西汉）司马迁：《史记》，浙江古籍出版社2000年版，第664页。
④ （西汉）司马迁：《史记》，浙江古籍出版社2000年版，第664页。
⑤ （清）孟称舜：《二胥记》卷下，《古本戏曲丛刊三集》，商务印书馆1957年版，第68页。
⑥ （清）孟称舜：《二胥记》卷下，《古本戏曲丛刊三集》，商务印书馆1957年版，第67页。
⑦ （清）孟称舜：《二胥记》卷下，《古本戏曲丛刊三集》，商务印书馆1957年版，第67页。
⑧ （清）孟称舜：《二胥记》卷下，《古本戏曲丛刊三集》，商务印书馆1957年版，第76页。

风马牛不相及,因为包胥复楚成功,举国欢腾,怎么会有"和泪"的说法?

事实上,这是孟称舜以"失事求似"的方法去借古写今。"所谓'求似',就是历史精神的尽可能真实准确地把握与表现;所谓'失事',就是在此前提下,'和史事是尽可以出入的'。"①

《二胥记》成书于崇祯十七年(1644)甲申,正是此年三月,李自成攻入北京,崇祯帝以发披面——表示国家亡于己手,无颜面对国人与列祖列宗——自缢煤山。作为一个封建王朝的士子,君父自尽的震怖和亡国破家的耻辱交缠而成的双重心灵打击,无疑是空前巨大的。谁来挽狂澜于既倒、扶大厦于将倾?孟称舜不是改变历史的人物,他无力改变现状,但他渴望这样的英雄。这位千呼万唤始出来的英雄,是与申包胥有类似经历的人物——吴三桂。

吴三桂之所以最后被看作明王朝的"救星",是与明末的政治现状、军事实力以及吴三桂的个人表现分不开的。

明朝末年,危机四伏:皇太极于1636年正式称帝,国号"大清",并以与明争夺天下为目标,不断侵犯边境。1627年,陕西爆发农民起义,随后逐渐发展为全国性的大起义。到1637年,李自成已拥兵百万,严重威胁明王朝的统治。当时的明王朝,可用之人寥寥无几。"自有辽事,所用人鲜有胜任者。当时所望成功,唯熊廷弼、袁崇焕、孙承宗,而武臣如刘珽、杜松、满桂、祖大寿、吴三桂,其最著也。"② 但熊廷弼、袁崇焕先后被崇祯皇帝处死;孙承宗被罢职;杜松战死;洪承畴、祖大寿先后投降清军。因此,吴三桂由一个武将,一跃成为身负国家兴亡责任的关键人物。

明末所恃的兵力主要是三大集团:一是左良玉部,但实际上这支军队既畏惧作战,又不服明朝调遣;二是孙传庭部,但在1643年,被李

① 钱理群、温儒敏、吴福辉:《中国现代文学三十年》,北京大学出版社1998年版,第111页。
② (清)计六奇撰,任道斌、魏得良点校:《明季北略·卷之二十四·672 辽彝杂志》,中华书局1984年版,第720页。

自成的农民军击败，四万余明军全军覆没；三是——也是明朝的最后希望——吴三桂的军队，有三万余人。

1644年三月初，农民军大举进攻，距北京不过五六百里。消息传来，举朝震惊，崇祯帝命诸位大臣商议退敌之计，而众人面面相觑，无计可施。崇祯帝不由得慨叹道："朕非亡国之君，而诸臣皆亡国之臣"。① 这时，他把唯一的希望寄托在吴三桂身上，下诏命吴三桂进京。

不仅皇帝如此，从文武百官到平民百姓，人人翘首以待吴三桂的到来。就在十九日早上，北京还盛传"吴兵昨夜已到城外"②，今后可保无虞的消息。

那么，被寄予重望的吴三桂，是一个什么样的人物呢？首先，他有着舍身救父的"孝"的美名。1628年，吴三桂的父亲吴襄率五百余兵丁出城"哨探"③，不料在离城数百里处与四万后金八旗兵相遇。吴襄急令撤退，至锦州四十里处，吴襄所部还是被后金军团团围住。吴三桂在城上"见父被困，跪请祖帅（元帅祖大寿）救之"。④ 可是，敌兵四万，守城兵不满三千，守且不足，何能救之？于是祖大寿不肯发兵。吴三桂三请而不应，跪泣曰："总爷不肯发兵，儿请率家丁死之。"⑤ 随后率领二十余人冲出城门，直入后金军阵中，先后"射殪两人"，继"逐一骑射之……卒斩其首"，又杀入阵中，寻见吴襄，"大呼'随我来'！五百骑遂拼命杀出"。后金军被突如其来的袭击弄得不知所措，疑是诱兵之计，"遂缺围，听其逸"。从此之后，吴三桂在千军万马中舍身救父的孝勇名扬天下。当时，吴三桂年仅十七岁。人们几乎自然而然地认定：孝子必然是忠臣。

其次，他又有过人的能力，因英勇善战，足智多谋而连连升职。崇祯八年（1635），吴三桂身为前锋右营副将，是年九月擢升前锋右营总兵。崇祯十二年（1639）八月，吴三桂任辽东团练署总兵，跻身

---

① 刘凤云：《吴三桂传》，兰州大学出版社2000年版，第48页。
② 刘凤云：《吴三桂传》，兰州大学出版社2000年版，第50页。
③ 刘凤云：《吴三桂传》，兰州大学出版社2000年版，第9页。
④ 刘凤云：《吴三桂传》，兰州大学出版社2000年版，第9页。
⑤ 刘凤云：《吴三桂传》，兰州大学出版社2000年版，第9页。

地方"总镇"的行列。洪承畴称吴三桂为"英略独擅……智勇兼备之大将",① 而当时的"敌军"首领皇太极也称赞他"吴三桂果是汉子,得此人归降,天下唾手可得"。②

但是,当吴三桂赶到北京之时,农民军已攻入皇宫,京城陷落,帝后殉难。吴三桂震惊之余,立刻调转马头返回山海关。

在明朝崇祯帝吊死之后,"中国大地依然存在着三种政治军事力量的抗争,即已经攻占北京的大顺农民军,驻扎在山海关外、意欲入主中原的清王朝,以及散在江南的明朝残余武装"。③ 农民军和清军是明朝的两大敌人,而明朝残余武装又不足以担当起救亡的责任。退守山海关的吴三桂被推到历史的天平上,成为一颗重要的砝码。

那么,吴三桂是怎样行动的呢?

一是与归顺李自成的父亲吴襄断绝关系:在吴襄受李自成指使,写信让吴三桂投降时,吴三桂不但拒绝投降,而且断绝父子恩情。吴三桂在回信中写道:"犹忆吾父素负大义……何乃隐忍偷生,训以非义……父既不能为忠臣,儿安能为孝子乎?桂与父诀,请自今日。"④

二是公开讨伐农民军:与此同时,吴三桂公开"讨贼"的告示下已散发到各处,甚至在北京城外也到处张贴。"当复大仇、歼大寇……今义兵不日来京……所过地方,俱要接应粮草……庶使克服神京,奠安宗社,乾坤再整,日月重光。"⑤ "兴兵剿贼,光复神京……局尚可为……各施壮谋。"⑥

三是向清朝借兵助剿:吴三桂修书给清朝摄政王多尔衮,命两名副将为使者,前往清朝请援。书中写道:"……三桂受国恩……据守边门,欲兴师问罪以慰人心,奈京东地小,兵力未及,特泣血求助。……

---

① 刘凤云:《吴三桂传》,兰州大学出版社2000年版,第11页。
② 《丛书集成续编 第25册·史部·吴三桂纪略》,上海书店出版社1994年版,第179页。
③ 刘凤云:《吴三桂传》,兰州大学出版社2000年版,第51页。
④ (清)周康立撰,马美著点校:《楚南史赘·卷三·甲申》,岳麓书社2011年版,第42页。
⑤ 刘凤云:《吴三桂传》,兰州大学出版社2000年版,第65页。
⑥ (清)计六奇撰,任道斌、魏得良点校:《明季北略·卷之二十·601附记野史》,中华书局1984年版,第500页。

王以盖世英雄……乞念亡国孤臣忠义之言，速选精兵……灭流寇于宫廷，示大义于中国。"① 与此同时，吴三桂连续两日与诸将、乡绅歃血同盟，勠力共事，并在城西石河一带设防布阵，预备与即将到来的李自成大军决一死战。在从多尔衮的回信中得知清军已经到来时，吴三桂又发出第二封书信："接王来书，知大军已至宁远……其所以相助者，实为我先帝……幸王速整虎族，直入山海，首尾夹击，逆贼可擒。"②

在人心惶惶的当时，找不到任何依靠的情况下，吴三桂的出现以及他的言谈举止——少年孝勇、英明善战、一心为国——无疑是濒临垂死的明王朝的一剂强心针。"局尚可为"，③ 这是吴三桂的宣言，也是他传递给民众的希望——大明会有起死回生的一天。

因此，世人无不把他看作一个救亡图存的英雄。"当时朝野咸以山海关总兵吴三桂迎清军入关比之于申包胥乞师于秦。今年七月，清摄政王多尔衮差副将唐龙招抚江南，致书南明督师史可法云：'闯贼李自成称兵犯阙，手毒君亲……平西王吴三桂，介在东陲，独效包胥之哭'。见《史可法集》卷三附录。九月，夏允彝《幸存录·辽事杂志》亦云：'包胥复楚，三桂无愧焉。'"④ 众望所归，众情所寄，孟称舜也不例外。故而，他选取了一个救亡的题材，美化了一个复国的人物，寄托了一个时代的呼唤。

正如秦王感叹的那样，"我今发兵，非以为楚，亦非为秦，盖专为大夫也"。⑤ 秦王对申包胥，是虽不能有，心向往之。他的出兵，是对一种忠孝品格的嘉许，更是对一个当仁不让、不恤其身的君子的敬重，这些都从侧面衬托出板荡时穷之际对忠臣的渴求和对道义、担当的呼唤，而这也正是孟称舜惨淡经营良苦用心之所在。

至于所增添的人物钟离氏，也与其夫交相辉映。

---

① （清）夏燮撰，沈仲九点校：《明通鉴·卷九十 纪九十·崇祯十七年》，中华书局 2009年版，第 3166 页。

② 《清实录·世祖章皇帝实录·卷四·顺治元年四月》，中华书局 1985 年版，第 54—55 页。

③ 刘凤云：《吴三桂传》，兰州大学出版社 2000 年版，第 65 页。

④ 徐朔方：《晚明曲家年谱》第三卷，浙江古籍出版社 1993 年版，第 569 页。

⑤ （清）孟称舜：《二胥记》卷下，《古本戏曲丛刊三集》，商务印书馆 1957 年版，第 76 页。

当钟离氏被伯嚭的乱兵所掠,她暗抱必死之心:"自甘早赴黄泉路,烈女从来不二身。"在伯嚭的淫威之下,钟离氏针锋相对:"忠臣不事二君,烈女不更二夫。愿早赐青萍宝剑,刎首何辞。"① 由于千娇奶奶的醋意,伯嚭只好曲意逢迎,暂将钟离氏送入千娇奶奶帐中。然而,钟离氏心下暗忖:"奴若久住在此,后来清浊有谁分辨?不如早些决绝,也还得个明白。"当千娇奶奶发现钟离氏自缢在房梁上,匆忙命人将她放下来询问时,钟离氏表达了这样的意愿:"俺怎肯双轮碾四辙,这衷肠自耿烈,但愿得早赴泉台夜。"② 终于感动了千娇奶奶,醋意不由掺杂了敬意,暗遣老军送钟离氏去尼庵。假如说钟离氏不是在伯嚭淫威之前以死相抗,那么她根本无法保存清白之身;而假如她不是在成为千娇奶奶的丫鬟后愤而寻死,那么伯嚭一而再、再而三的纠缠肯定会引发千娇奶奶怒火,也不过落一个可悲的结局。但是,正是她这种刚烈,不仅使她保全了自身,而且赢得了同性的尊敬,从而因祸得福,不仅夫妇团圆,而且博得封赠:"钟离氏能在乱军中保全节操,可敬可敬";"他夫人因兵戈拆散,今日才得相会,当并封之为秦楚两国夫人"。③

钟离氏的贞烈,不仅衬托了其夫的忠节,更重要的是有其自身存在的意义。这种意义和明末清初传奇中的贞节烈妇所传递意义是相同的。

孟称舜《古今名剧合选》中的告白:"学戏者不置身于场上,则不能为戏;而撰曲者不化身为曲中之人,则不能为曲。"④ 从某种意义上来讲,剧中人就是作者自己。那么,什么是他要借剧中人之口抒发的呢?如果说《二胥记》是孟称舜对救国之士的渴慕和呼唤,那么《贞文记》就是孟称舜对自我的拷问与反思。事实上,《二胥记》与《贞文记》是一脉相承的,两者虽一咏忠臣,一咏节妇,但其中隐有关联,因此,《贞文记》中一再咏赞的"贞"。实是"忠"的比喻,但是这样

---

① (清)孟称舜:《二胥记》卷上,《古本戏曲丛刊三集》,商务印书馆1957年版,第51页。
② (清)孟称舜:《二胥记》卷下,《古本戏曲丛刊三集》,商务印书馆1957年版,第14页。
③ (清)孟称舜:《二胥记》卷下,《古本戏曲丛刊三集》,商务印书馆1957年版,第73页。
④ (清)孟称舜:《古今名剧合选序》,载朱颖辉辑校《孟称舜集·卷三》,中华书局2005年版,第557页。

一来又引发一个疑问。因为从严格意义上讲，无论如何，孟称舜都无法称得上"忠义"。因为他虽未在明朝为官，但却接受了清朝的官职，而且在明朝时他又身为"复社"一员，属于受时人敬重的人物，在明朝灭亡时却不曾自杀殉国。这些都使他难以以"忠贞"自许。然而，正是这种"夹缝人"不上不下的尴尬处境，使他对"忠贞"有了更深入的感受和认识。

在《二胥记》和《贞文记》中，有一个共同意象——"轻尘弱草"，但是又同中有异。《二胥记》云："人生如轻尘弱草，你不图些快活，死他怎的？"① 而《贞文记》中道："人生如轻尘弱草，不早寻欢乐，可不空送却韶华也？"② 《二胥记》中只强调了抓住当下时光，得过且过留恋现世享受；而《贞文记》中"早寻欢乐"有了明确的目的——"不空送却韶华"，加入了深沉的生命意识。在《二胥记》中的回答尚有些概念化："人生既如轻尘弱草，眼前快活，图他怎的，不如身死留名，倒得个久长也呵。想人生如电影云光飘谢，这无多好景，能得些些，偷生怕死实堪嗟，香名千载知谁借？"③ 所指对象还比较模糊，也表明了对"忠贞"大众化心理。但《贞文记》中这种思索进一步深入和具体："人生既如轻尘弱草，片晌风华，贪他怎的。秋霜点鬓华，昨宵芳草，今日黄花，算不如香名千载，受赏无涯。教咱趁东风闹柳衙，魂随杜宇出三巴，消停罢，则除是马生双角，瓮生权枒。"④

如果说《二胥记》的不图"眼前快活"是一种道德上的约束，那么《贞文记》中的不图"片晌风华"则是用一种生命视角消解另一种生命视角。

以变化的眼光看，人生如此短暂，那么对生命乃至少年岁月的慕恋是理所当然的。以不变的眼光看，人生既然如此短暂，那么，只有比生命更不朽、更永恒的东西才是更有价值的。因此《贞文记》中玉娘提

---

① （清）孟称舜：《二胥记》卷下，《古本戏曲丛刊三集》，商务印书馆1957年版，第16页。
② （清）孟称舜：《贞文记》卷上，《古本戏曲丛刊二集》，商务印书馆1955年版，第47页。
③ （清）孟称舜：《二胥记》卷下，《古本戏曲丛刊三集》，商务印书馆1957年版，第16页。
④ （清）孟称舜：《贞文记》卷上，《古本戏曲丛刊二集》，商务印书馆1955年版，第47页。

出自然界中根本不可能出现的现象——"马生双角,瓮生权枒"来表达自己决不放弃"永恒"去追求"暂时"。

《二胥记》与《贞文记》中"轻尘弱草"意象的提出和解决采取了"主客问答体"。而"主客问答"中的"主"与"客"都是作者,故而对人生的眷恋以及对后世的追求都是作者的真实想法,面对"快活"和"风华"的诱惑,他也不是没有动摇过,但是,最终后世追求压倒了现世享受,他更倾向于对"香名"的追求。

然而,如果说孟称舜的"化身为曲中之人"的说法成立,则他的言行为何并不统一?明亡之际杀身以殉不正是他对"贞节"的最好注解?事实上"夹缝人"之所以成为"夹缝人",就是在易代之际,走了一着错误的博弈。没有追随先帝而死,而是选择了活着。对孟称舜而言,如果说创作《二胥记》时他还在等待和观望,期望能有恢复的一天,可是在梦想破灭之时,"眼前快活"和"片时荣华"又一度占了上风,不仕明朝的身份使他与身仕明朝的官吏相比,少了很多责任,而未能立即自杀,在等待与观望中,对生命的留恋又更加强烈,而且即使此时再死,美誉也与他无缘。然而,明清易代,对封建士大夫的心灵冲击不可能不谓重大,而易代之后的出处矛盾,尤其成为他们心头的致命伤。对于那些选择了委曲求全的士大夫,更是纠缠在无穷无尽的梦魇之中,不管他们的选择是出于多么的被逼无奈、迫不得已,"变节"的烙印将伴随终生,甚至遗臭后世。而他们内心,也无法放过自己,终身不断地痛悼、追悔,然而已经无法回头了,欲前行云遮路断、再回首木已成舟。只有在"香名"已永远无法得到的时候,才更加觉察出"香名"的可贵,因而更萌生出对"香名"的赞许与追慕。

如果说孟称舜在写作《二胥记》时对"香名"的认识还比较模糊,那么,在写作《贞文记》时,经历了切肤之痛后,对"香名"的认识便更进一层。虽然自己未能"忠节",但内心对"忠节"的咏赞与追慕,与"忠节"之士相比如果说不更强烈,起码也同样强烈。这不仅体现在他的为文上,也体现在他的为人上。《贞文记》中不但写了玉娘殉夫之贞,还写了鹦鹉、侍女殉主之贞,而且在《贞文记》中插入

《忠愤》《成仁》两出。

再审其为人，"东越卧云子，长才博洽，居则一本先民，于时少可，既慨且慷，往往抚长剑作浩歌，不复知唾壶口缺"①；"宋时宫伶作二胜环置脑后一语，大干时宰怒，故虽市里诙笑，亦多转喉触忌之禁，而云子正言不顾，近于赣"②；"松学自鼎革之会，几为榛莽，子塞孟先生司训兹土，慨焉欲新之。首捐百金为多士倡，夫人亦出其簪珥相助。由是邑之慕义者乐输。费寡而功倍……于时适有无罪杀士之变，诸士哭庙涂墙，抒其愤抑，当事者移檄欲罪诸士，先生毅然以去就争之。诸士得无恙，而先生亦力辞求归。行李萧然，夷犹自若"③。他不仅自己立身甚谨，而且也堪为乡里表率，既仗义执言，又淡泊名利，有古君子之风。因而，他在《二胥记》《贞文记》中的表白，应该是可信的。而且，这也是他用行动来洗刷耻辱，获得心灵的救赎。

因此，为了逃避清初严酷的文字狱，他窜改了作品的写作年代；但由于士大夫的良知和责任，他又用大量笔墨鞭挞变节，咏赞忠贞。两剧的差别及所反映的状态也有所不同，由于在写作《二胥记》的时候，还不是明显的"夹缝人"的处境，他为复明而呼号，表现了当时一般国人的心情，还在等待、还有希望。因此《二胥记》的结尾是光明的，一切在现实中都得到了解决。而在写作《贞文记》的时候，"夹缝人"的生存方式和痛苦感受是他所深深体会到的，因此《贞文记》中的人物行动都不自觉地留有退路，张家父母没有完全回绝沈佺，王娟没有非娶到玉娘不可，阮载也没有非拆散沈佺玉娘不可。《贞文记》的结尾安排天上相会，现实的矛盾也只有寄托到来世解决。"夹缝人"只能做到这种程度：想考问又不敢彻底，反思后又只能逃避。这种在夹缝里曲中求直的姿态，也正是明清易代之际"夹缝人"的尴尬处境和独特心态。

---

① （明）宋之绳：《二胥记叙》，载（清）孟称舜《二胥记》卷上，《古本戏曲丛刊三集》，商务印书馆1957年版。

② （明）宋之绳：《二胥记叙》，载（清）孟称舜《二胥记》卷上，《古本戏曲丛刊三集》，商务印书馆1957年版。

③ （清）徐开熙：《修学建田记略序》，载朱颖辉辑校《孟称舜集·附录一》，中华书局2005年版，第601页。

第八章 "夹缝人"作家二：以袁于令《西楼记》为中心

第一节 尴尬的"夹缝"两截人

有学者将袁于令列为"贰臣"，实际上未必妥帖。首先，仕于前朝，又仕于后朝，方可成为"贰臣"，而袁于令在明朝只是一个贡生，后来还被剥夺了这个资格，本非明臣，何称贰臣？其次，清高宗于乾隆四十一年（1776）下令国史馆着手编纂《贰臣传》，用以贬斥明、清易代之际的降清明臣，对这些不忠不节之臣公开予以"斧钺之诛"：

> 朕思此等大节有亏之人，不能念其建有勋绩谅于生前，亦不能因其尚有后人原于既死。今为准情酌理，自应于国史内另立"贰臣传"一门，将诸臣仕明及仕本朝各事迹据实直书，使不能纤微隐饰，即所谓虽孝子慈孙，百世不能改者。而其子若孙之生长本朝者，原在世臣之列，受恩无替也。此实朕大中至正，为万世臣子植纲常，即以是示彰瘅。昨岁已加谥胜国死事诸臣，其幽光既为阐发，而斧钺之铢，不宜偏废。此"贰臣传"之不可不核定于此时，以补前世史传所未及也。①

---

① 中国第一历史档案馆编：《乾隆朝上谕档》第 8 册"乾隆四十一年十二月初三日"上谕，档案出版社 1991 年版，第 479—480 页；庆桂等：《高宗纯皇帝实录》"乾隆四十一年十二月庚子"条，《清实录》第 21 册第 1022 卷，中华书局 1986 年版，第 694 页。

乾隆五十六年（1791），高宗亲下谕旨，明确规定，于明亡前仅登科第，只取得进士、庶吉士身份，入清后方列仕的清臣，一概不算作是贰臣。

> 从前所办诸臣列传，有身事本朝，而在胜国时仅登科第，未列仕版者，均着查明改正，毋庸概列贰臣。①

此一决定，为如何界定"贰臣"，确立了明确的官方标准。根据乾隆钦定的标准，降清之人，哪怕在明朝已经中了进士，但是还处在受训未授官阶段，那么也不列入贰臣。何况袁于令还尚未中过进士呢？

甚至不但乾隆是这个标准，明清易代之际，劝解一些人不要殉国，用的也是这个标准。万斯同（1638—1702）《明史》记孟章明（？—1644）于甲申北京城破之日，决定随父亲孟兆祥（1572—1644）以身殉国。在死前，父亲劝说儿子，仅中进士而"未受职"，可不必死：

> （孟）章明……甫成（癸未，1643）进士，（父）兆祥语之曰："我大臣，义当死，汝未受职，可去。"对曰："人生大节，惟君与父。君父死，臣子何生为？"亦投环死。②

温睿临《南疆逸史》记黄淳耀（1605—1645）参与南明（1644—1662）抗清，于嘉定城陷时决定自杀，他的友人也曾以"君未受职"试图劝阻：

> 黄淳耀……登崇祯癸未进士，见天下已乱，而人犹营进不已，赋诗南归。宏光立，不谒选。（清）大兵围城，佐（侯）峒曾调兵

---

① 中国第一历史档案馆编：《乾隆朝上谕档》第16册，档案出版社1991年版，第215页；庆桂等：《高宗纯皇帝实录》"乾隆五十六年三月甲午"条，《清实录》第26册第1375卷，中华书局1986年版，第460—461页。

② （清）万斯同：《明史·孟兆祥传》，《续修四库全书》第331册第382卷，上海古籍出版社1996年版，第71页。

食。城破,淳耀与弟渊耀入草庵。庵僧无垢,淳耀方外交也。谓曰:"君未受职,可以无死。"淳耀曰:"大明进士,宜为国死。今托上人而死此清净土足矣。"索笔书曰:"进士黄淳耀死此。呜呼!进不能宣力王朝,退不能洁身自隐。读书寡益,学道无成。耿耿不没,此心而已。"与渊耀分左右就缢,年四十一。[①]

可见,不论是明亡之际,还是清朝拟定《贰臣传》的官方标准,袁于令都不能入选。因此,袁于令的身份定义为"夹缝人"更为确切。

袁于令生平,详见袁于令族孙、清朝乾隆时期的著名文人袁廷梼编撰的《吴门袁氏家谱》:

袁于令,堪长子。行一。原名晋,字韫玉,一字令昭,号凫公,晚号箨庵。生于万历二十年壬辰。府庠膳生,赝岁贡。仕清授州判官,升工部虞衡司主事,迁本司员外郎,提督山东临清砖厂,兼管东昌道,授湖广荆州府知府。偶失官意,遂罢职。词翰风致,独绝一时。所著有诗文集;尤精音律,著有《玉麟符》《瑞玉传奇》《西楼记》《玉簪记》《金锁记》《及音室稿》《留砚斋集》。[②]

他的戏曲共有十二种,《西楼记》《珍珠衫》《鹔鹴裘》《双莺传》《玉符记》《珍珠衫》《汨罗记》《合浦珠》《长生乐》《玉麟符》《战荆轲》《瑞玉记》。

其中《双莺传》《战荆轲》为杂剧,其他九种为传奇。《窦娥冤》系改编本(叶宪祖原著名《金锁记》),其他十种都是袁于令创作的。[③]

① (清)温睿临:《南疆逸史·黄淳耀传》上册第15卷,中华书局1959年版,第103页。
② (清)袁廷梼编:《吴门袁氏家谱》,清光绪二十五年编本。
③ 徐扶明:《袁于令和他的〈西楼记〉》,《剧艺百家》1986年第2期。

第二节　非为"救世",实为抒愤的守贞书写

袁于令的《西楼记》也出现了非常坚贞的守节现象,相国之子池同与老鸨设计买下穆素徽,素徽宁死不从,"冰霜操守,肯从伊出乖露丑?!"① 不仅不愿随顺,而且还每天拖刀弄剑地寻死。

> 素徽一向把我冷落,教我坐不同几,食不共器,这个还是当初在外的说话。如今他母亲受我财礼,嫁我为妾,已是瓮中之鳖,走往那里去。谁想他到俺家中,日夜拖刀弄剑,跌脚搥胸,开口便骂,动手便打,不要说同眠同坐,就是面也见不得,这个是何道理。我家门槛虽低,决不轻放他出去。②

素徽不止一次表达了自己的节操:

> 立志决,守死节,鞭笞痛楚难备说,可叹明珠今埋灭。③

之后,穆素徽误以为于叔夜已死,在绝望之中,素徽哄骗池同,自己愿意顺从他,只是要先为亡夫于叔夜披麻戴孝,设水陆道场,做九昼夜功德,实际上心中已拿定主意:祭奠完毕,立即自戕。

如果说嫌弃池同只是一个俗子,那么后来胥表是一个侠义丈夫,而且为了救她还牺牲了自己的美妾,但是在面对胥表对她的试探"若肯从我,当以金屋贮卿"之时,穆素徽也是坚决表示要为于叔夜守贞。

> 君家差矣。自古忠臣不事二君,烈女不更二夫。奴家生在烟

---

① (明)毛晋编:《六十种曲·西楼记·第十九出　凌窘》,中华书局2007年版,第69页。
② (明)毛晋编:《六十种曲·西楼记·第二十四出　情死》,中华书局2007年版,第82—83页。
③ (明)毛晋编:《六十种曲·西楼记·第二十六出　邸聚》,中华书局2007年版,第92页。

花,志坚金石。①

　　而做了大量相关资料梳理之后,孟森先生的《〈西楼记传奇〉考》曾判定《西楼记》作于清代。《今乐考证》记载道:"酿花使者语云,簙庵遭乱北都,佐藩西楚,寻以失职空囊,侨寓白门,扁舟归里,惆怅无家,与穆交好,为赵莱所忌,故假赵伯将以刺之。"② 根据《吴诗集览》,袁于令荆州失职,侨寓南京,发生在顺治十年(1653),那么,由此推之,袁于令作《西楼记》,当在顺治十年(1653)以后。再看《小浮梅闲话》:"袁子才《诗话》云,龚端毅公《定山堂集》有《观袁凫公水部西楼传奇》一首,盖康熙初年事也。"③ 也就是《西楼记》亦作于康熙初年。

　　而袁于令本人又是一个降清的士人,官运还比较顺遂,最后升任正四品官员。清军入关之后,袁于令可能是在明末著名文人金之俊、李雯、龚鼎孳等的举荐之下,开始仕清,这时他已经五十三岁了。袁于令在北京,先是由州判官做起(陆萼庭先生经过缜密考证认为"周判官"即"通判"),接着调迁为六品的工部营缮司主事,不久升为五品的员外郎,兼提督山东临清砖厂。不久,升调为正四品的荆州太守。

　　那么袁于令笔下的守贞描写究竟是也对亡明有什么寄托,还是说守贞描写只是一个剧作家笔下随意的现象,借以表明悲欢离合的一种艺术手段? 如果是后者的话,那岂非将本书的立论——剧作家借守贞以救世——都可以推翻?

　　但是通过认真辨析后,后一种推论是不成立的。根据徐扶明先生考证,《西楼记》并不是写于顺治、康熙年间,而是写于明朝末年。

　　第一,《南音三籁》袁园客增语:"《西楼记》《窦娥冤》《珍

　　① (明)毛晋编:《六十种曲·西楼记·第三十四出 卫行》,中华书局2007年版,第116—117页。
　　② (清)姚燮:《今乐考证》,上海古籍出版社1995年版,第78页。
　　③ 汪宝桓:《俞曲园随笔》,大达图书供应社1935年版,第142—143页。

珠衫》《鹣鹣裘》，皆莽庵家伯少年之作"。袁于令青年时代，正值
明末时期。第二，祁彪佳《日记》，记载他在崇祯五年、六年、九
年，三次看过《西楼记》演出。那末，此剧当作于崇祯五年（1632）
之前。第三，长期流传至今的《西楼记》，系崇祯年间《六十种
曲》本。①

进一步的资料表明，《西楼记》的创作年代应更早，有可能在万历
年间。

其一，常熟曲家徐复祚的《花当阁丛谈》以卷五《沈同和》的记
载为末篇，而沈同和曾跟袁于令为"争妓"而结仇怨，袁于令把他写
入《西楼记》，乃池三爷的原型。徐复祚的生卒年为1560—1629年，卒
于崇祯二年（1629）。由此可见，《西楼记》无论如何不可能作于清初。

其二，汤显祖《玉茗堂诗》卷十六有《楚江秋四首》：

等是迁延醉一程，凄鸾愁凤语分明。柔情怕逐江流转，一曲琵
琶引曼声。

病倚珠帘微嗽时，无缘相见蹙娥眉。楚江秋色清如许，坐听阑
干琥珀词。

绕江幽怨逐弦深，楼外秋山起暮阴。大有行人偷下泪，参差弹
破碧云心。

楚云如梦夜何如？泥泥弦中说众诸。落月满帘风露急，为谁清
怨与踌躇。②

这四首诗是汤显祖观看了《西楼记》的演出之后写的。冯梦龙曾
改编袁于令的《西楼记》，易名为《楚江情》。汤显祖这四首七绝里写
的是《西楼记》流传最广的《楼会》和《玩笺》。第二首"坐听阑干
琥珀词"中的"琥珀词"指《玩笺》中的曲牌《琥珀猫儿坠》。

---

① 徐扶明：《袁于令和他的〈西楼记〉》，《剧艺百家》1986年第2期。
② （明）汤显祖著，徐朔方笺校：《汤显祖全集》，北京古籍出版社1999年版，第946页。

汤显祖卒于万历四十四年六月十六日，即 1616 年 7 月 29 日。他的三儿子开远因为父亲病重，没有在前一年的冬天赴京赶考。可见汤显祖在万历四十四年（1616）春已经病重，他听戏也不可能在这个时候。因此，汤显祖作诗的年代，当在万历四十三年（1615）以前。

其三，袁于令侄子袁园客在重订的《南音三籁》序里也说，《西楼记》是袁于令的"少年之作"，这意味着，《西楼记》成篇当在袁于令二十岁以前。施绍莘《秋水庵花影集》卷二南商调《梧桐树·舟中端午》套跋：

> 名姬周绮生，才色两绝。"酒剩蒲香冷"，其《鸳湖口占》句也。辛亥午日，偶谱入小词，庶令个中人残唾遗珠，犹博人间几匹绢耳。绮生，予未曾识面，间闻之暗生，大约风流高韵人也。应是值得一死。乃《西楼记》成，而于鹃身黜名辱，殊色诚可怜，关才亦可惜。为一妇人，身为逐客。呜呼，悲乎！……今于鹃身隐，而《西楼记》传矣。才名不朽，差可无憾。[1]

施绍莘是华亭人，离袁于令的家乡很近。他的生卒年为 1588—1640 年，因此可以推知文中提到的"辛亥年"当是万历三十九年，即公元 1611 年。又施绍莘文题为"舟中端午"，可想而知，《西楼记》作于前一年是比较合理的解释。由此可以推断，《西楼记》的创作时间为万历三十八年（1610）。[2]

因此，这个时候袁于令还不存在降清行为。并且进一步而言，《西楼记》中的守贞行为确实有寄托，但并不是源于守贞救世的寄托，而是源于袁于令自身经历的一种寄托。

袁栋《书隐丛说》云：

---

① （明）施绍莘撰，来云点校：《秋水庵花影集》卷二，上海古籍出版社 1989 年版，第 70—71 页。

② 王琦：《袁于令研究》，博士学位论文，华东师范大学，2006 年，第 39—40 页。

吴江有沈同和者，以财雄于乡。凡新到妓女，必先晋谒。名妓穆素徽，美而才，循例谒沈。时适有文会，袁箨庵以名下士居前坐。美人名士，一见倾心。席间私语移时，沈不怪，加谑让焉。箨庵遂怏怏失志，如崔千年之于红绡妓也。有门下士冯某者，喜任侠，有胆识，知箨庵意，则慷慨激昂，以古押衙自命。一日，沈挟穆游虎丘，冯径登沈舟，出不意夺穆而去。沈怒，讼之官。箨庵父大惧，送子系狱以纾祸。箨庵于狱中抑郁无聊，乃作《西楼》以寄慨。①

认为袁于令曾经和沈同和共同争夺一个名妓，后来门下士冯某帮助袁于令夺得了这个妓女，沈同和大怒兴讼，袁于令因此入狱，而作《西楼记》以寄愤。

但是，《小说考证》把《西楼记》人物穆素徽当成了现实中的人物，混淆了曲里曲外人物的关系。

根据考证，《西楼记》的写作是在袁于令19岁，而且创作于狱中。姚光怀《旧楼丛录》则指出了袁于令因周绮生与沈同和交恶，作剧以讽之：

《西楼记》为袁箨庵所撰。我友吴江陈去病撰《五石脂》，言吴江沈同和，字志学，隐迹白蚬江之浔阳湾，筑西楼以居之。以私匿名妓周绮生，故好事者遂为《西楼记传奇》，记中所称池三爷者，即指同和。穆素徽以比绮生云。②

史学家孟森先生据《列朝诗集（闰集）》《青楼小名录》及上文引用的施绍莘的《秋水庵花影集》诸书，判定剧中名妓穆素徽的原型乃名妓周绮生，性耽书史，雅爱诗词，却被沈同和纳入门中，钱谦益曾记载道：

---

① （清）袁栋：《书隐丛说》，清乾隆刻本。
② （清）袁栋：《书隐丛说》，清乾隆刻本。

　　周文,字绮生,嘉兴人也。体貌闲雅,不事铅粉,举止言论,俨如士人。檇李缙绅好史墨者,每召绮生即席分韵,以为风流胜事。绮生微词多所讥评,有押池韵用习家池者,绮生笑曰:"无乃太远乎?"诸公皆拂衣而起。绮生尝有诗曰:"扫眉才子多相忌,未敢人前说校书。"益自伤也。新安王太古,词场老宿,见绮生诗,击节曰:"薛洪度、刘采春,今再见矣。"李本宁流寓广宁,与陆无从,顾所建结淮南社,太古携绮生诗,诧诸公曰:"吾能致绮生入淮南,以张吾军。"诸公大喜,相与买舟具装,各赋四绝句,以祖其行。太古比及吴门,松陵一元氏已负之而趋矣。①

　　而且,周绮生在归于沈同和之后,敝衣毁容,不久之后郁郁寡欢而死。

　　绮生既辱身养卒,敝衣毁容,重自摧废,晨夕炷香,于佛前祈死,不复为诗。时作小词寓意,一元氏以五七言回环读之,迄不能句,绮生乃开颜一笑也。无何,悒郁而死。尝有句云:"侍儿不解春愁,报道杏花零落。"闻者咸伤之。②

　　周绮生郁郁寡欢,一心寻死,和袁于令《西楼记》里池三公子用歹计掳取穆素徽之后,穆素徽的反应是一致的。

　　《西楼记》中,侠义丈夫胥表把穆素徽从池同处救出,还赠送于叔夜千里马,让他赶赴殿试之期,并北上相会穆素徽。池同、赵祥二人路逢胥表,不知就里,还想雇他行刺于叔夜,胥表愤而杀此二人,为于叔夜报仇。最终,于叔夜携穆素徽衣锦荣归,并请同科探花李节为媒,求得父允,得以和穆素徽正式成婚。

　　但是,现实生活中,因为争夺周绮生,沈同和告官,官府把袁于令下狱,剥夺了他的贡生资格,失去了乡试、会试的资格,被断绝了读书

---

① 孟森:《心史丛刊》,辽宁教育出版社1998年版,第68页。
② 孟森:《心史丛刊》,辽宁教育出版社1998年版,第68页。

人仕途的路径，直到他 51 岁，都没有机会再谋取一官半职。现实中的袁于令不可能金榜题名，也不可能和周绮生得谐秦晋，更不可能有一个侠义之士挺身而出为他杀仇泄冤。唯一聊可自慰，甚至也是造成他心灵极大震撼的，就是周绮生对沈同和的疏远厌恶，直至不久之后抑郁而死。因此，《西楼记》对穆素徽贞节的反复皴染，是因为不仅实有其事，也是自我的心灵慰藉，周绮生的守贞和夭亡，使得他的惨痛代价似乎有了和声，不至于沦为一个完全的笑柄。

第三节　兰蕙芜秽：剧咏贞、节，缘何身早降清？

阮大铖在自己创作的《石巢四种曲》中不描写贞节，这和他不齿于降清，似乎是人、文一致的。但是袁于令在他自己的《西楼记》中反复描写了贞节，除了一再守身的穆素徽，还有不惜杀身的轻鸿。轻鸿平日就歆慕节孝，"贱妾虽属裙钗，颇闻书史。常慕古时女子，如曹娥荀灌缇萦木兰，皆以孝著；罗敷陶婴梁娥焦妇，俱以节称。"[1] 胥表为了搭救穆素徽，在穆素徽素装设醮追奠于叔夜之时，没有告知轻鸿，却把她扮作和穆素徽一样素装，混入法堂。密令勇士数人，法堂中胡乱杀起，打灭灯火。胥表取素徽趁乱而遁，一勇士则负轻鸿而走，声言抢去素徽，月下看不分明，池同误认轻鸿是素徽，率众人追赶，将近长堤，勇士弃之而逃，不知踪迹。池同引人相逼，轻鸿此时醒悟，自己是被胥表当作一枚棋子施展了调虎离山计，却没有责怪胥表，而是自刎投水，用生命为胥表守贞，并成全胥表的救人美意：

> 是丈夫赚把素妆来整，到此无踪影，多应有计安排定，强徒把我相凌进。罢罢罢，他有匕首，在我佩上，待我引决赴水，奴家怎把他牵害，苦得了当一命。[2]

---

① （明）毛晋编：《六十种曲·西楼记·第二十一出　侠概》，中华书局 2007 年版，第 78 页。
② （明）毛晋编：《六十种曲·西楼记·第三十一出　捐姬》，中华书局 2007 年版，第 111 页。

除了《西楼记》中对贞节的歌咏,袁于令还在自己的其他剧作中表达了对气节的赞颂。

袁于令的老师叶宪祖,因反对阉党建魏忠贤生祠而被削去工部郎中官职。① 袁于令有感于此,写了《玉符记》传奇,"直陈崔、魏"。

袁于令的家乡苏州,曾爆发过反对阉党的"五人墓事"。据《明督抚年表》,毛一鹭天启五年(1625)正月任应天府巡抚,六年(1626)九月升南京兵部侍郎。六年十月毛一鹭报升兵部侍郎,斩五人于阊门吊桥。根据《明史·周顺昌传》,周顺昌于 1627 年六月遇害。据《明史·思宗本纪》,1627 年十一月安置魏忠贤于凤阳,六日后处死。周顺昌等五义士的遇害,加速了阉党覆亡的过程。袁于令写了《瑞玉记》传奇,抨击"逆铛魏忠贤私人巡抚毛一鹭及织局李实构陷周忠介(顺昌)事"②,"要皆感愤时事而立言者"③。雷琳《渔矶漫钞》评此剧:"词曲工妙,甫脱稿即授优伶。"④ 袁于令作《瑞玉记》时,阉党毛一鹭尚未事发,由此可见袁于令的胆识。

可是在现实生活中,袁于令不但降了清朝,顾公燮更是认为他曾代表苏州士绅向清廷撰写降表,由此才换来了荆州知府的奖赏:

> 袁箨庵于令,住因果巷。以抢劫名妓穆素徽一事,褫革衣衿。顺治乙酉,苏郡绅士投诚者,浼袁作表赍呈,以京官议叙荆州太守。⑤

孟森先生也认为袁于令是因为为虎作伥而获得清廷的赏识:

> 据此序有"遭乱北都"语,益知甲申之役,袁方在燕。乙酉

---

① (清)张廷玉等撰,中华书局编辑部点校:《明史·卷三百六 列传第一百九十四 阉党·阎鸣泰传》,中华书局 1974 年版,第 7869 页。

② (清)雷琳辑:《渔矶漫钞》,上海扫叶山房同治十年(1871)刻本,第 8 页。

③ 卓人月:《孟子塞"残唐再创"杂剧·小引》,载吴毓华编著《中国古代戏曲序跋集》,中国戏剧出版社 1990 年版,第 302 页。

④ 孟森:《心史丛刊》,辽宁教育出版社 1998 年版,第 75 页。

⑤ (清)顾公燮等:《丹午笔记 吴城日记 五石脂》,江苏古籍出版社 1999 年版,第 79 页。

清兵下江南，用袁以诱苏人，正是为北方作虎伥，叙功得官，固非叙其在籍投诚也。[①]

同时代的剧作家冯梦龙、祁彪佳都真正地实践了为明朝尽忠，杀身守节，为什么同样也描写贞节的袁于令反而做出了降清的行为呢？

首先，正如"美是难的"这个命题，守节也是难的。在承平之日，人们通常赞美守节，认为守节是应当，而且似乎是不难做到的。而到了事到临头人生抉择的重大关口，才会真正意识到"千古艰难唯一死，伤心岂独息夫人"。其实，不单袁于令，钱谦益、龚鼎孳、吴梅村，以及那么多出任博学宏词科的遗老遗少，他们也经历了非常痛苦的人性挣扎，最终还是放弃了气节，这都说明守节是何等的知易行难。

其次，袁于令虽然降清，但却并非出于利欲熏心，而更像是一种走投无路的选择。徐扶明先生曾经辨析道：

> 清兵攻苏州，事在顺治二年（乙酉）六月，而这一年，如前所述，袁于令一直在北京，那么，他又怎么会在苏州代士绅作迎降表，向清兵投诚呢？明明顺治四年，袁于令由临清迁任荆州知府，那末，他又怎么会在顺治二年以迎降功，"议叙荆州太守"呢？[②]

不过，对于袁于令身处北京如何替苏州士绅写降表，石雷先生认为：

> 清兵兵临苏州城下，固然是在乙酉六月，但招降早在此前就已展开，上文所引《丹午笔记》所提及的周荃，就是此前派往苏州的招抚副使，正使黄家鼐甫抵郡，适值明监军苏松巡抚杨文骢溃兵至，被执而杀之。所以撰写降表，由这些招抚使赍往所在地张贴招降，必更在此之前。这样也就可解释，袁氏虽撰降表，何以仍羁留北京了，他根本不需要前往。清廷让其撰写降表，主要是因为他是

---

① 孟森：《心史丛刊·西楼记传奇考》，中华书局2006年版，第93页。
② 徐扶明：《袁于令和他的〈西楼记〉》，《剧艺百家》1986年第2期。

该地颇有名望的前朝士绅,从而使招降更具有说服力与吸引力。由此也就可以明白,袁氏何以会为清廷所相中,并授予官职了。①

但是,不管袁于令是否曾经为苏州士绅作迎降表,他自己毕竟很早就投降了清廷。讴歌气节自己又早早变节,何以如此矛盾呢?

袁于令自从19岁下狱被剥夺了贡生资格,此后一直到他51岁都不曾仕进。在我们今人看来,科举考试落后、腐朽,对它的蔑视也是一种快意之事,"仰天大笑出门去,我辈岂是蓬蒿人",似乎放弃它是一件很容易的事情。但是对于当时的袁于令来说,他出身于名门望族,而四民社会士农工商的排序,也决定了他作为一个士子,只有读书仕进才是振兴家族、光耀门楣以及在这个社会上立足的上升正途,但是因为他自己的少年孟浪,把这条道路给扼杀了。

直到他51岁的时候,也就是崇祯十五年壬午,1642年,袁于令携带家眷进京谋求一职。诗人杜濬《又用先字嘲令昭时七夕后一日》云:"不信银河流眼底,请看牛女集风前。窥君步步随油壁,总有霜蹄不敢先。"②嘲讽他为家眷所累,左右顾虑甚多。袁于令此行极有可能是去谋官③,去北京参加一年一度的吏部候官,因为第二年春天是会试的时间。诗人杜濬在上京赴考的途中遇到了袁于令,并且写下了名为《沙河待济袁令昭先在见余至甚喜以同社元叹诸子先字韵诗属和》的律诗一首记载其事。

> 袁于令不是举人,并无参加考试的资格。他的身份是老秀才,可能在苏州有"食贡"资格,且被送到北京"国子监"进修过,所以有机会通过在吏部排队的方式,谋得一个小官职。④

---

① 石雷:《被隐没的沉浮与文学书写——易代之际袁于令事迹记心态发微》,《中山大学学报》2020年第5期。

② (清)杜濬:《杜茶村诗钞》卷4,乾隆八年(1743)春刻本。

③ 李复波:《袁于令生平考略》,《戏曲研究》1986年第19辑。

④ 王琦:《袁于令研究》,博士学位论文,华东师范大学,2006年,第10页。

那个时候已经是乱民蜂起，盗贼横行，道路艰险，可是在这样的情况下，他依然离开苏州，前往北京，可见彼时的功名之心是何等迫切。

据《吴门袁氏家谱》记载，"袁氏先世汝南，自宋南渡始迁江左"。钱大昕在 1789 年的《平江袁氏家谱序》中提到：

> 吴门之袁相传自宋南渡始迁，至元海道万户宁一而下乃可谱。明代衣冠人物郁郁彬彬，六俊济美于前、铎庵扬誉于后，一门文献，照耀志乘，至今称为甲族。①

袁于令在 19 岁因"争妓"而被褫夺衣衿，如果按照他出身于名门之族而言，不应该如此束手无策，那就只有一种可能性，也就是他们家族已经失势。

和他争夺的沈同和虽然闹出了舞弊事件，让人代作并取得会元，社会舆论已经达到京师哗然的地步，遭到告发，上达天听，而且复试不能成篇，但因家族有权有势，还是被轻轻发落，只是判了流放。陶煦《周庄镇志·流寓》云：

> 明沈同和字志学，吴江人。美丰姿，善词赋，独不长于制艺。万历乙卯（四十三年）举于乡，乃其系赵鸣阳之文。丙辰（万历四十四年）会试仅成一艺，余亦鸣阳代作。同和中会元，鸣阳第六。京师哗然，事遂上闻。有救者言其能诗，即命殿前赋梅花诗一百首，顷刻而成。上意欲赦之。或曰：国家以八股取士，未尝用诗。仍令覆试。以"士憎兹多口"命题，竟日不能成篇，遂与鸣阳同黜，罪以流。时有"丙展会录，断幺绝六"之谚，后遇赦归，隐居镇中。②

---

① （清）钱大昕：《平江袁氏家谱序》，载（清）钱大昕著，陈文和主编《潜研堂文集》，凤凰出版社 2016 年版，第 413 页。

② （清）陶煦纂：《周庄镇志》卷五 "流寓"，江苏古籍出版社 1992 年版，第 21 页。

对照可知，如果袁氏家族在当地仍然有影响力，至少起码能够保住他的贡生资格。袁于令从 19 岁到 51 岁，经历了 32 年的蛰伏和等待，少年意气只怕已经消磨殆尽，更为迫切的是出人头地和养家的问题。他的功名断绝在外人也许看来是一种美谈，但是对亲族和自己来说，只怕是一种煎熬。更何况从 19 岁到 51 岁，他已经有家有子。他在 51 岁过了知天命之年时携家北上，投奔好友祁彪佳，祁彪佳也为他奔走游说，然而他在北京仍然不能顺利地谋到职务。1643 年，颇得崇祯器重的祁彪佳出任苏松巡按，举家南归。当祁彪佳离开北京就任的时候，袁于令前来送行，并托他把自己的家眷带回。《祁忠敏公日记》"癸未日历"八月十六日载，"值袁凫公亦以送家眷至，及暮抵张家湾登舟，行李未至，借临舟铺陈就宿"，祁彪佳离京带有随行的舟楫十艘，他的船队中，即跟随一条携带袁于令家眷的船只，"随予舟行者，袁凫公之妾为一舟"。[1] 千里迢迢又把家眷送归苏州，可见袁于令候官无望。

祁彪佳在明代就荣膺高官，享受了应得的荣耀，但是对于袁于令来说，他在明朝并没有为官，这使他在变节降清过程中少了一层心理的防线。而生活在一个已经失势的名门，再加上养家糊口的重任，在现实和气节的拉锯战之中，最终还是现实占了上风，使他最终做出了降清的举动。所以袁于令尽管在《西楼记》中描写了贞节，他自己的人生经历中，他所爱之人也亲身实践了贞节，但是到他自己的时候，终于还是选择了变节。

最后，从袁于令小说创作《隋史遗文》中可以透视出他隐秘的心理，他的"自我认同"决定了他以变节达到"自我实现"。关于《隋史遗文》，也有创作年代之争，石雷先生则认为《隋史遗文》成书在清朝定鼎之初，撰著这部小说是要为他自己以及同类贰臣们的"变节"行为寻找历史和心理依据，隋唐之际的"秦叔宝"择明主贤君而事，其实就是明清之际袁于令、龚鼎孳等"识时务者为俊杰"式的自

---

① （明）祁彪佳：《祁忠敏公日记》，《北京图书馆古籍珍本丛刊 20 · 史部 · 传记类》，书目文献出版社 1990 年影印本，第 983 页。

我标榜。① 一些学者倾向于认为该书创作于崇祯六年（1633）②，《隋史遗文》名山聚刊本卷首有崇祯六年（1633）袁于令自序。再加上《隋史遗文》名山聚刊本被认为是原刊本，孙楷第著录《新镌绣像批评隋史遗文》十二卷六十回："明原刊本。封面署'名山聚藏板'。"③ 何谷理也认为："《隋史遗文》只刊行一次，即明代末年十二卷六十回的剑啸阁批评秘本出像《隋史遗文》。"

若以崇祯六年（1633）而论，则袁于令在小说中通过议论所表达的心理非常耐人寻味，他在第四十四回开头写道：

> 从一而终，有死无二。这是忠臣节慨，英雄意气。只为有了妒贤嫉能、徇私忘国的人，只要快自己的心，便不顾国家的事。直弄到范睢逃到秦国，后来伐魏报仇；伍胥奔吴，后来覆楚雪怨。论他当日心，岂要如此？逼得他到无容身之地，也只得做出急计来了。④

也就是在被逼无奈、无处容身的情况下，英雄人物可以不必"守正"，其"权变"也是可以理解的。生逢乱世，不若留身有为：

> 人到世乱，忠贞都丧，廉耻不明，今日臣此，明日就彼。人如旅客，处处可投；身如妓女，人人可事。岂不可羞可恨！但是世乱盗贼横行，山林畎亩都不是安身去处。有本领的，只得出来从军作将，却不能就遇着真主，或遭威劫势禁，也便改心易向。只因当日从这人，也只草草相依，就为他死，也不见得忠贞，徒与草木同腐。不若留身有为，这也不是为臣正局，只是在英雄不可不委曲以

① 石雷：《史为我用：论〈隋史遗文〉创作主旨及与时代之关系》，《南京师大学报》2011年第4期。
② 徐朔方：《袁于令年谱》，《浙江社会科学》2002年第5期。
③ 孙楷第：《日本东京所见中国小说书目》，人民文学出版社1958年版，第183页。
④ （清）袁于令：《隋史遗文》卷12，中华书局1995年版，第286页。

量其心。①

不论《隋史遗文》成书是在明末还是清初，也即不论是明末时期的"心向往之"，还是清初时期的"文过饰非"，《隋史遗文》中的这些描述实际上都反映了袁于令的心理彷徨、波动和倾向与取舍。戴维·路易斯（David Lewis）认为，人的心理具有连续性，心理生活的延续性构成了个人的同一性。

> 我发现，渴求生存时，我最渴求的是，我的精神生活奔腾不息。我现在的经历、思想、信念、欲望以及品格特征有所承继。我现在整个的精神状态只是一系列连续的精神状态的一个短暂的阶段。这些连续的状态以两种方式彼此相连。第一，经由相似性。改变是渐进的，而非突然的，而且（至少在某些方面）总体上没有太多的变化。第二，经由合法的因果依赖性。②

马斯洛需要层次理论认为，在人的内部存在着一种向一定方向成长的趋势或需要③，人以"自我指导、自我控制的能力"④，以达到"自我实现"的最高需要，而袁于令在外在剥夺上升通道的资格后，又经历了漫长屈辱无望的等待，他尽力地修炼自我。然而，明王朝带给他的是剥夺和抗拒，也就是实际上，袁于令并没有在明王朝达到"社会认同"。他对此充满无奈和不解，抓住各种机遇表白心迹，宣泄感情，明末险途求官，也可见他潜能时时待发的渴望。

> 行动的一切动力，都一定要通过他的头脑，一定要转变为他的

---

① （清）袁于令：《隋史遗文》卷12，中华书局1995年版，第352页。
② David Lewis, *Survival and Identity*, *Philosophical Papers*, Vol. 1, Oxford：Oxford University Press，1983，p. 17.
③ ［美］马斯洛等：《人的潜能和价值》，华夏出版社1987年版，第75页。
④ ［美］马斯洛等：《人的潜能和价值》，华夏出版社1987年版，第89页。

愿望和动机。才能使他行动起来。①

他"自我认同"颇高，却"自我实现"无门，最终，以"汉恩自浅胡自深，人生贵在相知心"②的愿望和动机，选择了"变节"的行为。

① 《马克思恩格斯全集》第 2 卷，人民出版社 1995 年版，第 168 页。
② 北京大学古文献研究所：《全宋诗》卷五四一，北京大学出版社 1998 年版，第 6503 页。

第九章　奸臣作家：以阮大铖《石巢四种曲》为中心

第一节　"心迹俱恶"，名标"奸臣"

阮大铖（1587—1646），安徽怀宁人。字集之，号圆海、石巢、百子山樵。万历三十一年（1603）中举，万历四十四年（1616）29岁中进士，天启间官吏科给事中，依附魏忠贤，为东林所不齿。崇祯元年（1628）起光禄卿。崇祯二年（1629），魏党事败，阮名列逆案被罢官，避居南京，招纳游侠，谈兵说剑，期望朝廷能以边才见召，但崇祯一朝终未得仕。十七年（1644）三月，李自成破北京，明亡。同年五月，福王在南京即帝位，马士英执政，阮大铖得其荐举，被起用为兵部右侍郎，不久晋为兵部尚书。对东林、复社诸人立意报复，大兴党狱。顺治三年（1646）六月，清军渡钱塘，阮大铖率先薙发降清，清授其内院职衔。

关于阮大铖之死也众说纷纭。以记载南明史事，探讨朝政得失的清代著名传奇《桃花扇》第四十回《入道》给阮大铖安排的死法是"山神、夜叉，刺副净下，跌死"。[①]《明史·奸臣传》中记载，"大铖偕谢三宾、宋之晋、苏庄等赴江干乞降，从大兵攻仙霞岭，僵仆石上死。"[②]

---

① （清）孔尚任著，王季思、苏寰中、杨德平合注：《桃花扇》，人民文学出版社1984年版，第256页。

② （清）张廷玉等：《明史》，中华书局1974年版，第7945页。

清吴伟业《鹿樵纪闻》与此相同而更加详细，阮大铖通过献唱、座谈和饮食各个方面讨好清军，最后在和清军从征的路上暴毙，"一日面忽肿，诸公谓阮所亲曰：'阮君恐有病，可相语，令暂住衢州；俟吾辈入闽，遣人相逆。'所亲以告，大铖骇曰：'我何病？我年虽六十，能挽强弓，骑劣马，我何病？我视八闽在掌握中。幸语诸公，我仇人多，此必复社东林诸奸徒有谮我者，愿诸公勿听。'所亲以复诸公，诸公曰：'此老亦太多心，既如此，仍请同进。'抵仙霞，诸公皆按辔上岭，大铖欲实其无病，下马步进，诸公以岭路长，且骑，俟到险乃下。大铖左牵马，右指骑行者曰：'看我精力十倍此少年。'言讫鼓勇而先。久之，诸公方至五通岭，见大铖马抛路口，身坐石上，呼之不应；马上以鞭挑其辫，亦不动；下视之，死矣"。①《烬火录》中记载的阮大铖之死与之相同，并叙述了阮大铖的后事——溃烂虫出，死无全尸："急命置爨，火焚其尸。家僮固请留尸归葬，诸内院畀以二十金，下岭求棺；行数十里外无居人，三日后得一扉，募土人移之下，则悉以溃烂虫出矣。"②

不过，《明史》中还载有一说，说某野史称大铖秘疏被发，无奈之下，畏罪自杀："野乘载士英遁至台州寺为僧，为我兵搜获，大铖、国安先后降。寻唐王走顺昌。我大兵至，搜龙扛，得士英、大铖、国安父子请王出关为内应疏，遂骈斩士英、国安于延平城下。大铖方游山，自触石死，仍戮尸云。"③《明史》未详这个"野乘"究竟为何书，实际上应该是顾炎武《明季三朝野史》，其卷三云："虏兵至顺昌，搜龙杠，得马士英、阮大铖、方国安、方逢年连名请驾出关、臣等为内应疏，按其出疏月日在已降后。时大铖方游山，自投崖下死，仍戮尸。士英、国安、逢年皆斩。"④因《明季三朝野史》记福王、唐王及桂王事，而又称清为虏，大犯清廷忌讳，因此《明史》在提及此说时对出处就含糊其辞了。

---

① （清）吴伟业：《鹿樵纪闻》，京华出版社 2001 年版，第 4528 页。
② （清）李天根：《烬火录》，台湾银行经济研究室 1963 年版，第 857 页。
③ （清）张廷玉等：《明史》，中华书局 1974 年版，第 7945 页。
④ （清）顾炎武：《明季三朝野史》，台湾银行经济研究室 1961 年版，第 37 页。

从阮大铖为人"反覆变幻",投机钻营的本性看,顾炎武《明季三朝野史》说他降清而又通明,脚踩两只船,合乎情理。而从阮大铖对东林和复社中人的疯狂迫害来看,《桃花扇》给他安排被山神、夜叉叉落山崖而死的命运以见天网恢恢、疏而不漏,是对时人的一种心理安慰。但是,历史不容假设,除了《明史》的盖棺论定,而且已经分辩了阮大铖因私下通明被发觉而自杀不可信;郑雷先生也引台湾中央研究院历史研究所现存清代内阁大库原存明清档案提供佐证,马士英死于顺治三年(1646)六月前后,阮大铖、方国安与方逢年在士英死后才归降,则野史的八月骈斩之说难以成立。[1] 因此,阮大铖的死因还是以《明史》为据,阮大铖是在顺治三年(1646)八月随清军征闽暴毙于仙霞岭。

阮大铖与其他剧作家相比,其身份之特殊在于,他入了明史的《奸臣传》。

明亡之后,也有很多前朝官员降清,他们被列入《贰臣传》,已标耻辱。但《明史》将阮大铖列入的是《奸臣传》,可见绝非仅仅降清之故。能入《奸臣传》,绝非普通的小人,因为"小人世所恒有,不容概被以奸名"。《明史》明确地列出了标准:

> 必其窃弄威柄、构结祸乱、动摇宗祏、屠害忠良、心迹俱恶、终身阴贼者,始加以恶名而不敢辞。[2]

即使如此,明代的大奸,也多出于宦官,外臣是很少的。

> 有明一代,巨奸大恶,多出于寺人内竖,求之外廷诸臣,盖亦鲜矣。[3]

---

① 郑雷:《阮大铖丛考》,《华侨大学学报》2006 年第 2 期。
② (清)张廷玉等:《明史》,中华书局1974 年版,第7905 页。
③ (清)张廷玉等:《明史》,中华书局1974 年版,第7905 页。

在这样严苛的条件下，《明史·奸臣传》中只有十人：即胡惟庸，陈宁，陈瑛，马麟，严嵩，赵文华，周延儒，温体仁，马士英，阮大铖。

而阮大铖竟能位列其中，并成为压卷，可见《明史》对他的负面形象深刻明确的盖棺定论。

钱澄之《所知录》也佐证了《明史》对阮大铖的评价。阮大铖不仅本质上是个"小人"：

> 阮大铖少有才誉，万历丙辰通籍，授行人。考选给事中，清流自命。同乡左公光斗在台中，望重，引为同心。其人器量褊浅，几微得失，见于颜色，急权势、善矜伐，悻悻然小丈夫也。①

而且，阴险反复，暗中背叛东林党，"盖大铖于此时始走捷径，叛东林也"②，甚至加害左光斗，"次年春难作，毒偏海内，大铖所为也"。③

也正是因为阮大铖入了《奸臣传》，坚持"撰人品学不端正者不收"④编纂原则的《明史·艺文志》以及各类丛书包括《四库全书》等，都将他的诗文、戏剧作品摒弃。

阮大铖剧作不少，但是仅留存四种剧作《燕子笺》《春灯谜》《双金榜》《牟尼合》，合称《石巢四种曲》，其他七种剧作《井中盟》《老门生》《忠孝环》《桃花笑》《狮子赚》《翠鹏图》《赐恩环》等已佚失。

根据考证，《石巢四种曲》中，《春灯谜》创作始自明崇祯六年（1633）夏历二月初，该年夏历三月十五日完成。《燕子笺》完成于明崇祯十四年（1641）末至明崇祯十五年（1642）初这段时间。《牟尼

---

① （清）钱澄之：《所知录》（南开大学图书馆藏清抄本）卷六《阮大铖本末小纪》，《续修四库全书全书·杂史·类部》，上海古籍出版社 2002 年版，第 191 页。
② （清）钱澄之：《所知录》，《续修四库全书·杂史·类部》，上海古籍出版社 2002 年版，第 191 页。
③ （清）钱澄之：《所知录》，《续修四库全书·杂史·类部》，上海古籍出版社 2002 年版，第 191 页。
④ 胡思敬：《原刻豫章丛书略例》，江西教育出版社 2000 年版，第 3 页。

合》初稿的完成于明崇祯九年（1636）酷夏，同年夏历八月与曹履吉一同修改定稿。《双金榜》完成于明崇祯九年（1636）至明崇祯十七年（1644）之间某一年的春天，而明崇祯十一年（1638）作者移居牛首山之时或之后不久完成《双金榜》的可能性最大。①

第二节　身后是非谁管得,只愿生前诸愿遂

和同时代很多剧作家借贞节自矢、不肯变节相比，阮大铖的《石巢四种曲》中倒是出现了比较特别的变节和投机现象。

《春灯谜》中韦小姐被许配给新科状元的时候，本来不愿答应，因为觉得自己和宇文彦曾经在猜灯谜中一个猜了司马相如，一个猜了孟光，两人还交换了诗笺，有天作之合的缘分。另外宇文彦错上了他们家的官船，结果被父亲以为和她有私情，捆绑后扔到水里淹死，"我不杀伯仁，伯仁因我而死"，所以不愿再嫁他人。但是经过劝说，猜谜诗笺不能当真，何况宇文彦已死，再说配合的又是新科状元，于是韦小姐欣然答应。《牟尼合》中王小姐一岁之时，由双方父母做主，许配给了刚刚出生的佛珠。佛珠据说夭折，王小姐长大成人之后遇到了新科状元求婚，他的父亲王千牛慨然允诺，王小姐更是喜不自胜，精心装饰备嫁新夫。

> 娇羞一捻妆，腼腆依官样。把眉心点点，贴翠安黄，琼簪稳插盘龙髻，飞髾休为堕马装。风流敞，螺香黛香，凤台畔，箫月漾。②

而且为了说服读者观众甚至是自己，阮大铖安排的都是让已死的男方的父母亲自劝嫁。男方的父母慨叹自己的孩子无福，分别劝说韦小姐和王小姐改嫁他人。而且由于全知视角，读者观众和剧作家自己都知道，韦小姐和王小姐所要改嫁的人恰恰就是宇文彦和佛珠，因此，于读

---

① 孙书磊：《〈石巢传奇四种〉创作考辨》，《文献》2003 年第 3 期。
② （明）阮大铖：《阮大铖戏曲四种》，黄山书社 1993 年版，第 299 页。

者和观众心理而言，巴不得她们的改嫁尽快达成，因为改嫁的对象本来就是她们原本的夫婿。因此，这是阮大铖的精密之处，这种设计让读者和观众无从谴责。在此过程中，观众和读者来不及考虑两位小姐是否变节；而结果则因改嫁之人与初许之人是同一人，也不存在变节的事实。阮大铖这是以结果论输赢，只要结果是好的，那么中间即使有变节，也是可以理解并且是应当的。

《燕子笺》中的霍都梁和华行云都体现了深刻的投机心理。名妓华行云既然跟霍都梁已经约为夫妇，但是她还是不时接客，只是接客的次数少了一些。这一点如果和《西楼记》中同是许婚的名妓穆素徽对比来看，其差异性更为明显：

> 只是那于郎叔夜，我既以终身许之，随你到天涯海角，决无他志。①

等到和郦飞云争夺诰命时，华行云又举出自己和霍都梁约为夫妇在先。霍都梁虽然和华行云约为夫妇，但是见到郦飞云的燕子笺不免心动，贾南仲许嫁之际，霍都梁虽对背信弃盟有所犹豫，但一旦得到了将来找到华行云，和郦飞云"一样大小，一般看承"的许诺后，霍都梁立即欣然同意。因此，在观音大士画像面前约为夫妇看来只是一种投机手段。

这和阮大铖惯于作"骑墙派"的作风是吻合的，凡事必预留后路，脚踩两只船。阮大铖投靠阉党后，进《百官图》以献媚于魏忠贤。因为畏惧东林党人的口诛笔伐，上任未及一月便自请归里。大铖回到故乡怀宁，难免心有不平。

> （大铖）归语亲曰："我便善归，看左某如何归耳？"杨左祸机已伏于此矣。②

---

① （明）毛晋编：《六十种曲·西楼记·第十二出　缄误》，中华书局2007年版，第40页。
② （清）钱澄之：《所知录》，《续修四库全书·杂史·类部》，上海古籍出版社2002年版，第193页。

已而左光斗诸人因弹劾魏忠贤而被捕入狱死，阮大铖不免洋洋得意，不久又被召至京城，为太常少卿。阮大铖再次进京为官，虽然亲附阉党，却知道冰山易消，因此每次拜访完魏忠贤，都要以重金贿赂忠贤的门卫，把自己投递的名刺再要回来。因此，阉党势败籍没之时，找不到阮大铖的任何资料，"故籍珰时，无片纸可据"。① 仅过数月，阮大铖又侦知大事不妙，复上书乞归。崇祯帝即位，阮大铖准备了两套奏疏，一劾魏忠贤，一劾东林党，让杨维垣视时局变化，相机而动投递。

降清之际，"诸公因闻其有《春灯谜》、《燕子笺》诸剧，问能自度曲否？即起执板顿足而唱，以侑诸公酒。诸公北人，不省吴音，乃改唱弋阳腔，（诸公）始点头称善，皆叹曰：'阮公真才子也！'"②

在剧本写作方面，他也为《牟尼合》准备了两个底本，视对象而分别投递，王立承在《牟尼合跋》中指出了这两种曲本的不同，并认为这是阮大铖一贯投机心理的体现：

> 其实牛、邢、裴何异于程、秦、敬德？同是科介，毫无关系，因思其故，盖由此也。大铖闻魏阉败，即急上疏刻之，若未闻也者。同时并赍请开东林禁锢二疏，又密侦魏果败否？更具称颂魏疏，及重劾东林疏，盖怅然魏诛之不实，为此首鼠两端，其作伪心劳日拙，概可想见。③

名利熏心的阮大铖实有一种"身后是非谁管得，只愿生前诸愿遂"，趁着末世大捞一把的政客心理，而他的投机钻营、首鼠两端的作为便是这种心理的外化。

---

① （清）吴伟业：《鹿樵纪闻》，京华出版社 2001 年版，第 4526 页。
② （清）乐天居士辑：《痛史·第十六种·鹿樵纪闻》卷上"马阮始末"，商务印书馆 1911 年版，第 31 页。
③ （明）阮大铖：《阮大铖戏曲四种》，黄山书社 1993 年版，第 299 页。

第三节　幸遇国家多故，正我辈得意之秋

"幸遇国家多故，正我辈得意之秋"①，是《桃花扇》中马士英的一句道白，但移之以评阮大铖《石巢四种曲》中的独特现象，却是极恰。

第一，国家多故反而成为《石巢四种曲》中男主人公发迹变泰的推进剂。《燕子笺》中有"安史之变"；《春灯谜》有流贼之难，还组成了"獭皮军"这样具有战斗力的军队；《双金榜》中有海盗，不仅入官库盗取御赐之物不费吹灰之力，甚至还能扣留流放之人并用文书打发解差回去复命；《牟尼珠》中则是劳民伤财的开大运河。叛乱、流贼、海盗、开河，《石巢四种曲》中全面反映了国家的内忧外患。

且不说明末清初传奇中叛乱和流贼酿成的祸乱以及废池乔木的惨象，即使是较为承平时期的明代《牡丹亭》和清代的《长生殿》《桃花扇》，提起战乱也是触目惊心，而且对主人公的命运产生了负面甚至是急转直下的影响。《牡丹亭》中，战乱推迟了柳梦梅的放榜时间，以至于他贸然去杜宝家认亲的时候遭到了痛打。《长生殿》中，"安史之乱"使得唐明皇痛失了他的爱妃，宛转蛾眉马前死，他本人被虚尊为太上皇，也失去了至高无上的权力。《桃花扇》中，明清鼎革使得侯方域和李香君天各一方，最终好容易团聚却因为国既不国，家何为家，而双双入道。

然而，不同于其他作家写乱世造成的家破人亡、妻离子散的人间惨剧，阮大铖笔下的乱世正是夺得功名富贵的大好时机，是催化剂或推进剂。余怀的《板桥杂记》，仅仅在附录里，所记载在甲申之变中，被掳的就有秦淮难女宋蕙湘、吴中羁妇赵雪华，被杀的有淮安妓女燕顺等等，"凡此数者，皆群芳之萎道旁者也"。②《千钟禄》中，由于"靖难"之变，群臣被杀，宦门妇女被杀被刖，以及卖到妓院，甚至发配给象奴，种种惨状，目不忍睹，"那些夫人、小姐，砍的砍，绞的绞，

---

① （清）孔尚任：《桃花扇》，人民文学出版社1998年版，第102页。

② （清）余怀：《板桥杂记》，南京出版社2006年版，第28—29页。

还要发教坊司，赏象奴，不知流徙了千千万万"。① 但在《燕子笺》"安
史之乱"中，郦飞云和华行云都被乱军冲散，但是这两个以标致美貌
著称的女子，在乱军之中竟然没有丝毫受害。而且立即郦飞云就被自己
父亲的八拜之交贾南仲找到并收为义女；而华行云被李老夫人看到，误
以为是自己的女儿，之后辨认出不是，又收为亲生之女，尤其是对主角
之一华行云来说，这场兵乱等于是让她的身份一步登天，从一个低贱的
妓女一跃成为礼部尚书的千金小姐。同时，这场"安史之乱"也使得
畏罪改名投军的霍都梁得以大展其才，一封檄文过去，就导致兵变，安
禄山被杀，轻松地解决了战争，霍都梁也因此升为节度。《春灯谜》
中，被诬陷的宇文彦还幸亏曾经作乱的"獭皮军"的皮将军给他洗脱
了罪名，"升授翰林院学士"②；宇文彦哥哥宇文羲驱使招安的"獭皮
军"大破曳落河还朝，"着封中书令，同韦初平入中书省办事"③。《双
金榜》中，广东海盗莫休飞招皇甫敦海上相会，结果被人告发，皇甫
敦躲避了十八年，结果不费他任何养育和教育，前妻所生之子詹孝标和
后妻所生之子皇甫孝绪同榜科甲。

　　第二，《石巢四种曲》中出现了极其密集的中举和封诰。《燕子笺》
中霍都梁既中了状元，又封了节度，他的两个妻子俱得五花诰封，"父
母赠诰，俱应从一品，以示优异。"④《春灯谜》中，宇文羲中了探花，
宇文彦中了状元，其妻子都分别诰封。其父宇文行简先因宇文羲中举被
拔擢为五经博士，后又"进阶大中大夫，以二品服色致仕。其妻萧氏，
封淑人"⑤。宇文羲着升中书令，同韦初平（宇文羲的座师、宇文彦的
岳父）入中书省办事。宇文彦升授翰林学士，其妻韦氏俱从夫诰封如
例。韦初平进阶光禄大夫。就连一个下级小吏豆卢吏目因为在宇文彦下
狱之时好生看顾，因此宇文彦"报功本内，带叙了他，如今升序班"⑥。

① （清）李玉:《李玉戏曲集·千钟禄》，上海古籍出版社 2004 年版，第 1044 页。
② （明）阮大铖:《阮大铖戏曲四种》，黄山书社 1993 年版，第 165 页。
③ （明）阮大铖:《阮大铖戏曲四种》，黄山书社 1993 年版，第 165 页。
④ （明）阮大铖:《阮大铖戏曲四种》，黄山书社 1993 年版，第 625 页。
⑤ （明）阮大铖:《阮大铖戏曲四种》，黄山书社 1993 年版，第 165 页。
⑥ （明）阮大铖:《阮大铖戏曲四种》，黄山书社 1993 年版，第 163 页。

《双金榜》中，皇甫敦的两个儿子，前妻所生之子詹孝标和后妻所生之子皇甫孝绪同应科举，皇甫孝绪中状元，詹孝标中探花。皇甫孝绪也上表为皇甫敦请封。《牟尼合》中，萧思远的儿子佛珠考中状元，但是佛珠因为被令狐家收养，并且不知亲父，因此无法封诰萧思远。但是阮大铖突如其来安排让圣上下旨查访梁王孙后人萧思远，"袭封兰陵郡公之爵"①，因此萧思远的妻子也顺理成章被封为兰陵郡主，萧思远的好友芮大哥也封为飞龙厩大使。综合可见，《燕子笺》中状元一人，封诰四人；《春灯谜》中状元一人，探花一人，封诰四人；《双金榜》中状元一人，探花一人，封诰四人；《牟尼合》中状元一人，封诰两人；其个人、父亲、岳父及亲友的大小升迁还不算在内，真可谓"一人得道，鸡犬升天"。阮大铖创作戏曲十一种，现仅存四种，而这四种之中，升官封诰的密集程度远远超越了同时期作者，而且有些封诰实无必要，比如《牟尼合》中，麻叔谋蒸吃小儿被告发，圣上却下旨推封毫无寸功的萧思远为兰陵郡公。

第三，耐人寻味的是《石巢四种曲》中，《春灯谜》和《燕子笺》都是青年结缡，未及生子；但是需要完全描写到其子从怀抱小儿到成长为科甲高第的《双金榜》和《牟尼合》，仔细审视可发现，他们的父亲是完全不用履行父职的。《双金榜》中，皇甫敦获罪被流放，邻人劝他带上孩子，他却将孩子送给邻人抚养并改姓为詹，十八年过去，其子詹孝标顺利得中探花。他被流放后另娶，刚刚生了次子皇甫孝绪，又被举报和海盗往来，于是匆匆远遁，新婚妻子只能含辛茹苦教养儿子十八年后考中状元。《牟尼合》中，萧思远畏罪逃走，儿子佛珠阴差阳错被令狐家收养，因缘际会，在互不知情的情况下，萧思远在儿子十余岁时成为他的老师，然而浓墨重彩表现的也仅仅是儿子和同学顽皮拿他取笑，他大怒找令狐公辞馆。

上述这些表现深刻地折射出阮大铖的心理，即心理学中的自居作用，也称"认同作用"。

---

① （明）阮大铖：《阮大铖戏曲四种》，黄山书社 1993 年版，第 307 页。

文艺活动中的自居作用指的是两种现象:一种是文艺家在艺术创作过程中,将自我与人物形象高度认同,以艺术作品中的人物自居,感受作品中人物的生命体验的过程;另一种是接受者在艺术作品的欣赏过程中全身心投入作品中,将自我与作品中的人物形象等同,从而将作品中的人物的生命和活动当做自己的生命活动的过程。①

阮大铖无子,《阮氏家谱》记载:"(1616)进士,历官光禄正卿,兵部尚书加太子太保,生万历丙戌(1586)九月,卒阙。配吴氏,封安人,生卒葬俱阙。女一,适曹台望,奉内院洪批议将台望三子桎继立为嗣孙。"

阮大铖对于仕途非常热衷,为谋一官,可以不择手段。《鹿樵纪闻》记载:"未第时,尝自题于室曰:'有官万事足,无子一身轻'。其志向如是。"② 而且,夏完淳在《幸存续录》中也有相似的记载。可见阮大铖从青年时期起,取舍标准就定位在权力大于一切。果然,刚开始他对东林党左光斗引为同志,后来因与魏大中争掌科缺,权力欲就驱使他做出了背叛东林加入炙手可热的阉党的选择。阮大铖自己曾表白:

古之君子不得志于今,必有垂于后。于后吾辈舍功名富贵外,别无所以安顿此身,乌用须眉男子为也。吾终不能混混泪泪,与草木同腐矣。③

他在作品中对加官晋爵的狂热以及对父职的不自觉逃避,正是"有官万事足,无子一身轻"心理的折射。

第四节　礼崩法坏,实亡国之先兆

有评点者认为,阮大铖的戏曲是靡靡之音,是亡国的先兆,姜绍书

---

① 金元浦:《当代文艺心理学》,中国人民大学出版社2009年版,第110页。
② (清)吴伟业:《鹿樵纪闻》,京华出版社2001年版,第4526页。
③ (明)阮大铖:《咏怀堂诗集》,上海古籍出版社2002年版,第6页。

《韵石斋笔谈》云：

> 崇祯末年，不惟文气芜弱，即新声词曲，亦皆靡靡之音。阮
> 圆海所度《春灯谜》、《双金榜》、《牟尼合》、《燕子笺》诸乐府，
> 音调旖旎，情文宛转，而凭虚凿空，半是无根之谎，殊鲜博大雄
> 豪之致。"①

这种看法很容易被视为是迷信，或者是倒果为因，因为明确知道阮
大铖后来成为奸臣，所以将亡国的罪责也归咎于他的戏曲。

《桃花扇》即将阮大铖定义为亡明的罪人，因为最初是他跟东林党
之间党争，设计陷害。后来崇祯自杀之后，又是阮大铖游说左良玉迎立
福王，遭到拒绝后，阮大铖又游说马士英，联络其他重臣，最终使得迎
立福王成功，到了最后，阮大铖又降了清。但是《桃花扇》只是把罪
责归咎于阮大铖本人却没有把罪责归咎于他的戏曲，姜绍书此言，是否
率然无据呢？

姜绍书虽然有直觉先验论的成分，但是，如果仔细审视《石巢四
种曲》，可以发现它已经全面反映出了当时世态的礼崩法坏，称之为亡
国之兆确不为过。

其一，军队由文官统领，不需排兵布阵，不需粮草押运，不需养兵
练兵，破贼常常是一封檄文瓦解对方心防，就可凯歌奏旋，不战而屈人
之兵。而且，这檄文还通常是由刚刚考中进士，或者投军的秀才所写，
这是文官对自己半部论语治天下，运筹帷幄之中，决胜千里之外的自大
心理的折射，而实际上不知兵、不知彼、不知己，更大可能不是屈人之
兵而是纸上谈兵。高层如此狂妄，而基层则马虎疏失。在同时代描写安
史之乱时期情况的冯梦龙笔下，仅仅住店都需要严加核查：

> 主人家道："客官，不是这般说。只因郭令公留守京师，颁榜远

---

① （清）姜绍书：《韵石斋笔谈》卷下"晚季音乐"，中华书局1985年版，第29页。

近旅店，不许容留面生歹人。如隐匿藏留者，查出重治，况今史思明又乱，愈加紧急。今客官又无包里，又不相认，故不好留得。"①

然而，在《燕子笺》中，霍都梁改换姓名为卞无忌投军，无人查诘更无人核对，这样松弛的军队，其实际战斗力可知。

明朝初期，朱元璋为了解决军队的粮食供应问题，推行了正式的军屯制。按照朱元璋的规划，全国军队分为17个都司，每个都司下设若干个卫，每个卫有5600人。这些卫所不仅承担着地方的军事防御职责，还必须屯田。卫所的军队，三分守城、七分屯种。为了加强对军屯的管理，朱元璋制定了严格的户籍管理制度。明初的户籍中就有军籍一类，军籍户口就必须世袭为军户，除籍十分困难。

明朝全国的屯田军士达180余万人，军屯数量为90多万顷，占据全国耕地的十分之一左右。在边疆地区，军屯的比例就更高，如果有100万亩军屯，占据全省耕地的60%以上；在嘉靖时期，贵州的军籍户口为14万，占据贵州总人口的51%；《明会典》载陕西田土共计31万顷，军屯就占据了16万顷。

明朝的军屯为国家财政和边防建设做出了贡献，但这是建立在对军籍户口残酷的剥削之上的。地方将领把军士变为劳工，卫所备军军官更是任意役使，军士甚至被迫为权贵种田，沦为佃户，军官也开始向军士"卖闲"，比如每月缴纳200钱就可免除军事训练。正统三年（1438），逃亡军士达数十万之多。山东一个百户所，原额为一百二十人，逃亡后只剩一人。明朝后期，军队耗资极大，战斗力极差，成为中国历史上效率低下的军队。故而，霍都梁变名投军无人查验，正是明末军纪废弛的反映。

其二，司法制度没有保障。在遭到诬陷或者告发的时候，男主人公的第一反应就是逃走，这反映了对司法制度的极度不信任。而万一逃走未能成功，果然不是流放，就是在狱中受尽了折磨，在清白无辜，狱卒

---

① （明）冯梦龙：《醒世恒言》，天津古籍出版社2004年版，第79—80页。

信任甚至看顾的情况下，由于官员不肯费心或者无力查明真相，仍然不免三番两次寻死。执法过程中可以随意上下其手，只要收到钱财，科考的小吏就可以割卷，将劣卷换为好卷。

而且更可怕的是，剧中的正面人物也完全接受这样一套潜规则，在破坏法治这条路上，正面人物比反面人物走得更远。在遭到搜捕的时候，可以用钱贿赂上门搜捕的皂吏，甚至可以用钱把证物买走。不但反面人物认为所谓的追捕，过一段时间就会松弛。就是正面人物，也可以用闷香把皂吏迷晕，然后偷偷篡改公文。正面人物冒籍参加科考，旁人不以为非，甚至还提供帮助。皇甫孝绪为了给父亲皇甫敦请封，竟然随意更改父亲的名字，将其填报为"皇甫元礼"。

其三，姓名可以随意更换，而实际上，这也是一种破坏礼法。阮大铖的《石巢四种曲》里面的主人公都经过了更名改姓。梁溪梦鹤居士顾天石云：

> 尝怪百子山樵所作传奇四种，其人率皆更名易姓，不欲以真面目示人。①

顾天石认为，这是阮大铖自知生平之谬误，希望改头换面以示悔过。但是如果结合《石巢四种曲》的创作时间以及阮大铖的生平经历，这更名改姓的同质其背后的含义昭然若揭。一般来说，古人对姓氏极为重视，行不更名坐不改姓是作为有担当的人格表现之一。如果频繁地改动姓氏，则会受人讥讽，比如说吕布就曾经被讽刺为三姓家奴。季国平认为《石巢四种曲》都创作于崇祯时期：

> 今知作剧十一种，存《春灯谜》、《牟尼合》（又称《摩尼珠记》）、《双金榜》、《燕子笺》四种，合称《石巢传奇四种》，其中尤以《燕子笺》久享盛名。《春灯谜》写成于崇祯六年，《牟尼合》

---

① （明）阮大铖：《阮大铖戏曲四种》，黄山书社1993年版，第479页。

作于《春灯谜》后不久（参文震亨题词），《双金榜》又成于《牟尼合》后，《燕子笺》写成则不迟于崇祯十五年。①

　　阮大铖曾经投靠阉党，就像《桃花扇》里讽刺他的那样，"干儿义子重新用，绝不了魏家种"。他从东林党改换门庭投到阉党门下，实质上就类同于"改姓"。

　　在《石巢四种曲》中，主人公改姓都有迫不得已的原因，而且改了姓之后，迎来了辉煌的第二春。《燕子笺》中的霍都梁是因为别人诬陷他想要买通考官，欲将他治罪，他畏罪潜逃投军，所以改名为卞无忌，改了名之后，以军功起家，封了节度。《春灯谜》中的宇文彦，是因为元宵赏灯后误上了小姐家的官船，被小姐的父亲韦老爷发现之后，误以为他们有苟合之事，于是将他脱光，背上写上贼军，捆绑后丢入水中。由于小姐失踪，和小姐同去看灯却独自归来的侍婢春樱也畏罪投水自杀，韦老爷将宇文公子留下的衣服穿在春樱身上。来寻访宇文彦的家人因为春樱已经在水中泡得面目难以辨认，又穿着公子的衣服，误以为这就是宇文彦，于是还给他起坟立碑。宇文彦虽然被人救起，但是由于他背上写着贼军的字样，被送去官府邀赏，最后虽然幸而脱罪，但是他觉得自己先后用过的两个姓氏，第一个宇文彦被认为已死，很不吉利，第二个于俊又曾惹上了官司，为了有一个清白的出身前去科考，所以他第三次更换了姓氏，改姓变名为卢更生，果然从此官运亨通，一举得中头名状元。《双金榜》中的皇甫敦，因为自己贫穷又兼流放，把亲生子送给他人做养子，将皇甫孝标改名为詹孝标。

　　因此，《石巢四种曲》中的更名改姓可以进一步总结为一个模式——"迫不得已 + 否极泰来"，最后又都由皇帝为他们恢复姓氏。

　　恢复姓氏原本有一套比较严格的程序：

　　　　假如上一等人，有前程的，要复本姓，或具札子奏过朝廷，或

––––––––––––––

　　①　季国平：《试谈戏曲家的阮大铖》，《扬州师院学报》（社会科学版）1991 年第 2 期。

关白礼部、太学、国学等衙门，将册籍改正，众所共知。①

但是在《石巢四种曲》中，姓名既可以随意更改，也可以轻易恢复。

其四，礼部尚书夫妇欣然收妓女为亲生之女。郦老夫人作为一位尚书夫人，已经看到华行云腮边有一抹红印，跟自己亲生女儿不同，证明是两个人，同时华行云也承认，并说明自己还是个妓女的情况下，郦老夫人居然毫无芥蒂地把她收为亲生之女。即使普通平民之家，要收一个妓女为女为媳，还有种种顾虑，况且郦老夫人这样的官宦之家呢？而且这还不是在郦老夫人受人欺骗的情况下，是华行云当面跟她说明了自己身为妓女，但是郦老夫人居然没有任何犹豫和踌躇，当即就决定要收她为亲生之女。

当华行云跟随郦老夫人来到郦老爷身边，而且华行云也明确表示了自己是平康女子，也就是妓女，但是郦老爷居然也毫不踌躇地赞同了夫人的决定。

唐长安丹凤街有平康坊，为妓女聚居之地，亦称平康里、平康巷，其中最出名的地段叫"北里"。当时"京都侠少"和"新科进士"两种人最常活动于此，属于极风流的地方。《北里志·海论三曲中事》："平康里入北门，东回三曲，即诸妓所居之聚也。"②（唐）王仁裕《开元天宝遗事》载："长安有平康坊，妓女所居之地，京都侠少萃集于此，兼每年新进士红笺名纸游谒其中，时人谓此坊为风流薮泽。"③ 后作为妓女所居的泛称。郦老爷不至于不知道华行云自称的"平康之女"为妓女。

郦老爷是礼部尚书，礼部尚书是主管朝廷中的礼仪、祭祀、宴餐、学校、科举和外事活动的大臣，清代为从一品。而且郦老爷名"安道"，还是科举的主考官。

---

① （明）冯梦龙：《醒世恒言》，天津古籍出版社 2004 年版，第 32 页。
② （唐）崔令钦等：《教坊记　北里志　青楼集》，上海古典文学出版社 1957 年版，第 25 页。
③ （唐）王仁裕：《开元天宝遗事》，中华书局 1985 年版，第 10 页。

早官翰苑，忝陟容台；赞铃阁之谋谟，掌秩宗之典礼。①

那么，郦老爷安的是什么"道"？如果说郦老夫人还是一个妇道人家不知轻重利害，那么郦老爷作为礼部尚书一个正二品大员，难道毫不顾虑收妓女为亲生之女会给自己的官声和仕途带来什么样的影响？让礼部尚书收养妓女做自己的亲生女儿，并和自己真正的亲生女儿郦飞云同嫁一夫，且不分大小，公卿大夫连"礼"这块遮羞布都不要了，"礼"可谓荡然无存，这可算是阮大铖对"礼"最狠辣的黑色幽默了。

其五，妓女封诰。华行云和郦飞云争夺诰封，理由是自己和郦飞云"不分大小"。所谓的"不分大小""平妻"只是民间的说法，得不到官方的承认。明朝初年抑商，崇尚简朴，严格控制平民纳妾，同时十分强调保证正妻的地位，并以法律的形式禁止了平妻的存在，如《大明律·户律·婚姻》规定，"凡以妻为妾者，杖一百。妻在，以妾为妻者，杖九十，并改正。若有妻更娶妻者，亦杖九十，离异。其民年四十以上无子者，方许娶妾，违者，笞四十"。② 也就是说，法律保护正室的待遇，男子把正室当作妾室一般对待要刑杖一百下；有正室而把妾当作正室一样对待情节较轻，也要刑杖九十下并且责令改正；有正室而再娶妻（即是平妻），同样刑杖九十下，强令与后娶的平妻离异；平民需年过四十还无子，才可以纳妾，否则刑鞭四十下。也因为明朝时严格控制纳妾，随着明中期以后商品经济的发达，商人财富累积，往往多养婢妾（偶尔也被称为"姬妾"，但却不是真正的妾室）。

明代的封诰是一种极其严格的制度，存者曰封，殁者曰赠。根据《大明会典》对封诰的规定，官员的侧室，或者再醮、倡优、婢、妾，都依法不得授予诰命与封赠：

洪武二十六年定，凡曾祖父母、祖父母、父母曾犯十恶奸盗除名等罪，及例所封妻，不是以礼娶到正室，或系再醮、倡优、婢、

---

① （明）阮大铖：《阮大铖戏曲四种》，黄山书社1993年版，第488页。
② 怀效锋点校：《大明律》，法律出版社1999年版，第60页。

妾，并不取申请。①

成化以后，更是罕见"妾"受国家旌典，原因不明。②

如果根据《燕子笺》中郦飞云先明媒正娶嫁给霍都梁而论，则郦飞云为"正妻"，后嫁的华行云名义上是"平妻"，实际上也不过是妾室。夫的诰封只能给"正妻"，如果"妾"也想得到诰封，则有以下两种情况。

一是其子有成。根据《明神宗实录》，在成化十九年（1483），僧录司左觉义继晓自行奏请旌表其母孝行，其母本娼家女。③倡优婢妾之妇女，除非其子有成，自行奏请，才能破格旌表。庶子如果出息了，有了荫封父母的机会，那么被封为诰命夫人的只能是嫡母，而不是生母。如果嫡母已经有诰封，而且诰封的职位高，才能封生母。封生母的概率非常小，即使有了诰封，依然是妾室身份。

二是殉夫得封。《明实录》中有很多勋戚大臣之妾殉夫而得到封赠，这是因为"妾"不能得到朝廷的诰命，只有借着实践贞烈，才有可能得到生前无法得到的封赠，也就是通过"殉夫"才能得到身份地位的上升。

不但这两种情况华行云都不具备，而且从她的出身而论，她本是一个妓女，本身就摒除在封诰的范围之外。而阮大铖不但让她获得诰封，而且理直气壮地去争诰封，不免折射出阮大铖善于文过饰非，颠倒黑白的心理。

他确实投靠过阉党，却在诗中辩解说舆论认为他投靠阉党完全是流言，比窦娥还要冤枉："流言蜚及里中"，"高天视听须公等，燕地何须

---

① 《大明会典》卷六，《吏部5·诰》，第33页。

② 衣若芬：《史学与性别：〈明史·列女传〉与明代女性史之建构》，山西教育出版社2011年版，第261页。

③ "中研院"历史语言研究所编：《明实录·明神宗实录》第244卷"成化十九年九月丁未"条，1966年影印本，第6a页。

六月霜"。① 他在《春灯谜》中叙写唐代文士宇文彦因为上错船而引出一段曲折离奇的故事，其中父子、兄弟、朋友、翁婿、婆媳种种伦理关系皆因误会而导致错位，故称十错认，指自己是误上人船，非有大罪。又在《双金榜》中通过自比皇甫孝绪，表白自己虽曾攀附过魏党，但并非其帮凶，故青木正儿认为"此记作者用以寓其为世人误解受冤之意者"。② 阮大铖剧中这种"中为隐谤"，不无美化自己，"辩宥魏党"之嫌。

从阮大铖的生平看，他以"有官万事足"自励，对于功名利禄，有着超乎寻常的狂热。在派系斗争激烈的官场，他既无操守，又无立场，唯名利是趋。而且宣称"是非人我俱堪笑，忒地寻苦恼"，③ "坎止蠡楼，冤亲圆相，众生之照心失而无明起也。盲攻聩诋，大约蚩蚩焉"。④ 他之所以如此，是因为"阮大铖秉心学末流之弊，又濡染佛家思想，同时还受到传统功名思想的驱使，种种观念与现实感悟在其头脑中杂糅交并，最终形成一种实用型人格，在实践中一切以自我为中心，为达目的，可以不择手段，是非善恶等道德因素亦可置之度外而毫无愧怍"。⑤

明末各种弊端积重难返，病入膏肓，最高统治者中，天启大权旁落，崇祯无力回天；朝中东林、阉党党争激烈；文士一边评议朝政，一边诗酒狎妓；女真虎视眈眈，农民起义如火如荼；军队制度落后，重文轻武，以文统武；权力集中在北京，统兵将帅在辖区内既没有人事权，也没有收税权；武人没地位，粮饷不足；基层地方制度中，纲纪废弛，管制混乱，整个明王朝大厦将倾，无可救药，阮大铖的剧作深刻地反映了明末的现实。阮大铖的《燕子笺》中，鲜于佶一字不识，竟然因为割卷而夺得头名状元，这看似荒谬无稽之谈，但晚明竟实有其事。徐复

---

① （明）阮大铖撰，胡金望、汪长林点校：《咏怀堂诗集·咏怀堂诗外集·乙部》，中华书局2006年版，第233页。

② ［日］青木正儿：《中国近世戏曲史》，商务印书馆1966年版，第312页。

③ （明）阮大铖：《阮大铖戏曲四种》，黄山书社1993年版，第477页。

④ （明）阮大铖：《阮大铖戏曲四种》，黄山书社1993年版，第320页。

⑤ 郑雷：《从玉茗堂到咏怀堂——阮大铖与临川派》，《华侨大学学报》2002年第3期。

祚《花当阁丛谈》卷五《沈同和》记载道："邨老曰：'余自丙子［万历四年（1576）］至今（1627）五十年来，目击科场之坏日甚一日。'"①沈同和让同考的赵鸣阳替他代作，竟然夺得了会元，以至于令人咋舌白丁竟然能高中榜首。

> 万历丙辰会试天下举人，大学士方从哲为总裁。取中沈同和为会元，第六名为赵鸣阳，俱吴江人。同和字知乐，河南太素巡抚（名季文）子也。与余曾有杯酒交。盖裘马自矜，豪横纵恣，目不识丁人也。余居海上三家村，声闻既邈，性又不喜谈时事，故至三月尽始知同和作会元。不觉吐舌不能收。曰："有是哉！天下有不识字会元乎？"歇后郑五作宰相，天下事可知矣。然不知斯时台省已交章论劾矣，并及总裁与房考韩都给事（名光祐），得旨复试，同和终日不成一字，竟至曳白。法司鞫问，始知同和与鸣阳系儿女亲，贿赂同号。②

不仅阮大铖的《燕子笺》，徐复祚的《红梨记》、袁于令的《西楼记》，都出现了一个共同的现象：青楼女子堂堂正正地成了正妻。

然而在当时的现实生活中青楼女子只能做妾，董小宛、陈圆圆、柳如是皆是如此。顾横波嫁给龚鼎孳，亦不过为妾，龚鼎孳辩白自己不肯殉明时候把责任推脱到顾横波身上说道："我原欲死，奈小妾不肯何！"③ 很清楚地说明了顾横波的实际身份。

然而，阮大铖的剧作反映现实在于，在明末清初的现实生活中，确实有青楼出身的妾所受的待遇与正妻相匹敌，比如才色双绝的柳如是，就因钱谦益的宠爱，赢得了正妻婚礼。

---

① 徐复祚：《借月山房汇钞》第十五集《花当阁丛谈》卷五，上海博古斋1917年版，第33页。

② 徐复祚：《借月山房汇钞》第十五集《花当阁丛谈》卷五，上海博古斋1917年版，第33页。

③ （明）冯梦龙：《甲申纪事》，（台北）"中央"图书馆1981年版，第37页。

辛巳初夏，牧斋以柳才色无双，小星不足以相辱，乃行结缡于芙蓉坊中。箫鼓遏云，兰麝袭岸，齐牢合卺，九十其仪。①

官员甚至也不耻于以之为母。比如顾横波寿辰之时，当朝官员竟跪拜自称"贱子"：

时尚书门人楚严某，赴浙监司任，逗留居樽下，褰帘长跪，捧卮称："贱子上寿!"坐者皆离席伏，夫人欣然为罄三爵，尚书意甚得也。②

甚至青楼出身的妾也真的由于丈夫赢得了诰封。龚鼎孳降清之后，官至一品，可封其妻子。但其元配颇有气节，不肯受清朝之封，于是出身青楼的顾横波竟然得封：

元配童氏，明两封孺人，龚入仕本朝，历官大宗伯，童夫人高尚，居合肥，不肯随宦京师，且曰："我经两受明封，以后本朝恩典，让顾太太可也。"顾遂专宠受封。③

从这个意义上讲，《石巢四种曲》为"亡国之音"，不为空穴来风。

① 金嗣芬:《板桥杂记补》，南京出版社 2006 年版，第 129—130 页。
② （清）余怀:《板桥杂记》，南京出版社 2006 年版，第 16 页。
③ （清）余怀:《板桥杂记》，南京出版社 2006 年版，第 17 页。

第十章 "托钵山人"作家：以李渔十种曲为中心

第一节 李渔生平及其著作

李渔，初名仙侣，字笠翁、谪凡，号天徒、湖上笠翁、随庵主人、笠道人、觉道人、觉世稗官。生于明万历三十九年（1611），卒于清康熙十九年（1680），原籍浙江兰溪下李（也作夏李）。据《龙门李氏宗谱》载，李渔祖上在唐朝时由福建长汀徙居浙江寿昌，宋理宗（1225—1264）时又徙居兰溪下李。

清李桓《耆献类微》卷四百二十六载有王廷诏作的一则小传，提及李渔的籍贯和著述：

> 李渔，字笠翁，钱塘人（原注：一作兰溪），流寓金陵。著《一家言》，能为唐人小说，吴梅村所称精于谱曲，时称"李十郎"。有《风筝误》传奇十种，及《芥子园画谱》初、二、三集行世。①

清光绪《兰溪县志》卷五《文学门·李渔传》的记载较为详细，品评也较为公允：

---

① （清）李桓：《国朝耆献类征初编·卷四二六》，光绪十年（1884）刻本。

李渔,字谪凡,邑之下李人。童时以五经受知学使者,补博士弟子员。少壮擅诗古文词,著有才子称。好遨游。自白门移居杭州西湖。自喜结邻山水,因号"湖上笠翁"。题室楹云:"繁冗驱人,旧业尽抛尘市里;湖山招我,全家移入画图中。"性极巧,凡窗牖、床榻、服饰、器具、饮食诸制度,悉出新意,人见之莫不喜悦,故倾动一时。所交多名流才望,即妇孺亦皆知有李笠翁。晚年思归,作《归故乡赋》,有云:"采兰纫佩兮,观漱引觞。"盖于比有终焉之志也。生平著述汇为一编,名曰《一家言》。又辑《资治新书》若干卷,其简首有《慎狱刍言》、《详刑末议》数则,为渔所自撰,皆蔼然仁者之言。作诗文甚敏捷,求之可立待以去。而率臆构思,不必尽准于古。最著者词曲,其意中亦无所谓高则诚、王实甫也。有《十种曲》盛行于世。当时李卓吾、陈仲醇名最噪,得笠翁为三矣。论者谓"近雅则仲醇庶几,谐俗则笠翁为甚"云。昔渔尝于下李村间凿渠引水,环绕里址,至今大得其水利。①

然而,由于以组建家班到达官贵人府邸演出"托钵""打秋风"为谋生手段,精于小说戏曲的李渔一贯为清流文人所不齿,认为他托钵游食于富豪缙绅之家,行为品格甚为低下,被人下贱视之,《曲海总目提要》卷二十一云:渔本宦家书史,幼时聪慧,能撰歌词小说。游荡江湖,人以俳优目之。清人王灏辑成于康熙四十八年(1709)的《娜如山房说尤》卷下"李笠翁"条云:

李生渔者,自号笠翁,居西子湖。性龌龊,善逢迎,遨游缙绅间,喜作词曲及小说,备及淫亵。常挟小妓三四人,遏贵游子弟,便令隔帘度曲,或使之捧觞行酒,并纵谈房中术,诱赚重价。其行甚秽,真士林所不齿者。予曾一遇,后遂避之。夫古人绮语犹以为戒,今观《笠翁一家言》,大约皆坏人伦、伤风化之语,当堕拔舌

① (清)秦簧等修,(清)唐壬森纂:《兰溪县志·卷五·文学门·李渔传》,光绪十四年(1888)刊本。

地狱无疑也。①

由于受"知人论世""文如其人"评价标准的影响，他的创作也被认为不过是一种消闲文学。又由于"十部传奇九相思"的提法，更使人觉得他是风情趣剧的代表。十种曲中，李渔最为人知的是《风筝误》，"此曲浪播人间，几二十载，其刻本无地无之"②。此剧叙述丑女与美男，美女与丑男因为一个风筝而颠倒相误，阴差阳错最后皆大欢喜的故事。恰恰，此剧的思想性并不高。最知名的作品都思想性不高，遑论其他作品呢？

再加上李渔自己又宣称："惟我填词不卖愁，一夫不笑是我忧。举世尽成弥勒佛，度人秃笔始堪投。"③ "大约弟之诗文杂著，皆属笑资。以后向坊人购书，但有展阅数行而颐不疾解者，即属赝本。"④ 和那些具有寄寓忧国忧民之念，蕴藏光风霁月般"终极关怀"的作品相比，以博笑为追求在格调上更是无形中落于二流。

但是，李渔绝非一个"趣"字了得。

李渔祖上几代无一人为官，所以父辈们便将读书做官、光宗耀祖的希望寄托在李渔身上，少年时期的李渔，也把攻读儒家经典，高中科甲，作为自己的主要目标。⑤

李渔少年之时，具有良好文学修养的"冠带医生"伯父李如椿在外出行医之时，就常常带他同去。

自乳发未燥，即游大人之门。⑥

---

① （清）董含撰，致之校点：《三冈识略·卷四·李笠翁》，辽宁教育出版社 2001 年版，第 85 页。

② （清）李渔：《李渔全集》第一卷《答陈蕊仙》，浙江古籍出版社 1992 年版，第 176 页。

③ （清）李渔：《李渔全集》第四卷，浙江古籍出版社 1992 年版，第 203 页。

④ （清）李渔：《李渔全集》第一卷《与韩子遽》，浙江古籍出版社 1992 年版，第 219 页。

⑤ 俞为民：《李渔评传》，南京大学出版社 1998 年版，第 4 页。

⑥ （清）李渔：《李渔全集》第一卷《与陈学山少室》，浙江古籍出版社 1992 年版，第 165 页。

受到伯父的熏陶,立志读书出仕的李渔,留心经典,援笔成文:

> 予襁褓识字,总角成篇,于诗书六艺之文,虽未精穷其义,然
> 皆浅涉一过。①

明崇祯八年(1635),李渔二十五岁之时,去婺州(浙江金华)参加童子试,成绩优异,成为秀才。但此后举业不遂,崇祯十二年(1639),赴杭州参加乡试落第。崇祯十五年(1642),明王朝举行最后一次乡试,李渔再次赴杭州准备参加,但由于时局动荡,道路隔绝,李渔被迫归家。

> 正尔思家切,归期天作成。
> 诗书逢丧乱,耕钓俟升平。
> 帆破风无力,船空浪有声。
> 中流徒击楫,何计可澄清。②

从此之后,李渔再也没有参加过科举考试。崇祯十七年(1644),李自成攻占北京,明朝灭亡,李渔的房舍也在战火中烧为白地:

> 至于甲申、乙酉之变,予虽避兵山中,有时入郭。其至幸
> 者,才徙家而家焚,甫出城而城陷。其出生于死,皆在斯须倏
> 忽之间。③

清朝入关之后推行薙发令,"留发不留头,留头不留发",李渔被迫服从,但心中郁愤不平。

---

① (清)李渔:《李渔全集》第二卷《闲情偶寄·词曲部·音律第三》,浙江古籍出版社1992年版,第26页。

② (清)李渔:《李渔全集》第二卷,浙江古籍出版社1992年版,第94页。

③ (清)李渔:《李渔全集》第三卷,浙江古籍出版社1992年版,第255页。

骨立先成鹤，头髦已类僧，每逢除夕酒，感慨易为增。①

因此，尽管读书为官是李渔少年以来一直的梦想，入清之后的李渔却不愿入仕。

予绝意浮名，不干寸禄。山居避乱，反以无事为荣。②

他的剧本确实有重"趣"的喜剧性特点，如《奈何天》中"疤面、糟鼻、驼背、跷足"的阙不全连娶三位美貌佳人；《怜香伴》的崔笺云和曹语花两女愿为夫妇；《风筝误》中的无才丑女詹爱娟冒充佳人偷约韩世勋寅夜私会。但这并不意味着风情趣剧是他的唯一本色，也并不意味着博笑消愁是他的唯一关注。

第二节　风情趣剧外衣下的坚贞节义

李渔创作传奇十种，总称《笠翁十种曲》，即《怜香伴》（顺治八年）、《风筝误》（顺治八年）、《意中缘》（顺治十年）、《蜃中楼》《奈何天》《玉搔头》（顺治十二年）、《比目鱼》（顺治十八年）、《凰求凤》（顺治十八年或康熙元年）、《巧团圆》（康熙五年）、《慎鸾交》（康熙六年）。尤堪玩味的是，异于他自己"十部传奇九相思"的宣称，在他的十部传奇之中，明写贞节倒有六部：《蜃中楼》《意中缘》《比目鱼》《玉搔头》《巧团圆》《慎鸾交》。

《蜃中楼》虽是唐人小说《柳毅传》与《张生煮海》的综合，却绝非简单叠加，而是对《柳毅传》点削改抹，不遗余力。

《柳毅传》中龙女与柳毅的感情发生在传书之后，之前两人并不相识，但是《蜃中楼》改为两人本就相识相许。洞庭龙女舜华和东海龙女琼英同在蜃楼游赏，柳毅惊艳，过桥来访。舜华以鲛绡帕、琼莲以晶

---

① （清）李渔：《李渔全集》第二卷，浙江古籍出版社1992年版，第103页。
② （清）李渔：《李渔全集》第三卷，浙江古籍出版社1992年版，第319页。

佩分别订于柳毅、张羽。两家严父不允女儿私结丝萝,舜华、琼英分别明志:"万一不从,有死而已;二天之事,我断不为。""这等,姐姐去后,奴家也与母亲说知。若爹爹不从,情愿继之以死。"①

《柳毅传》中并没有守节的行为,而且,假如用守节的观念来约束的话,即使泾河小龙已死,龙女也断断不能改嫁柳毅。但是,恰恰相反,龙女不仅要改嫁柳毅,而且在柳毅拒绝的情况下,化名卢氏女嫁之,并且婚后生活美满:"余即洞庭君之女也。泾川之冤,君使得白。衔君之恩,誓心求报……虽为君子弃绝,分无见期……值君子累娶,当娶于张,已而又娶于韩。迨张、韩继卒,君卜居于兹,故余之父母乃喜余得遂报君之意。今日获奉君子,咸善终世。"②

但是,在不同于唐朝的明清时代,尤其是在明末清初的大氛围中,这种伤风败俗的行为根本不会得到时人的谅解,更不用说欣赏。故而,李渔不惜偷梁换柱,将《柳毅传》中龙女与泾河小龙的事实婚姻转变为一纸空文。

当舜华被逼嫁泾河小龙,舜华本拟一死,转念一想,死于家中,一则反增父母之忧;二则柳毅不知为他而死,反以己为失信之人;三又误妹子琼英的终身。不如竟到泾河去,只是立志不与他成亲,觅空寄得一封书去,使得柳毅得知自己的苦情,并成就张羽与琼英的婚姻。然后寻死,也得个瞑目。在与泾河小龙成婚之日,舜华痛剖心声:"念奴家生长闺房,颇识些高低天壤。也曾将女史频翻,也曾将人伦细讲;也曾读烈女词章,也曾学贤妻标榜。见了那二天的面觉羞,见了那淫奔的怒欲狂;见了那死节的气概偏昂,见了那矢节的心儿忒痒。"③"便剐做粉齑肉酱,也甘心剖腹剜肠。再休提偷生今夜偕鸳帐,遗万载,臭名扬,惶惶。"④因此,无法逼之就范的泾河龙君逼迫她牧羊河畔。舜华捋发为笔,啮指为墨,写成血书。恰逢柳毅,柳毅请张羽传书,真情相诉,煮

① (清)李渔:《李渔全集》第二卷《蜃中楼》,浙江古籍出版社1992年版,第239—240页。
② (唐)陈翰编,李小龙校证:《异闻集校证——洞庭灵姻传》,中华书局2019年版,第92—93页。
③ (清)李渔:《李渔全集》第二卷《蜃中楼》,浙江古籍出版社1992年版,第252页。
④ (清)李渔:《李渔全集》第二卷《蜃中楼》,浙江古籍出版社1992年版,第254页。

海相胁，终于双双夫妇团圆。"寒窗十载相依，相依；洞房今喜同归，同归。"①（柳毅、张羽同成新科进士，官拜侍御史。）

《意中缘》：和尚是空凡心不净，叫天阉黄天监假扮董思白，谋娶杨云友。不料在船上，胸无点墨的黄天监被云友识破。杨云友探明是空的诡计，遂将计就计，与黄天监灌醉是空，丢下水去。杨云友来到京中，垂帘卖画，得钱回乡。林天素又一次女扮男装，代娶，使杨云友与董思白完姻。李渔还通过书中人之口赞她，"不但不中他的诡计，反把贼子沉入水中，依旧完全名节"②，"又有节操，又有智谋"③。

"身在风尘志出尘，但将业障了前因。贞心不逐颜躯坏，留待他年剖示人。"④ 林天素冒名陈继儒画扇寄卖，恰被陈继儒认出，两人因画缔盟。林天素要回闽中葬过双亲灵枢，方与继儒成亲。不料在过仙霞岭时，女扮男装的林天素被抢去做书记，遇救，与陈继儒团圆。

《比目鱼》谭楚玉和刘藐姑假戏真情，愿偕连理。藐姑之母刘绛仙却因贪财慕势，执意要把藐姑配与钱万贯。藐姑本拟自缢，转念一思，不肯死得不明不白。"非是要旁人相救，当场赴急流。耻做那沟渠匹妇，饮恨吞忧，又不是哑摇铃舌似钩！为甚的把烈胆贞肝，掩埋尘垢？及至死到黄泉，哀悔欲诉又无由，风流尚传作话头。况我把纲常拯救，把纲常拯救，光前耀后，又怎肯扼咽喉。"⑤ 藐姑在戏台之上，改编《荆钗记》之《抱石投江》，当场怒斥不义富家郎，投江自尽：

> 伤风化，乱纲常，萱亲逼嫁富家郎。若把身名辱污了，不如一命丧长江！⑥

---

① （清）李渔：《李渔全集》第二卷《蜃中楼》，浙江古籍出版社1992年版，第313页。
② （清）李渔：《李渔全集》第四卷，浙江古籍出版社1992年版，第398页。
③ （清）李渔：《李渔全集》第四卷，浙江古籍出版社1992年版，第415页。
④ （清）李渔：《李渔全集》第二卷《意中缘》，浙江古籍出版社1992年版，第330页。
⑤ （清）李渔：《李渔全集》第二卷《比目鱼》，浙江古籍出版社1992年版，第153页。
⑥ （清）李渔：《李渔全集》第二卷《比目鱼》，浙江古籍出版社1992年版，第157页。

《玉搔头》中的刘倩倩,"未接客先矢从良……如今长成一十六岁,还是一朵未拆瓣的琼花"①。当与化名威武大将军的武宗倾心相许后,武宗因事回宫,约以刘倩倩相赠的玉搔头为信物遣人迎娶。为试探刘倩倩的真心,武宗派内监先以皇帝的名义召刘倩倩入宫。为忠于"威武大将军",刘倩倩抵死不从:"你道是君王命谁人敢方,俺拚着红颜命谁人敢当!你要个善袅娜的风流艳妆,还你个没气息的皮包血囊。"②在内监惶恐而不敢强逼时,刘倩倩情愿悬梁自尽,免得因此致祸遭刑,出乖露丑,使夫婿蒙羞:"迟犯罪头枭法场,倒不如早伏诛名尽闺房。临刑不解绣罗裳,把肢体包藏,也省得玷辱我那儿郎。"③当内监询问刘倩倩的夫郎谁何之时,刘倩倩误以为要加害于彼,三缄其口,不惟不透露夫婿的任何情况,而且不惜以死相护:"你休得要丢这厢,害那厢,却不道妻贤夫婿少灾殃。他若要记这桩,恨那桩,拚充个车边怒臂小螳螂,便替死有何妨!"④为忠于自己的夫婿,不仅藐视皇帝的权威,而且甘愿用生命去维护。

《巧团圆》:李自成祸乱京都,曹小姐抱尾生之信,不愿随父母逃难,而在家等待出外经商的姚继。"我想妇人遇难,除一死之外并无他想。若还死在太平之世,虽然无益于生前,尚可留名于后世。如今死在乱离之中,莫说官府不能表扬,父母无从声说,就是自己心上的人,他也不知下落。或者倒把死节之人,认做偷生之辈,也未见得。"⑤因此,曹小姐决定乱中守节,用巴豆涂坏花容。使贼兵误认她为臃肿丑妇,装于袋中发卖。终于与姚继难中团圆。"我待要表才能说来似诬,夸节操近于藏污。亏得有个证人姑,代伊监妇,他笑谈间胜奴悲诉。柔肠虑枯,把朱颜变乌,才保得今日,相逢是故吾。"⑥

---

① (清) 李渔:《李渔全集》第二卷《玉搔头》,浙江古籍出版社 1992 年版,第 227 页。
② (清) 李渔:《李渔全集》第二卷《玉搔头》,浙江古籍出版社 1992 年版,第 264 页。
③ (清) 李渔:《李渔全集》第二卷《玉搔头》,浙江古籍出版社 1992 年版,第 264 页。
④ (清) 李渔:《李渔全集》第二卷《玉搔头》,浙江古籍出版社 1992 年版,第 264 页。
⑤ (清) 李渔:《李渔全集》第二卷《巧团圆》,浙江古籍出版社 1992 年版,第 354—355 页。
⑥ (清) 李渔:《李渔全集》第二卷《巧团圆》,浙江古籍出版社 1992 年版,第 390 页。

第三节　道学、风流合而为一

明中叶的传奇，道学是被讽刺的对象，如《牡丹亭》中的陈最良、杜宝。道学先生形象要么是腐朽不堪，要么是以理杀人，使明人视如洪水猛兽，避之唯恐不及，适情任性、风流自赏是明人的追求。但过度放任导致的结果使明人噬脐追悔，是不是在风流的道路上走得太远了，故而明人反躬以求，企图在道学中寻找一条出路，甚至风流，也需要在道学的约束内，如李渔的《慎鸾交》议论道：

> 我看世上有才有德之人，判然分作两种：崇尚风流者，力排道学；宗依道学者，酷诋风流。据我看来，名教之中，不无乐地，闲情之内，也尽有天机，毕竟要使道学、风流合而为一，方才算得个学士、文人。①

华中郎恪守"世代不娶青楼"的严训，不肯与王又嫱相与；及待相与，又不肯同床共枕。最终，又要以"十年之约"，待自身平步青云，显亲扬名之后，方好对父母恃爱以求。

《慎鸾交》之不同在于，书生与妓女不能立偕鸾凤之由不在于金钱，因为华中郎慷慨赠金、为友娶妇；而在于如何不悖礼教。

王又嫱不仅理解华中郎的言行，"照你这等讲来，正合着经文二句，叫做女子贞不字，十年乃字。也罢，就依今日之言"②。而且自身守贞以待，"奴家十年之内，不敢轻会一人，妄生一想"③。并立誓明志，"倘有失节之事，天地神明当共诛之"④。王又嫱先是避迹穷乡，后

---

① （清）李渔：《李渔全集》第二卷《慎鸾交》，浙江古籍出版社1992年版，第425页。
② （清）李渔：《李渔全集》第二卷《慎鸾交》，浙江古籍出版社1992年版，第472页。
③ （清）李渔：《李渔全集》第二卷《慎鸾交》，浙江古籍出版社1992年版，第472页。
④ （清）李渔：《李渔全集》第二卷《慎鸾交》，浙江古籍出版社1992年版，第472页。

又托身尼庵。其间曲折情由，令中郎之父也不由感叹："这等看来，他不是个妓女，竟是个节妇了。"① 欣然允婚。

第四节 贞节是"噱头"还是另有隐情?

如果喜剧就是李渔的定位，那么他何以选择如此之多的贞节题材?可博笑者甚多，何必选择贞节这个并不讨巧的内核作为卖点?

如果只为追求新奇起见，那么贞节恰恰是一个古老的命题。而且，经过李渔在自己的剧作中这么一而再、再而三的表现，也使这个题材不再新鲜。而且，许多贞节的内容，在李渔的作品中不是一带而过，或者作为点缀而出现，而是连篇累牍地反复皴染，有些本身就是一篇之"主脑"。在《蜃中楼》中，舜华以死抗争父母将自己许配给泾河小龙，在泾河小龙逼婚的当日，舜华怒斥小龙，自表抱负；在泾河老龙不从我儿就打你作粉齑肉酱的恐吓和毒打下，舜华宁死不肯改节，"自拚击碎这皮囊，纵死骨犹香"②。《玉搔头》中的刘倩倩也是如此，和化名万遂的武宗缔盟之时，倩倩表示自己将"生死不渝"③，不要说自此之后，挥金如土的豪客不能动其节操，就是权势熏天的皇帝也不能改其贞心；当武宗还朝后命使臣以"奉旨迎妃"来试探倩倩时，倩倩断然拒绝，"念裙钗自有儿郎，是他出红丝定下的糟糠，俺怎肯自干伦理背纲常"④，并且在使臣硬抬其上轿之时拔剑自刎；之后又为所谓的"万遂"守身而逃离外乡。而刘藐姑守节更是《比目鱼》的核心情节，为了忠于心上人谭楚玉，藐姑与母亲发生激烈的争执，在力争无望的情况下借演戏之机抱石投江，感得谭楚玉也相随而去，才使得这桩已经无望的爱情起死回生，得到大团圆的结局。可以说，如果抽离掉藐姑守节的内容，那么《比目鱼》将成为空中楼阁。

---

① （清）李渔:《李渔全集》第二卷《慎鸾交》，浙江古籍出版社1992年版，第517页。
② （清）李渔:《李渔全集》第四卷，浙江古籍出版社1992年版，第254页。
③ （清）李渔:《李渔全集》第五卷，浙江古籍出版社1992年版，第243页。
④ （清）李渔:《李渔全集》第五卷，浙江古籍出版社1992年版，第263页。

因此，从李渔的作品本身来看，他的表现贞节不是一句空谈，而是以大量的贞女节妇形象为基础，以细致的工笔细描为手段的。故而，李渔的表现贞节不应该以"噱头"观，而他表现贞节恰恰说明了社会对贞节的认可和呼唤。因为对于衣食无忧的文人来说，不被观众认可至少还可以成为案头之作供自我或一二知己欣赏。但是，对于数口之家完全仰赖于自己十指的李渔而言，如果不被观众认可，那么举家都会陷入衣食不周的困境。因此，如果守贞的人物和题材不受欢迎，李渔显然不会如此冒险去反复采用。

而且，再进一步而言，如果说李渔的表现贞节是"噱头"的话，那么为何造此"噱头"更引人深思。因为"噱头"者，自然为引人注意起见。而只有投合观众的需要和趣味，道出了"人人心中之所有，个个口中之所无"的东西，才能激发他们的兴趣。如果当时的环境是见贞节而目为古董厌物，不待开场而颦眉蹙首、掩耳却走，那么李渔根本就不可能如此频繁地表现，更不用说以此作为"噱头"了，因为起着广告作用的"贞节""噱头"反而会起到驱走观众的效果。而李渔的表现贞节如果是"噱头"的话，更说明了这是此时人心所向。贞节可以成为"噱头"成为招徕观众的手段，更说明社会环境处于肯定和呼唤贞节的状态之中。

事实上，笠翁的创作本意在传奇的第一出已经开端明义：《蜃中楼》："守节操的贵娇娃，贬身甘作贱。"① 《意中缘》："从奸党，随豪客，周旋处，大节保无伤。"② 《比目鱼》："刘藐姑从良从下水。"③ 《玉搔头》："看上皇帝要从良，刘妓女的眼睛识货。"④ 《巧团圆》："防失节的果得全贞，曹小姐才堪免辱。"⑤ 他并不只是希望以一些有传奇色彩的故事来吸引别人的注意，而是贞节确实对他的内心有所触动，因而，尽管李渔一再声称"诫讽刺"，他的《巧团圆》也选择了闯王入寇

---

① （清）李渔：《李渔全集》第二卷《蜃中楼》，浙江古籍出版社1992年版，第211页。

② （清）李渔：《李渔全集》第二卷《意中缘》，浙江古籍出版社1992年版，第321页。

③ （清）李渔：《李渔全集》第二卷《比目鱼》，浙江古籍出版社1992年版，第112页。

④ （清）李渔：《李渔全集》第二卷《玉搔头》，浙江古籍出版社1992年版，第219页。

⑤ （清）李渔：《李渔全集》第二卷《巧团圆》，浙江古籍出版社1992年版，第321页。

作为悲欢离合的背景。何况李渔本质并不是一个篾片清客,他骨子里还是一个文人。少年笃学儒经,"于诗书六艺之文,虽未精穷其义,然皆浅涉一过"①。常常焚膏继晷,废寝忘食。于崇祯八年(1635),在金华应童子试,以五经见拔,一举成为闻名遐迩的"五经童子"②。他不仅自认是孔子的门徒,在诗文中也屡屡宣扬儒家之志:"君早立功予立言,相期不朽追前贤。""我愧无能止立言,立德立功唯望予。""唯存仁者能以猛服众""欲以忠义二字风示天下之人臣耳"③。

李渔虽以打抽丰过活,心中却时时自愧"三迁有教亲何愧,一命无荣子不才"④。在过严子陵钓台之时,他的牢骚感慨终于喷薄而出:

> 仰高山,形容自愧;俯流水,面目堪憎。同执纶竿,共披蓑笠,君名何重我何轻?……相去远,君辞厚禄,我钓虚名。⑤

其实,打抽丰的日子并不好过,除了别人的歧视,"我累友不恕簪缨",还有自身的舟车劳顿,"只愁戴月,司天谁奏客为星?"⑥

"立德、立功、立言"的济世志令人追慕,"兴来写幅青山卖,不使人间造孽钱"⑦ 的洒脱也令人欣赏,但惟有李渔的这种打抽丰的行为,却遭时人轻蔑,即使李渔付出了无尽的才力、心血和辛劳。可是,平心而论,谁都没有错,错的只是李渔生的不合时宜。在一个还没有成熟到对戏曲艺术有足够欣赏水平和审美境界的时代,他的境遇

---

① (清)李渔:《李渔全集》第三卷《闲情偶寄·词曲部·音律第三》,浙江古籍出版社 1992 年版,第 26 页。

② (清)李渔:《李渔全集》第一卷《春及堂诗跋》,浙江古籍出版社 1992 年版,第 134 页。

③ (清)李渔:《李渔全集》第一卷,浙江古籍出版社 1992 年版,第 203 页。

④ (清)李渔:《李渔全集》第二卷《清明日扫先慈墓》,浙江古籍出版社 1992 年版,第 158 页。

⑤ (清)李渔:《李渔全集》第二卷《笠翁一家言诗词集》,浙江古籍出版社 1992 年版,第 494 页。

⑥ (清)李渔:《李渔全集》第二卷《笠翁一家言诗词集》,浙江古籍出版社 1992 年版,第 494 页。

⑦ (明)朱谋垔撰,徐美洁点校:《续书史会要·明》,浙江人民美术出版社 2019 年版,第 347 页。

也只能如此。

为了生活，他不得不卑微地活着；但作为一个文人，他又不能麻木地活着。所以喜剧外表所包裹的，还是那些传统的东西，那些朴素却让人低回不已，简单却直抵心灵深处的东西。假如李渔的戏曲仅仅是风情趣剧，仅仅靠噱头取胜，那么，他的剧作不但不能持久，而且，也把自身做小了，就成了一个花面的形象。但他非常明智的是，机智的情节、诙谐的语言所包裹的，是让人心头一震的，能够触动并能唤起人们对某种圣洁境界向往的东西。而在这种触动中，人们感到自己被提升了被净化了，即使仅仅是在观剧的瞬间。所以在认可剧作的同时，人们也认可了李渔。即使在当时出身正统的一些文人对其相当不屑，即使李渔自己晚年也不由生悔，但当时达官贵人折节下交，"当涂贵游与四方名硕，咸以得交笠翁为快"①；清人陈森《品花宝鉴》借孙仲雨之口说："上等人有两个，我们是学不来，一个是前贤陈眉公，一个就是做那《十种曲》的李笠翁。这两个人学问是数一数二的，命运不佳，不能做个显宦与国家办些大事，故做起高人隐士来，遂把平生之学问，奔走势利之门。"② 尤其是剧本的保存流传，无不证明了人们对剧本所传达的理念的认可、喜爱。

但是，这并不是说，喜剧只是外层的糖衣，或者是吸引观众的看点。的确，不否认多增加一点喜剧意味在悲情泛滥诸作中独树一帜，也在缙绅显宦门第少碰钉子，但是，最关键的，如果李渔自身没有自嘲的能力，没有笑对的涵养，他也根本无法疏离、无法超脱。"笠翁游历遍天下，其所著书数十种，大多寓道德于诙谐，藏经术于滑稽，极人情之变，亦极文情之变。"③ 他终于选择了另一种人生态度："以广博的智慧照瞩宇宙间的复杂关系，以深挚的同情了解人生内部的矛盾冲突。在伟大处发现它的渺小，在渺小处却也看到它的深厚，在圆满中发现它的缺

---

① （清）李渔：《李渔全集》第二卷《玉搔头序》，浙江古籍出版社 1992 年版，第 215 页。
② （清）陈森：《品花宝鉴》，上海古籍出版社 1994 年版，第 165 页。
③ （清）包璿：《李渔〈一家言全集〉叙》，载（清）李渔《李渔全集》第一卷《笠翁一家言文集》，浙江古籍出版社 1992 年版，第 1 页。

憾,但在缺憾里也找出它的意义。于是以一种拈花微笑的态度同情一切,以一种超越的笑,了解的笑,含泪的笑,惘然的笑,包容一切以超脱一切,使灰色暗淡的人生也罩上一层柔和的金光,觉得人生可爱,可爱处就在它的渺小处、矛盾处。"① 这种态度使他不仅仅是活着,也超越了存在,以一种仁恕怜悯之心包容了悲与喜,消解了个人仅仅作为个体存在的意味,虽然有时不得不放弃和退让,但选择了对道德和良知最终的坚持。

---

① 宗白华:《宗白华全集》第二卷,安徽教育出版社 1994 年版,第 67 页。

第十一章　仕清作家：洪升和孔尚任

第一节　删秽就洁《长生殿》

洪升和孔尚任对贞节的咏赞体现为一减一增。

明皇与杨妃之情事，可谓源远流长。《长恨歌传》之外，又有《明皇杂录》《安禄山事迹》《开元天宝遗事》《酉阳杂俎》《国史补》为之点染。宋代乐史根据《长恨歌传》和唐人笔记编成《杨太真外传》两卷。永乐大典中《宦门子弟错立身》提到戏曲《马践杨妃》，元代陶宗仪《辍耕录》提到《梅妃》院本。

元代有关汉卿《唐明皇哭香囊》，白朴《唐明皇秋夜梧桐雨》《唐明皇游月宫》，岳伯川《罗光远梦断杨贵妃》，庾天锡《杨太真霓裳怨》《杨太真华清宫》等。但完整留存至今的只有《梧桐雨》一种。

以李、杨为题材的，元代诸宫调有王伯成的《天宝遗事》，但它对杨贵妃品头论足，描写近于色情，对杨妃与安禄山的私通，又大肆渲染；明代传奇有吴世美的《惊鸿记》，以梅妃的惊鸿舞而得名。剧中梅妃、杨妃不分主次，又夹入李泌辅肃宗中兴之事，而作者要抒发的，又是文士不遇的感慨。

明代有屠隆的《彩毫记》，清代比洪升略早的有尤侗的《清平调》和张韬的同名杂剧。但主要人物是李白，与《长生殿》的关系不大。

洪升在创作《长生殿》之时，以上作品对他的构思不无裨益，但他又有自己的剪裁、去取。从这些作品对李、杨情事的态度来看，大致可分为两种:像《长恨歌》和《梧桐雨》是一种,像《天宝遗事》诸宫调、《惊鸿记》是另一种。《天宝遗事》为洪升所弃而不取,"其杨妃本传、外传及天宝遗事诸书,既不便删削,故概置不录焉"。① 而《惊鸿记》的一些"未免涉秽"的情节,又极为洪升所不喜。真正对《长生殿》创作有影响的,据洪升自言:"史载杨妃多污乱事,予撰此剧,止按白居易《长恨歌》、陈鸿《长恨歌传》为之。而中间点染处,多采天宝遗事杨妃全传。"② 事实上,对《长生殿》有所影响的,除此之外,还有《梧桐雨》。除了洪升的自述:"余览白乐天《长恨歌》及元人《秋雨梧桐》剧,辄作数日恶。"③(其中"辄作数日恶"语出《世说新语·言语》:"中年伤于哀乐,与亲友别,辄作数日恶。""恶"指很伤感,情绪很坏。)还有徐朔方先生的考证:"元代白朴的杂剧《梧桐雨》和《长生殿》,两者先后之间是一种直接的继承关系。后者作为全剧骨架的几出:《密誓》、《惊变》、《埋玉》、《雨梦》,就是以前者的四折杂剧为底子,其他如《权哄》、《合围》、《献饭》、《舞盘》、《哭像》等几出也是前者已有描写或曾经提到过的。"④

但《长生殿》毕竟不同于《梧桐雨》,如果仅仅停留在模拟阶段,它也决不能成为清代传奇的鳌头。更具体到明末清初这个大范围之内,它对《梧桐雨》有了哪些删改呢?

《梧桐雨》并不避讳杨玉环曾是父子两代的禁脔,先为寿王妃,后被玄宗册为贵妃的经历。除了明皇的道白,"昨寿邸杨妃,绝类嫦娥,已命为女道士;既而取入宫中,策为贵妃。"⑤ 又有杨妃的自述:"开元二十二年,蒙恩选为寿王妃。开元二十八年八月十五日,乃主上圣节,妾身朝贺,圣上见妾貌类嫦娥,令高力士传旨度为女道士,住内太真宫,赐号太真。天宝四年,册封为贵妃。"⑥

---

① (清)洪升:《长生殿》,人民文学出版社 1980 年版,第 1 页。
② (清)洪升:《长生殿》,人民文学出版社 1980 年版,第 1 页。
③ (清)洪升:《长生殿》,人民文学出版社 1980 年版,第 1 页。
④ (清)洪升:《长生殿》,人民文学出版社 1980 年版,第 21—22 页。
⑤ (元)白朴撰,王文才校注:《白朴戏曲集校注》,人民文学出版社 1984 年版,第 4 页。
⑥ (元)白朴撰,王文才校注:《白朴戏曲集校注》,人民文学出版社 1984 年版,第 11 页。

但《长生殿》就回避了贵妃的出身："昨见宫女杨玉环，德性温和，丰姿秀丽。卜兹吉日，册为贵妃。"① "奴家杨氏，弘农人也……生有玉环在于左臂，上隐'太真'二字。因名玉环，小字太真。" "荷蒙圣眷，拔自宫嫔。位列贵妃，礼同皇后。"② 把杨贵妃处理成通过正当程序送入宫中得蒙圣眷，根本不存在父子两代万千宠爱在一身的事实。

关于安禄山与贵妃淫乱事，《梧桐雨》虽不像《天宝遗事》诸宫调和《惊鸿记》描摹得那么露骨，但也并无避忌。如杨国忠奏贬安禄山出守渔阳后，禄山恨恨道："别的都罢，只是我与贵妃有些私事，一旦远离，怎生放的下心。"③ 又有贵妃的再度证实："不期我哥哥杨国忠看出破绽，奏准天子，封他为渔阳节度使，送上边庭。妾心中怀想，不能再见，好是烦恼人也。"④ 并将安禄山起兵反叛的理由之一也归结为此："我今只以讨贼为名，起兵到长安，抢了贵妃，夺了唐朝天下，才是我平生愿足。" "单要抢贵妃一个，非专为锦绣江山。"⑤

但《长生殿》将《梧桐雨》中贵妃与安禄山淫乱的情节全部删掉，全部改写了这些情节。安禄山受宠封侯完全是"天颜大喜"⑥，"不知圣上因甚爱他，加封王爵"，而安禄山反唐则是杨国忠激变："我安禄山夙怀大志，久蓄异谋。只因一向在朝，受封东平王爵，宠幸无双，富贵已极，咱的心愿倒也罢了。叵耐杨国忠那厮，与咱不合，出镇范阳。且喜跳出樊笼，正好暗图大事。"⑦

《长生殿》删掉两事：杨玉环曾为寿王妃事；杨玉环曾与安禄山淫乱事。那么，为何有此呢？洪升表白曰："凡史家秽语，概削不书，非曰匿瑕，亦要诸诗人忠厚之旨云尔。"⑧ 事实上，洪升不仅仅满足于"一部闹热的《牡丹亭》"的评价，因为他的《长生殿》是要"乐极哀

---

① （清）洪升：《长生殿》，人民文学出版社 1980 年版，第 3 页。
② （清）洪升：《长生殿》，人民文学出版社 1980 年版，第 13 页。
③ （元）白朴撰，王文才校注：《白朴戏曲集校注》，人民文学出版社 1984 年版，第 11 页。
④ （元）白朴撰，王文才校注：《白朴戏曲集校注》，人民文学出版社 1984 年版，第 11 页。
⑤ （元）白朴撰，王文才校注：《白朴戏曲集校注》，人民文学出版社 1984 年版，第 18 页。
⑥ （清）洪升：《长生殿》，人民文学出版社 1980 年版，第 55 页。
⑦ （清）洪升：《长生殿》，人民文学出版社 1980 年版，第 76 页。
⑧ （清）洪升：《长生殿·自序》，人民文学出版社 1980 年版，第 1 页。

来，垂戒来世"的。《长生殿》想通过足作表率的主人公，来令观者唏嘘感动，翕然而从。那么，"万恶淫为首"，主人公怎能有如此的道德缺陷？而有如此道德缺陷的主人公又怎能取得移风易俗之效？故而，洪升之删削，在于："若一涉秽迹，恐妨风教，绝不阑入，览者有以知予之志也。"①

第二节　增"贞"增"节"《桃花扇》

如果洪升侧重在"删"，相比而言，孔尚任侧重在"增"。

孔尚任在《桃花扇》中所着重描摹香君者，在"贞节"与"气节"两处。

对于田仰之于李香君事，《板桥杂记》云："朝宗去后，有故开府田仰以重金邀致香。香辞曰：'妾不敢负侯公子也。'卒不往。"②《李姬传》："侯生去后，而故开府田仰者，以金三百锾邀姬一见。姬固却之。开府惭且怒，且有以中伤姬。姬叹曰：'田公岂异于阮公乎？吾向之所赞于侯公子者谓何？今乃利其金而赴之，是妾卖公子矣！'卒不往。"③

从中可以看出，田仰所望李姬者，不过春风一度。但在《桃花扇》中，却增为田仰以三百金谋娶香君为妾，香君誓曰："奴便终身守寡，有何难哉，只不嫁人。"④ 第二次，阮大铖激怒马士英，使马士英派人强娶李香君送与田仰。香君先是斩钉截铁地回绝："便等他三年；便等他十年；便等他一百年；只不嫁田仰。""我立志守节，岂在温饱。忍寒饥，决不下这翠楼梯。"⑤ 当马府家人强抢之际，香君持扇前后乱打，"一柄诗扇，倒像一把防身的利剑"⑥。在寡不敌众的危急之际，香君撞地晕卧，以死明志，"竟把花容，碰了个稀烂"，"血喷满地"。⑦ 通过这

① （清）洪升：《长生殿》，人民文学出版社1980年版，第1页。
② （清）余怀：《板桥杂记》，青岛出版社2002年版，第112页。
③ （清）张潮：《虞初新志》，河北人民出版社1985年版，第248页。
④ （清）孔尚任：《桃花扇》，人民文学出版社1998年版，第117页。
⑤ （清）孔尚任：《桃花扇》，人民文学出版社1998年版，第150—151页。
⑥ （清）孔尚任：《桃花扇》，人民文学出版社1998年版，第151页。
⑦ （清）孔尚任：《桃花扇》，人民文学出版社1998年版，第151页。

层层深入的言谈举止，使得香君的"一点芳心采不去，朝朝楼上望夫君"① 的苦节兀立眼前。

对于香君力谏侯朝宗勿堕浊流事，《板桥杂记》所记为："阉人儿某者，欲内交朝宗，香力谏止，不与通。"② 在《李姬传》中，侯方域述此事为："（阮大铖）为清议所斥。阳羡陈贞慧，贵池吴应箕实首其事，持之力。大铖不得已，欲侯生为解之，乃假所善王将军，日载酒食与侯生游。姬曰：'王将军贫，非结客者。公子盍叩之?'侯生三问，将军乃屏人述大铖意。姬私语侯生曰：'妾少从假母识阳羡君，其人有高义，闻吴君尤铮铮，今皆与公子善，奈何以阮公负至交乎？且以公子之世望，安事阮公？公子读万卷书，所见岂后于贱妾耶？'"③ 但在《桃花扇》中，却改为阮大铖为了自赎，以三百金为李香君助奁，欲结侯方域之欢心，托侯代为分解。当李香君得知梳栊之资所出为谁之后，怒斥侯方域的暂时动摇："官人是何说话，阮大铖趋附权奸，廉耻丧尽，妇人女子，无不唾骂。他人攻之，官人救之，官人自处于何等也?"④ "官人之意，不过因他助俺妆奁，便要徇私废公；那知道这几件钗钏衣裙，原放不到我香君眼里。脱裙衫，穷不妨；布荆人，名自香。"⑤ 因此，赢得了侯朝宗的惭愧和赞赏："平康巷，他能将名节讲；偏是咱学校朝堂，偏是咱学校朝堂，混贤奸不问青黄。"⑥

在《板桥杂记》和《李姬传》中，都是阮大铖亲自或通过中间人和侯朝宗联系，并未和李香君有何瓜葛，从而使李香君对侯朝宗的劝诫和所起的作用并不十分突出。但《桃花扇》[有"康熙己卯（1699）三月云亭山人偶笔"之《桃花扇传奇小引》，现存清康熙戊子（1708）初刻本]改李香君为阮、侯之间的中介，使得李香君劝谏侯方域的言行显得合情合理而不突兀，也使香君的气节通过工笔勾勒神情逼肖。

---

① （清）孔尚任：《桃花扇》，人民文学出版社1998年版，第118页。
② （清）余怀：《板桥杂记》，青岛出版社2002年版，第112页。
③ （清）张潮：《虞初新志》，河北人民出版社1985年版，第248页。
④ （清）孔尚任：《桃花扇》，人民文学出版社1963年版，第52页。
⑤ （清）孔尚任：《桃花扇》，人民文学出版社1963年版，第53页。
⑥ （清）孔尚任：《桃花扇》，人民文学出版社1963年版，第53页。

　　不惟如此，为凸显香君的识见与气节，《桃花扇》又增《骂筵》一出。李香君面对马、阮诸奸，"俺做个女祢衡，挝渔阳，声声骂，看他懂不懂"。① 香君先是怒斥诸奸的荒淫糜烂："出身希贵宠，创业选声容，后庭花又添几种。"② 又与清流相比，痛批群丑的死灰复燃："东林伯仲，俺青楼皆知敬重。干儿义子从新用，绝不了魏家种。"③ 当佞人恼羞成怒，将香君搡倒雪地，香君傲骨不屈："冰肌雪肠原自同，铁心石腹何愁冻。""奴家已拚一死。吐不尽鹃血满胸，吐不尽鹃血满胸。"④

　　孔尚任曾在《桃花扇小引》中抒发了知音不遇的感慨："今携游长安，借读者虽多，竟无一句一字着眼看毕之人，每抚胸浩叹，几欲付之一火。"⑤ 后世论争多矣，不乏真知灼见。假使明之臣子得似青楼女子李香君具慧眼识大体有骨气，明末局势何至沦落为不可收拾！

---

① （清）孔尚任：《桃花扇》，人民文学出版社1963年版，第155页。
② （清）孔尚任：《桃花扇》，人民文学出版社1963年版，第156页。
③ （清）孔尚任：《桃花扇》，人民文学出版社1963年版，第157页。
④ （清）孔尚任：《桃花扇》，人民文学出版社1963年版，第157页。
⑤ （清）孔尚任：《桃花扇》，人民文学出版社1998年版，第1页。

第十二章　场上之曲与读者反馈

接受美学认为，文学作品的意义是文本和读者相互作用的结果，文学作品既非完全的文本，亦非完全是读者的主观性，而是二者的结合或交融。① 在分析明末清初传奇时，把文本与读者（观众）间的关系对看，其蕴含的深义更明。

第一节　风行天下的场上之曲

剧作家虽然有强烈的使命感，"为世道持风化焉"，② "不独令观者感慨涕零，亦可惩创人心，为末世一救矣"③，但是如果这些剧作只是他们自己的案头赏玩之作，那也只是行之不远，影响寥寥。

传奇本身通俗易懂，容易深入人心。"戏文做与读书人与不读书人同看，又与不读书之妇人小儿同看，故贵浅不贵深。"④ 而足不出户的妇人，戏台上的纲鉴史学倒是她们的启蒙。眼里看的是它，耳里听的是它，平日行动也不由受其深刻影响。如《歧路灯》中的巫翠姐，戏文就是她处事的指南："你又不是赵氏孤儿，为甚的叫王中在楼上唱

---

　　① 周宁、金元浦译：《接受美学与接受理论》，辽宁人民出版社 1987 年版，第 367 页。
　　② （明）周公鲁：《识闲堂第一种翻西厢》，《古本戏曲丛刊三集》，商务印书馆 1957 年版，第 1 页。
　　③ （清）孔尚任：《桃花扇·小引》，人民文学出版社 1963 年版，第 1 页。
　　④ （清）李渔撰，杜书瀛评注：《李笠翁曲话》，中华书局 2019 年版，第 67 页。

了一出子《程婴保孤》?""你家是大家了，若晓得《断机教子》，你也到不了这个地位。""俺家没体面，您家有体面，为甚的坟里树一棵也没了，只落了几通《李陵碑》?"① 又如《张廷秀逃生救父》《陈御史巧勘金钗钿》《刘藐姑曲终死节》，主人公都以戏曲《荆钗记》自励（而且这只是其中微不足道的一部分），可见戏曲劝惩之影响并非虚言。苏轼《东坡志林》说："涂巷中小儿薄劣，为家所厌苦，辄与钱，令聚听说古话。至说三国事，闻玄德败，颦蹙有出涕者；闻曹操败，即喜唱快。以是知君子小人之泽，百世不斩。"② 陆游诗："斜阳古柳赵家庄，负鼓盲翁正作场。身后是非谁管得，满村听说蔡中郎。"③ 到了明清时代，博采各类讲唱艺术之长的传奇更是深入城市和村庄，观众群在不断扩大。明人谢肇淛记："宦官、妇女看演杂戏，至投水遭难，无不恸哭失声。"④ 文人雅士多蓄有家班，如李开先家有"戏子几二三十人，女伎二人，女歌童歌者二人"。⑤ 何良俊也"蓄家童习唱"，"又交女鬟数人"。⑥ 张岱家的声伎，始于万历年间其祖父张汝霖，经过祖孙三代的经营，组建了很多戏班，有"可餐班""武陵班""梯仙班""吴郡班""苏小小班"。明代剧作家大部分属于士坤阶层，如丘叡、王世贞、汪道昆、梁辰鱼、汤显祖、陆采、张凤翼、梅鼎祚、屠隆、李玉、阮大铖等。上有好之，下必过之。他们的引领带动了戏曲的高潮。婚丧嫁娶、做寿、弥月、晋官、乔迁……无不以戏为点缀。"孝子以事其亲，敬长而娱死；仁人以此奉其尊，享帝而事鬼。老者以此终，少者以此长。"⑦ 戏曲实已深入明人生活的方方面面。

---

① （清）李绿园：《歧路灯》，齐鲁书社 1998 年版，第 489—490 页。

② （北宋）苏轼：《东坡志林》，青岛出版社 2010 年版，第 17 页。

③ 孔凡礼、齐治平编：《陆游资料汇编·三　明代·朱承爵·灼薪剧谈一则》，中华书局 1962 年版，第 120 页。

④ （明）谢肇淛：《五杂俎》，上海书店出版社 2001 年版，第 313 页。

⑤ （明）何良俊撰：《四友斋丛说》卷十八"杂记"，中华书局 1959 年版，第 159 页。

⑥ （明）何良俊撰：《四友斋丛说》卷十八"杂记"，中华书局 1959 年版，第 117 页。

⑦ 邓子勉编：《明词话全编·汤显祖词话》第一九九条《宜黄县戏神清源师庙记》，凤凰出版社 2012 年版，第 2122 页。

汤显祖《宜黄县戏神清源师庙记》道："（戏曲）使天下之人无故而喜，无故而悲。……瞽者欲玩，聋者欲听，哑者欲叹，跛者欲起。无情者可使有情，无声者可使有声。……以合君臣之节，可以浃父子之恩，可以增长幼之睦，可以动夫妇之欢，可以发宾友之仪，可以释怨毒之结。"①

再者，明末清初传奇中，咏贞节烈女之剧作具有"场上之曲"的特点，如苏州派作家的作品。

江苏一带本是昆山腔的发源地，"屠沽儿家以做戏为荣，里巷相高"②，而达官贵人、巨富商贾蓄养家班成风，至明末清初更盛；苏州艺人，遍布南北，以至于各地串戏者，"凡系花面角色，即作吴音"③。这种情况，向戏曲作家们提出了创作更多剧本的要求，刺激了一部分知识分子利用戏曲形式来宣泄不满的创作热情。

清初沈朝初《忆江南》："苏州好，戏曲协宫商，院本爱看新乐谱，舞衣不数旧霓裳，昆调出吴阊。"④ 就反映了苏州作家适应演出的需要，独擅"场上之曲"的盛况。尤其是李玉，不仅其曲"案头场上，交称便利"，"元玉言词满天下，每一纸落，鸡林好事者争被管弦；如达夫、昌龄声高当代，酒楼诸妓，咸歌其诗"⑤；而且微言大义，"当场之歌呼笑骂，以寓显微阐幽之旨"⑥。

又如李渔："笠翁艳才拔俗，藻思难羁，所著稗官、家言及填词楔曲，皆喧传都下，价重旗亭。"⑦

---

① 邓子勉编：《明词话全编·汤显祖词话》第一九九条《宜黄县戏神清源师庙记》，凤凰出版社 2012 年版，第 2122 页。

② （明）徐树丕：《识小录·卷四》，有《涵芬楼秘笈》复印本，商务印书馆 1916 年版，第 85 页。

③ （清）李渔撰，杜书瀛评注：《李笠翁曲话》，中华书局 2019 年版，第 225 页。

④ （清）顾禄撰，来新夏点校：《清嘉录·卷七 七月·青龙戏》，中华书局 2008 年版，第 152—153 页。

⑤ 蔡毅：《中国古典戏曲序跋汇编》，齐鲁书社 1989 年版，第 1470 页。

⑥ （明）李玉撰：《北词广正谱·北词广正谱吴伟业序》，载王秋桂主编《善本戏曲丛刊 80—81·北词广正谱一、二》，台湾学生书局 1987 年版，第 9 页。

⑦ （清）李渔：《李渔全集》第五卷，浙江古籍出版社 1990 年版，第 3 页。

又如洪升，"可怜一曲《长生殿》，断送功名到白头"。[①]

又如孔尚任："《桃花扇》本成，王公缙绅，莫不借钞，时有纸贵之誉。……午夜进之直邸，遂入内府。"[②] 李木庵除夜索《桃花扇》为围炉下酒之物，"开岁灯节，已买优扮演矣"。[③] 楚地之容美，在万山中，阻绝人境，即古桃源也。但是，此处竟"每宴必命家姬奏《桃花扇》，亦复旖旎可赏，盖不知何人传入"。[④] 孔尚任遇旧寅长刘两峰，"时群僚高宴，留予观演《桃花扇》，凡两日，缠绵尽致。僚友知出予手也，争以杯酒为寿"。[⑤] 读《桃花扇》者，"有题词，有跋语""又有批评，有诗歌，其每折之句批在顶，总批在尾""至于投诗赠歌，充盈箧笥，美且不胜收矣"。[⑥] 甚至读者歌咏之不足，或搁管而起"顾子天石，读予《桃花扇》引而申之，改为《南桃花扇》。令生旦当场团圆，以快观者之目"。[⑦] 或付之梨枣"佟蔗村……索钞本读之，才数行，击节叫绝！倾囊橐五十金，付之梓人"。[⑧]

以致两人赢得了清初剧坛执牛耳的地位："两家乐府盛康熙，进御均叨天子知。纵使元人多院本，勾栏争唱孔洪词。"[⑨]

如果明末清初的剧作都是案头之作，那么即使剧作家用世深心再为迫切，也必然是行之不远，场上之曲的特点保证了作家意图的宣扬与流传。

第二节　读者与作者之和衷共鸣

更关键的是，从剧本的序与评中，我们可以看到，读者不仅看懂了

---

① 钱仲联主编：《清诗纪事·康熙朝卷·朱彝尊·酬洪升》，凤凰出版社2004年版，第690页。
② （清）孔尚任：《桃花扇》，人民文学出版社1963年版，第6页。
③ （清）孔尚任：《桃花扇》，人民文学出版社1963年版，第6页。
④ （清）孔尚任：《桃花扇》，人民文学出版社1963年版，第7页。
⑤ （清）孔尚任：《桃花扇》，人民文学出版社1963年版，第7页。
⑥ （清）孔尚任：《桃花扇》，人民文学出版社1963年版，第7页。
⑦ （清）孔尚任：《桃花扇》，人民文学出版社1963年版，第7页。
⑧ （清）孔尚任：《桃花扇》，人民文学出版社1963年版，第7页。
⑨ 钱仲联主编：《清诗纪事·康熙朝卷·金埴·题桃花扇后》，凤凰出版社2004年版，第1015页。

剧本，而且看懂了剧作家的用世深心，如《比目鱼》序："有万物然后有男女，此有天地来第一义也。君臣朋友，从夫妇中以续以似。笠翁以忠臣信友之志，寄之男女夫妇之间，而更以贞夫烈妇之思，寄之优伶杂伎之流，称名也。"①《玉搔头》总评："以此示劝于臣，则臣责愈重；以此示诫于君，则君体不愈严乎？作是剧者，原具此一片深心，非漫然以风流文采见长也。"②《巧团圆》总评："奏古乐而令人忘倦，即起师况不能。予尝语同人曰：'上下千古，能摹绘君臣、父子、兄弟、朋友之情，而与夫妇无间，令人忘倦起舞者，唯湖上笠翁乎！'是剧一出，其稿本先剞劂而传，远近同人无不服予之先见。"③

莫愁钓客、睡乡祭酒认为李渔的作品"矢节、矢义，迥别闲情。一轨于至正、至恳"。④

西泠社弟孙治认为"李子以雕龙之才，鼓风化之铎"⑤。

紫珍道人认为李渔是"以愤世之心，转为风世之事"⑥。

黄鹤山农认为李渔的剧作"有风有刺，骎骎乎金元之遗响矣"⑦。

其实刘藐姑之死，亦为情死，但李渔却把她提到了拯救纲常道德的高度。李渔所津津乐传的，不是戏子守节的奇事，而是谭刘之事所蕴含的东西。其实，夫妇、朋友、君臣皆情而已。推而广之，谭刘可以生死相许，朋友君臣何以不可生死相许？夫妇可以夫贞妇烈，朋友君臣何以不可臣忠友信？读者看出了《比目鱼》的象征意味，映然女史王端淑更是指出：

> 笠翁独以声音之道与性情通，情之至即性之至。藐姑生长于伶人，楚玉不羞为鄙事，不过男女私情。然情至而性见，造夫妇之

---

① （清）李渔：《李渔全集》第二卷《比目鱼序》，浙江古籍出版社 1992 年版，第 107 页。
② （清）李渔：《李渔全集》第二卷《玉搔头·总评》，浙江古籍出版社 1992 年版，第 314 页。
③ （清）李渔：《李渔全集》第二卷《巧团圆·总评》，浙江古籍出版社 1992 年版，第 415 页。
④ （清）李渔：《李渔全集》第五卷，浙江古籍出版社 1992 年版，第 415 页。
⑤ （清）李渔：《李渔全集》第四卷，浙江古籍出版社 1992 年版，第 207 页。
⑥ （清）李渔：《李渔全集》第五卷，浙江古籍出版社 1992 年版，第 104 页。
⑦ （清）李渔：《李渔全集》第五卷，浙江古籍出版社 1992 年版，第 215 页。

端，定朋友之交，至以国事灭恩，漪兰招隐，事君信友，直当作典谟训诰观。①

这些评论者都关注到了李渔作品中对忠孝节义尤其是贞节的追求，尤其映然女史王端淑、禾中女史黄媛介的女性评论者的身份更值得注意。因为对于贞节这个命题，女性评论者具有更敏感和更切身的天然优势。

而且，有些评论者更是抽丝剥茧，将李渔创作的主观动机深切地揭示出来。李渔曾对《柳毅传》和《张生煮海》含英咀华，裁度两作精华而成《蜃中楼》。其中，最大的转变莫过于对龙女舜华身份的改写。《柳毅传》中，柳毅与龙女相见时，龙女已经是小龙的妻子，只是由于小龙朝三暮四、喜新厌旧才把龙女贬去牧羊，而柳毅与龙女之前并不认识。而《蜃中楼》则改为两人的结合是天作良缘，早已姻缘前定。因此当舜华在蜃楼远眺时，仙人作法搭起桥梁使柳毅与之相见。否则，以柳毅一介凡人，如何穿越大海万顷波涛与之相逢？而且，当舜华被父母许配泾河小龙时，舜华宁死不从，泾河小龙无法与之完婚，才被贬去牧羊。

李渔为何作如此改动呢？评论者这样探寻他的文心：

至如唐人所传柳毅事甚奇，人艳称之。但泾河小龙，夫也，一旦而诛殛之，妄一男子，无故而为伉俪，要于大道不可也②。

也就是说，普通人对《柳毅传》津津乐道，认为小龙被杀是快意恩仇而柳毅娶女是天赐良缘，却没有看出其"不正"之处：杀小龙是杀夫也，嫁柳毅为"无故"也。而李渔却特别注意到了这一点，于是才为之惨淡经营，改已嫁为未婚，改"无故"为前定，使之"皆不被于正义"③。

---

① （清）李渔：《李渔全集》第二卷《比目鱼·序》，浙江古籍出版社1992年版，第107页。
② （清）李渔：《李渔全集》第四卷，浙江古籍出版社1992年版，第207页。
③ （清）李渔：《李渔全集》第四卷，浙江古籍出版社1992年版，第207页。

李渔的一些剧作，甚至并没有描写贞节，但即使是这些剧作，和明末传奇相比，评论者也注意到了其实质上"风世"的重要意义。如《奈何天》，讲述三位才色双全的佳人最终自甘天命嫁给"十不全"阙里侯。这应该是一部典型的风情趣剧，但是评论者却认为，如果是由别人执笔，写到红颜而不幸嫁与丑夫，必然要写成怨天恨地，或者自择才子，或者别抱琵琶。而李渔让三位佳人自甘"红颜薄命"的做法，看似蹂香躏玉、煮鹤焚琴，但"其所复风纪，不亦多乎？"① 牺牲小美是要成其大善。

又如《凰求凤》，讲述的更是三美齐心争才子的故事，更与贞节无甚关联。但恰恰，这种看似涉笔成趣的描写却使评论者慷慨生哀，潸然泪下。为何会有如此令人费解的举动呢？

因为《凰求凤》中，三美首先是互不相容，而最终能不计前嫌，和同为一家，其根本原因就是对才子吕哉生的真爱。"真爱吕生，自不得不蠲其私忿，理势固然哉！"② 但是评论者为何为此感慨至深呢？

> 向使东汉诸君子有此，则可无甘陵之祸；北宋诸君子有此，则可无元祐之祸。奈何倾辀覆辙，前后相寻，勇私斗而怯公战，以至于糜烂不可收拾者，盖其智曾不若此数妇人耳！此又余所以观乐而泣也。③

原来，论者以夫妇而想及君臣，妇人能够为爱夫而尽弃前嫌，而臣子却不能为爱君而同仇敌忾，以至于国家沦丧。这是使论者落泪的原因吗？是，又不全然。因为毕竟，东汉和北宋"相去日已远"，即使悲伤也不至于感同身受。只因论者的身份同样由明入清，亲身经历了赫赫王朝一旦冰消瓦解，覆灭原因何在？明末的党争也难辞其咎。故而，这"观乐而泣"也是"夺他人之酒杯，浇自己之垒块"。"兄弟阋于墙，外

① （清）李渔：《李渔全集》第五卷，浙江古籍出版社1992年版，第104页。
② （清）李渔：《李渔全集》第五卷，浙江古籍出版社1992年版，第422页。
③ （清）李渔：《李渔全集》第五卷，浙江古籍出版社1992年版，第422页。

御其侮"，哪怕东林党和其他党派有再大的矛盾，哪怕东林党和其他党派存在着清浊之辨，但是，在明朝已经到了亡国灭种的危急关头，先应团结对外，一切应以大局为重。但是，明末诸君子也是不省、不愿、不为，导致明朝终于"糜烂不可收拾"，这才是论者痛心疾首的真正原因。而只以东汉北宋影射而不敢明提故国者，只因已履清朝，"含情欲语宫中事，鹦鹉前头不敢言"而已。

这些序与评也显示出，明末清初的沧桑巨变不仅培养出迥异前代的作家，也培养出迥异前代的读者。比如此前观念，泾河小龙之死为咎由自取；文君琴挑为善择偶；红拂夜奔为有慧眼。但明末清初之人却不这样认为，《蜃中楼》序中言："至于唐人所传柳毅事甚奇，人艳称之。但泾河小龙，夫也，一旦而诛殛之，妄一男子，无故而为伉俪，要于大道不可谓轨于正也。"①《奈何天》序："他如传奇所载，执拂女弃越公而奔，崔氏委郑恒而自鬻，蔡姬、卓女，相为美谈，律以人臣不贰之义，皆操、莽之流亚也。"②

党争纷纷，真能有益于君乎？名缰利锁所驱，各逞私欲，置君父于何地？读者虽明指东汉北宋，而其悲实在晚明。《凰求凤》从表面看来，非常像是一场笑剧，而且和众多鼓吹贞节烈女的剧作相比，其内蕴是隐晦不明的。

然而，在明末清初的大背景下，读者却读出了黍离之悲，此正与故老遗臣观《桃花扇》而下泪之道理相同——社稷之变的悲恸，如骨鲠在喉，时人又何尝旦夕忘之。故氍毹场上，长安道中，触目所及，云暗鼎湖龙去远，月明华表鹤归迟。而此时此地，何处敢放声一哭？只有借观剧之机，击碎唾壶，吹彻玉笙。观众对贞节的肯定，对作者用世深心的体察，以及对剧作的再创造，作为反馈意见，反过来促进了作者的创作。作者—作品—观众，形成了一个良性循环，同心协力，和衷共济，掀起了一股独重节烈的潮流。

---

① （清）李渔：《李渔全集》第四卷，浙江古籍出版社1992年版，第207页。
② （清）李渔：《李渔全集》第四卷，浙江古籍出版社1992年版，第3页。

第三节　读者对卓文君的再评价

社会环境处于肯定和呼唤贞节的状态之中，从对卓文君的再评价中也窥豹可见一斑。

关于文君的传奇，明代有：孙柚《琴心记》，杨柔胜《绿绮记》（全本已佚），韩上桂《凌云记》，陈贞贻《当垆记》（已佚），袁于令《鹔鹴裘》，陈玉蟾《凤求凰》。

清代传奇有：朱瑞图《封禅书》，许树棠《鹔鹴裘》，黄燮清《茂陵弦》，椿轩居士《凤凰琴》，钱文伟《远山眉》（已佚）。

明代以文君故事为题材的传奇一般都包括如下情节：琴挑文君、解裘换酒、临邛告贷、当垆卖酒、王孙赠遗、相如题桥、杨意荐赋、汉武征才、陈后买赋、相如驰檄、白头吟绝、茂陵罢聘等，只是在排列次序上略有差别。其中，本事出《史记》卷117《司马相如列传》；琴挑文君见曾慥《类说》卷28引《异闻集》；相如题桥见常璩《华阳国志》卷3《蜀志》；白头吟绝见葛洪《西京杂记》卷3。其他多半出自虚构。其中重要的是对文君的评价，几乎无一例外地视她为"女侠"式人物，而她的私奔相如是一种"独具慧眼"的行为。《凤求凰》第一出开宗明义，称相如、文君分别为"蜀郡文豪，临邛女侠"，"病司马雄文惊海内，俏文君慧眼识才郎"[1]。文君在私奔相如时也曾反复思量，首先认为，如果不择司马相如为配，则"空负了满腔才侠，绝代容仪"[2]；却又因"女以先配为羞"犹豫不决。侍女紫玉不以为然，认为小姐志寄千秋，"岂效龊龊女子，拘牵常格者所为"[3]，终于使文君下定决心，"输却千金体，赢得万古名"[4]。其实，这种文君紫玉的主客问答体只是皮相，因为两人之问答其实只是文君一人之心意天人交战的表现，只是

---

[1] （明）陈玉蟾：《凤求凰》，《古本戏曲丛刊二集》，商务印书馆1955年版，第1页。
[2] （明）陈玉蟾：《凤求凰》，《古本戏曲丛刊二集》，商务印书馆1955年版，第15页。
[3] （明）陈玉蟾：《凤求凰》，《古本戏曲丛刊二集》，商务印书馆1955年版，第18页。
[4] （明）陈玉蟾：《凤求凰》，《古本戏曲丛刊二集》，商务印书馆1955年版，第20页。

借此将心理行动外化而已。而文君之心意又是作者陈玉蟾之认识，肯定文君私奔相如是"才人侠女风流韵"①，表明了他对文君的欣赏态度。《鹔鹴裘》同样如此，一开场，便赞文君是"凭侠气自嫁才郎"②。文君庆幸在韶年得遇相如，"若不早遇相如，几乎误了卓文君的一世"③，而且，文君的表现也更加果断大胆，"展传自思，索性自嫁才郎，却也传奇事"④，连中间的自我说服都省略了。

明初朱权曾作《卓文君私奔相如》杂剧，卓文君作为新寡之妇，不为亡夫守节，不待父母之命，不用媒妁之言，毅然与才人私奔，坦然当垆卖酒。明中期李贽曾赞美文君私奔司马相如为有识见女子，认为蔽于成见，就会"徒失佳偶，空负良缘"⑤。都是以肯定文君为主。

但是，在许多清代传奇甚至评论者的序评中经常可以窥见文君的面影，且每每否定之。

《二奇缘》："儿闻卓氏挑琴，为千秋之遗臭"⑥，《琥珀匙》："文君失身司马，遗叹至今"。⑦值得注意的还有《贞文记》中的主人公张玉娘自誓"我断不做卓文君慕相如听瑶琴把一笑倾"⑧。尤其，两种截然不同的评价也见于同一个作家笔下。同样出于孟称舜之手，成于崇祯十一年（1638）的《娇红记》，主人公王娇娘是以文君作为赞美和效仿的榜样，认为"所以聪俊女子，宁为卓文君之自求良偶，无学李易安之终托匪材"。⑨而到了顺治十四年（1657）的《贞文记》，张玉娘却认为卓文君淫奔相如，其行可耻，唯恐避之而不及，更遑论追慕了。

从中可以发现，在顺治时期的传奇中，对卓文君的评价悄悄起了变化，从赞美、肯定和仿效渐渐转变为指责、否定和决裂。卓文君"女

① （明）陈玉蟾：《凤求凰》，《古本戏曲丛刊二集》，商务印书馆1955年版，第39页。
② （明）袁于令：《鹔鹴裘》，《古本戏曲丛刊二集》，商务印书馆1955年版，第1页。
③ （明）袁于令：《鹔鹴裘》，《古本戏曲丛刊二集》，商务印书馆1955年版，第23页。
④ （明）袁于令：《鹔鹴裘》，《古本戏曲丛刊二集》，商务印书馆1955年版，第27页。
⑤ （明）李贽：《司马相如》，《续修四库全书》第1352册，上海古籍出版社2002年版，第213页。
⑥ （明）许恒：《二奇缘》，《古本戏曲丛刊三集》，商务印书馆1957年版，第13页。
⑦ （清）叶稚斐：《琥珀匙》，《古本戏曲丛刊三集》，商务印书馆1957年版，第11页。
⑧ （清）孟称舜：《贞文记》卷上，《古本戏曲丛刊二集》，商务印书馆1955年版，第22页。
⑨ （清）孟称舜：《娇红记》上本，《古本戏曲丛刊二集》，商务印书馆1955年版，第11页。

侠"的光环褪掉了,"私奔相如"也从"赢得万古名"一转为"千秋之遗臭"。而且,更有评论者认为"借他人之酒杯"以剧中人为载体不足以表达,干脆亲自撰文直抒胸臆。吴伟业曾经在《北词广正谱序》中发出这样的慨叹:

> 如长卿之于文君,卫公之与红拂,非人间越礼之事乎?①

甚至有论者把文君私奔提上了政治高度,认为卓文君的行为,"律以人臣不贰之义,皆操、莽之流亚也"。②

其实,文君私奔相如这个意象本身蕴含非常丰富,既是文君独具慧眼,"善择偶"的表现;又是放情越礼,有失检点的"罪证"。因此,在后人的评价中,代代不乏两种截然不同的倾向:一是对她以情反礼、大胆追求给予热烈赞扬;二是对她放诞风流、越礼私奔报以强烈批评。一般来说,这两种评价是同期并存的,在同一个时代,既有文君的"知音",也有文君的"异己",正所谓"仁者见仁,智者见智"。但是,像顺治时期如此统一否定倒不常见。

事实上,否定卓文君只是一个表象,文君私奔所蕴含的"淫佚"放纵才是剧作家和批评者关注的实质。从某个方面来讲,文君私奔虽看似是一种自我实现,但这种自我实现是以利己为基础和指归的;看似一种个人行为,但这种个人行为却是以触犯和破坏社会共同规范为代价的。有一个文君并不可怕,可怕的是出于追慕而出现千万个文君;文君的这次行为并不可怕,可怕的是它开启和激发千万种同性质的行为。明代尤其是明末在解放人欲的旗号下出现了太多的"淫佚"放纵的行为,这些行为虽然五花八门,但究其实质,又无一不是以利己为基础和指归,以触犯和破坏社会共同规范为代价的。剧作家和评论者无法一一指认,把"淫佚"放纵这个抽象的概念作为指责的对象也显得过于空洞,而卓文君由于她的知名性和代表性,由于私奔相如意义的丰富性——越

---

① (清)吴伟业:《北词广正谱序》,《吴梅村全集》,上海古籍出版社 1990 年版,第 1210 页。
② (清)李渔:《李渔全集》第五卷,浙江古籍出版社 1992 年版,第 3 页。

礼、贰天、利己、不义等等成为箭嗾之所集。在这个意义上，卓文君是谁不重要，哪怕她是张文君、李文君都一样，重要的是她的行为及行为的影响。

社会资源是有限的，而有限的社会资源也必须力作而得。贪使父子反目；淫使夫妻寇仇；一味享乐导致坐吃山空。呼酒买醉和知慕少艾固然是人们私心的向往，但人人都如此醉生梦死违背规则的话，只能造成"他人即地狱"的现实。各逞私欲的后果最终造成秩序的崩溃并导致社会的解体。宁做太平犬，不为乱离人。在乱世中，在触目锥心的现实中，人们才醒悟各安其职的正确，追念秩序规则的必要。所以在海县清一的升平之世，偶尔逾轨，虽然会受到斥责，但也会得到部分的理解，认为是无可厚非甚至为其离经叛道的勇气投以赞赏的目光。但越是动荡的时代，对贞节的要求越是严苛。如果此时肯定卓文君的私奔之举，岂不是助长淫风，火上浇油。千里之堤，溃于蚁穴，更何况此时已是千疮百孔，奔走补漏尚且不及，又遑论大开方便之门？

因此，在顺治时期对卓文君发出一致的批评并非偶然，而是出于净化社会风气的需要，出于反思和回归正统的需要。在这个层面上，否定文君和肯定贞节可谓殊途同归，对"淫"的批评否定恰恰从反面证明了社会对"贞"的需求。正是因为具备了这样呼唤贞节、肯定贞节的土壤，才使作者与观众之间是在对话而非独语，才使作者的创作不是无本之木，无源之水。

第十三章 明末清初"贞节"之大辩论

第一节 以归有光《贞女论》为始的激烈大辩论

与此同时，还有一场关于贞节的大辩论，可以有助于互为表里地清楚认识此时期传奇剧本独重节烈氛围①。

进步派及其论作有：归有光《贞女论》，俞正燮《贞女说》《节妇说》，陈确《死节论》《祭查母朱硕人文》《书潘烈妇碑文后》，毛奇龄《禁室女守志殉死文》，汪中《女子许嫁而婿死从死及守志议》。

反对派及其论作有：朱琇《辨贞》，胡承珙《驳室女不宜守志议》，方宗诚《续贞女论》，俞樾（暂缺），焦循《贞女辨》。

该论始于归有光的《贞女论》。是论之论点在于：女子未嫁而为夫死者，或终身不改嫁者，都是不合礼教。因为"女子未有以身许人之道也。未嫁而为其夫死，且不改适者，是以身许人也"②。随后归有光举出两个理证："女未嫁而为其夫死，且不改适，是六礼不具，婿不亲迎，无父母之命而奔者也，非礼也"③；"阴阳配偶，天地之大义也。天

---

① 关于明末清初贞女论辩问题，吴秀华先生在《明末清初小说戏曲中的女性形象研究》中已有提及，并将其分为进步和对立两派。但吴先生所引有所舛误，比如将俞正燮的《妒非女人恶德论》误作《妒非妇人恶德论》，又如将胡承珙的《驳室女不宜守志议》误为《阐贞集序》，而且在文意上也存在断章取义现象。故本书原原本本述评此场大辩论。

② （明）归有光著，周本淳校点：《震川先生集》卷之三，上海古籍出版社2007年版，第58页。

③ （明）归有光著，周本淳校点：《震川先生集》卷之三，上海古籍出版社2007年版，第58—59页。

下未有生而无偶者，终身不适，是乖阴阳之气，而伤天地之和也"①。又举出《礼记·曾子问》为己说张本。这是两派论争的焦点，故不惮其烦，抄录于下：

> 曾子问曰："昏礼既纳币，有吉日，婿之父母死，则如之何？"孔子曰："婿已葬，致命女氏曰：'某之子有父母之丧，不得嗣为兄弟，使某致命。'女氏许诺，而弗敢嫁也。"弗敢嫁而许诺，固其可以嫁也。"婿免丧，女之父母使人请，婿弗取，而后嫁之，礼也。"夫婿有三年之丧，免丧而弗取，则嫁之也。②

归有光认为，婿葬亲之后，使人"致命女氏"，不能缔结婚姻。（俞正燮《嗣为兄弟解》，历引典籍，证明"新昏夫妇之间称为兄弟"，《曾子问》中"此致命不曰夫妇曰兄弟者，嫌未成昏也"）"婿免丧，女之父母使人请"，但"婿弗取"，"而后嫁之"，可以改嫁他人。

俞正燮在《贞女说》赞同归有光的看法，认为"后世女子不肯再受聘者"，不应该称为贞女。因为"未同衾而同穴谓之无害，则又何必亲迎，何必庙见，何必为酒食以召乡党僚友，世又何必有男女之分乎？"而且提出了振聋发聩的见解："男儿以忠义自责则可耳，妇女贞烈，岂是男子之荣耀也？"③

但他毕竟生活在一个肯定贞节的年代，因此他不可能做到彻底。

比如，在俞正燮同一篇《贞女说》中，又举出罗静的例子，与未婚守贞的女子做对比，说明什么才是真正的贞女。罗静也是"昏礼未成"，其父病丧，未婚夫"触冒经营，寻复病亡"，罗静"感其义，遂誓不嫁"。杨祚恃势逼婚，罗静以死相拒。而俞正燮认为："必若罗静

---

① （明）归有光著，周本淳校点：《震川先生集》卷之三，上海古籍出版社2007年版，第59页。

② （明）归有光著，周本淳校点：《震川先生集》卷之三，上海古籍出版社2007年版，第59页。

③ （清）俞正燮撰，涂小马等校点：《癸巳类稿》卷十三，辽宁教育出版社2001年版，第441页。

者，可云女士矣，可云贞女矣。"① 但是，激于未婚夫之"义"而为之守，与普通女子之守，结果又有多大差别呢？而且，从后文俞正燮所引的诗可以看出，其实他反对的只是未婚夫死后未婚妻殉烈的行为，是反对为了求取旌表而逼迫心不甘情不愿的未婚女儿殉烈。"闽风生女半不举，长大期之做烈女。婿死无端女亦亡，鸩酒在尊绳在梁。女儿贪生奈逼迫，断肠幽怨填胸臆。族人欢笑女儿死，请旌借以传姓氏。三丈华表朝树门，夜闻新鬼求返魂。"②

而且，俞正燮在《节妇说》中虽然提出了男子不该再娶的令人耳目一新的观点，也毕竟肯定守节的合理性："妇无二适之文，故也，男亦无再娶之仪。"③ 虽然认为妇人再嫁，不该非议，但不再嫁者，也应该受到尊重："其再嫁者，不当非之；不再嫁者，敬礼之斯可矣。"④

陈确在《死节论》中提出不问是非，一死为快；还有未嫁守贞都是"虚礼伤化"的行为，不应肯定。"凡子殉父、妻殉夫、士殉友，罔顾是非，惟一死之为快者不可胜数也。甚有未嫁之女望门守节，无交之友闻声相死。薄俗无知，更相标榜。虚礼伤化，莫过于此。"⑤

而且，今之死者，有死事、有死义、有死名、有死愤、有不得不死、有不必死而死，"要以无愧于古人，亦未易一二见也"。⑥ 因此，"果成仁矣，虽不杀身，吾必以节许之；未成仁，虽杀身，吾不敢以节许之"。⑦

但陈确只是反对一死为快的烈，并不反对节。而且，陈确对时人烈

① （清）俞正燮撰，涂小马等校点：《癸巳类稿》卷十三，辽宁教育出版社 2001 年版，第441 页。
② （清）俞正燮撰，涂小马等校点：《癸巳类稿》卷十三，辽宁教育出版社 2001 年版，第441 页。
③ （清）俞正燮撰，涂小马等校点：《癸巳类稿》卷十三，辽宁教育出版社 2001 年版，第440 页。
④ （清）俞正燮撰，涂小马等校点：《癸巳类稿》卷十三，辽宁教育出版社 2001 年版，第441 页。
⑤ （明）陈确：《陈确集》文集卷五《死节论》，中华书局 1979 年版，第 153—154 页。
⑥ （明）陈确：《陈确集》文集卷五《死节论》，中华书局 1979 年版，第 154 页。
⑦ （明）陈确：《陈确集》文集卷五《死节论》，中华书局 1979 年版，第 154 页。

重于节的看法不以为然，"每见世儒无识，喜扬节烈，于幽贞之德，略而不宣"①，他明确提出节重于烈："（节妇）毕生幽苦，无烈女赫赫之声，而检其行事，有万非烈女之所能忍者。"② 在《书潘烈妇碑文后》，他又指出，节妇比烈妇要艰难百倍："夫速死之与忍死，其是非难易皆什佰，而士往往舍此而予彼。"③ 而且，就是因为时人重烈，造成了"烈妇之所以死而不悔"④ 的残酷现实。

毛奇龄先举出自古无室女未嫁而夫死守志之礼，亦无室女未嫁而守志被旌之例。至于未婚殉夫，更是不可。"古有殉难无殉死者，况夫妇无殉死事。不惟室女不殉，即已嫁守志，亦何必殉。"韩凭妻是因为宋康王"夺其志"，"不得已偶一死之"，然而这也算殉难，不是殉死。何况守节之妇，"截鼻""割耳""断臂""劓面"，皆不死。进而，最尊最爱者莫过君亲，如要殉之，则"纵有三身，亦论不及夫妇矣"。⑤

毛奇龄也以《曾子问》为据，认为在行媒、纳采、纳征、问名、卜吉、请期之后，还有"三告庙礼"（其中包括亲迎），"两见舅姑礼"，"一节有乖大义，遂曰不成妇"。因而，室女与未婚夫"生不见形，死不亲面"，而且"既不妇见，又不庙见"，最后却与未婚夫"归棺合葬"，与圣人之言"的的相反"。⑥

毛奇龄也提到《曾子问》中的"婿已葬，致命女氏曰：'某之子有父母之丧，不得嗣为兄弟，使某致命。'女氏许诺，而弗敢嫁也。"他认为，"注者且曰女可改嫁，男可改娶"是"注者之误"，但这也正说明"室女未配则其易离而难合，遂至如此"。⑦

并且，他又举《周礼》"禁迁葬及嫁殇"一条，而今"男死而女求

①　（明）陈确：《陈确集》文集卷十四《祭查母朱硕人文》，中华书局1979年版，第325页。
②　（明）陈确：《陈确集》文集卷十四《祭查母朱硕人文》，中华书局1979年版，第325页。
③　（明）陈确：《陈确集》文集卷十七《书潘烈妇碑文后》，中华书局1979年版，第395—396页。
④　（明）陈确：《陈确集》文集卷十七《书潘烈妇碑文后》，中华书局1979年版，第396页。
⑤　（清）毛奇龄：《禁室女守志殉死文》，《西河文集》，商务印书馆1968年版，第1590—1591页。
⑥　（清）毛奇龄：《禁室女守志殉死文》，《西河文集》，商务印书馆1968年版，第1592页。
⑦　（清）毛奇龄：《禁室女守志殉死文》，《西河文集》，商务印书馆1968年版，第1593页。

归之谓之嫁殇，若男女偕亡而合两棺而葬之谓之迁葬"①，岂不正是与礼相悖。

在《女子许嫁而婿死从死及守志议》②中，汪中认为，首先，在婚礼的总过程中，纳采、问名、纳吉、纳征、请期，是"礼所由行也"，而亲迎、同牢、见舅姑才是"礼之所由成"③也。故而婿死不能亲迎者，礼未成，而女不必为之守。

其次，"夫妇之礼，人道之始也"④，若一女不嫁，则有一夫无妻一子无母之虞，故而女子不必为未嫁之夫守节殉烈。

最后，"先王恶人之以死伤生也"，因此"其以死为殉者，尤礼之所不许也"。至于未嫁之贞女，"苟未尝事之，而以身殉之，则不仁矣"⑤，正应了夫子的话——"过犹不及"。

并且，为了增强说服力，汪中还举了两个具体的例子：

"钱塘袁庶吉士之妹"与"秀水郑赞善之婢"，都是自幼许嫁，而后未婚夫不肖，"婿及女之父母咸愿改图，而二女执志不移。"⑥其结果，袁女"备受箠楚，后竟卖之"，郑婢"服毒而死"。焦循在慨叹二女愚昧的同时，不由当头棒喝道——传曰："一与之齐，终身不二"。不谓一受其聘，终身不二也。又曰："烈女不事二夫"，不谓不聘二夫也。⑦

反对派则对以归有光为首的进步派大加挞伐。

对于归有光的观点，朱琦在《辨贞》⑧中批驳所论无显据。认为一，《礼记》是汉儒所辑，不是醇无瑕疵的典章。不如《诗经》与《春秋》，是孔子亲手编订，绝无异议。因而朱琦持《诗经》与《春秋》为

---

① （清）毛奇龄：《禁室女守志殉死文》，《西河文集》，商务印书馆1968年版，第1593—1594页。

② （清）汪中撰，戴庆钰、涂小马校点：《述学》，辽宁教育出版社2000年版，第19—21页。

③ （清）汪中撰，戴庆钰、涂小马校点：《述学》，辽宁教育出版社2000年版，第19页。

④ （清）汪中撰，戴庆钰、涂小马校点：《述学》，辽宁教育出版社2000年版，第20页。

⑤ （清）汪中撰，戴庆钰、涂小马校点：《述学》，辽宁教育出版社2000年版，第20页。

⑥ （清）汪中撰，戴庆钰、涂小马校点：《述学》，辽宁教育出版社2000年版，第21页。

⑦ （清）汪中撰，戴庆钰、涂小马校点：《述学》，辽宁教育出版社2000年版，第21页。

⑧ （清）朱琦：《辨贞》，《小万卷斋文稿》卷五，清光绪刻本，中国国家图书馆藏，第6—11页。

据，驳难归有光。举《诗经·鄘风·柏舟》为例，共伯早死，据《礼记》，男子冠而后娶，而诗中云共伯尚"髧彼两髦"，可见共姜尚未嫁也，可作室女守贞的一个明例。又举刘向《列女传》，齐侯之女，嫁于卫，至城门而卫君死。朱珔从此女所咏之诗推知其"终于卫而不反"①。又举《春秋》书伯姬、叔姬，"殆亦以其节而重之"。②

对于归有光所持的女子无以身许人之说，朱珔认为，这是警戒未许嫁之女自献其身。而已受聘之女岂非身有所属？何尝自许？针对归有光的"男女不相知名"，朱珔举郑注，"男女有媒往来，传昏姻之言，乃相知姓名"③ 反驳之。对于归有光的"女未庙见而死……归葬与女子氏之党，示未成妇也"。④ 朱珔认为："虽归葬与女子氏之党，其女之父母为之降服大功，以婿为之服齐衰，非无主也……则固婿为主矣。"何况"此文（《曾子问》）并不足以证改适"。⑤

至于归有光根据"婿免丧，女之父母使人请，婿弗取，而后嫁之，礼也"而做出的是女可改嫁他人的说法，朱珔更觉得荒谬，对于男方来说，父母所聘，父母死则要其别嫁，匪夷所思；"婿弗取"，不娶是不忍娶耶？则自古无丧毕而终身不娶妻之文，若日后仍娶，为何父母已经聘定之女，不娶，任其别嫁，而自另择一女，又可娶呢？

胡承珙《驳室女不宜守志议》⑥ 则是不点名驳斥了归有光的《贞女论》。

胡承珙认为"阴性专一，苟其一系，不欲再系"⑦，而将婿死而未嫁之女改聘他人，"是重系也"。

论者持"女未庙见而死，归葬与女子氏之党，示未成妇也"⑧ 为

---

① （清）朱珔：《辨贞》，《小万卷斋文稿》卷五，清光绪刻本，中国国家图书馆藏，第7页。
② （清）朱珔：《辨贞》，《小万卷斋文稿》卷五，清光绪刻本，中国国家图书馆藏，第7—8页。
③ （清）朱珔：《辨贞》，《小万卷斋文稿》卷五，清光绪刻本，中国国家图书馆藏，第8页。
④ （清）朱珔：《辨贞》，《小万卷斋文稿》卷五，清光绪刻本，中国国家图书馆藏，第9页。
⑤ （清）朱珔：《辨贞》，《小万卷斋文稿》卷五，清光绪刻本，中国国家图书馆藏，第9页。
⑥ （清）贺长龄、盛康编：《清朝经世文正续编》第4册，广陵书社2011年版，第156—157页。
⑦ （清）贺长龄、盛康编：《清朝经世文正续编》第4册，广陵书社2011年版，第156页下。
⑧ （清）贺长龄、盛康编：《清朝经世文正续编》第4册，广陵书社2011年版，第156页下。

据，已嫁而未庙见，犹反葬，则未嫁而守贞为非礼矣，胡承珙认为是说似是而非。胡认为三月庙见然后成妇者，是先王注重妇顺之道，举何休《公羊注》，说明以三月为期，是"取一时足以别贞信"①也，而不是说未及三月夫妇之义可废也。言必庙见者，以拜舅姑为重，接夫为轻。而今论者以未嫁守节是"衽席未连而居夫之室，事夫之父母为无耻"②，胡承珙批驳道，女子既已受聘，则相知名，"既相知名，何不可事其父母之有？乃以是为无耻，将必改适而接他人之衽席为有耻乎？"③

对于所谓未嫁守贞不载于礼，胡承珙认为，此乃先王制礼，不强人所难，使人皆可实行。但"艰苦刻厉以自遂其志者，虽圣人复起，亦将许之"。④

方宗诚对归有光之《贞女论》更是深恶痛绝，因而条分缕析，逐一批驳。

表13-1　　　　归有光《贞女论》与方宗诚《续贞女论》对比

归有光	方宗诚
女未嫁人，而或为其夫死，又有终身不改适者，非礼也	若父母所许字之，夫死，女不愿一身而再许人，或为之守，或为之死，是正重廉耻之防，守礼之笃者也
阴阳配偶，天地之大义也。天下未有生而无偶者，终身不适，是乖阴阳之气，而伤天地之和也	若秉性纯一者，其气清，其欲淡，其性厚而挚，其义严而笃。彼自守其贞一之性，不可以有二，是得阴阳之纯，合天地之正者
"婿已葬，致命女氏曰：'某之子有父母之丧，不得嗣为兄弟，使某致命。'女氏许诺，而弗敢嫁也。"弗敢嫁而许诺，固其可以嫁（他人）也	致命女氏者，致愆期之命也，非致还其许婚之命也。不得嗣为兄弟者，言此时不得成夫妇礼也，非谓继此之后亦不得成夫妇而使之别嫁他人也。女氏许诺者，许诺其愆期之命也，而弗敢嫁也，待以终丧，弗敢强嫁之也。弗敢强嫁，以成其婿仁孝之心，故曰礼也⑤

方宗诚进而分析是男不可能不娶该女而令其别嫁的三点原因。

首先，父母生所礼聘之人，父母殁而致命绝之，且坚绝之，是逆民也。其次，不孝有三，无后为大，其终不娶邪？是不孝也。再次，其将

① （清）贺长龄、盛康编：《清朝经世文正续编》第4册，广陵书社2011年版，第156页下。
② （清）贺长龄、盛康编：《清朝经世文正续编》第4册，广陵书社2011年版，第157页上。
③ （清）贺长龄、盛康编：《清朝经世文正续编》第4册，广陵书社2011年版，第157页上。
④ （清）贺长龄、盛康编：《清朝经世文正续编》第4册，广陵书社2011年版，第157页上。
⑤ （清）方宗诚：《续贞女论》（上、下），《柏堂集续编》，《桐城派名家文集九·方宗诚集》，安徽教育出版社2014年版，第206—207页。

别娶邪？是不义也。故而，婿之既然不可不娶，则该女又怎可别嫁？

第二节　进步派的失利

窃以为在这场大辩论中，以归有光为代表的进步派是失利的一方。

横向：（一）进步派的不彻底

进步派没有系统的理论，他们最有力的证据只是《礼记·曾子问》的片断，而反对派却能举出《诗经》《春秋》《列女传》等诸多典籍与之对抗。

而且，反对派进而举出《礼记》是汉儒所审，而进步派自身也有成员承认《曾子问》"注者且曰女可改嫁，男可改娶"是"注者之误"，釜底抽薪，动摇了进步派辩论的根本。

自始至终，进步派否定的只是"贞"，间及烈，但没有一个彻底地否定"节"。

首先，他们或多或少，都曾为贞女节妇烈女写过传记，而且还不乏肯定与溢美之词，如归有光《张贞女贞节记》，陈确《鲍节妇传》《书邸节朱母传后》等。

其次，归有光自己在《张贞女贞节记》中，也承认此举的道德价值："虽然，礼以率天下之中行，而高明之性，有出于人情之外，此贤智者之过，圣人之所不禁。世教日衰，穷人欲而灭天理者，何所不至？一出于怪奇之行，所不要于礼，岂非君子之所乐道哉？"[1]

最后，他们本人也有与贞女节妇存在千丝万缕关系者。如陈确《鲍节妇传》："然今天下所少名节耳，非少人也。"[2] 而且他本人也是节妇的弟弟。"确近岁亦依姊氏。姊素厚朱母，时时向确言朱母事甚悉。盖吾姊所遭之不幸（十九来归，二十岁称未亡人），与朱母同，其勉立家业亦同，故喜言朱母事也。"[3] 自己的亲人是节妇，而且自己的亲人

---

① （明）归有光著，周本淳校点：《震川先生集》卷之十六，上海古籍出版社 2007 年版，第 419 页。

② （明）陈确：《陈确集》文集卷十二《鲍节妇传》，中华书局 1979 年版，第 300 页。

③ （明）陈确：《陈确集》文集卷十《书邸节朱母状后》，中华书局 1979 年版，第 394 页。

愿以同时节妇为榜样，那么此时再议论守节的不是，则难以服众矣。

（二）反对派的强大

归有光的《贞女论》一出，不仅反对者层出不穷，而且对此文的攻讦，仅就当时人们的认识来说，不无可叹服之处。

首先在逻辑上归有光不如方宗诚，因为在对《礼记·曾子问》的分析上，无论如何，以明清人心的好向来取舍的话，方宗诚的说法对文中人情的体察都更加合情合理（见表13-1）。

其次当时本来就有为贞女合理存在争权益的土壤。如反对者之一朱琦就是"贞母子"。朱琦本为兼祧，他的嗣母汪氏"未结缡猝罹惨酷，矢志奉尊章"。九年之后，朱琦过继给汪氏，"拊我蓄我驯至能自立"，因而，朱琦"每中夜读书发愤，惟不得扬母氏之节是惧"。当时社会上，贞女节妇之子又岂止朱琦一人？否定了贞女存在的价值，使得这类人情何以堪呢？那些因与贞节烈女邻居、同乡、同籍而引以为傲的又不知凡几；少时受师长亲友谈论慕节重义而将贞节烈女视为载体的又不知凡几，他们之中，是赞同进步派的多，还是认为贞女存在合理的多呢？应该不言自明。

而且贞女节妇之子，每每刻苦自励，得中之后，以扬亲为己任。贞女节妇教子成名，成名之子或求旌表，或自撰或乞撰文章使贞女节妇事迹得以传扬。细民愚氓，也每每喜听喜道此类事，以为贞节之报，使得贞节之风更加传播久远，出现更多的贞节烈女。

也就是说进步派不仅仅是在和反对派对抗，而且是与大量的贞节烈女，与产生和肯定贞节烈女的时代对抗。在一个还不具备否定贞节的条件的时代，进步派的呼声只能暂时处于劣势。

（三）实践中的大量贞节烈

表13-2　　　　　　　　自周至清历代贞节烈女人数统计表　　　　　（单位：例）

时代	周	秦	汉	六朝	隋唐	五代	宋	元	明	清
数目	6	1	22	29	32	2	152	359	27141	9482

可见进步派影响之微弱。

纵向：归庄的否定

归庄是归有光之孙，然而，他却全面地否定了归有光的言论，在

《归氏二烈妇传》中他指出：

> 人处艰难之际，有不可不死，而死则全名，不死则丧节者；有
> 可以不死，而不幸而死，亦足以明节者。

> 悲夫！吾见江南女子奉节栉菅垒之中，乃为所掠卖而流离道路
> 者，恨其不能死。①

如果以此论推究，那归庄对女子节烈的态度，真可谓是严苛了。况
且，他还举出了种种今日看来骇人听闻的"节""烈"。

"节妇谭氏，嘉定人，诸生周道直之妻，生一子鼎铉，年二十五而
寡。夫病弥留之际，妇期以从死"，因夫临死托孤，不得追随于地下。
"宗党见节妇悲泣良苦，欲令暂住父母家，少抒其痛，节妇不可，不归
宁者十有五年"②，上养公婆，下抚弱子，日夕不怠。

既有这样嫁后夫死，守节终身的，亦有未嫁守节之妇：

> 贞孝姓阮氏，凤阳天长人，诸生阮振生女。许字王博士王潘之
> 子道升，未嫁而道升死，阮氏年十五，告于父母，服丧服，驱车诣
> 王之门，登堂拜夫不哭，拜舅姑，遂留守夫丧，誓不复嫁……侍姑
> 费氏疾，至于刲股。③

> 五十年之前，昆山有王氏女，字于顾，将嫁而夫死，王持服至
> 顾门守节，侍姑疾，断指入药以奉。④

> 马氏，现同里周文遂之妻，年十七而归。后五年，文遂病，病
> 且死，屡顾其妇。妇曰："君谓我年少不能守耶？"以刀断左手一

---

① （清）归庄：《归氏二烈妇传》，见归庄《归庄集》，中华书局 1962 年版，第 407 页。
② （清）归庄：《周氏一门节孝记》，《归庄集》，中华书局 1962 年版，第 367 页。
③ （清）归庄：《天长阮贞孝传》，《归庄集》，中华书局 1962 年版，第 422 页。
④ （清）归庄：《天长阮贞孝传》，《归庄集》，中华书局 1962 年版，第 422 页。

指，示夫为誓，文遂死，纳指棺中以殡……父母以其家贫无子，欲夺其志……夜人定后，阖户自经死。①

沈氏，王士俊之妻，年十八而归……生一子而士俊死，烈妇哀恸欲绝，则又顾其襁褓中儿曰："儿若有不幸，吾夫当不祀，吾其未可以死！"……乃儿既五岁，能事饮食行步，可离母侧矣，乃属儿于母，而自经死。②

方氏，父曰在明，夫曰叶懋，叶懋婚仅三日，出为同宗富人伙计。一夕醉，溺死……在明入城，或恚之曰："子之婿死于富人之家，此奇货可居。"在明惑其说，因讼之县。富人……贿所司下之狱，以诬罪坐之。方氏为哀请于富人之妻不能得，计无复之，乃持刀入富人之门，自刭死，血流满堂。于是人皆哀而义之，更咎富人，在明竟以免罪。③

己亥六月，海中舟师破镇江，遂溯江而上，金陵旦夕破。于是江南北诸城邑多纳款者……有贡某者，为仇家所告，指为叛党，当事辄逮捕之。妻谢氏度必无全理……密自缝白布衣，衣其数岁小儿，又自食鱼飧置之案，以为始死之奠，拒户自经死……人初见其嚣器召客，顾疑其所为，及死，尚以为有所不必。迨其夫果诛，籍其家，缚小儿以去，然后叹烈妇之贞操远识，为不可及也。④

在归庄所推崇的烈妇中，有夫死杀身以报；有抚孤数岁，追随地下；有为救父慷慨一死；甚至有预知夫死，先行一步的。好生恶死，人情所同，"生亦我所欲，所欲有甚于生者，故不为苟得也；死亦我所

---

① （清）归庄：《洞庭三烈妇传》，《归庄集》，中华书局 1962 年版，第 424 页。
② （清）归庄：《洞庭三烈妇传》，《归庄集》，中华书局 1962 年版，第 425 页。
③ （清）归庄：《洞庭三烈妇传》，《归庄集》，中华书局 1962 年版，第 425 页。
④ （清）归庄：《书天长贡烈妇事》，《归庄集》，中华书局 1962 年版，第 435—436 页。

恶，所恶有甚于死者，故患有所不避也"①。然而归庄这样不遗余力地赞扬鼓吹，不是助长殉节之风杀人以笔吗？而他所推崇的节妇之中，有夫死守寡，含辛茹苦，抚孤成立，这还可以解释为伉俪情深，不思遽舍；但那些未嫁从夫守节的女子呢？原本就未见夫面，感情更无从谈起。更何况，未嫁守节，并非先王之礼，这一点，归庄之曾祖归有光已有明论，归庄自己也承认，"尝读先太仆贞女论，以为女未嫁而终身不改适者，非先王之礼也。历引礼经之文为征，辞辩而理精"②。那么，归庄为什么还要鼓励这种不近人情的行为呢？

其一，节烈在我们今日看来，是摧残人性的做法，而在当时不仅不是空洞的说教，反而内化为一种合理的存在。以至于归庄自家人在遇难之际，也宁为玉碎，不为瓦全。如他的两位嫂嫂张氏和陆氏，"七月甲寅，兵至，城门闭，人不得复出，西城炮声如雷，二烈妇谓城旦夕且破，吾等义不受辱。乃夜登楼，环坐诸儿女，酌酒慷慨誓，或积薪楼下，待城破，则纵火自焚"。"张闻人马声，则奋身入水……一卒前犯，陆以死拒之。遂被二枪仆地，又乱锤毙之……一卒大索庵中，得张于水，欲执以去，拒之如陆，遂遇害。"③ 这说明，起码在归氏一门，是颇以忠孝节义相推许的，而这种节烈也是归庄内心所遵从信奉的"道"。其二，归庄所推许的这些节烈之举都发生在明末。越是人心日下，国将不国的时候，守节成烈之风越是发达，归庄对这个颓败的末世极为痛心，他认为，祖父归有光生当盛世，名教昌明，"纲常节义，人皆知而履之，如日用饮食"④，担心过犹不及，因此持论不苟。现在时代不同，"今日礼防大决，人伦攸斁，苟得一节行可称者，将亟旌之以挽天下之颓纲"⑤。

归庄的言论不仅仅是否定了以归有光为代表的进步派而已，更重要的是，他的话透露出这样一种信息：褒扬节烈以励世，于我们今人看来是一种可笑，于时人看来，却是一种信条。

---

① 杨伯峻：《孟子译注·告子章句上》，中华书局 1960 年版，第 265 页。
② （清）归庄：《天长阮贞孝传》，《归庄集》，中华书局 1962 年版，第 422 页。
③ （清）归庄：《归氏二烈妇传》，《归庄集》，中华书局 1962 年版，第 405—406 页。
④ （清）归庄：《天长阮贞孝传》，《归庄集》，中华书局 1962 年版，第 422 页。
⑤ （清）归庄：《天长阮贞孝传》，《归庄集》，中华书局 1962 年版，第 422—423 页。

第十四章　明末清初传奇剧本褒扬节烈
以励世之动机与意义

第一节　与现代观念不同之"贞节"体认

节烈之事，先贤多已论及，近代以降，大抵持反对意见。

如康有为责其逆天害人："一，苦寡妇数十年之身，是为害人；二，绝女子天与生育之事，是为逆天；三，寡人类孳生之数，是为损公；四，增无数愁苦之气，是为伤和。"①

如陈独秀揭露其本质是奴隶道德："率天下之男女，为臣，为子，为妻，不见有一独立自主之人者，三纲之说为之也。缘此而生金科玉律之道德名词，曰忠、曰孝、曰节，皆非推己及人之主人道德，而为以己属人之奴隶道德也。"②

如胡适认为应作为男女双方的道德标准而不应该仅仅只要求女性："我做这篇文字的第一个主意只是要大家知道贞操这个问题并不是天经地义，是可以彻底研究，可以反复讨论的。""第二，我以为贞操是男女相待的一种态度，乃是双方交互的道德，不是偏于女子一方面的。""第三，我绝对的反对褒扬贞操的法律。"③

---

① 康有为：《大同书·戊部》"去形界保独立"，中华书局民国二十四年（1936）发行，第242页。

② 陈独秀：《一九一六年》，《青年杂志》正月号，1916年第1卷第5册，（上海）群益书社发行，第3页。

③ 胡适：《胡适文集》第二卷，北京大学出版社1998年版，第510页。

如鲁迅提出这是无益社会国家又浪费生命之事："节烈很难很苦，既不利人，又不利己。说是本人愿意，实在不合人情。"评价节烈是："极难，极难，不愿身受，然而不利自他，无益社会国家，于人生将来又毫无意义的行为，现在已经失了存在的生命和价值。"①

　　国民将到被征服的地位，守节盛了，烈女也从此着重。因为女子既是男子所有，自己死了，不该嫁人，自己活着，自然更不许被夺。然而自己是被征服的国民，没有力量保护，没有勇气反抗了，只好别出心裁，鼓吹妇人自杀。②

日本女学者与谢野晶子痛斥其不人性之所在："这贞操道德的内容，可算是最不纯不正不幸不自由的了。同旧时那妨害我们的生活，逼迫我们到不幸里去的压制道德，一点都没有差别。我们不愿信任这矛盾的道德，来当作我们生活的自制律。"③

根据近代先哲的观点，这种戕害女子的片面道德实属十恶不赦。诚然，节烈戕害了大量女子的幸福，事实上是一种不道德的道德。但是，实际上，在对"贞""节"的原始字义考察中，贞节并非作为古代女性一种美德的必然要求。《说文解字注》释"贞"云："贞，卜问也。注曰：大卜。凡国大贞。大郑云，贞，问也。国有大疑，问于蓍龟。后郑云，贞之为问，问于正者。必先正之，乃从问焉。引易师贞丈人吉。"④

《说文解字注》释"节"云："节，竹约也。注曰：约，缠束也。竹节如缠束之状。吴都赋曰，包笋抽节。引申为节省、节制、节义字。又假借为符卪字。"⑤

---

①　鲁迅：《鲁迅选集》第二卷，人民文学出版社 1983 年版，第 8—10 页。

②　鲁迅：《我之节烈观》，《新青年》1918 年第 5 卷第 2 号。

③　[日] 与谢野晶子：《贞操论》，《新青年》1918 年第 4 卷第 5 号。

④　(汉) 许慎撰，(清) 段玉裁注，许惟贤整理：《说文解字注·第三篇下　卜部》，凤凰出版社 2015 年版，第 227 页。

⑤　(汉) 许慎撰，(清) 段玉裁注，许惟贤整理：《说文解字注·第五篇上　竹部》，凤凰出版社 2015 年版，第 337 页。

事实上，上古"贞""节"的意义还处于混沌朦胧状态，最初，贞是作为一种泛化的美德而被肯定。

《庄子·天运》："夫孝悌仁义忠信贞廉，此皆自勉以役其德也。"①

《左传·昭公元年》："临患不忘国，忠也；思难不越官，信也；图国忘死，贞也。"②

《国语》："废人以自成，有不贞焉。"③

《论语》："君子贞而不谅。"④

贞也可冠于前，作为一种职业的名称，如贞人，指为某事而贞卜之人。见《殷契粹编》一一零一片："丁亥卜争贞我受土方（又）佑。"和"庖丁"类似。

贞也可指意志或操守坚定不移的人，如"贞士""贞人"之谓。贞士，指言行一致，守志不移之人。《韩非子·守道》："托天下于尧之法，则贞士不失分，奸人不侥幸。"⑤《韩非子·和氏》："悲夫宝玉而题之以石，贞士而名之以诳。"⑥《抱朴子·行品》："不改操于得失，不倾志于可欲者，贞人也。"⑦

《晋书·安平献王孚传》："临终，遗令曰：'有魏贞士河内温县司马孚，字叔达，不伊不周，不夷不惠，立身行道，终始若一。'"⑧

而且从文中所见，贞可用于对士君子的美德肯定，并非后世狭义地专指女性。但与此同时，贞不仅有指女性的一面，而且贞的含义渐渐地窄化、固定。

《周易》对"贞"的解释：其一，"家人利女贞"，能"得其正位"⑨

---

① 曹础基、黄兰发点校：《庄子注疏》，中华书局2011年版，第271页。

② 雒启坤、韩鹏杰主编：《永乐大典精编》第3卷，九州图书出版社1998年版，第2387页。

③ （战国）左丘明著，（三国吴）韦昭注，胡文波校点：《国语》，上海古籍出版社2015年版，第175页。

④ （南宋）朱熹：《四书章句集注》，中华书局1983年版，第168页。

⑤ 唐敬杲选注：《韩非子》，崇文书局2014年版，第48页。

⑥ 唐敬杲选注：《韩非子》，崇文书局2014年版，第30页。

⑦ （东晋）葛洪撰：《抱朴子》，上海古籍出版社1990年版，第227页。

⑧ （唐）房玄龄撰：《简体字本二十四史晋书 2》，中华书局2000年版，第711页。

⑨ （元）熊良辅：《周易本义集成》下经卷二，《摛藻堂四库全书荟要》，（台湾）世界书局1985年版，第1页。

的，便是贞。这个解释，与肉体的贞节毫无关系。其二，"恒其德，贞，妇人吉，夫子凶"。[①] 意指妇女恒久专一于丈夫是吉德，男子不必遵此道德，否则会有凶患，这种解释含妇人不事二夫的意思。其三，"婚女壮，勿用取女"，《本义》说又一阴而遇五阳，则女德不正（贞），而壮之甚也。取以自配，必害乎阳，故其象占如此。[②] 这里，以阴喻女性，以阳喻男性，提出了一个女人与多个男性发生关系便是不贞的思想，认为男人若以这样的妇女为妻，必受其害。

贞女首见于《易经·屯》："六二……女子贞不字。"[③] 后称未嫁而能自守之女为贞女。

《易》中也出现了对贞洁的提法。《易·象传》："妇人贞吉，从一而终。"[④] "贞吉"后来又写作"贞洁"，王符《潜夫论》："贞洁寡妇……欲守一醮之礼。"[⑤]

《战国策·秦五》："（姚贾）对曰：'……贞女工巧，天下愿以为妃。'"[⑥]《左传·襄公九年》鲁宣公夫人穆姜以"贞"责己，忏悔当初与大夫宣伯通奸，认为"弃位而绞（姣），不可谓贞"[⑦]，甘愿受禁闭和惩罚。《左传·庄公十四年》息夫人对楚王问："吾一妇人，而事二夫，纵弗能死，其又奚言？[⑧]

《诗经·墉风·蝃蝀》："蝃蝀在东，莫之敢指。女子有行，远父母兄弟……乃如之人也，怀昏姻也。大无信也，不知命也。"[⑨]

---

① （元）熊良辅：《周易本义集成》下经卷二，《摛藻堂四库全书荟要》，（台湾）世界书局 1985 年版，第 6 页。

② （元）熊良辅：《周易本义集成》下经卷二，《摛藻堂四库全书荟要》，（台湾）世界书局 1985 年版，第 41 页。

③ （元）熊良辅：《周易本义集成》下经卷二，《摛藻堂四库全书荟要》，（台湾）世界书局 1985 年版，第 14 页。

④ （元）熊良辅：《周易本义集成》下经卷二，《摛藻堂四库全书荟要》，（台湾）世界书局 1985 年版，第 2 页。

⑤ （东汉）王符著，（清）汪继培笺：《潜夫论》，上海古籍出版社 1978 年版，第 268 页。

⑥ （西汉）刘向：《战国策全鉴》，中国纺织出版社 2015 年版，第 78 页。

⑦ （战国）左丘明著，（晋）杜预注：《左传》，上海古籍出版社 2016 年版，第 515 页。

⑧ （战国）左丘明著，（晋）杜预注：《左传》，上海古籍出版社 2016 年版，第 102 页。

⑨ 程俊英、蒋见元：《诗经注析》，中华书局 1991 年版，第 140 页。

《诗经·墉风·柏舟》："泛彼柏舟，在彼中河。髧彼两髦，实惟我仪；之死矢靡它。"①《诗经·郑风·将仲子》："将仲子兮！无逾我里，无折我树杞。岂敢爱之？畏我父母。仲可怀也，父母之言，亦可畏也……诸兄之言，亦可畏也……人之多言，亦可畏也。"②《诗经》中的这三篇，虽然字面上不见一个贞字，但《蝃蝀》反映了人们对不贞的耻笑，《柏舟》反映了女子之死不二的决心，《将仲子》反映了女子在爱恋时对父母之言，诸兄之言，以及人言的畏惧，实际上已经勾画出一种对贞的要求的模糊轮廓。

《史记》八二《田单传》，王蠋曰："忠臣不事二君，贞女不更二夫。"③ 王符《潜夫论》卷五"断讼"："贞女不二心以数变。"④

"贞妇"见于《礼·丧服四制》："礼以治之，义以正之，孝子、弟弟、贞妇，皆可得而察之。"⑤《后汉书》八四《曹世叔妻传·女诫》："清闲贞静，守节整齐。"⑥ 此处已将贞节作为对女子的要求。但此时贞节仍不是女性的"特权"，见《文选》汉张衡《思玄赋》："伊中情之信修兮，慕古人之贞节。"⑦

到了《女诫》与《列女传》之后，贞节才渐渐粘着于女子身上。晋崔豹《古今注·音乐》："杞值战死，妻……乃抗声长哭，杞都城感之而颓，遂投水而死。其妹悲其姊之贞操，乃为作歌，名为杞梁妻焉。"⑧ 此处的贞操已经包括后世的殉烈行为。庾信《彭城公夫人尔朱氏墓志铭》："用曹大家之明训，守宋伯姬之贞节。"⑨

在明代之前，有关女性贞节典籍几乎代有所出，即使在风气开化

---

① 程俊英、蒋见元：《诗经注析》，中华书局1991年版，第121页。
② 程俊英、蒋见元：《诗经注析》，中华书局1991年版，第221页。
③ （西汉）司马迁撰，（宋）裴骃集解，（唐）司马贞索引，（唐）张守节正义：《史记》，中华书局2014年版，第2980页。
④ （东汉）王符著，（清）汪继培笺：《潜夫论》，上海古籍出版社1978年版，第274页。
⑤ 陈戊国点校：《四书五经》，岳麓书社2014年版，第677页。
⑥ 束世征编注：《后汉书选》，中华书局1966年版，第249页。
⑦ 陈延嘉等点校：《全上古三秦汉三国六朝文第2册后汉》，河北教育出版社1997年版，第506页。
⑧ 谭国清主编：《传世文选乐府诗集3》，西苑出版社2009年版，第204页。
⑨ （北周）庾信撰，（清）倪璠注：《庾子山集注》，中华书局1980年版，第1076页。

的大唐也不例外。著名的有汉代班昭的《女诫》；魏朝荀爽的《女诫》；晋朝张华的《女史箴》；唐代宋若华的《女论语》；宋代邵雍的《女诫》。

朝廷也对节妇进行要约与表彰风励。秦始皇筑巴蜀怀清台。清，是中国秦朝巴蜀地区的寡妇，商人，又称寡妇清、巴清、蜀清。因为这个寡妇能够守节持家，秦始皇非常嘉许，故筑高台以旌扬之。班固《前汉书》卷九十一载："巴寡妇清，其先得丹穴，而擅其利数世，家亦不訾。清，寡妇，能守其业，用财自卫，人不敢犯。始皇以为贞妇而客之，为筑女怀清台。"①秦始皇还多次在不同地方刻石，严隔内外，如泰山刻石："男女理顺，慎遵职事，昭隔内外，靡不清净。"②又如碣石门刻石："男乐其畴，女修其业。"③以及会稽刻石："有子而嫁，倍死不贞。防隔内外，禁止淫佚。"④反之，如果有所冒犯，即使位尊名重者也不能幸免。《史记·吕不韦传》："夷嫪毐三族，杀太后所生两子，遂迁太后于雍。"⑤而吕不韦也被迫自杀。

历朝历代都或多或少存在对贞的要约与表彰，如《后汉书·安帝纪》元初六年乙卯，诏："（赐）贞妇有节义十斛，甄表门闾，旌显厥行。"⑥注："节谓志操，义谓推让。"然而，根据尚秉和的《历代社会风俗事物考》卷十九《自周迄宋妇女皆不讳再嫁》，可见从一而终虽然作为一种妇女美德得到高度认同，但在现实生活中还没有达到后世尤其是明清那种严苛程度。

窃以为贞的严苛化是从元开始收束。

因为程颐"然饿死事极小，失节事极大"提法出现后，又经朱熹发扬之，但在有宋一代程朱理学并不被官方极端看重，甚至在南宋宁宗

---

① （东汉）班固：《汉书》，中华书局2012年版，第2729页。
② （清）曾国藩：《经史百家杂钞》，岳麓书社2015年版，第213页。
③ （清）曾国藩：《经史百家杂钞》，岳麓书社2015年版，第214页。
④ （清）曾国藩：《经史百家杂钞》，岳麓书社2015年版，第214页。
⑤ （西汉）司马迁撰，（南朝宋）裴骃集解，（唐）司马贞索引，（唐）张守节正义：《史记》，中华书局2014年版，第3048页。
⑥ （南朝宋）范晔：《后汉书》，中华书局2007年版，第60页。

庆元年初韩侂胄当国用事时期曾遭到打击，被视为"伪学"，并一度被禁，史称"庆元学禁"。

然而元朝将程朱理学定为官学，从而使程朱理学中对贞节的要求也随之水涨船高，影响深远。《元史·吴澄传》载："许文正公衡为祭酒，始以朱子小学等书授弟子。"① 这是朱学成为官学的先声。许衡之后，他的弟子耶律有尚嗣领学事，在至元末年和大德年间三任国子祭酒，一遵许衡之旧。到了仁宗初年，正式举行科举，"明经""经疑"和"经义"考试都规定用朱熹注。著名作家、理学家虞集说："群经、四书之说，自朱子折衷论定，学者传之，我国家尊信共学，而讲诵接受，必以是为则，而天下之学皆朱子之书。"② 又说："而朱氏诸书，定为国是，学者尊信，无敢疑贰。"③ 这就使程朱理学成为元代官方学术，"而曲学异说，悉罢黜之"，确立了理学的思想统治地位，一直延续到清代。

自从仁宗时代实行科举，理学定为官学以后，元王朝大力提倡封建道德，规定每年访求烈女节妇，由朝廷予以旌表。文宗时期也竭力提倡纲常节孝，上至公主，下至民妇，都予表彰，至顺元年七月（1330）就旌表了七个守节乃至夫死自缢殉葬的节妇。在前一年即天历二年（1329），文宗提出封号旌表早寡守节的皇姑鲁国大长公主，实际上是有悖蒙古风俗的。

并且，元朝不仅对"节妇"作出了明确的规定"三十以前夫亡，守制至五十以后"，而且对申请旌表的程序做出了严格说明。《大元圣政国朝典章·孝节》："今后举节妇者，若三十以前夫亡，守制至五十以后，晚节不易，贞正著明者，听各处邻佑社长，明具实迹，重甘保结，申覆本县，牒委文姿正官体覆得实，移文附近不关碍官司，再行体覆，结罪回报。凭准体覆牒文，重甘保结，申覆本管上司，更为敷实保结，申呈省部，以凭旌表。仍从监察御史廉访司体察。"④

---

① （清）傅山著，尹协理主编：《傅山全书》第8册，山西人民出版社2016年版，第462页。
② （元）虞集：《道园学古录·考亭书院重建文公祠堂记》卷三十六，第24页。
③ （元）虞集：《道园学古录·跋济宁李璋所刻九经四书》卷三十九，第19页。
④ 陈高华等点校：《元典章·礼部卷之六 典章三十三·礼杂·孝节》，天津古籍出版社2011年版，第1147页。

　　之所以不厌其烦地历数明代以前对贞的要约与表彰，是由此可见，明朝尤其是明末清初的大量贞节烈女出现，不是偶然，也不是突发事件，而是经过一个漫长的演进后出现的一种必然。

　　然而，明朝，尤其是明末清初的贞节烈女，和前代相比，不仅仅体现在量的激增，也不仅仅体现在质（此处的"质"指的是明代节烈的"苟"与"异"）的变化上。尤其是在传奇方面，出现了某种偏向，即偏向"烈"。

　　明代从典籍、制度、舆论都对贞节烈做了全方位的要约。

　　在典籍方面，相比于前代的偶有代表作，明代对女性的规范达到了一个密集的高度。明代有吕坤的《闺范》，明仁孝皇后有《内训》，明末王相则编纂了集大成的《女四书》，其中包括汉代班昭《女诫》、唐代宋若华《女论语》、明代明成祖后徐氏《内训》，以及王相母亲刘氏的《女范直捷》。

　　在制度方面，明洪武元年（1368），太祖诏："令民间寡妇三十以前夫亡守制，五十以后不改节者，旌表门闾，除免本家差役。"[1] "洪武元年令，今凡孝子、顺孙、义夫、节妇，志行卓异者，有司正官举名，监察御史、按察司体覆，特达上司，旌表门闾。"[2] 在洪武二十一年（1388）更榜示天下，广为推行。"（洪武）二十一年。榜示天下：本乡本里，有孝子、顺孙、义夫、节妇，及但有一善可称者，里老人等，以其所善实迹，一闻朝廷，一申有司，转闻于朝。"[3] 就连那位史书上贬斥的建立豹房，强征处女、娈童入宫，有时也抢夺有夫之妇，荒淫无度的明武宗，也下诏旌表贞烈妇女，见《明实录·武宗实录》：明正德六年（1511），武宗朱厚照下诏：近年山西等处，不受贼污贞烈妇女，已经抚按查奏者，不必再勘。仍行有司各先量与银两，以为殡葬之资。仍以旌善亭旁，立贞节碑，通将姓字年籍镌石，以垂久远。[4]

----

① （明）李东阳：《明会典》卷二十二，中华书局 1989 年版，第 4 页。
② （明）李东阳：《明会典》卷七十八，中华书局 1989 年版，第 8 页。
③ （明）李东阳：《明会典》卷七十八，中华书局 1989 年版，第 9 页。
④ （明）李东阳：《旌表门》，《明会典》卷七十九，中华书局 1989 年版，第 8—10 页。

旌表程序非常复杂:

> 洪武二十六年定:礼部据各处申来孝子、顺孙、义夫、节妇理当旌表之人,直隶府州咨都察院,差委监察御史覆实;各布政司所属,从按察司覆实;著落府州县,同里甲亲邻,保勘相同,然后明白奏闻。即行移本处,旌表门闾,以砺风俗。①

而且还有三不旌:命妇不旌;年数不足者不旌;身死者不旌。据明代俞汝辑《礼部志稿》卷六五《旌表备考》,节妇指三十以下夫死不嫁独居至五十以上的妇女。三十岁以上夫死和守志不到五十岁都不得旌表,可见其严苛的程度了。

这种烦琐的程序,一方面体现了明政府对贞节的重视,另一方面,也为贪墨官吏带来了营私舞弊的可能,从而使真正的贞烈妇女反而得不到旌表。由于旌表程序复杂,又有诸多不旌,使得有利者居前,贫寒者不得旌。造成两种情况:士人在传记、方志中以文代旌;女性忽庸行而尚奇激,以死为轻。

在社会环境方面,施鸿保《闽杂记》记载:"福州旧俗,以家有贞女节妇为尚,愚民遂有搭台死节之事。凡女已字人,不幸而夫死者,父母兄弟皆迫女自尽。先日于众集处搭高台悬素帛,临时设祭,扶女上,父母外皆拜台下。俟女缢迄,乃以鼓吹迎尸归殓。女或不愿,家人皆诟詈羞辱之,甚有鞭挞使从者。此风省城尚少,乡间虽儒家亦有之,盖藉以请旌建坊,自表为礼教家也。"②

明代的贞节烈尚有等差,烈重于节:"然贞节有等也,事有难易也,而可无章哉?……遇强暴侵凌之患,白刃在前,以死全身,不为所污;或未遂偕老之愿,而以身殉死,同穴如归,斯则杀身成贞,舍生成义……品之上矣。……少失所天,无家无子,或襁褓遗腹,贫苦伶仃,

---

① 顾明远总主编:《中国教育大系历代教育制度考2》,湖北教育出版社2015年版,第1288页。
② 林元亨:《中国古代牌坊小史》,中国长安出版社2015年版,第166页。

而能誓柏舟之操，坚天只之心，斯亦难为，而入品之次矣。至有家道殷饶，嗣息罗列，嫠居五裹，无二尔心，斯则稍知女戒，不溃淫坊者，辄不肯犯二夫之讪，蒙再醮之羞，是中人之所能，而为品之常也。"①

朝野对失节再醮每每予以笑骂惩处。《明实录·英宗实录》中记载，明天顺年间，山西提刑按察司佥使刘翀娶了再婚女朱氏为妻。这件如今看来司空见惯之事当时却被风化论者检举，并且遭到了严厉的惩罚，英宗下令逮捕刘翀，"忘廉耻，配失节妇""有玷风宪"，削职为民。

郎瑛《七修类稿》卷四十九"奇谑类"记载了对"再醮之妇"的嘲笑。一女嫁过两任丈夫，不料第二任丈夫又死了，即将嫁第三次，古代以夫为天，那么此妇就有了三个"天"，士人以此为耻，甚至作一首名为《三天》的诗嘲笑她："辞灵羹饭哭金钱，哭出先天与后天。明日洞房花烛夜，三天门下会神仙。"②

第二节　守贞福报：明末清初"节烈"剧本独特的大团圆模式

传奇结尾中的大团圆结局早已司空见惯，但明末清初"独重节烈"这部分传奇的大团圆却同中有异，有其独特模式——守贞福报。

如《金锁记》，与原本《窦娥冤》相比，改动如下：第一，《窦娥冤》中蔡婆之子本是害了弱症而死，"自成亲之后，不上二年，不想我这孩儿害弱症死了"。但《金锁记》中，却改为蔡昌宗渡黄河覆舟，在龙宫与三公主完结十九日姻缘之后，又考中状元。第二，《窦娥冤》中，窦娥死后，六月飞雪。但《金锁记》中，却改为窦娥临刑前六月飞雪，阻住行刑。第三，《窦娥冤》中，窦娥鬼魂诉冤于其父窦天章，死后昭雪。但《金锁记》中，却改为窦娥之母的鬼魂向其夫诉冤，使

---

① （明）陈裳、翁相纂修：《嘉靖广平府志·卷十三·列淑志》，《天一阁藏明代方志选刊·第2册》，台北新文丰出版公司印行1909年版，第420页。。

② （明）郎瑛：《七修类稿》，上海书店出版社2009年版，第515页。

得窦天章在窦娥生前解除冤狱。所有的改动都有同一个指归——"上帝嘉其节孝,悯其无辜",要使其"父女夫妻再得团圆"。① 这与其说是上帝之心,毋宁说是作者之心;与其说是作者之心,毋宁说是世人之心。

《灵犀佩传奇》:"金榜题名,洞房花烛,风流三五良宵,双凤和鸣甚巧。"② 《二胥记》:"他夫人因兵戈拆散,今日才得相会,当并封之为秦楚两国夫人。"③ 《识闲堂第一种翻西厢》,张生谋求莺莺不成,诋毁莺莺,莺莺负屈衔冤,郁郁而死。郑恒哭灵,莺莺死而复生。"相逢依旧风前面,倒做了生死关头再得圆。"④ 《红情言》:"今日相逢重聚首,翻不惜泪盈眸。"⑤ 《衣珠记》:"果然今日五花诰封,夫唱妇随,岂非夙世姻缘。"⑥ 《金花记》:"圣旨到来。朕观历代以来,堂堂食禄者,都有败国辱身;碌碌为臣者,尚多素餐尸位。卿为女子,报国效忠,勋名尤著,古今罕闻。""娄氏金花,天才世瑞,匡国家。敕封忠孝节义江都县夫人,仍食大司马俸,阴一子世袭金吾卫将军。仍赐鼓吹旌旄出入,以示优异。"⑦ 《锦蒲团》:"贞女赝妆家长,蒲团渐把心收。大爷,今朝依旧合鸳俦,不禁同开笑口。"⑧ 《一笠庵新编一捧雪传奇》:"雪娘之贞烈,真堪不朽。孩儿便当奏闻特旌,今日先遥空拜谢。"⑨ 《一笠庵新编人兽关传奇》,施母因桂迁负心,因此以怨报怨,希望儿子与曾经订婚的桂女从此天涯陌路,还是施子的另一个岳丈明理:"他令爱呵,不随波浪,喜龆龄坚贞似霜。虽然父母亏情况,论淑女岂宜抛向。"⑩ 施母

---

① (明)叶宪祖:《金锁记》,《古本戏曲丛刊三集》,商务印书馆1957年版,下本,第5页。

② (明)许自昌:《灵犀佩传奇》,《古本戏曲丛刊三集》,商务印书馆1957年版,下本,第23页。

③ (清)孟称舜:《二胥记》,《古本戏曲丛刊三集》,商务印书馆1957年版,下本,第73页。

④ (明)周公鲁:《翻西厢》,《古本戏曲丛刊三集》,商务印书馆1957年版,下本,第63页。

⑤ (明)王翊:《红情言》,清初刊本,第104页。

⑥ 《衣珠记》,清初抄本,下本,第18页。

⑦ 《金花记》,《古本戏曲丛刊三集》,商务印书馆1957年版,下本,第32页。

⑧ 《锦蒲团》,《古本戏曲丛刊三集》,商务印书馆1957年版,下本,第43页。

⑨ (清)李玉:《一笠庵新编一捧雪传奇》,《古本戏曲丛刊三集》,商务印书馆1957年版,下本,第56页。

⑩ (清)李玉:《一笠庵新编人兽关传奇》,《古本戏曲丛刊三集》,商务印书馆1957年版,下本,第50页。

犹心有不甘："令爱与桂女不同，还该分别次序。"泰山笑言："已同姊妹看承，何必更分高下。"使桂女不落小星之席。《一笠庵新编永团圆传奇》："那蔡生恐非昔聘，再三退却；此女又虑他适，苦苦相辞，真可称义夫节妇，亦不枉老夫两番作合。"①《意中人》："只道当年小姐黄河浪里轻生，谁知暗地里有神灵，恰逢青条暗拯。载向成都远避，相逢姑媳欢欣。老爷见面得真情，共说邀天之幸。"②"只道今生永别离，谁道今宵仍是刘家婿。"③《英雄概传奇》："奉圣旨，邓瑞云贞节可嘉，特赐凤冠霞帔，封为勇南夫人。撤半朝銮驾，钦赐洞房花烛。"《琥珀匙传奇》："荣膺丹诏，奖节孝，名标青史。""伊妻桃氏，矢志救亲，蹈汤火其如一，孝以哉。""正妻佛奴特封节孝夫人。"④《麒麟阁》："龙虎庆风云，喜君臣得意，殷勤相携便殿。天恩世掌丝纶，重沐宠幸；感皇恩德重，多封赠，也不负为国忠心，教子成名。"⑤《秣陵春》："原来我家失去的宝镜，倒是徐状元买得了，就在这镜子里照出展儿的影子。那状元打换与我家的玉杯，展儿又在里面照出徐状元的影子""今晨黄道吉日，备下庆喜筵席，与他们成亲。"⑥《血影石》："圣旨到，司礼监吴成一本，方靖难诸臣事。今有黄妻齐氏，怀节守义，独立纲常。钦赐凤冠一顶，宫衣一袭，封鲁阳郡夫人。"⑦"奉内相王公公所差，解陈瑛首级，传递五十六所，各赐祭奠。""快将匣内血影石供奉在上，焚香点烛，将此首级，祭奠太老爷太夫人一番。"⑧《秦楼月》："奉天承运，皇帝诏曰：王事多艰，文献武功并懋；民德归厚，义风苦节兼崇。""陈氏秉节全贞，绣烟骂贼亡身"，"是皆纲常攸关，宠赐宜优"。"陈氏封为夫人"，"绣烟建坊旌表"，"呜呼，帝心简在，遥霈雨露之恩；善

　　①（清）李玉：《一笠庵新编永团圆传奇》，《古本戏曲丛刊三集》，商务印书馆1957年版，下本，第41页。

　　②（清）李玉：《意中人》，旧抄本，下本，第25页。

　　③（清）李玉：《意中人》，旧抄本，下本，第28页。

　　④（清）叶稚斐：《琥珀匙》，旧抄本，下本，第27页。

　　⑤（清）李玉：《麒麟阁》，旧抄本，第四本，第52页。

　　⑥（清）吴伟业：《秣陵春》下卷，《古本戏曲丛刊三集》，商务印书馆1957年版，第76页。

　　⑦（清）朱佐朝：《血影石》，《古本戏曲丛刊三集》，商务印书馆1957年版，第112页。

　　⑧（清）朱佐朝：《血影石》，《古本戏曲丛刊三集》，商务印书馆1957年版，第111页。

行无违，式彰教化之本。钦哉"。①《翡翠园》："状元复姓舒芬，除授编修。麻氏忠言几谏，（赵氏）义侠可嘉，并赐舒芬为配，各封恭人。"②（原文中没有赵氏二字，但根据剧情和语境，应该补入，否则，"并赐"和"各封"就没有着落。）《读书声》："妻戴氏为夫守节，誓死不嫁，实为可敬，封为贞节夫人。"③

其实，在真正的现实生活中，像这种不惜以死守贞的女性，能得神灵护佑的能有几人？能被人救下的又有几人？动乱中，绝大部分就这样默默无闻地死去，连姓名都没有留下。不要说殉烈者遇救而不死，得以生前夫荣妻贵不现实，就连夫妻团圆也根本就是一个遥不可及的奢望。至于死后得立贞节牌坊，更是百不得一。

那么传奇作家为什么给予节烈者如此远远超越现实的光明结局？首先在作家方面，是想起到砥砺风俗的作用。其次在演出方面，是适应舞台演出的需要。再次在观众方面，是照顾观众情绪的要求。

欲起移风易俗之功，必以节烈劝善之婆心，施以裁云剪冰之巧手，化而令众不觉。如通场只云节何苦烈何难，且节者难以表现，烈者一死又毫无影响，何以动愚氓之心肠而令其翕然而从？"人有善心，天必佑之。"故而在剧作家的笔下，节烈者不可死，且节烈者必得厚报。

第三节　在举世反思大氛围中的剧作家
以"曲"救世

社稷之变的撕心震痛之后，骨寒眦裂、泣血椎心的士人悲号之余，竭力要追溯与反思，究竟是什么造成了今日局面之天崩地坼、不可收拾。反思出来的致病之由不一而足，即使有些现在看来，甚至显得有些无稽与可笑。但起码证明了，救世和反思在明末清初是一种大氛围。

---

① （清）朱素臣：《秦楼月》，清初抄本，下卷，第74页。

② （清）朱素臣：《翡翠园》，第六十四卷，下本，第43页。

③ 《读书声》下本，《古本戏曲丛刊三集》，商务印书馆1957年版，第21页。

各种人站在各种立场阐发各种观点：

亡国是由于天子崇祯的种种缺陷——雄猜阴刻，市恩防下："吴辅牲面奏，欲疏请蠲楚赋，谓：'民久困兵火，征必不能应，且令仁声先路，则安民即剿寇胜着耳。'允之。及疏入，留中，盖不欲恩归臣下也。"①

任性乱法："上（崇祯）于阁臣拟票及刑部诸诏，间不适意，则或抹或叉。阁臣必縣浅之深，刑部亦縣轻之重，然上意渊微，原未可测，乃附会者之过耳。闻阁臣遇台省诸疏微涉逆鳞，则以该部知道尝试，若一改票，便从严。时刑部诸司官蓄缩尤甚，刻者加一等以防驳，巧者留一等以待驳，一驳则重，再驳则再重。甚有假此勒贿，动云上意不测者。噫！律例荡然矣。"②

急功近利："陛下励精求治，召对文华殿，躬勤细务，朝令夕考，庶几太平立致。然程效过急，不免见小利而慕近功。"③

征敛过胜："朝议以国计不足，暂借民间房租一年，于是怨声沸京师，呼崇祯为重征。"④

故而，"御寇警则军兴费烦，急征徭则闾阎告病，以致破资格而官方愈乱，尽苞苴而文网愈密，恶私交而下滋告讦，尚名实而吏多苛察，于凡举措听灾，贞邪淆混，此则怀宗之致乱也。"⑤

亡国是由于福王弘光的昏聩淫乐，难为表率："弘光帝之立也，群臣意多不属。中枢史公可法，以七不可寓书于总督马士英。七不可者，言其好色、好酒、好货、不孝，不读书、侵有司、近匪人也。"⑥

亡国是由于官僚机构拖沓烦冗，毫无实效："又北兵已退半载，而边臣诸告急疏犹续下传者，以为北兵再至也。"⑦

---

① （明）李清：《三垣笔记》，中华书局 1982 年版，第 61 页。
② （明）李清：《三垣笔记》，中华书局 1982 年版，第 25 页。
③ （清）谷应泰：《明史纪事本末·崇祯治乱》，中华书局 1977 年版，第 1177 页。
④ （明）李清：《三垣笔记》，中华书局 1982 年版，第 3 页。
⑤ （清）谷应泰：《明史纪事本末·崇祯治乱》，中华书局 1977 年版，第 1210 页。
⑥ （清）黄宗羲：《黄宗羲全集》，浙江古籍出版社 1985 年版，第 242 页。
⑦ （明）李清：《三垣笔记》，中华书局 1982 年版，第 72 页。

亡国是由于上下贪贿成风："然今之世，何处非用钱之地？何官非爱钱之人？"而且这种糜烂一直蔓延到根子上："县官行贿之首，而给事为纳贿之魁。"①

亡国是由于在军事方面，将领只谙纸上谈兵，"杨司马嗣昌条奏机宜，自一至数十，绳绳不绝，人笑其以口击贼耳"。甚至和敌人猫鼠一窝，索财纵敌。犹如饥人自噬，腹饱而身死。"敌巡不出，寻由分监内臣孙茂霖所守地脱去。人谓孙及部下皆得重贿，凡一人出，率予五两，乃不发炮而俾之逸。"②上行下效，士兵骄惰，"竭天下之力，以养饥军，而军愈骄；聚天下之军以冀一战，而战无日"。军队之间，不通声息，战斗力极差，"边报钞传有禁，故自本兵、兵垣外无知者"。"各门列执斧执棍各五十人，然斧阔不二寸，棍皆柳木，殊不堪用。"③更可怕的是养虎遗患，兵不杀贼，反而杀民："司礼内监曹化淳驻城楼上，有以首级来者，辄赏元宝一锭，令部辨验。兵部复，西虏之首，面阔口短，东人多系辽阳，与中国无异，无可验驳。由是兵益杀良为功，有以湿草鞋击去网巾痕，蒸其首使涨大充敌首者，赏虽费，敌无损焉。"④

亡国是由于诸臣误国，无能无耻：尸位素餐的群臣只会平流而进，真正危急时刻，束手垂目，如泥雕木塑，致使君辱国灭。"我皇上未有失德，顷缘诸臣泄泄，饷缺兵单，致贼沦我神京，殒我君父。"⑤

亡国是由于阉党这祸国殃民的罪魁祸首，把持朝政，进小人而罢君子，实为取亡之道。"忠贤愈肆滔天，益无顾忌。谄奉者登进，忤恨者诛伤。""颂功德者四十万人，趋势利者鸿都门下也。"⑥

亡国是由于清议之不存："今夫风俗之坏也，繇于清议之不立。

① （清）谷应泰：《明史纪事本末·崇祯治乱》，中华书局1977年版，第1176页。
② （明）李清：《三垣笔记》，中华书局1982年版，第13页。
③ （明）李清：《三垣笔记》，中华书局1982年版，第9—10页。
④ （明）李清：《三垣笔记》，中华书局1982年版，第10—11页。
⑤ （明）程源：《孤臣纪哭》，载（明）冯梦龙《冯梦龙全集》第十七卷，江苏古籍出版社1993年版，第59页。
⑥ （清）谷应泰：《明史纪事本末·魏忠贤乱政》，中华书局1977年版，第1171—1172页。

清议废则苟且相师，乘利择便，先达无以教而后进无以守，势将决防溃淮耳。"①

亡国是由于东林的门户之争、不识大体："然而清流诸君子，持之过急，绝之过严，使之流芳路塞，遗臭心甘。"其后果，正如"气节伸而东汉亡，理学炽而南宋灭"，东林党人"究于天下事奚补"！②

是由于"守内虚外"的策略；是由于缙绅士大夫的奢华……

亡国是由于建都北京，孤悬绝北，音尘不贯。急不能出，出不能达，亦是破灭之道："亡之道不一，而建都失算，所以不可救也。"③

面对无法接受又不得不接受的现实，实在无法自拔的人们只好转向不可知的先兆和谶语来做解脱，认为亡国是由于天命难逃，举出大内密室"相诫非大变勿启"，而崇祯帝不听劝谏，启室得画，一绘文武百官披发乱走；二绘兵将倒戈弃甲，穷民负襁奔逃；三绘"轴中像酷肖圣容。身穿白背心，右足跣，左足有袜履，披发中悬。于今日分毫不爽"。"岂非厄运有定乎？"④

甚至亡国是由于诗词——"竟陵诗派"是诗妖，是亡国之音。在钱谦益看来，竟陵以凄清幽渺为能之诗不仅为"木客之清吟""幽独君之冥语""堕于魔""沉于鬼"；其寒瘦幽峭，嗷音促节更是纲纪废弛、国家衰乱之征兆。故而不惜以"鬼国""兵象""天丧斯文""五行之诗妖"而痛诋不贷，乃至认为"国运从之"。⑤

正是在这种举世反思的大氛围之中，剧作家也做出了自己的思考："明兴，文章家颇尚杂剧，一集不足，继以二集。余常阅之，大半多绮靡之语……噫！气运日降，淫倍于贞。文人无赖，诗变为曲，讽一劝

---

①　（清）谷应泰：《明史纪事本末·魏忠贤乱政》，中华书局1977年版，第1171—1172页。

②　（清）梁溪梦鹤居士撰：《桃花扇·序》，载（清）孔尚任《桃花扇》，人民文学出版社1963年版，第267页。

③　（明）黄宗羲撰：《明夷待访录·建都》，凤凰出版社2017年版，第23页。

④　（清）陈济生撰：《再生纪略》，载（明）冯梦龙《冯梦龙全集》，江苏古籍出版社1993年版，第73页。

⑤　（清）钱谦益撰集，许逸民、林淑敏点校：《列朝诗集·丁集第十二·钟提学惺》，中华书局2007年版，第5360—5361页。

百，时世使然。"① "从来院本千奇百诧，其间情事，总不越五种人伦。大率摹绘夫妇之情者，十之七八，其余四种，合计不过二三。以末世人情，厌正而趋奇，嗜淫而恶惩。"② 讴歌君臣、父子、兄弟、朋友使人"掩耳却走"；而《昙花记》《牡丹亭》花间密誓、月下偷约倒能使人"忘倦起舞"。观众的选择使得剧作家创作之时，"事取凡近而义废劝惩"。③ 而这香艳温软又使时人目眩神移，魂飞色授，飘飘然不知所以，什么责任，什么家国，只这歌舞地、温柔乡，乐未央；醉于斯，死于斯，又何妨。"今之鼓弄淫曲，搬演戏文，不问贵游子弟，庠序名流，甘与俳优下贱为伍，群饮酣歌，俾昼作夜，此吴、越间极晓极陋之俗也。而士大夫恬不以为怪，以为此魏、晋之遗风耳。"④

明代中期以后，由于商品经济的飞速发展，导致人们思想、观念的不断更新。"好货好色"一时成为风气，"人情以放荡为快，世欲以侈靡相高"⑤，士风的变迁早已是一个不须争论的事实，但是，"这一变迁的结局就引出了越礼逾制的浪潮"。⑥ "利欲横流，使封建传统的忠孝节义观念也发生动摇。只要利心一发，即使父子兄弟、素厚朋友，也可以'反心而不顾'。"⑦

《昙花记》《娇红记》《牡丹亭》由于恰恰与这股思潮合拍而大行其道，有需要就有市场，其仿作也纷纷出笼。"自屠维真《昙花》、汤义仍《牡丹》以后，莫不家按谱而人填词，遂谓事不诞妄则不幻，境不错误乖张则不炫惑人。"⑧ 由于这些盲目的追随者没有分辨能力，过分

① （清）吴伟业撰：《杂剧三集序》，载邓子勉《明词话全编·灌隐人词话》，凤凰出版社 2012 年版，第 5543 页。

② 《笠翁传奇十种（下）·巧团圆总评》，载（清）李渔《笠翁传奇十种·巧团圆》，江苏古籍出版社 1990 年版，第 415 页。

③ 《笠翁传奇十种·玉搔头序》，载（清）李渔《笠翁传奇十种·玉搔头》，江苏古籍出版社 1990 年版，第 215 页。

④ （明）管志道：《从先维俗议》卷五《家宴勿张戏乐》，四库全书存目丛书影印万历三十年（1602）刻本。

⑤ （明）张翰：《松窗梦语》，中华书局 1985 年版，第 139 页。

⑥ 周明初：《晚明士人心态及文学个案》，东方出版社 1997 年版，第 245 页。

⑦ 周明初：《晚明士人心态及文学个案》，东方出版社 1997 年版，第 245 页。

⑧ （清）李渔：《李渔全集》，浙江古籍出版社 1989 年版，第 215 页。

张扬艳情、鼓吹灭理，而"今之人，贫者日为衣食所累，富者又怀不足之心，纵然一时稍闲，又有贪淫恋色、好货寻愁之事，哪里有功夫去看那理治之书"，①"爱看适趣闲文者特多"。②《昙花记》《娇红记》《牡丹亭》及仿作中隐含的"解放人欲""享受生命""藐视礼法"等信息随着传奇的演出深入人心，潜移默化地改变着、塑造着时人。礼崩导致乐坏，乐坏又反过来进一步加速了礼崩。"末世人情，厌正而趋奇，嗜淫而恶恳"③，讴歌君臣、父子、兄弟、朋友使人"掩耳却走"；而花间密誓、月下偷约倒能使人"忘倦起舞"。观众的选择使得剧作家创作之时，"事取凡近而义废劝惩"。④ 只是水磨新声曲未终的时候，清军鼙鼓就动地而来了。

而在古人看来，音乐不仅是人提高道德品质修养的必由之路："兴于诗，立于礼，成于乐"，更与国家的时运息息相关："凡音者，生人心者也，情动于中，故形于声，声成文，谓之音。是故治世之音安以乐，其政和；乱世之音怨以怒，其政乖；亡国之音哀以思，其民困，声音之道与政通矣。"⑤ 荀子更揭示了音乐—人心—治乱的必然联系："乐姚冶以险，则民流僈鄙贱矣，流僈则乱，鄙贱则争。乱争则兵弱城犯，敌国危之。如是，则百姓不安其处，不乐其乡，不足其上矣，故礼乐废而邪音起者，危削侮辱之本也。"⑥

"迩来节义颇荒唐，尽把宣淫罪戏场。思借戏场维节义，系铃人授解铃方。"⑦ 被乐毁掉的东西应该也能用乐恢复过来，因此，剧作家希望通过一己微薄之力拯救世风，"使忠者全忠，孝者全孝，义能完义，节能守节。这便是大开觉悟，普示群迷"⑧。

---

① （清）曹雪芹：《红楼梦鉴赏珍藏本》，宁波出版社2001年版，第4页。
② （清）曹雪芹：《红楼梦鉴赏珍藏本》，宁波出版社2001年版，第3页。
③ （清）李渔：《李渔全集》，浙江古籍出版社1989年版，第415页。
④ （清）李渔：《李渔全集》，浙江古籍出版社1989年版，第215页。
⑤ （清）孙希旦撰，沈啸寰、王星贤点校：《礼记集解·卷三十七　乐记第十九之一》，中华书局1989年版，第978页。
⑥ （清）王先谦撰，沈啸寰、王星贤点校：《荀子集解》，中华书局1988年版，第380—381页。
⑦ （清）李渔：《李渔全集》，浙江古籍出版社1989年版，第211页。
⑧ 《磨尘鉴》，《古本戏曲丛刊三集》，商务印书馆1957年版，上本，第2页。

第四节 "郑声"何以救国

那么，剧作家把传奇的地位看得这么高，作用这么大，是不是有些言过其实了。而且，孔子所论之乐和荀子的《乐论》的主体都是雅乐，明末清初的传奇以传统的评价标准来看，无疑是急管繁弦的"郑声"，而"郑声"正是亡国的先导，又怎能担当得起救国的责任呢？

以戏曲来移风易俗、救亡图存，在今人看来，无疑是痴人说梦、自不量力。但是，要正确评价古人的见解，应该还原古人的背景，体察古人的思维，而不是以今非古。明末清初传奇的剧本所包含和演员所表演的是两部分，一是音，一是文。

先从音来看，"一代有一代之雅乐"，受众的思维和审美标准已经改变了，则对先秦而言的"郑声"在明清却成为时人心中的"雅乐"。"上古之音乐，击土鼓而歌《康衢》；其后乃有丝、竹、瓠、革之制，流至于今，极于九宫南谱。声律之妙，日异月新，若必返古而听《击壤之歌》，斯为乐乎？……大凡物之踵事增华，以渐以进，以至于极。"① 所以，选择这样的"雅乐"为突破口，不仅使时人喜闻乐见，而且使人潜移默化而不觉。

次从文来看，其实音只能起到使人精神振奋或颓废的作用，真正能楔入人心，改变其观念的，是文。

因此，这些剧作家改变了剧作的内容，即文。通观这些作家的传奇可以发现，贞与礼是他们共同关注的主题。

> 作者无感慨，亦必不著书，一言尽之矣。②

明末清初对节烈的重视体现在对礼的复归和对理的肯定上。贞节烈女平居之时与礼朝夕相对，早已沁肤入骨，故而在危急时刻在通权

---

① （清）叶燮：《原诗》，人民文学出版社 1998 年版，第 5—6 页。
② 《张竹坡批评第一奇书金瓶梅》，《金瓶梅资料汇编》，中华书局 1987 年版，第 75 页。

达变和履行纲常两者中，毫不迟疑地舍生取义，死为欢而生为耻，已经成为一种下意识的行为。如《永团圆》中的江兰芳，为不从父亲悔婚，愤而投江，死前留诗曰："忆昔舞堂前，烈女读连篇。全瑜难受玷，入地喜蹁跹。"① 如《清忠谱》中周顺昌之女："四德称闺秀，三从识女英。"② 如《蜃中楼》中的舜华，本为龙女，厕身神仙一流，但从对贞节的态度看来，她和普通的人间女子没有任何差别。水府和尘世对女性的道德标准和价值判断完全是一样的。遵从礼教为夫守身是她们的义务和责任，这一点不管仙凡都不能有任何例外。不仅贞节烈女在生与死的大关头如此守礼，此际传奇的情和婚姻也纳入了礼的范围。肯定"发乎情止乎礼义"的情，肯定"父母之命，媒妁之言"的婚姻。

此前的传奇，如《牡丹亭》，并不刻意避讳男女之情。涉及了青春的觉醒，如杜丽娘梦中与柳梦梅春风一度；也涉及以情反礼，如柳梦梅与杜丽娘之魂无媒自合。但明末清初传奇婚前肌肤相亲的描述几乎完全绝迹，而且，剧中男女即使两情相悦，也不敢越礼私合。如《红情言》，皇甫曾与卢湘鸿历尽百转千回终于在亭中偶遇，皇甫喜不自胜："好一派月色，与小姐月下坐了，作通宵佳话。"③ 卢湘鸿却以礼相守："妾以唾余，辱君垂念。幸君珍重，相思于兹复构，愿君勿以世俗事妾。（妾）死心于君，请期他日。"④ 又如《秣陵春》虽也有轻狂一面，即徐适在镜中看到展娘丽影，不由狂放："何如趁此清风朗月，今夜成其好事。悄地订婚花月下，美夫妻一世夸。"⑤ （如果是在明中叶的传奇如《牡丹亭》，则两人此际必顺理成章得偕鸾凤。）但是，"镜里夫妻，可是搂得着、睡得稳的么？"⑥ 明末清初的氛围给了它不同的结局：南唐后主赐婚，王母降临，仙官作合。毕竟要明媒正娶，方才是发乎情止

① 《永团圆》，《古本戏曲丛刊三集》，商务印书馆1957年版，上本，第33页。
② （清）李玉：《李玉戏曲集》，上海古籍出版社2004年版，第1324页。
③ 《红情言》，《古本戏曲丛刊三集》，商务印书馆1957年版，下本，第92页。
④ 《红情言》，《古本戏曲丛刊三集》，商务印书馆1957年版，下本，第92页。
⑤ （清）吴伟业：《吴梅村全集》，上海古籍出版社1990年版，第1274页。
⑥ （清）吴伟业：《吴梅村全集》，上海古籍出版社1990年版，第1284页。

乎礼不违伦常。甚至一些未曾以贞节见重的传奇也是以礼自持。如《弄珠楼》，本来剧中不曾涉及贞节，而且旷霏烟对阮翰不是未曾动心，但最终还是以礼自守。"每欲结青琐绸缪，将绿绮风前挑逗，还怕多露堪羞，无媒自丑。"① 《双蝶梦》："婚姻之事，不可如此造次。须是倩冰人，方许结河洲好。"② 如《玉鸳鸯》中的谢云仙："婚姻大事，乃人伦之始，岂可无父母之命，而竟成亲，这断乎使不得的。"③ 不仅剧中的主要人物如此，作为陪衬的次要人物的所作所为也不例外，即使这些行为看来过于执拗和不通情理。如取材于《蒋震卿片言得妇》的《快活三》，陶父在小说中，只是一个忠厚长者；但在传奇中，却改为一个恪守礼教的古板君子。在女儿的第一次婚姻选择中，女儿不愿嫁给残疾之人。对此小说中的陶翁并不知情，传奇中的陶翁则明知女儿的苦楚，却认为，一与之齐，终身不改。"我女儿也曾叫他读过书的，岂不闻女子守三从。"④ 宁愿牺牲女儿的幸福，也不愿失信于人。面对女儿的第二次婚姻选择（和蒋震卿私成配偶），小说中的陶翁喜出望外："可知要见哩！""果然得见，庆幸不暇，还有甚么见怪。""此正前定之事，何罪之有？"⑤ 但传奇中的陶翁，不仅不认女儿，而且把女婿告上官府，并抬出孔孟之道为自己的行为张本："什么女婿，什么夫人，一无父母之命，二无媒妁之言，则父母国人皆贱之矣。"⑥

又如对道学的再认识。李贽认为，那些道学先生和魏晋"尊卑设次序，事物齐纪纲"，"外厉贞素谈，户内灭芬芳"⑦ 的所谓名教之士一样，是一群道貌岸然的假道学，"阳为道学，阴为富贵，被服儒雅，行若狗彘"。⑧ 道学家满口仁义道德，实际上是借道学这块敲门砖，"以欺世获利"，

---

① 《弄珠楼》，《古本戏曲丛刊三集》，商务印书馆 1957 年版，下本，第 6 页。
② 《双蝶梦》，《古本戏曲丛刊三集》，商务印书馆 1957 年版，第 17 页。
③ 《玉鸳鸯》，《古本戏曲丛刊三集》，商务印书馆 1957 年版，下本，第 17 页。
④ 《快活三》，《古本戏曲丛刊三集》，商务印书馆 1957 年版，上本，第 10 页。
⑤ 季羡林总编：《传世藏书·初刻拍案惊奇》，海南国际新闻出版中心 1996 年版，第 70 页。
⑥ 《读书声》，《古本戏曲丛刊三集》，商务印书馆 1957 年版，下本，第 37 页。
⑦ 黄节注：《阮步兵咏怀诗注·其六十七》，人民文学出版社 1984 年版，第 81 页。
⑧ （明）李贽：《三教归儒说》，《续修四库全书》第 1352 册，上海古籍出版社 2002 年版，第 363 页。

为自己谋取高官利禄，他们"口谈道德而心存高官，志在巨富"①。这种认识表现在传奇中，则把道学先生作为被讽刺否定的对象，如《牡丹亭》中的腐儒陈最良："你师父靠天也六十来岁，从不晓得伤个春，从不曾游个花园。"② 但是，明末清初传奇中的道学，却是作为正面形象被肯定。或者本身就是恪守礼教的道学先生，《贞文记》中的张玉娘，"自来不知春为何物"，"一言一步，不肯妄发"。③ 当沈佺以未婚夫的身份求见一面，玉娘谢绝道："未饮合卺之杯，恐无相见之理。"④ 正月春初举家男妇都去凌霄台游玩，这是白龙县的风俗，也是张家父母做出的决定。但玉娘认为，"《礼》云女子无事不出闺门"⑤，婉言谢绝了父母的邀请。或者以道学自持，《凰求凤》中的吕哉生具宋玉之美，向令目挑心招，可使世无贞妇。却戒淫守礼，以道学自持："曾读《感应》之篇，极守淫邪之戒。"⑥ 或者将风流也纳入道学的约束范围之内，《慎鸾交》中的华中郎认为："我看世上有才有德之人，判然分作两种：崇尚风流者，力排道学：宗依道学者，酷诋风流。据我看来，名教之中，不无乐地，闲情之内，也尽有天机，毕竟要使道学、风流合而为一，方才算得个学士、文人。"⑦ 华中郎恪守"世代不娶青楼"的严训，不肯与王又墙相与；及待相与，又不肯同床共枕。最终，又要以"十年之约"，待自身平步青云，显亲扬名之后，方好对父母恃爱以求。或者将"始若不正"的人物完全改造成道学的范本。如陈轼作《续牡丹亭》，认为汤显祖塑造之柳梦梅乃极轻佻之人，欲反而归之正。故言梦梅入仕后，即奉程朱理学为正宗。

吴伟业和孟称舜的作品都体现出重建社会秩序的呼唤，李渔的作品体现出社会环境对贞节处于需求的状态，而仅仅这些还不够，因为即使

---

①　（明）李贽：《又与焦秾陵》，《续修四库全书》第1352册，上海古籍出版社2002年版，第55页。

②　吴佩鸿辑：《中国四大古典名剧》，巴蜀书社1998年版，第90页。

③　《贞文记》，《古本戏曲丛刊二集》，商务印书馆1955年版，上本，第15页。

④　《贞文记》，《古本戏曲丛刊二集》，商务印书馆1955年版，上本，第16页。

⑤　《贞文记》，《古本戏曲丛刊二集》，商务印书馆1955年版，上本，第15页。

⑥　（清）李渔：《李渔全集》第四卷，浙江古籍出版社1990年版，第426页。

⑦　（清）李渔：《李渔全集》第五卷，浙江古籍出版社1990年版，第424页。

社会秩序得到了重建，如果缺乏灵魂和内部驱动力的话，必然还将成为一纸空文。因此，才出现了《续牡丹亭》中的柳梦梅这样乍一看非常令人费解的人物。曾经的风流情种何以突变为慎重的道学先生，这看似违反了柳梦梅的性格发展轨迹，是一个败笔，而实际上却有其独到的含义和影响。

为何道学在明末清初的戏曲中又重获生机了呢？此与心学的缺陷和弊端不无关系。心学在嘉靖、万历期间形成多种派别，其中泰州学派，亦称王学左派，从王艮、徐樾、颜钧、罗汝芳，到何心隐、李贽，越来越具有离心叛道的倾向。如："天下之学，惟有圣人之学好学，不费些子力气，有无边快乐。若费些子力气，便不是圣人之学，便不乐。"①"吾心须是自心做得主宰，凡事只依本心而行，便是大丈夫。"② 王学左派的学说没有儒家经典所具有的晦涩沉闷；没有天理人欲的天人交战所带来的痛苦挣扎，更没有所谓精英文化的玄虚和矫情；以其取法直捷得到赞赏和追慕，流布天下。晚明遂掀起一阵肯定人欲、张扬个性、否定道学、强调本心的风潮。虽然"六经《语》《孟》，乃道学之口实，假人之渊薮也"③ 是李贽比较偏激的看法，但在心学已经对旧有经典乃至礼教造成极大的冲击后，披服儒雅，行若狗彘的伪道学以《语》《孟》为标榜，又进一步削弱了礼教的公信力。所以，越礼逾制、斥道骂祖确实是晚明不可忽视的浪潮。然而，心学及伴生的新思潮有其不可克服的缺陷：疏狂的作风、主观唯心的原则，常常明显地暴露它的先天不足。张扬个性、肯定人欲，虽然在一定时期内，以绚烂的光芒横空出世并引起众多的追随者，并在打破尊卑、解放思想方面具有积极的意义。但是，怪诞的行为、荒诞的举止却忽视了群体的利益，损害了社会的正常秩序。而且，更无奈的是，新的思想武器心学，本身还属于伦理说教和思想麻醉。新瓶装旧酒的实质和对公共利益及社会秩序的损害，以及解构了原有经典后又无力确定新规范的现实，使得本来就不够严密和整饬

① （清）黄宗羲：《明儒学案·泰州学案》，浙江古籍出版社 2005 年版，第 834 页。
② （清）黄宗羲：《明儒学案·泰州学案》，浙江古籍出版社 2005 年版，第 842 页。
③ （明）李贽：《焚书》，中华书局 1975 年版，第 99 页。

的心学以及相伴而生的新思潮，很快就走向了衰微。

解放人欲，冲决旧秩序和破坏旧世界很容易，但是，由于没有新的理论和方法来建造一个新世界，解构之后群龙无首成为一盘散沙，随之而来的就是各自为政、人人为己，导致尔虞我诈、世风日下，最终，被侵蚀了根基的明王朝"千里之堤，溃于蚁穴"。于是，对于清初的剧作家而言，解放人欲姑且不管它以后在历史评价上的是非功过，单单就它伴生而来的可怕后果而言，其本身的过度发掘就是打开一个令人追悔莫及的潘多拉魔盒。所以，在经过反思和总结之后，明末清初又重新反躬自省，肯定礼教对社会秩序的规范。而贞节，尽管在男子为第一性的古代中国，它是以女子的牺牲为代价的扭曲的美德，又确实在某种程度上是社会的安定剂。既然无法创新，找到新的理论武器去开创，那么只有复古，以道学这个古老的工具去重建。

那么，在这个重建社会秩序的过程中，为何选择戏曲而不是直接的道学宣讲作为手段，难道后者不是有立竿见影之效？因为戏曲作家认为，戏乃乾坤教化之本，将以往之事，搬演场中，演出忠孝节义、悲欢离合，其作用可以"令文俗共赏，知古往兴废大义"。直接宣讲道学使人掩耳却走，采用戏曲的方式，却能够收到"使人之性情顿易"的效果。

> 今有人焉聚徒讲学，庄言正论，禁民为非，人无不笑且诋也。伶人献俳，喜叹悲啼，使人之性情顿易，善者无不劝，而不善者无不怒。是百道学先生之训世，不若一伶人之力也。①

拯救世道人心，"非庄语所能入，法拂所能争也"②，只有采取曲折的方式，"以竹肉为针砭，以俳优为直谅"，才能取得"机圆而用捷"

---

① （明）陈洪绶：《节义鸳鸯冢娇红记》序，《古本戏曲丛刊二集》，商务印书馆1955年版，第1页。

② （清）李渔：《李渔全集》第四卷，浙江古籍出版社1992年版，第421页。

的效果，能完成这一任务的，"其惟传奇乎"?① 由于道学先生采取的是高高在上的姿态，所表述的虽然是至理名言，却在内容和形式上都可谓老生常谈陈陈相因，而无意和无形中将受众摆在一个有过错或少见识的位置上，这样自然不自觉地招致反感。而戏曲中的人物和受众是平等的，甚至在某些方面还低于受众，因为受众可以比较随意地表达自己的感受和评价。而且，戏曲虽然表述的某些内容在本质上也属说教，却是以精巧的故事和鲜明的人物包裹着这些内蕴。在这些故事和人物被受众接受的同时，其所包含的内蕴也随之"随风潜入夜，润物细无声"了。再者，道学是直指性的，而戏曲是比喻性的，当道学家直接指证某些行为的错误时，有同样问题的受众会认为"我是错的"；而戏曲是表现某些行为的错误，因此，有同样问题的受众会认为"他是错的"，我可以"见不贤而内自省焉"。走近人心的道路往往不是直线，戏曲也因为这种距离感反而更容易贴近和改变人心。故而，采用戏曲方式来救世和反思有着直接进行道学宣讲无法比拟的作用和功效。

① （清）李渔：《李渔全集》第四卷，浙江古籍出版社1992年版，第421页。

第十五章　其雨其雨、杲杲出日：理想与现实背离探微

第一节　剧作中耐人寻味的男性缺席和女性救国

在明末清初的传奇剧本中，忠臣的地位是大为萎缩了的。浓墨重彩描摹讴歌忠臣剧本寥寥无几，如《回春记》《清忠谱》《麒麟阁》等，相比而言，则是极为广泛的咏赞贞节女子的现象。在这个重建社会秩序的过程中，明末清初的传奇剧本为何选择女性的贞节而不是男性的忠孝作为宣传手段？在天翻地覆、山河破碎的大变故中，社会最需要的应该是中流砥柱的忠臣、力挽狂澜的英雄，所应该赞美和呼吁的是忠诚。然而，为何剧作家把落脚点放在贞节之上？

"忠诚"本来是臣子对君主履行的义务和责任，但现实中的臣子是如何"报君黄金台上意"呢？这些无耻之尤深谙"良禽择木而栖"的权术，崇祯尸骨未寒，百官又作"新妇"，琵琶别抱，再过他船。

> 三日早，文武百官囚服立午门外，约四千余人。旧司礼监王德化从内哭出，见百官，愤甚，大骂。①

---

① （明）无名氏：《燕都日记》，载（明）冯梦龙《冯梦龙全集》第十七卷，江苏古籍出版社1993年版，第107页。

　　而且，变节的各级官员毫无愧怍之色，深谙"择主而事"的权术，"十一日，伪词臣周钟、陈名夏等，各撰贺表，互相矜胜。儿童唾之，毫不知耻"。而且，这不是一两人的无耻，而是成为一种集体行为，"是日，在京伪职悉着公服到衙门。或方巾蓝袍，各佻然有德（得）色"①。

　　被国家寄予厚望的士大夫根本没有收到"养兵千日、用兵一时"的效果。高明者被人算计，熊廷弼被诬陷下狱、传首九边；袁崇焕被施反间计、燕市凌迟；奸诈者临阵投敌，自称"臣节重于山"，要报"君恩深似海"的洪承畴降清；不顾"恸哭六军皆缟素"，执意"冲冠一怒为红颜"的吴三桂降清；懦弱者一死了之，宣称有心杀贼、无力回天，只好平时袖手谈心性，临难一死报君恩。亲历鼎革的遗民归庄在《万古愁》曲子中，以申包胥、王导、祖逖等人作比，痛斥大难当头，束手无策或献媚于敌的百官，全面而深刻地概括了"明哲保身"的诸臣对明朝灭亡的"超然"与淡漠：

　　　　没一个建旌旄下井陉张天讨，没一个鞭铁骑渡黄河使贼胆摇，没一个痛哭秦庭学楚包，没一个洒泪新亭仿晋导，没一个击江辑风涌怒涛高，没一个舞鸡鸣云静月痕小，没一个拥孤城碎齿在睢阳庙，没一个喷贼血截舌似常山杲。②

　　艺术来源于生活，现实的灰暗在传奇中也投下了浓重的影子。《血影石》斥责那些无能的臣子导致君死国亡：

　　　　我想满朝大臣，不能勘乱，以致皇上焚宫自尽，敷天同愤。臣子食君之禄，不能雪耻，真天地间大罪人也。③

---

　　① （明）无名氏：《燕都日记》，载（明）冯梦龙《冯梦龙全集》第十七卷，江苏古籍出版社1993年版，第111页。

　　② （清）归庄：《万古愁》，《归庄集》，中华书局1962年版，第159—160页。

　　③ （清）朱佐朝：《血影石》，《古本戏曲丛刊三集》，商务印书馆1957年版，第76页。

《艳云亭》责骂那些兵临城下却不思御敌反而求助于念经求佛的首辅：

> 李元昊兵势凶勇，许州告急。众官俱在朝房会议，太师竟置之不理，反吩咐老身收拾经堂，焚香点烛，出来颂经，不知何故。咳，太师爷，太师爷，圣上何等待你，今日坐视封疆失陷，岂是臣子事君之道。①

腼颜人世的士大夫无法承载起救世的使命，因此，这一责任责无旁贷地落在了烈女的头上。

> 今日礼防大决，人伦攸敩，苟得一节行可称者，将亟旌之以挽天下之颓纲。②

女子之节烈，是如此的普遍；而臣子的失节，也是如此的普遍。以至于时人失去了对忠臣的信任，而转为对女子的赞咏。

明末清初戏曲剧本中烈妇烈女不仅仅局限于为夫殉烈之节，也包括为父杀身之孝烈。《精忠旗》（明崇祯间墨憨斋刻本）中，岳飞被秦桧陷害致死，其女岳银瓶一死殉父："孩儿素慕古人，每怀忠义，得与爹爹相从地下，于愿足矣。"③《玉鸳鸯》（旧抄本）中，赵文华父子谋求文霞仙，抢亲中踢死文谦。文霞仙设计杀死赵文华之子为父报仇："蓦忽地亲身丧亡，好教俺恨奸豪填胸胀。这冤家不共存亡，誓拼得一命杀强梁。"④

包括为主殉身的义烈，除了《一捧雪》中的雪艳娘，《党人碑》（旧抄本）中，刘琴儿被当作大臣刘奎之女刘丽娟被捕，琴儿反而庆幸可代忠良而死："念小姐金闺弱质，正堪指鹿为马。奴是村户蒲姿，何

---

① （清）朱佐朝：《艳云亭》卷下，《古本戏曲丛刊三集》，商务印书馆1957年版，第6页。
② （清）归庄：《天长阮贞孝传》，《归庄集》，中华书局1962年版，第422—423页。
③ （明）冯梦龙：《冯梦龙全集》第十二卷，江苏古籍出版社1993年版，第444页。
④ （清）朱坦纶：《玉鸳鸯》，《古本戏曲丛刊三集》，商务印书馆1957年版，第70页。

妨以李代桃，因此上，奴甘代落花无主一任到天涯。"①《双忠庙》（现存清康熙间书带堂刻《容居堂三种曲》所收本）中，乳母石氏携忠臣之后廉女投侄秃儿，朝廷选绣女，秃儿冀得赏金，出首廉女。石氏愤而撞阶身亡。

包括为国杀身的忠烈，如《两须眉》［清顺治十年（1653）序刻本］，兵荒马乱之中，邓氏虽为女子，却巾帼不让须眉，亲自领兵，奋身杀敌："把枪儿放长，把弓儿满张，莫忙莫忙莫莫忙，拚性命和他打仗。"②邓氏在保家卫国的危急时刻，超越了自身的妾妇身份和男子附庸的地位，以至于作者以须眉目之，赞美邓氏与其夫可并称"须眉"。

如《史记》中求救信陵的原是平原君："胜所以自附为婚姻者，以公子之高义，为能急人之困。今邯郸旦暮降秦而魏救不至，安在公子能急人之困也！且公子纵轻胜，弃之降秦，独不怜公子姊邪？"③而在《窃符记》中，却改为秦侵赵国，赵危在旦夕之时，平原君一筹莫展，信陵君之姊、平原君之妇魏姬毅然担当起救国重任。"家将过来，听我吩咐，你将此书星夜飞马到魏国信陵君庭中投下，说我赵邦望救，急似烧眉。我发书三日之后，即绝食以望救兵，倘若来迟，我便忍饿而死。"④终于使信陵君感于手足情深，乞如姬窃符，得朱亥锥杀晋鄙，却秦存赵。

而《英雄概》（旧抄本）则完全把社稷再造之功归因于女子。三寸之舌，灰飞千里舳舻；手无寸铁，力拒百万雄师。完全凭借女子自身的胆量、智慧，"倒做了中流一柱"，"粉英雄威风壮"⑤。使昏庸天子、无能权相、无用甲士这些须眉男子都相形失色、汗颜无地。大敌当前，唐王不思退敌救国，反听信佞臣妖言，匆忙出逃，其识见反不如其妹玉鸾英公主一区区女流，"哥哥，那田令孜之言，决不可听信。哥哥若车驾

---

① （清）邱园：《党人碑》，《古本戏曲丛刊三集》，商务印书馆1957年版，第70页。
② （清）李玉：《两须眉》，《古本戏曲丛刊三集》，商务印书馆1957年版，上本，第47页。
③ （西汉）司马迁撰，（宋）裴骃集解，（唐）司马贞索隐，（唐）张守节正义，中华书局编辑部点校：《史记·卷七十七 魏公子列传第十七》，中华书局1982年版，第2379页。
④ （清）张凤翼：《窃符记》，《古本戏曲丛刊三集》，商务印书馆1957年版，下本，第6页。
⑤ （清）叶稚斐：《英雄概》，《古本戏曲丛刊三集》，商务印书馆1957年版，下本，第11页。

播迁，不惟民心摇动，将九庙皇陵、六宫嫔妃，唾手付与贼人，遗臭千年，岂不为恨？"① 玉鸾英公主看到唐王实在无心守国，毅然挺身而出："若决意信从田令孜之言，只一帝一后，悄避西岐，暂把兵符印信，付与奴家，权为执掌。若祖宗有灵，退得贼兵，仍可保全社稷。若唐家天下数绝，奴家以身殉之，决不偷生。"② 唐王闻之，不惟毫不问心有愧，反而暗暗庆幸："贤妹，你乃区区女流，若果能如此，我唐家社稷有托矣。"③ 遂一走了之。面对唐王留下来的天大担子，玉鸾英公主先是调遣八千羽林军，团护皇城；接着晓谕六宫，命众嫔妃自尽。当八千羽林军无法阻挡朱温，节节败退之际，玉鸾英公主又吩咐内侍："你且随着我全登五凤楼，与朱温打话。倘我三言两语，激得他反邪归正，唐家祖宗有幸也。他若不肯，你便向六宫四围放火，我也投火自焚便了。"④ 在朱温的淫威面前，玉鸾英公主始终保持一种居高临下的气势，痛斥朱温"谬称螳勇"，"兀的不歹杀人也么哥，兀的不痴杀人也么哥"⑤。与此同时，玉鸾英公主又晓之以理：空有堂堂七尺之躯，不能自成事业，乃投反贼部下，何不反邪归正，保全唐家社稷，也博得个封妻荫子。动之以情，利用朱温闻得有个玉鸾英公主，才貌双全，恨不得取之帐下的好色心理，玉鸾英公主又假意允诺，如若果真投诚，便不惜微躯，侍你巾栉便了。并且从正反两方面晓以利害："你今就打进宫来，不过抢些财宝。况圣上早往西岐去了，今有十八路诸侯，星奔勤王。谅你区区小丑，岂成大事。""你若不依俺言，俺便愿头颅溅你刀枪，愿轮蹄践俺尸囊。你若不退兵，俺便叫六宫四围放火，拚弃咱烟埋玉粉，羞杀你想坐龙床。"⑥ 面对朱温的"谨遵台命"，情愿投诚，望公主推起皂旗，开门容纳的要求，玉鸾英公主将计就计："奴家未奉皇兄命令，何敢妄谐姻契。况你歹人多诈，奴家也难轻信。今既已两相许诺，你可将兵符令

① （清）叶稚斐：《英雄概》，《古本戏曲丛刊三集》，商务印书馆 1957 年版，下本，第 9 页。

② （清）叶稚斐：《英雄概》，《古本戏曲丛刊》编辑委员会编：《古本戏曲丛刊三集》，商务印书馆 1957 年版，下本，第 9 页。

③ （清）叶稚斐：《英雄概》，《古本戏曲丛刊三集》，商务印书馆 1957 年版，下本，第 10 页。

④ （清）叶稚斐：《英雄概》，《古本戏曲丛刊三集》，商务印书馆 1957 年版，下本，第 10 页。

⑤ （清）叶稚斐：《英雄概》，《古本戏曲丛刊三集》，商务印书馆 1957 年版，下本，第 11 页。

⑥ （清）叶稚斐：《英雄概》，《古本戏曲丛刊三集》，商务印书馆 1957 年版，下本，第 12 页。

箭全付与俺，你可速往西岐，迎请俺兄嫂回宫，才见你真心归顺。"①
谈笑间朱温解除兵权："谨依娘娘懿旨。朱温的全部人马，悉听娘娘调
度。俺匹马单身，往西岐迎驾去也。"② 为绝后患，玉鸾英公主又施以
驱虎吞狼之计："只恐黄巢接踵而来，我就遣朱温为前部先锋，声言投
顺之情，倒戈杀贼，少阻其锋。且待勤皇师到，黄巢立可擒矣。"③ 女
子的智慧与忠贞在黑云压城城欲摧的危急时刻被张扬到了极致。

天下兴亡，何止匹夫有责！一向被忽视甚至被轻视的"匹妇"也
从幕后走到了前台，不惜以生命护卫她们的家邦和信仰。虽然这些女子
的身份从公主、夫人、宫女直到妓女不等，但在国破家亡的时刻，她们
却共同选择了担当：不再藏头深闺，而是以娇弱之躯，力敌虎狼；不再
纺绩针黹，而是以霜矛雪剑，保疆护庄。她们的数量虽然有限，但作为
号召和表率，其激励和振奋作用是不可低估的。休言女子非英物，夜夜
龙泉壁上鸣。在明末清初的特殊时刻，女子的贞节的内蕴被赋予了更多
的含义，她们的存在价值不仅仅局限于节，而是在孝、义、忠各个方面
堪为表率，也无怪乎剧作家此际对她们如此报以青睐。

第二节　剧作中的贞节烈女何以能够劝世救世？

明末清初传奇中描写大量的贞节烈女就能够劝世救世？背后的逻辑
何在？

在士大夫言语系统内，"义"是烈女与忠臣的纽带，烈与忠通过
"义"而获得可比性，从而使烈女可以用来劝世。

在三纲五常中，父子、兄弟为"天合"，而君臣、夫妇为"人合"。
"天合"的维系基础是血缘，而"人合"的维系基础则是道义。正是在
"人合"的基础上，"臣"与"妇"获得了同样的性质。那么，对这两
种人物进行表彰，自然可以互相砥砺，共扬风教。"古恒以忠臣烈女相

---

① （清）叶稚斐：《英雄概》，《古本戏曲丛刊三集》，商务印书馆 1957 年版，下本，第 12 页。
② （清）叶稚斐：《英雄概》，《古本戏曲丛刊三集》，商务印书馆 1957 年版，下本，第 12 页。
③ （清）叶稚斐：《英雄概》，《古本戏曲丛刊三集》，商务印书馆 1957 年版，下本，第 13 页。

配，谓委质与致命之义同也。"① 方宗诚在《方柏堂全集续编五·续贞女论上》又将臣与妇的关系进行了进一步的阐发：

> 且夫女之不更二夫与臣之不事二主一也。已嫁而为夫守为夫死，是委质为臣而守节不事二姓之类也；许字未嫁而为夫守为夫死，是未尝委质为臣而守义不屈二姓之类也。②

忠臣和烈女是同等性质的、劝化世人的榜样和手段，"圣王制世御俗，所急而且先者，惟臣之良，妇之节，崇显褒异，拳拳然持此以为天下励者，是则何故？盖以义合者，而能不悖其心"③。

而在剧作家言语系统内，"情"是烈女与忠臣的纽带，烈与忠通过"情"而获得可比性，从而使烈女可以用来劝世。

说道贞节烈女有情，似乎使人讶然。现在一提贞女节妇，似乎她们都是无情的怪物，如《谐铎》"槁木死灰一般，方可守得"④。然而贞女节妇，实是天地间大有情者。

冯梦龙《情史》卷一《情贞类》："情主人曰：'自来忠孝节烈之事，从道理上做者必勉强，从至情上出者必真切。夫妇其最近也，无情之夫，必不能为义夫；无情之妇，必不能为节妇。世儒但知理为情之范，孰知情为理之维乎？'"⑤

又如孟称舜的《二胥记》题词："故天下之大忠孝人，必天下之大有情人也"⑥，《贞文记》认为，"天下之贞女，必天下之情女"。⑦ 孟称

---

① （明）李东阳：《封孺人张母姚氏墓志铭》，《李东阳集》，岳麓书社1985年版，第423页。
② （清）方宗诚：《续贞女论》上，《方柏堂全集》续编第五卷，光绪七年开雕本，第2页。
③ （明）海瑞：《赞萧氏一门二节》，《海忠介公全集》第五卷，（台湾）辑印委员会1973年版，第420—421页。
④ （明）海瑞：《赞萧氏一门二节》，《海忠介公全集》第五卷，（台湾）辑印委员会1973年版，第420—421页。
⑤ （明）冯梦龙：《冯梦龙全集》，凤凰出版社2007年版，第36页。
⑥ （清）孟称舜：《二胥记》，《古本戏曲丛刊三集》，商务印书馆1957年版，第1页。
⑦ （清）孟称舜：《贞文记·题词》卷上，《古本戏曲丛刊二集》，商务印书馆1955年版，第1页。

舜又进一步解释道:"情与性而咸本之乎诚,则无适而非正也……诚之为至,细之见之于儿女幄房之际,而巨之形于上下天地之间,非有二。"① 也就是说,情,作为人的天性,只要出于诚心,正心诚意,既可以外化为忠君爱国之举动,也可内化为夫妇爱敬忠贞之行为,忠孝贞节实为同源异体。孟称舜又在《贞文记》中通过张玉娘之口道出:"丈夫则以忠勇自期,妇人则以贞节自许……家亡国破守贞忠,男忠女节两相同。"②

然而,遗憾的是,现实中臣子的表现和君主与民众对其的期待背道而驰,而烈女在这个特殊的时刻起到了重聚信念维护人心的作用。在天下大乱、王朝更迭的时期,饱读诗书通晓义理的士大夫无法对君主守忠,"大吏之死,仅一二见"③,杜浚在龚鼎孳家中看到其家乐搬演的虞姬故事后颇有弦外之音地写道:"年少当场秋思深,座中楚客最知音。八千子弟封侯去,惟有虞兮不负心。"④ 而无知无识的乡下女子却能甘愿为夫死节,固守礼义,臣子食君之禄,而不能忧其忧,死其事,屡见不鲜;而妇之不二其夫者,一家或三四人,一族或十数人,一乡一邑,有不可胜纪者。不由人不发出这样的疑问:"节义之性,人皆有之,何独能于妇人乎?"⑤ 以至于发出了"犹幸有一二妇人,撑持世界"的振聋发聩的声音。因此,选择贞与礼这样一个切入点,可以信众服远,以愧不臣之臣,"妇女守节不二,大义凛然,表而扬之,不特可励闺范,亦可以愧士子之怀二心以事君者"⑥。

在无事之秋,如果士君子被视为妇人女子,必然勃然大怒,认为是莫大的污辱。然而,一旦君父有难,夸夸其谈的所谓"士君子"还不如妇人女子能够保持节操。"士大夫平居谈忠义事,娓娓可听,甚或摇

---

① (清)孟称舜:《贞文记·题词》卷上,《古本戏曲丛刊二集》,商务印书馆1955年版,第1页。

② (清)孟称舜:《贞文记》卷下,《古本戏曲丛刊二集》,商务印书馆1955年版,第4页。

③ (明)归有光:《王烈妇碑碣》,《震川先生集》第二十四卷,上海古籍出版社1981年版,第571—572页。

④ (清)杜浚:《变雅堂遗集·诗》卷九《龚宗伯座中赠优人扮虞姬绝句》,《续修四库全书》第1394册影印本,上海古籍出版社2002年版,第160页。

⑤ (明)罗伦:《双节堂记》,《一峰文集》卷六,文渊阁《四库全书》第1251册,第716页。

⑥ (清)方宗诚:《为朱九香学使到任正学术示》,《方柏堂全集补存》,光绪刻板,第20页。

首奋舌，揎袂攘臂，须髯磔张，目眦上裂，其慷慨激发真若能舍命不渝者。及一旦临变，仓卒为威惕，为利疚，踌躇徘徊，盰盰伥伥。"① 洪炳文亦云："夫士人读圣贤书，谈忠孝事，规行矩步，因循循于礼法之流也，及一旦躬值患难，往往张惶迷惑，自失其守者有之。而一二妇人女子，伏处穷闾，未闻大义，猝遇强暴，抗节捐生，卒以不辱。意者，清淑之气钟于人，不以才称，而以节见欤！"②

抚今思古，不由使人发出这样的感慨："使士君子而皆此妇人焉，则人之国家岂有丧亡之祸哉？"③ 贞女节妇在作为参照系，使现世之人"以人为镜，可以知得失"之外，还可以以此为火花，激发对"忠孝良禘"等同类型行为的追慕与仿效：

> 使天下之妇女闻烈妇之风，而皆生妇道，死不负夫，则闺门皆虞夏矣；使天下之臣子闻烈妇之风，而皆生尽臣子之道，死不负君父，则朝野皆虞夏矣；使天下兄弟朋友闻烈妇之风，而皆生尽兄弟朋友之道，死不相负，则风俗无地不虞夏矣。④

贞与礼，虽然在某些方面对人是一种压制和束缚，然而，对于经历鼎革饱受打击的顺治时期的臣民来说，在曾经的"解放人欲"造成的可怕后果面前，在没有找到新的学说和理论作为武器的情况下，只能成为唯一的选择。贞与礼虽然也有自身的瑕疵，但是起码维持了秩序和安定，"宁为太平犬，莫作乱离人"，何况是在乱离中追念曾经的太平，贞与礼的负面影响在回忆中被过滤了，在这个大背景下被忽略了。故而，剧作家在传奇中把回归贞和礼作为反思和救世的手段也就不是偶

---

① （清）梁敦书：《重修海烈妇祠碑记》，载（清）沈受宏《海烈妇传奇》卷首，上海图书馆藏道光二十一年（1841）刻本。

② （清）洪炳文：《水岩宫·自叙》，载（清）洪炳文撰，沈不沉编《洪炳文集》，上海社会科学院出版社 2004 年版，第 22 页。

③ （明）罗伦：《冰雪堂记》，《一峰文集》卷六，文渊阁《四库全书》第 1251 册，第 716—717 页。

④ （清）颜元：《习斋记余》第一卷，中华书局 1987 年版，第 1 页。

然的。

经过亡国之痛的洗礼，人们更倾向肯定符合儒家道德的，经过克制的，"发乎情止乎礼义"的情。而人欲的过于泛滥也自然使人们有心向"礼"复归。所以明末清初传奇中出现这么繁多的贞节烈女，一方面是由于剧作家将亡国的原因部分地归结为逸乐流行而力图通过雅乐改变；另一方面是剧作家希望以牺牲的、忘我的、克制的"贞"来映照过于泛滥的贪欲和自私。显然，这种牺牲和忘我与"忠"的精神内核不谋而合。他们希望"贞"的流传也会同时唤醒或引发人们对同类行为——忠孝节义——的思索与追求。

第三节　凝视、身份与思想倚籍

明末清初这段在戏曲中表现贞洁烈女的潮流，不仅时间跨度长，范围广，而且作者的身份非常多元化。

在音乐上，"复调"是指两段或两段以上同时进行、相关但又有区别的声部所组成，这些声部各自独立，但又和谐地统一为一个整体，彼此形成和声关系，以对位法为主要创作技法。在明末清初这个时期，不同"身份"的作家选择了相似的表现主题，即"贞节烈女"，然而在不同作家的笔下，又有着不同的内涵，既有誓彼柏舟，之死矢靡他的贞，也有一与之醮，终身不改的节，既有为主殉身的义烈，亦有为夫殉身的节烈，也有为父复仇的孝烈，以及为国雪耻的忠烈。《龙舟会》中的谢小娥为父为夫，女扮男装侍贼取得信任而后将之一击毙命。《虎口余生》中，一介宫女费贞娥有感于"可叹那些臣子没有一个为国家报仇雪耻"，[①] 因此，假扮公主杀死李自成的义弟二大王一只虎李过，"誓把那九重帝主沉冤泄，誓把那四海苍生怨气伸"。[②] 张源《樱桃宴》中的

---

① （清）遗民外史：《虎口余生》，《古本戏曲丛刊》（第五集），文学古籍刊行社1957年版，第1页。

② （清）遗民外史：《虎口余生》，《古本戏曲丛刊》（第五集），文学古籍刊行社1957年版，第1页。

窦桂娘奋起反抗，下毒杀死李希烈。钱肇修《芙蓉峡》中的小涛从狱中救出穆氏，又飞身入敌营，杀死盗首。《渔家乐》中的渔家女邬飞霞，父亲被梁冀派来的杀手误杀后，她决心为父报仇，顶替马瑶草，冒充歌姬，混入梁冀府中，用宝针当庭刺死仇人，博得赞叹"好一个泼天大胆女多娇"①。《一捧雪》中的雪艳娘临危不惧，誓要"拚个碎首君门把沉冤涤"②，杀死卖主求荣的汤勤。《芝龛记》中的秦良玉不仅披挂上阵，而且在丈夫死后毅然担起丈夫的职责，抗击外敌，保护大明及族人的安全。

　　面对这样的奇女子，不由使时人发出"愧杀男儿"的感叹。林屋洞山樵题《海烈妇传奇》："妇人而丈夫耶！烈则妇人而丈夫，不烈则丈夫而妇人。……吾固愧天下之丈夫而妇人者。"③ 王璞题《芙蓉碣》："天语煌煌勒石碑，捐躯慷慨两蛾眉。世间多少奇男子？节烈英雄付女儿。"④ 姚重光跋《芝龛记》："谁云巾帼无奇节？巾帼如斯节更奇。只有《芝龛》善摩拟，须眉愧杀几男儿！"⑤ 王夫之曾向往"豪杰"："有豪杰而不圣贤者矣，未有圣贤而不豪杰者也……纳之于豪杰而后期之以圣贤，此救人道于乱世之大权也。"⑥ 但是，这乱世中推崇的完美人格，却因为男性的退缩，只能由女性来承担和完成。

　　明末清初戏曲中这些各自独立、丰富多元的形象，构成了恢弘的图景，造成前呼后应、此起彼落的效果，形成了事实上的"复调"，使得这种现象成为一种值得深思的存在。

　　特别值得关注的是他们的"身份"，因为假如剧作家的构成只有遗民、遗臣的话，那么所谓"独重"就显得单薄和片面。然而，他们的身份组成是如此的纷繁复杂——儒林、遗民、遗臣、贰臣、夹缝人、无

---

① （清）朱佐朝：《渔家乐》，载（清）怡庵主人《绘图精选昆曲大全》（第一集），（台湾）世界书局1925年版，第46页。

② （清）李玉：《一捧雪》，《古本戏曲丛刊》（第三集），文学古籍刊行社1957年版，第8页。

③ （清）沈受宏：《海烈妇传奇》，上海图书馆藏道光二十一（1841）年刊本。

④ （清）张云骧：《芙蓉碣》，上海图书馆藏清光绪四年（1878）刻本。

⑤ （清）董榕：《芝龛记》，福建师范大学藏乾隆辛未（1751）刻本。

⑥ （清）王夫之：《俟解》，《船山全书》第12册，岳麓书社1996年版，第479页。

名氏、托钵山人、仕清作家……

由于《儒林外史》的渲染，一般人把"儒林"的文行出处都看得轻了，认为儒林中人要么是古板不化专奉"苦节礼"的理想主义空想家，要么是被服儒雅、口侈道德实际上却行若狗彘的"二元礼"伪君子①。孰不知能够进入正史中的"儒林"之士，乃儒家正统命脉之所系，是与一代政治相表里，关乎世道人心者甚巨的典范人物：

> 粤自司马迁、班固创述《儒林》，著汉兴诸儒修明经艺之由，朝廷广厉学官之路，与一代政治相表里。后史沿其体制，士之抱遗经以相授受者，虽无他事业，率类次为篇。《宋史》判《道学》、《儒林》为二，以明伊、雒渊源，上承洙、泗，儒宗统绪，莫正于是。所关于世道人心者甚巨，是以载籍虽繁，莫可废也。②

有清三百年，儒林总共人数亦不过115人，"清初三大家"之中，亦只有黄宗羲和王夫之入选，可见门墙之高崖森严。而且《清史稿》也明确指出儒林之正道"实拯人心"③的重要作用。所以，作为"儒林"典范人物的王夫之，能够以戏曲这种"小道""小言"为载体，以贞节烈女为表现对象，对于拯救世道人心的垂范意义是非常重大的。

出生于明末，在明朝灭亡后，不仕前朝，也不仕后朝，称之为遗民，如"苏州派作家"；仕于前朝，不仕后朝，称之为遗臣，如陈轼等；仕于前朝，又仕于后朝，称之为贰臣，如吴伟业等；不仕前朝，却仕于后朝，称之为"夹缝人"，这些作家中，既有愧悔的孟称舜等，也有顺其自然的袁于令等。

遗民、遗臣表现贞节似乎是应有之义，然而贰臣、"夹缝人"也积极地参与进来。如果以苛刻的标准而言，贰臣本质上确实是"投机

---

① ［美］商伟：《礼与十八世纪的文化转折：〈儒林外史〉研究》，生活·读书·新知三联书店2012年版。

② （清）张廷玉：《明史》，中华书局1974年版，第7221页。

③ （清）赵尔巽：《清史稿》，中华书局1977年版，第13099页。

者",清高宗毫不客气地指出:

> 若而人者皆以胜国臣僚,乃遭际时艰,不能为其主临危受命,
> 辄复畏死幸生,忝颜降附,岂得复谓之完人![1]

乾隆认为,这些人都是"大节有亏",因此,"不能念其建有勋
绩,谅于生前;亦不能因其尚有后人,原于既死"。是以下令编纂
《钦定国史贰臣表传》即《贰臣传》,载于《清史列传》中第七十八、
七十九卷。

贰臣、"夹缝人"正惟失"节",感慨遂深,那么表现他们不再拥
有的"节烈"似乎正符合了心理学的"补偿"机制,在另一个维度,
通过"贞节烈女"面貌展现的形象成为一个"平行自我",使现实世界
中的缺陷自我被圆满被完成。

曹丕曾经指出文章乃"经国之大业,不朽之盛事"。因为年寿有时
而尽,荣乐止乎其身,二者必至之常期,未若文章之无穷。

> 是以古之作者,寄身于翰墨,见意于篇籍,不假良史之辞,不
> 托飞驰之势,而声名自传于后。[2]

然而对于此时期的无名氏作家而言,他们宁肯身名俱废,泯然众
人,亦不忍那些贞节烈女一并泯灭,而愿以剧存史,以剧励世,把以一
己之身复君父之仇的费宫人传扬于世。

因为时代的局限,托钵山人作家被认为是类似"小丑""篾片"的
存在,其剧作更被当作"风情趣剧"的消闲文化,然而即使这样的作
家也在作品中以对"贞节烈女"的赞颂,透露出评议时政、扭转世风
的抱负,而且其用世深心得到了读者的理解和赞和。

仕清作家已经处于"独重节烈"潮流的余绪,主要目的已经转变

---

[1] 《乾隆四十一年十二月初三日诏书奏折档》,《大清高宗纯皇帝实录》,中华书局1986年版。
[2] (三国魏)曹丕:《典论》,中华书局1985年版,第2页。

为总结与垂鉴。

此前提及，剧作家"独重节烈"的潮流体现了"凝视"（Gaze）心理，即他人看待自己的眼光折射之后，构成了人自己的再现。虽然凝视是一个心理及文化学概念，后又运用于电影，当女性受到男性观众的凝视，往往会以这种父权式期待的方式（如展现温柔、性感）来展现自己。然而，从表演和观众两大构成板块而言，电影和戏曲具有同质性。因此，戏曲中的"贞节烈女"潮流在这个特定时期，是由于父权式期待的"凝视"形塑而成。

或许出人意料的是，戏曲和八股文是相通的。倪鸿宝指出："惟元之词剧，与今之时文，如孪生子，眉目鼻耳，色色相肖。盖其法皆以我慧发他灵、以人言代鬼语则同。"[1] 袁子才《小仓山房尺牍》卷三《答戴敬咸进士论时文》说得更是透辟："从古文章皆自言所得，未有为优孟衣冠，代人作语者。惟时文与戏曲则皆以描摩口吻为工。"[2] 方苞一语道破，八股文古称"代言"，是学子依据四书五经，揣摩古人思想口吻而进行写作的。在此过程中，学子正心诚意，耳濡目染，渐渐达到以圣贤之心为心的境界："制义之兴七百余年，所以久而不废者，盖以诸经之精蕴，汇涵于四子之书，俾学者童而习之，日以义理浸灌其心，庶几学识可以渐开，而心术群归于正也。"[3] 如果八股文可以让人心术群归于正，那么戏曲通过不断地表彰"贞节烈女"应该也能起到导归于正的作用。

剧作家以贞节烈女自比自励从而实现救国救世的愿望，他们还有一个强有力的思想倚籍，即关盼盼之与文天祥。

关盼盼不过是张建封[4]的一个歌妓，然而在张建封死后，关盼盼先

---

① （明）郑元勋辑：《媚幽阁文娱初集》，崇祯刻本，载《四库禁毁书丛刊》编纂委员会编《四库禁毁书丛刊》，北京出版社 2000 年版，第 172 册，第 89 页。

② （清）袁枚著，胡光斗笺释：《小仓山房尺牍笺释》第三卷，广文书局 1978 年版，第 4 页。

③ 《钦定四书文》，《景印文渊阁四库全书》第 1451 册，台湾商务印书馆 1979 年版，第 2 页下。

④ 一说是张愔的歌妓，但是因为张愔的名气不够大，认为有点儿配不上关盼盼，就把关盼盼的丈夫说成是张愔的父亲，司徒张建封。

是在燕子楼守节十年,最终又以身殉的方式,为之绝食而死。元明时期,杂剧《关盼盼春风燕子楼》,冯梦龙的小说《钱舍人题诗燕子楼》,蒋一葵的《尧山堂外纪》等,都曾吟咏此事。关盼盼只是歌妓,本无对夫守节殉烈之义,然而她的行为却真正同时实践了"节"和"烈",成为忠贞节烈的代言人。南宋宰相文天祥奋力抗元,死而后已,他把关盼盼视为自己的精神偶像,多次写诗歌颂,最著名的就是收于《指南后录》中的《燕子楼》:

> 自别张公子,婵娟不下楼。
> 遂令楼上燕,百岁称风流。
> 我游彭城门,来吊楚王阙。
> 问楼在何处,城东草如雪。
> 蛾眉代不乏,埋没安足论。
> 因何张家妾,名与山川存。
> 自古皆有死,忠义长不没。
> 但传美人心,不说美人色。①

《指南后录》的第一首就是《过零丁洋》,文天祥以"人生自古谁无死,留取丹心照汗青"②直抒胸臆,表明了舍生取义的决心,而这首《燕子楼》与之同义,文天祥以历代蛾眉的埋没不闻反衬了关盼盼的万古不磨,暗以自比,忠义不没。后来,他被囚金陵,又以关盼盼自喻,写了一阕《满江红》,并说明填这阕词的由来——和王夫人《满江红》韵,以庶几后山《妾薄命》之意。全词如下:

> 燕子楼中,又挨过、几番秋色。相思处、青年如梦,乘鸾仙阙。
> 肌玉暗销衣带缓,泪珠斜透花钿侧。最无端蕉影上窗纱,青灯歇。
> 曲池合,高台灭。人间事,何堪说!向南阳阡上,满襟清血。

① (南宋)文天祥:《文天祥全集》,中国书店1985年版,第362页。
② (南宋)文天祥:《文天祥全集》,中国书店1985年版,第349页。

世态便如翻覆雨，妾身元是分明月。笑乐昌一段好风流，菱花缺。①

在这阕词中，文天祥认为，乐昌公主虽然和徐德言破镜重圆，但是毕竟曾经做过杨素的妾，难称完节，他以关盼盼誓不下燕子楼自比，自己会始终如一，忠贞不渝，任世态翻云覆雨，如皎洁明月永无改变。

文天祥所处的宋元之际，也正是起义军此起彼伏与异族的改朝换代。文天祥受元军攻击而兵败，本吞下随身携带的冰片企图自杀，不过却未死，仅昏迷过去，随后被俘。路上绝食八日，不死。被关押在北京府学胡同，拘囚四年。帝昺祥兴二年（1279），宋亡，忽必烈爱其才，先后派出平章政事阿合马、丞相孛罗劝降，至元十九年十二月八日（1283年1月8日），忽必烈召见文天祥，亲自招揽，甚至派出已经被俘的宋恭帝赵㬎劝降，文天祥都不为所动。次口押赴刑场，文天祥向南宋首都临安方向跪拜，从容就义。

文天祥激赏关盼盼，屡以自比，而他自己先守节后殉烈的人生轨迹，亦和关盼盼相似。明人罗洪评价道："及其洒泣入卫，捐家饷军，流离颠顿，出万死一生，以图兴复。力既不支，犹以拘囚之余，从容燕市，收三百年养士之功绩。"② 在明景泰七年（1456）被追赐谥号为"忠烈"的文天祥如斯，众生岂非亦可如斯？所以，以"凝视"形塑"贞节烈女"以救世匡世成为一股强劲的潮流。戏曲中"独重节烈"而又以"烈"为主，是和真实历史相当吻合的，据统计，《明史·列女传》的忠勇人数1人，仁义15人，孝道22人，贞节48人，节烈约300人。③

然而，最后，我们发现，即使身份各异的明末清初剧作家表现节烈的剧本风起云涌，他们希图通过"节烈"救亡的目的却并未达成，理

---

① （南宋）文天祥：《文天祥全集》，中国书店1985年版，第357页。
② （明）罗洪先：《重刻文山先生文集序》，载（南宋）文天祥《文天祥全集》，中国书店1985年版，第1页。
③ 高世瑜：《历代〈列女传〉演变透视》，《中国社会历史评论》1999年第1期。

想与现实落差如斯，原因何在？

第四节　表演、现实与禀赋效应

旷日持久的"独重节烈"戏曲确实起到了一定的宣传激励作用，但是为什么没有收到剧作家心目中的恢复之功呢？要战胜清朝，起码要从舆论宣传和军事战争两个方面入手。

在军事战争的对比方面，把熊廷弼传首九边，把袁崇焕凌迟处死，而且边防将领常常轮换，导致兵不知将，将不知兵。以及军饷亏空，这些都使明朝战斗力不足，而和刚刚入关的八旗精锐形成了非常鲜明的对比。在攻城略地之后，清兵通过"扬州十日""嘉定三屠"这样的灭绝性政策把竭力抵抗的反清民间力量几乎消灭殆尽，而竭忠尽节的反清力量又通过自杀式行为也自我消亡。康熙平定三藩之乱，收复台湾，几乎没有给反清复明势力留下翻盘的空间。

在舆论宣传方面，第一种舆论手段是自诩奉天承运。清王朝屡屡强调明朝是亡于李自成，所以清朝代明就像四季更替一样，是天道之常：

> 兹者流寇李自成，颠覆明室，国祚已终。予驱除逆寇，定鼎燕都，惟明乘一代之运以有天下，历数转移，如四时递禅，非独有明为然，乃天地之定数也。①

他们给予崇祯帝明思宗的庙号，甚至还到崇祯陵前祭拜，承认他宵衣旰食，爱民如子，但同时又雄猜阴刻，不信臣僚，导致覆亡，从而给人一种"明亡于流寇，非亡于清"的假象。

甚至声称自己曾为明朝复仇，从而暗暗地确立自己的正统：

> 国家之抚定燕都，乃得之闯贼，非取之于明朝也。贼毁明朝之

---

① 《清世祖章皇帝实录》卷5，第25a页，顺治元年六月癸未条。

庙主,辱及先人,我国家不惮征缮之劳,悉索敝赋,代为雪耻。①

第二种舆论手段是大兴文字狱,从而钳制天下悠悠之口。第三种舆论手段是官修明史,开博学鸿词科,罗致硕儒。

通过这些军事手段和舆论手段,造成的结果就是刚直激烈之士大量消亡,相对柔糯温和才能生存。所以时间越久,用宣传贞节烈女这种方式来鼓动世人效果就会越来越弱化。对于刚直激烈之士来说,贞节烈女的宣传鼓动作用是强化。但是要激励那些柔糯温和之士,戏曲将迎来它的最大困境,也就是戏曲的舞台表演和真实的现实世界之间,隔着一千重的"疼痛"距离。

在舞台表演(或剧本书写)中,不论杀贼、抗贼,还是投火、自刎、刺喉、投江、撞壁等种种自杀行为,只需要唱词予以说明,并以科介做出相关动作,殉烈的行为就已达成,演员可以立即下场,舞台上不会出现人物的痛苦挣扎,更不会有血流满地、肢体横飞,但在真实世界之中,这些痛苦要惨烈百倍。

《明史·列女传》中的每个人物只是短短几十字而已,但是即使通过这样简略的记述,我们也可以一窥痛苦的恐怖。

采用上吊这种手段,绳索常常断绝,喉咙咯咯作声,却不能立即就死。

采用投井这种方式,怀孕的妇女因为肚子太大卡在井口,甚至要求别人帮忙把她推下去。

> 崇祯十五年,流贼破城。朱方怀孕,奔井边,谓京曰:"吾妊在怀,井口狭,可推而纳之。"②

采用自刎这种方式,常常要反复多次地痛苦自戕才能死去:

---

① 《清世祖章皇帝实录》卷6,第18a页,顺治元年七月壬子条,摄政和硕睿亲王多尔衮致史可法书。

② (清)张廷玉:《明史》,中华书局1974年版,第7754页。

许烈妇……拔刀刎颈仆地矣。父挈医来视,取热鸡皮封之,复抓去。明旦气绝。[①]

黄氏……碎食器刺喉不殊,以厨刀自刎死。[②]

李氏,东乡何璇妻。璇客死。李有殊色,父迫之嫁。遂以簪入耳中,手自拳之至没,复拔出,血溅如注。姑觉,呼家人救,则已死矣。[③]

黄烈妇……引刀自刎未殒。其姑闻之,急趋视,黄曰:"妇所以未即死者,欲姑一面耳,今复何求。"遂刎喉以绝。[④]

谢烈妇……徐入室闭户,以刀自断其颈。家人亟穴板入,血流满衣,尚未绝,见诸人入,亟以左手从断处探喉出之,右手引刀一割,乃瞑。[⑤]

张氏……引斧斫左臂者三。家人夺斧,抑而坐之蓐间,张瞋闷不语。家人稍退,张遽挺身出户投于水。水方冰,以首触穴入,遂死。[⑥]

而采用投火这种方式,除了一般性的焚烧房屋,自己端坐其中而死;还有将衣服渍满油,捆在树上焚成灰烬:

丘氏,孝感刘应景妻。崇祯末,为贼所执,逼从,不可。贼

---

① (清) 张廷玉:《明史》,中华书局 1974 年版,第 7717 页。
② (清) 张廷玉:《明史》,中华书局 1974 年版,第 7725 页。
③ (清) 张廷玉:《明史》,中华书局 1974 年版,第 7728 页。
④ (清) 张廷玉:《明史》,中华书局 1974 年版,第 7732 页。
⑤ (清) 张廷玉:《明史》,中华书局 1974 年版,第 7733 页。
⑥ (清) 张廷玉:《明史》,中华书局 1974 年版,第 7733 页。

曰："刃汝。"丘曰："得死为幸。"贼注油满瓮，渍其衣，语同类曰："此妇倔强，将爊之。"丘哂曰："若谓死溺、死焚、死刃有间乎？官兵旦夕至，若求如我，得哉！"贼怒，束于木焚之，火炽，骂不绝口。[①]

以及把女孩儿扣在瓮下，活活烤死，"寇退，出尸灰烬间，姑媳牵挽不释手。女距三尺许，覆以瓮，启视色如生"。[②]

甚至在死前，女子还要采取极端痛苦惨烈的方式毁坏自己的容貌，比如胡氏"断发劖面"，后染疾，家人将迎医，告其父曰："寡妇之手岂可令他人视。"[③] 不药而卒。

再如用滚水浇烂自己的脸，眼睛爆出，又用烟煤涂成狞厉之状。

陈襄妻倪氏。襄为鄞诸生，早卒。妇年三十，无子，家贫，力女红养姑。有慕其姿者，遣媒白姑。妇煎沸汤自渍其面，左目爆出，又以烟煤涂伤处，遂成狞恶状。媒过之，惊走，不敢复以聘告。历二十年，姑寿七十余卒，妇哀恸不食死。[④]

又如用生石灰按进自己的眼睛，使之变瞎：

尤氏……痛夫未葬，即营窀穸。恶少年艳其色，誉其目曰："彼盼美而流，乌能久也。"妇闻之，夜取石灰手授目，血出立枯。置棺自随。夫葬毕，即自缢，或解之，乃触石裂额，趋卧棺中死。[⑤]

至于那些敢于骂贼抗贼的女性，她们或者是被砍掉手足，被开膛破

---

① （清）张廷玉：《明史》，中华书局1974年版，第7755页。
② （清）张廷玉：《明史》，中华书局1974年版，第7753页。
③ （清）张廷玉：《明史》，中华书局1974年版，第7721页。
④ （清）张廷玉：《明史》，中华书局1974年版，第7724页。
⑤ （清）张廷玉：《明史》，中华书局1974年版，第7727页。

肚，身体被分成几块，甚至其肉被片片碎割而死。

　　贾氏……兵至，纵火迫之出，骂不绝口，刃及身无完肤，与舅尸同烬。年二十五。①

　　有高明严氏，贼掠其境，随兄出避，遇贼，刃及其兄。女跪泣曰："父早丧，孀母坚守，恃此一兄，杀之则祀殄矣，请以身代。"贼悯然为纳刃。既而欲污之，则曰："请释吾兄即配汝。"及兄去，执不从，竟剖腹而死。②

　　烈妇柴氏，夏县孙贞妻。崇祯四年，夫妇避贼山中。贼搜山，见氏悦之，执其手。氏以口啮肉弃之曰："贼污吾手。"继扳其肱，又以口啮肉弃之曰："贼污吾肱。"贼舍之去，氏骂不绝声，还杀之。③

　　崇祯五年，叛将耿仲明、李九成等据登州反，纵兵淫掠。一小校将辱之，（周）氏绐之去，即投缳死。明日，贼至，怒其诳己，支解之。④

　　宋氏……崇祯六年，贼至被掠，并执其女，迫令入空室。前有古槐，母女抱树立，骂曰："吾母子死白日下，岂受污暗室中。"大骂不行。贼断其手，益大骂，俱被害。⑤

　　蕲水李氏，诸生何之旦妻。流贼至蕲，执而逼之去，不从，则众挟之。李骂益厉，啮贼求死。贼怒，刺之，创遍体，未尝有惧

①　（清）张廷玉：《明史》，中华书局1974年版，第7710页。
②　（清）张廷玉：《明史》，中华书局1974年版，第7712页。
③　（清）张廷玉：《明史》，中华书局1974年版，第7744页。
④　（清）张廷玉：《明史》，中华书局1974年版，第7744页。
⑤　（清）张廷玉：《明史》，中华书局1974年版，第7745页。

色，贼断其颈死。从婢阿来抱李幼女，守哭。贼夺女将杀之，不与，伏地以身庇之。刺数十创，婢、女俱死。①

贼搴其足而曳之，女大骂。贼怒，一手搴足，以刀从下劈之，体裂为四。②

（姜氏）以簪自剔一目示贼曰："吾废人也，速杀为幸。"贼怒杀之。③

石氏女……崇祯十年，流贼突至，执欲污之。女抱槐树厉声骂贼。贼使数人牵之不解，剖其两手，骂如初。又断其足，愈骂不绝，痛仆地伴死。贼就褫其衣，女以口啮贼指，断其三，含血升许喷贼，乃暝。贼拥薪焚之。④

谢以手抱树，大骂不止。卒怒，断其附树之指，复拾断指掷卒面，卒磔杀之。⑤

贼刃其腹，一手抱婴儿，一手捧腹，使气不即尽以待夫。夫至，付儿，放手而毙。⑥

向氏"夺刃自刿。贼怒，立磔之。"⑦ 邵氏"贼怒，斫其足，骂益厉，断舌寸磔之。"⑧ 陶氏，南都覆，为卒所掠，不从。"卒怒，裂其手

---

① （清）张廷玉：《明史》，中华书局1974年版，第7746页。
② （清）张廷玉：《明史》，中华书局1974年版，第7747页。
③ （清）张廷玉：《明史》，中华书局1974年版，第7748页。
④ （清）张廷玉：《明史》，中华书局1974年版，第7748页。
⑤ （清）张廷玉：《明史》，中华书局1974年版，第7748页。
⑥ （清）张廷玉：《明史》，中华书局1974年版，第7756页。
⑦ （清）张廷玉：《明史》，中华书局1974年版，第7756页。
⑧ （清）张廷玉：《明史》，中华书局1974年版，第7757页。

而下,且剚其胸,寸磔死。"①

跳崖而死的孕妇,肠胃和胎儿都淋漓在碎石间。

> 寨破,郭褓幼儿走,且有身,为贼所驱。郭奋骂,投百尺岩
> 下,与儿俱碎乱石间,胎及肠胃迸出,狼籍岩下。贼据高瞰之,皆
> 叹曰:"真烈妇也!"②

和钱谦益"水太凉"正可映照的是,国变后有一位殉烈女子陆氏,因为绳索断绝,没有当时死去,由于是炎暑,天气太热,她甚至还扇扇子取凉。然而,最终她还是再次从容自缢。

> 夏继妻陆氏结帨于梁,引颈就缢,身肥重,帨绝堕地。时炎
> 暑,流汗沾衣,乃坐而摇扇,谓其人曰:"余且一凉。"既复取帨
> 结之而尽。③

对于那些柔糯温和之士,即使他们被节烈女子激励起来,但是,只要亲身体验到这些比水凉更痛苦千万倍的"疼痛",他们终将会勇于退缩。

更值得深入探究的是,经济基础决定上层建筑,正如英谚"Money Makes The World Go Round."(金钱使世界运转),看似纷繁复杂的文化现象背后正有经济规律之手的拨动,明末清初戏曲"独重节烈"潮流的云去云来和行为经济学中的禀赋效应(Endowment Effect)密切相关。

禀赋效应是 2017 年诺贝尔经济学奖获得者理查德·塞勒(Richard Thaler)教授提出的一个概念,指拥有一件东西会让你高估它的价值。

在人们拥有一件东西之后,人们会倾向于认为,自己拥有的事物比

---

① (清)张廷玉:《明史》,中华书局 1974 年版,第 7760 页。
② (清)张廷玉:《明史》,中华书局 1974 年版,第 7699 页。
③ (清)张廷玉:《明史》,中华书局 1974 年版,第 7762 页。

别人拥有的同样的事物更有价值，同时在放弃该事物的时候有更强烈的损失感。

对于明末清初处于大动荡时期之后又遭遇朝代更迭的幸存者（Survivor）——不论作者的身份是儒林、遗民、遗臣、贰臣、"夹缝人"、无名氏、托钵山人——他们都是时代的幸存者，明朝的帝国荣耀、汉家正统、衣冠礼制等都是他们曾经拥有的"禀赋"，而随着政权的岌岌可危直到最终的异族入主，一切都土崩瓦解，他们希望竭尽所能地挽救或恢复，以传唱"贞节烈女"希望达到鼓舞人心、激扬士气、投身救国的传播效应。明王朝被李自成推翻之后，吴三桂向清兵"借师"曾经被解读为等同于申包胥的"复楚"；南明小朝廷的建立以及桂王等数个小政权的存在，都曾给时人带来泥马渡江、偏安一隅、东山再起的幻想，甚至曾经降清的钱谦益也秘密支持反清事业；曾经绞杀桂王的吴三桂后又举起反清旗帜……恢复，似乎是一个无限接近的愿景，禀赋效应成为剧作家们不断、持续表现"贞节烈女"的内在驱动力。

然而，当清廷无论从政权还是从礼制上确立和稳固了自己的地位之后，尤其当上一代的幸存者（Survivor）消亡殆尽之后，新王朝的子民将确立新的禀赋效应，清朝的帝国荣耀、一统疆土、衣冠礼制等成为新朝子民拥有的"禀赋"，他们亦将为之维护、捍卫，以"独重节烈"为表以恢复大明为里的戏曲潮流终于广陵绝响、风流云散。

参考书目

一　专书

（战国）左丘明著，（晋）杜预注：《左传》，上海古籍出版社 2016 年版。

（战国）左丘明著，（三国吴）韦昭注，胡文波校点：《国语》，上海古籍出版社 2015 年版。

（西汉）刘向：《战国策全鉴》，中国纺织出版社 2015 年版。

（西汉）司马迁：《史记》，浙江古籍出版社 2000 年版。

（东汉）班固：《汉书》，中华书局 2012 年版。

（东汉）王符著，（清）汪继培笺：《潜夫论》，上海古籍出版社 1978 年版。

（三国魏）曹丕：《典论》，中华书局 1985 年版。

（西晋）郭象：《庄子注》，《文渊阁四库全书》，台湾商务印书馆 1986 年版。

（东晋）葛洪：《抱朴子》，上海古籍出版社 1990 年版。

（南朝梁）刘勰著，周振甫注：《文心雕龙注释》，人民文学出版社 1981 年版。

（唐）崔令钦等：《教坊记　北里志　青楼集》，上海古典文学出版社 1957 年版。

（唐）王仁裕：《开元天宝遗事》，中华书局 1985 年版。

（唐）韦庄：《韦庄集笺注》，上海古籍出版社 2002 年版。

（北宋）司马光：《资治通鉴》，中华书局 1956 年版。

（北宋）苏轼：《东坡志林》，青岛出版社 2010 年版。

（南宋）文天祥：《文天祥全集》，中国书店 1985 年版。

（南宋）朱熹：《四书章句集注》，中华书局 1983 年版。

（元）白朴撰，王文才校注：《白朴戏曲集校注》，人民文学出版社 1984
　　年版。

（元）虞集：《道园学古录》，《钦定四库全书》本，中国哲学书电子化
　　计划（https：//ctext. org/zh）。

（明）陈确：《陈确集》，中华书局 1979 年版。

（明）冯梦龙：《冯梦龙全集》，凤凰出版社 2007 年版。

（明）冯梦龙：《冯梦龙全集》，江苏古籍出版社 1993 年版。

（明）冯梦龙：《甲申纪事》，（台北）"中央"图书馆 1981 年版。

（明）冯梦龙：《警世通言》，华夏出版社 1994 年版。

（明）冯梦龙：《醒世恒言》，天津古籍出版社 2004 年版。

（明）归有光：《震川先生集》，上海古籍出版社 1981 年版。

（明）归有光著，周本淳校点：《震川先生集》，上海古籍出版社 2007
　　年版。

（明）海瑞：《海忠介公全集》，（台湾）辑印委员会 1973 年版。

（明）胡广等：《明实录》，台北"中研院"历史语言研究所校印 1962
　　年版。

（明）李东阳：《李东阳集》，岳麓书社 1985 年版。

（明）李清：《三垣笔记》，中华书局 1982 年版。

（明）李诩：《戒庵老人漫笔》，中华书局 1982 年版。

（明）李贽：《焚书》，中华书局 1975 年版。

（明）罗伦：《一峰文集》，《文渊阁四库全书》，台湾商务印书馆 1986
　　年版。

（明）毛晋编：《六十种曲》，上海古籍出版社 1995 年版。

（明）祁彪佳：《祁忠敏公日记》，书目文献出版社 1990 年影印本。

（明）钱澄之：《所知录》，上海古籍出版社 2002 年版。

（明）阮大铖：《阮大铖戏曲四种》，黄山书社 1993 年版。

（明）汤显祖：《牡丹亭》，人民文学出版社 1984 年版。

（明）汤显祖著，徐朔方笺校：《汤显祖全集》，北京古籍出版社 1999
年版。

（明）谢肇淛：《五杂俎》，上海书店出版社 2001 年版。

（明）张翰：《松窗梦语》，中华书局 1985 年版。

（清）曹雪芹：《红楼梦鉴赏珍藏本》，宁波出版社 2001 年版。

（清）陈洪绶：《宝纶堂集》，康熙三十年（1691）刻本。

（清）陈纪麟、汪世泽：《南昌县志》，清同治九年（1870）刊本。

（清）陈森：《品花宝鉴》，上海古籍出版社 1994 年版。

（清）陈轼：《道山堂集》，见四库全书存目丛书编委会《四库全书存目
丛书·集部》第 201 册，齐鲁书社 1997 年版。

（清）陈轼：《续牡丹亭》，清初旧抄本。

（清）程其珏等：《光绪嘉定县志》，上海书店出版社 1991 年版。

（清）《大清高宗纯皇帝实录》，中华书局 1986 年版。

（清）董榕：《芝龛记》，福建师范大学藏乾隆辛未（1751）刻本。

（清）杜浚：《变雅堂遗集》，《续修四库全书》，上海古籍出版社 2002
年版。

（清）杜濬：《杜茶村诗钞》，乾隆八年（1743）春刻本。

（清）方文：《涂山续集》，清康熙二十八年（1689）刊本。

（清）方宗诚：《柏堂集续编》，安徽教育出版社 2014 年版。

（清）方宗诚：《方柏堂全集补存》，清光绪刻板。

（清）方宗诚：《方宗诚柏堂全集续编》，光绪七年（1881）四月开雕
本，中国哲学书电子化计划（https://ctext.org/zh）。

（清）傅山著，尹协理主编：《傅山全书》，山西人民出版社 2016 年版。

（清）高继珩：《培根堂诗集》，清道光、同治间迁安高氏刻培根堂全稿
本，《清代诗文集汇编》第 600 册。

（清）高士奇：《左传纪事本末》，中华书局 1979 年版。

（清）谷应泰：《明史纪事本末》，中华书局 1977 年版。

（清）顾公燮等：《丹午笔记　吴城日记　五石脂》，江苏古籍出版社 1999 年版。

（清）顾炎武：《明季三朝野史》，台湾银行经济研究室 1961 年版。

（清）顾炎武撰，周苏平、陈国庆点注：《日知录》，甘肃民族出版社 1997 年版。

（清）归庄：《归庄集》，中华书局 1962 年版。

（清）贺长龄、盛康编：《清朝经世文正续编》，广陵书社 2011 年版。

（清）洪炳文撰，沈不沉编：《洪炳文集》，上海社会科学院出版社 2004 年版。

（清）洪升：《长生殿》，人民文学出版社 1980 年版。

（清）胡思敬：《原刻豫章丛书略例》，江西教育出版社 2000 年版。

（清）黄宗羲：《黄宗羲全集》，浙江古籍出版社 1985 年版。

（清）黄宗羲：《明儒学案》，浙江古籍出版社 2005 年版。

（清）金圣叹：《金圣叹评点才子全集》，光明日报出版社 1997 年版。

（清）孔尚任：《桃花扇》，人民文学出版社 1963 年版。

（清）郎济：《启祯野乘一集》，明崇祯十七年（1644）柳围草堂刻，清康熙五年（1666）重修本，四库禁毁。

（清）李绿园：《歧路灯》，齐鲁书社 1998 年版。

（清）李天根：《爝火录》，台湾银行经济研究室 1963 年版。

（清）李渔：《李渔全集》，浙江古籍出版社 1990 年版。

（清）李玉：《李玉戏曲集》，上海古籍出版社 2004 年版。

（清）刘献廷：《广阳杂记》，台湾商务印书馆 1976 年版。

（清）陆次云：《北墅绪言》，清康熙二十三年（1684）宛羽斋刻增修本，《四库全书存目丛书》集部第 237 册，齐鲁书社 1997 年版。

（清）吕履恒：《梦月岩诗余》，四库全书存目丛书本。

（清）毛奇龄：《西河文集》，商务印书馆 1968 年版。

（清）梅成栋编：《津门诗抄》，天津古籍出版社 1987 年版。

（清）孟称舜辑：《古今名剧合选》，《古本戏曲丛刊四集》，北京图书馆出版社 1998 年版。

（清）钱德苍编选，汪协如点校：《缀白裘》，中华书局 1940 年版。

（清）钱谦益：《列朝诗集小传》，上海古籍出版社 1983 年版。

（清）钱仪吉、缪荃孙、闵尔昌、汪兆镛著，陈金林、齐德生、郭曼曼
　　整理：《清代碑传全集》，上海古籍出版社 1987 年版。

（清）沈受宏：《海烈妇传奇》，上海图书馆藏道光二十一年（1841）
　　刻本。

（清）（清）汪中撰，戴庆钰、涂小马校点：《述学》，辽宁教育出版社
　　2000 年版。

（清）王夫之：《船山全书》，岳麓书社 1995 年版。

（清）王夫之：《读通鉴论》，中华书局 1975 年版。

（清）王夫之：《诗广传》，中华书局 1964 年版。

（清）温睿临：《南疆逸史·黄淳耀传》，中华书局 1959 年版。

（清）吴伟业：《鹿樵纪闻》，京华出版社 2001 年版。

（清）吴伟业：《吴梅村全集》，上海古籍出版社 1990 年版。

（清）熊文举：《雪堂先生诗选》，清康熙刻本。

（清）徐宗亮等编：《（光绪）重修天津府志》，《天津通志·旧志点校
　　卷》，南开大学出版社 1999 年版。

（清）颜元：《习斋记余》，商务印书馆 1936 年版。

（清）姚燮：《今乐考证》，上海古籍出版社 1995 年版。

（清）姚元之：《竹叶亭杂记》，中华书局 1982 年版。

（清）叶梦珠：《阅世编》，上海古籍出版社 1981 年版。

（清）叶廷琯：《吹网录　鸥陂渔话》，辽宁教育出版社 1998 年版。

（清）叶燮：《原诗》，人民文学出版社 1998 年版。

（清）尤侗：《梅村词序》，《西堂杂俎三集》卷三，清康熙刻本。

（清）余怀：《板桥杂记》，青岛出版社 2002 年版。

（清）俞正燮撰，涂小马等校点：《癸巳类稿》，辽宁教育出版社 2001
　　年版。

（清）袁枚著，胡光斗笺释：《小仓山房尺牍笺释》，（台湾）广文书局

1978 年版。

（清）袁廷梼编：《吴门袁氏家谱》，清光绪二十五年（1899）编本。

（清）袁于令：《隋史遗文》，中华书局 1995 年版。

（清）曾国藩：《经史百家杂钞》，岳麓书社 2015 年版。

（清）张潮：《虞初新志》，河北人民出版社 1985 年版。

（清）张焘：《津门杂记》，天津古籍出版社 1986 年版。

（清）张云骧：《芙蓉碣》，上海图书馆藏清光绪四年（1878）刻本。

（清）赵尔巽：《清史稿》，中华书局 1976 年版。

（清）郑达：《野史无文》，中华书局 1960 年版。

（清）郑方坤：《国朝名家诗钞小传》，《丛书集成初编》，中华书局 1991
年版。

（清）周亮工：《尺牍新钞三集》，贝叶山房 1936 年版。

（清）朱琦：《辨贞》，《小万卷斋文稿》卷五，清光绪刻本。

北京大学古文献研究所：《全宋诗》，北京大学出版社 1998 年版。

北婴：《曲海总目提要补编》，人民文学出版社 1959 年版。

蔡毅：《中国古典戏曲序跋汇编》，齐鲁书社 1989 年版。

曹础基、黄兰发点校：《庄子注疏》，中华书局 2011 年版。

陈文和：《嘉定钱大昕全集》，江苏古籍出版社 1997 年版。

陈戊国点校：《四书五经》，岳麓书社 2014 年版。

陈延嘉等点校：《全上古三秦汉三国六朝文》，河北教育出版社 1997
年版。

程俊英、蒋见元：《诗经注析》，中华书局 1991 年版。

董康：《曲海总目提要》，天津古籍书店 1992 年版。

费丝言：《从典范到规范——从明代贞节烈女的辨识与流传看贞节观念
的严格化》，（台北）台湾大学出版委员会 1996 年版。

冯沅君：《记女曲家吴藻》，《古剧说汇》，商务印书馆 1947 年版。

龚斌、范少琳：《秦淮文学志》，黄山书社 2013 年版。

《古本戏曲丛刊》编辑委员会编：《古本戏曲丛刊二集》，商务印书馆 1955
年版。

《古本戏曲丛刊》编辑委员会编：《古本戏曲丛刊三集》，商务印书馆 1957
　　年版。

《古本戏曲丛刊》编辑委员会编：《古本戏曲丛刊四集》，北京图书馆出
　　版社 1998 年版。

顾明远总主编：《中国教育大系历代教育制度考》，湖北教育出版社 2015
　　年版。

郭英德：《明清传奇综录》，河北教育出版社 1993 年版。

郭英德：《明清传奇综录》，河北教育出版社 1997 年版。

郭英德：《明清文人传奇研究》，北京师范大学出版社 1992 年版。

胡适：《胡适文集》，北京大学出版社 1998 年版。

黄节注：《阮步兵咏怀诗注》，人民文学出版社 1984 年版。

黄霖编：《金瓶梅资料汇编》，中华书局 1987 年版。

季羡林总编：《传世藏书》，海南国际新闻出版社 1996 年版。

江湖知音者汇编，古潭订定：《新刻精选南北时尚昆弋雅调》，清初广
　　平堂刻本。

金嗣芬：《板桥杂记补》，南京出版社 2006 年版。

金元浦：《当代文艺心理学》，中国人民大学出版社 2009 年版。

《景印文渊阁四库全书》，台湾商务印书馆 1979 年版。

李修生主编：《古本戏曲剧目提要》，文化艺术出版社 1997 年版。

李学勤主编，（汉）郑玄注，（唐）孔颖达疏：《十三经注疏·礼记正
　　义》，北京大学出版社 1999 年版。

梁启超：《饮冰室合集》，中华书局 1989 年版。

林元亨：《中国古代牌坊小史》，中国长安出版社 2015 年版。

刘凤云：《吴三桂传》，兰州大学出版社 2000 年版。

鲁迅：《鲁迅选集》，人民文学出版社 1983 年版。

陆萼庭：《清代戏曲与昆剧》，（台北）"国家"出版社 2005 年版。

雒启坤、韩鹏杰主编：《永乐大典精编》，九州图书出版社 1998 年版。

孟森：《明史讲义》，上海古籍出版社 2002 年版。

孟森：《心史丛刊》，辽宁教育出版社 1998 年版。

孟森：《心史丛刊》，中华书局 2006 年版。

《明清小说论丛》，春风文艺出版社 1985 年版。

齐森华等主编：《中国曲学大辞典》，浙江教育出版社 1997 年版。

钱理群、温儒敏、吴福辉：《中国现代文学三十年》，北京大学出版社
　　1998 年版。

《（乾隆）松阳县志》12 卷，清乾隆三十四年（1769）刻本。

［美］商伟：《礼与十八世纪的文化转折：〈儒林外史〉研究》，生活·
　　读书·新知三联书店 2012 年版。

束世征编注：《后汉书选》，中华书局 1966 年版。

孙楷第：《日本东京所见中国小说书目》，人民文学出版社 1958 年版。

孙楷第：《戏曲小说书录解题》，人民文学出版社 1990 年版。

谭国清主编：《传世文选乐府诗集》，西苑出版社 2009 年版。

唐敬杲选注：《韩非子》，崇文书局 2014 年版。

万久富、丁富生：《冒辟疆全集》，凤凰出版社 2014 年版。

汪宝桓：《俞曲园随笔》，大达图书供应社 1935 年版。

王国维、蔡元培、胡适：《三大师谈红楼梦》，生活·读书·新知三联
　　书店 2007 年版。

王卫民编：《吴梅戏曲论文集》，中国戏剧出版社 1983 年版。

吴梅：《中国戏曲概论》，上海古籍出版社 2000 年版。

吴佩鸿辑：《中国四大古典名剧》，巴蜀书社 1998 年版。

吴毓华：《中国古代戏曲序跋集》，中国戏剧出版社 1990 年版。

谢国桢：《明末清初的学风》，人民出版社 1982 年版。

徐扶明：《元明清戏曲探索》，浙江古籍出版社 1986 年版。

徐复祚：《借月山房汇钞》第十五集《花当阁丛谈》卷五，上海博古斋
　　1917 年版。

徐世昌编：《晚晴稼诗汇》，民国十八年（1929）退耕堂刻本，《续修四
　　库全书》第 1633 册。

徐朔方：《晚明曲家年谱》，浙江古籍出版社 1993 年版。

杨伯峻：《孟子译注》，中华书局 1960 年版。

叶君远：《吴伟业评传》，首都师范大学出版社 1999 年版。

衣若芬：《史学与性别：〈明史·列女传〉与明代女性史之建构》，山西教育出版社 2011 年版。

俞为民：《李渔评传》，南京大学出版社 1998 年版。

张惠：《李贽》，中国发展出版社 2008 年版。

张少康：《中国文学理论批评史教程》，北京大学出版社 1999 年版。

赵园：《明清之际士大夫研究》，北京大学出版社 1999 年版。

郑振铎：《清人杂剧二集》，同治四年（1865）湘乡曾氏刊本。

郑志良：《明清戏曲文学与文献探考》，中华书局 2014 年版。

中国戏曲研究院编校：《中国古典戏曲论著集成》，中国戏剧出版社 1959 年版。

"中研院"历史语言研究所：《明实录》，上海书店 1984 年版。

周明初：《晚明士人心态及文学个案》，东方出版社 1997 年版。

周宁、金元浦译：《接受美学与接受理论》，辽宁人民出版社 1987 年版。

周振甫主编：《文心雕龙词典》，中华书局 1996 年版。

宗白华：《宗白华全集》，安徽教育出版社 1994 年版。

［德］马克思、恩格斯：《马克思恩格斯全集》，中共中央翻译局译，人民出版社 1995 年版。

［美］马斯洛等：《人的潜能和价值》，华夏出版社 1987 年版。

［日］青木正儿：《中国近世戏曲史》，商务印书馆 1966 年版。

David Lewis, *Survival and Identity*, *in Philosophical Papers*, Oxford：Oxford University Press，1983.

二　期刊

程宗骏：《关于〈表忠记〉与〈铁冠图〉》，《艺术百家》1992 年第 3 期。

戴健：《论吴伟业的〈秣陵春〉传奇在清代的传播与接受》，《学术论坛》2016 年第 8 期。

邓长风：《〈孟子塞五种曲序〉的真伪与〈贞文记〉传奇写作、刊刻的时间》，《铁道师院学报》1998 年第 5 期。

《费宫人故里》，《半月戏剧》1937 年第 1 卷第 4 期。

郭英德：《刺世伤时，显微阐幽——论苏州派传奇的文化内涵》，《北京师范大学学报》1996 年第 3 期。

胡绪伟：《孟称舜轶文一则》，《荆州师专学报》（哲学社会科学版）1990 年第 2 期。

华玮：《新发现的〈铁冠图·白氏尽节〉》，《中华戏曲》2013 年第 2 期。

黄仕忠：《孟称舜〈贞文记〉传奇的创作时间及其他》，《浙江大学学报》（人文社会科学版）2009 年第 1 期。

季国平：《试谈戏曲家的阮大铖》，《扬州师院学报》（社会科学版）1991 年第 2 期。

李复波：《袁于令生平考略》，《戏曲研究》1986 年第 19 辑。

李玫：《忠臣和英雄之梦——明末清初苏州作家群剧作中的理想主义》，《戏剧》1995 年第 1 期。

刘致中：《〈铁冠图〉为李渔所作考》，《文学遗产》1989 年第 2 期。

鲁迅：《我之节烈观》，《新青年》1918 年第 5 卷第 2 号。

孟泽：《安身之所立命之据——王夫之〈船山记〉、〈龙舟会〉发微》，《古典文学知识》1997 年第 4 期。

任青：《试论李玉婚恋传奇中的"重理轻情"现象及其积极意义——以〈永团圆〉〈占花魁〉为例》，《广西师范学院学报》（哲学社会科学版）2011 年第 1 期。

施祖毓：《李明睿钩沉》，《复旦学报》2002 年第 5 期。

石雷：《被隐没的沉浮与文学书写——易代之际袁于令事迹记心态发微》，《中山大学学报》2020 年第 5 期。

石雷：《史为我用：论〈隋史遗文〉创作主旨及与时代之关系》，《南京师大学报》2011 年第 4 期。

苏振元：《孟称舜何时作〈贞文记〉》，载中国艺术研究院戏曲研究所编《戏曲研究》第 47 辑，文化艺术出版社 1993 年版。

苏子裕：《越调吴歈可并论 汤词端合唱宜黄——清初南昌李明睿沧浪亭

观剧活动一瞥》，《东华理工大学学报》（社会科学版）2016 年第 3 期。

孙书磊：《〈石巢传奇四种〉创作考辨》，《文献》2003 年第 3 期。

谭家健：《浅谈王夫之的杂剧〈龙舟会〉》，《湖南师范大学社会科学学报》1979 年第 3 期。

王于飞：《从〈临春阁〉到〈秣陵春〉——吴梅村剧作与清初士人心态的变迁》，《浙江学刊》2001 年第 2 期。

吴庆晏：《从〈兰雪集〉的刊刻看〈贞文记〉的创作时间之争》，《四川戏剧》2008 年第 5 期。

徐扶明：《袁于令和他的〈西楼记〉》，《剧艺百家》1986 年第 2 期。

徐铭延：《论李玉的〈一捧雪〉传奇》，《南京师大学报》（社会科学版）1980 年第 2 期。

徐朔方：《袁于令年谱》，《浙江社会科学》2002 年第 5 期。

徐永明：《女诗人孟蕴和戏曲作家孟称舜》，《浙江大学学报》（人文社会科学版）2007 年第 5 期。

杨积庆：《元初女作家张若琼及其〈兰雪集〉》，《镇江师专学报》（社会科学版）1986 年第 4 期。

易楚奇：《试论王船山的杂剧〈龙舟会〉》，《船山学报》1984 年第 1 期。

曾垂超：《论吴伟业的戏曲创作：兼评案头戏》，《厦门教育学院学报》2003 年第 2 期。

张小琴：《清初文化视域下的遗民心态研究——以陈轼〈续牡丹亭〉为例》，《东南学术》2017 年第 1 期。

张影：《明末清初爱情婚姻剧情理合一思想意蕴论》，《胜利油田师范专科学校学报》2001 年第 3 期。

赵天为：《〈牡丹亭〉续作探考——〈续牡丹亭〉与〈后牡丹亭〉》，《东南大学学报》2010 年第 3 期。

郑雷：《从玉茗堂到咏怀堂——阮大铖与临川派》，《华侨大学学报》2002 年第 3 期。

郑雷：《阮大铖丛考》，《华侨大学学报》2006 年第 2 期。

朱则杰、徐丰梅：《吴伟业墓碑与元好问》，《古典文学知识》2005 年第

1 期。

邹自振:《陈轼与〈续牡丹亭〉》,《闽都文化》2016 年第 2 期。

[美] 杨中薇:《玩物和遗民意识的形塑:论吴伟业的〈秣陵春〉》,《戏
　　剧研究》2015 年第 16 期。

[美] 伊维德:《女性的才气与女性的德行——徐渭的〈女状元〉与孟
　　称舜的〈贞文记〉》,载华玮、王瑷玲编《明清戏曲国际研讨会论
　　文集》,台北"中研院"中国文哲研究所筹备处,1998 年。

[日] 与谢野晶子:《贞操论》,《新青年》1918 年第 4 卷第 5 号。

三　学位论文

王琦:《袁于令研究》,博士学位论文,华东师范大学,2006 年。

王延辉:《从李玉的戏曲创作看他的思想》,硕士学位论文,西北师范
　　大学,2009 年。

索　引

后 记

从两岁起，我就被爷爷抱到戏园子里看戏了。散场的时候，有人问爷爷今晚的戏叫什么名字，爷爷还没来得及答言，一直伏在爷爷肩头以为是睡着了的我抬起头，清清亮亮地说："《花为媒》。"旁人不相信这是一个两岁的小孩回答的，又追问道："演的是谁?"我说："张五可。"爷爷大惊，复大乐。之后的许多年，这件事他常常逢人就念叨，恨不得把它当成一件我少年早慧的铁证。我觉得，爷爷一定是没见过真正的天才，他要是去去科大少年班，就可知道我这种小才微善，在我们中国一定是恒河沙数。但是就连父母爱子的心都是偏执的，又何况是含饴弄孙的祖父呢?

幼时看戏的我，一定是不怎么喜欢青衣的，她们的服色又黯淡，又喜欢捂着肚子咿咿呀呀慢慢地哼。还是活泼俏丽的花旦讨喜，她们服色娇艳，一双眼睛滴溜溜的似乎会说话，走路蹦蹦跳跳得好可爱，所以小时候的我觉得，要是让我去演，我一定愿意演伶俐、俏皮、热心又机智的小红娘，而不愿意演哭哭啼啼一筹莫展的崔莺莺，哪怕前者只是一个丫鬟而后者是一个千金小姐。甚至花旦穿着的红绣鞋我也喜欢，它们或点或翘，或踩着圆场像一对儿红蝴蝶一样满台飞舞，红绣鞋鞋头有的缀着穗穗；有的缀着绒球，颤巍巍地更好看；仿佛还记得有一个出类拔萃的，绒球中似乎还藏了一个小铃铛，行动处泠泠有音，愈增三分娇俏。这红绣鞋把小小的我迷住了，以至于回家后也吵着要奶奶给我做一双。奶奶也真的绣花裁鞋样，让我那几天真是时时刻刻好不盼望，可是做成后为什么看起来比戏台上娇小的红绣鞋大很多呢？而且用的也不是红缎子，即使上面的绣花很精美，小小的我也噘嘴生气了好半天，也就一直没有下地穿过。待我现在隔着泪眼和歉疚回望，我觉得，那时的我，一定没跟奶奶说清楚，我不是想要一双绣花鞋，而是一双像戏台上那样的红绣鞋，但即使它不是一双红绣鞋又有什么关系呢？我真希望能够时光倒流把我变成一个体贴懂事的好小孩，我会搂着奶奶的脖子说真好我真喜欢。

　　我居然有一个比我大十来岁的会唱戏的表姐？而且这个表姐来我们这儿演出，晚上还住我家？这对小时候的我来说，是一个多大的心灵震撼啊！估计那威慑力大约可能林青霞住我家才差可比拟吧。我好像是既开心又拘谨，大姐姐夸我好看我也是光笑不说话，大姐姐逗我说带我走教我去唱戏我也是光笑不说话，我觉得戏台上光艳照人的大姐姐比我好看一百倍，我想跟大姐姐玩，但是我又不敢。那时候太小了，只能约略记得那些天是紧张忙乱又欢快的，因为大姐姐唱完了戏晚上很晚才能回来，早上一大早又要起来吊嗓子。奶奶做了很多好吃的，可是给我留下最深印象的，倒是大姐姐早上要吃特别嫩的荷包蛋，也就是在水滚之际，把鸡蛋磕破，基本上是直接打进去只要蛋白一凝固就马上捞起，外层的蛋白还是软软的，里面的蛋黄全都还是流质。大姐姐说这样的荷包蛋最有营养，对嗓子是极好的，甚至有时候她还会喝生的鸡蛋，大约这也是一个秘方吧。我真心想和大姐姐一样，可是生鸡蛋太腥了，我实在喝不下去，只好很严格地如吃荷包蛋定要和大姐姐那样嫩嫩的。可怜的傻小孩呀，是不是以为这样，就会有如大姐姐那样的初啭黄鹂之音吗？

　　还记得有一次，大姨送来两枝绢花，这是大姨在漯河的专门做戏曲头面的亲戚做的，就是给戏台上花旦戴的，真是让我喜欢得不得了。那时候似乎恰逢电视上放《红楼梦》送宫花那一场，黛玉因最后才送给自己，忍不住酸溜溜地讥刺："我就知道，不是别人挑剩下的，也不给我。"因为是大姨的亲戚送的，肯定是先给大姨的女儿，然后大姨再拿两枝给我。可我却和林黛玉的想法完全相反，我觉得，大姨一定是把最漂亮的留给我的，因为这两枝绢花真是极美，按照双股为钗，单股为簪的说法，这两枝都是簪子，簪身是赤金色的，很软，轻轻一用力就弯了；簪子顶端簇拥着四朵娇嫩的樱花粉色重瓣玫瑰花，下端垂着三四个含苞欲放的蓓蕾。我拿着这两枝绢花爱不释手，可惜不会梳花旦的发式，也没法戴，只能珍藏在小盒子里面，时不时拿出来看看。因为这两枝绢花，竟对那个从未到过的城市漯河也无限向往之了。

这是我对幼年看戏的朦胧印象，那时候，我被声音和皮相深深吸引。不过，我以为看戏只是生活中的一种点缀和娱乐，从未想过在未来里，我以后的人生会和戏曲有着千丝万缕的纠缠。

爷爷最喜欢诸葛亮，所以我很小的时候就会背《出师表》。我觉得诸葛亮和爷爷喜欢的另一个人物——周恩来在很多方面非常相似。记得我刚刚听爷爷说他最喜欢的领导人是周恩来的时候挺吃惊的，小孩子总是觉得最大的就是最厉害的，爷爷怎么喜欢第二而不是第一呢？爷爷说："你看哪个国家领导人，一辈子就娶一个老婆，死的时候联合国都给他下半旗？"这么一说，从此我就很佩服周总理了。诸葛亮不也是这样吗？甚至诸葛亮的老婆还很丑呢。像诸葛亮和周恩来那样的位高权重，他们的洁身自好"是不为也，非不能也"，且不说他们的智谋，仅此一点就让很多普通人难以望及项背。惟其难能，所以可贵。

到了现在，我对爷爷的审美偏好又有了一层认识，我想这是因为人会天然地喜欢和亲近与自己相似的事物。爷爷曾经在三省折冲之地经商，后来一直做到"二掌柜"，那位"掌柜的"偶尔来，也只是看看账，碰上人家找他办事，他总是摆摆手说："你们找某某（我爷爷的名字）好了。"哈哈，我小的时候，觉得这位"掌柜的"可真是甩手掌柜，高枕无忧，好不清闲，也觉得爷爷替人办事是很容易的事。等我长大了，才慢慢明白原来取得别人那样的信任是非常非常困难的，尤其是在银钱出入方面，又何况是人家的全副身家呢？所以势必是如同诸葛亮和周恩来那般忠诚、自律，让人"放心"，人家才敢这么慨然托付。

爷爷听戏，也讲究"角儿"，他认为唱诸葛亮最好的，是申凤梅。

李渔在《乔复生王再来二姬合传》里提到，王再来宜男装不宜女装，女装时貌不出众，但是扮上男子顿时玉树临风——"立女伴中，似无足取，易妆换服，即令人改观，与美少年无异"。申凤梅与之类似，作为一个女性，申凤梅是一张长长的马脸，长得不太好看，可是当她挂上髯口，一下就弥补了面部太长的缺陷。穿着八卦衣，摇着鹅毛扇，龙眉凤目，面容清癯，活脱脱是一个忧心国事的"活诸葛"。由于我是先看她听她，后看到和背诵苏轼的《念奴娇·赤壁怀古》，因此实在对苏词说周瑜"羽扇纶巾"转不过弯来，这明明是诸葛亮的打扮，怎么用来说周瑜呢？这也可见申凤梅的诸葛亮给我留下的印象之深了。

　　当然，申凤梅能够被人称为"活诸葛"，岂止扮相而已！收音机里最常放的就是申凤梅的《收姜维》选段："四千岁，你莫要羞愧难当，听山人把情由细说端详。想当年，长坂坡你有名上将，一杆枪，战曹兵无人阻挡。如今你，年纪迈发如霜降，怎比那，姜伯约血气方刚。虽说你，今一天打回败仗，怨山人我用兵不当，你莫放在心上。"这位四千岁是谁？他刚刚和姜维对阵吃了败仗而回，可是他是赵子龙啊！是曾经在百万曹军中纵横驰骋，威风凛凛，所向披靡的常山赵子龙啊！但是他竟然就这样丢盔卸甲灰头土脸地大败而归，该是怎样的羞恼、悲愤、无地自容……但是诸葛亮没有丝毫的责备，他先是回顾了赵子龙视曹兵如无物，千军万马中毫发无伤救回阿斗的丰功伟绩，当着千万士兵的面给赵子龙找回了面子。接着又宽慰说，可是现在你年纪大了呀，如今你白发苍苍，怎比那姜维血气方刚。老将军，这是自然规律，不怪你，真的不怪你呀！并且诸葛亮还把责任揽到自己身上，这一次你打回败仗，都怨我考虑不周用兵不当，你千万不要在意啊。想一想，诸葛亮素来是以足智多谋料事如神著称的，可是他却当着大家的面说，我错了，是我没想好。哪怕赵子龙这时候有天大的怨气和愤怒，也早已气平了，气顺了，甚至为诸葛亮这样的通情达理、给足面子，心中感到何等的惭愧和感激，那之后诸葛亮如果还吩咐他做什么事，他不但不会推辞，只怕还恨不得肝脑涂地誓死报效呢。这才是诸葛亮啊！他最厉害的，怎么会仅仅是层出不穷的计谋呢？即使他每每能够先人一步，但绝大多数时候，他只是一个运筹帷幄的决策者，这些妙计要靠别人去执行，但这些执行者不是收到指令一成不变的机器，而是有情绪有个性的活人，而情绪和

个性又是多么容易受外物影响。所以，要想如臂使指一般由执行者贯彻
他的决策，他最常做的、最高明的，是安抚和收服人心啊！长大后我翻
遍《三国志》《三国演义》，也不见诸葛亮对赵子龙有这一段说辞，可
见它不是史学家的绝唱，而是民间艺术家自己的创造。然而这一段说辞
何等的入情入理，又何等的令人信服，使我和千千万万的戏迷一样，感
觉诸葛亮就应该是这个样子。京剧老生之中孟小冬被称为"冬皇"，最
擅长的是《搜孤救孤》中的程婴；我认为，越调老生之中的申凤梅，
地位当与之相侔而毫无愧色。

　　爷爷喜欢的另外一位"角儿"，是常香玉，她是活生生的"花木
兰"。可是她唱的，也不是《木兰辞》里有的，而是虚构了花木兰刚刚
从军，就遇到了一位自认为男子在前线冲锋陷阵、女子倒是在后方安享
清闲，从而满腹牢骚的刘大哥，于是，木兰忍不住要和刘大哥评评理：
"刘大哥讲话理太偏，谁说女子享清闲。男子打仗到边关，女子纺织在
家园。白天去种地，夜晚来纺棉，不分昼夜辛勤把活干，乡亲们这才有
这吃和穿。你要是不相信，就往那身上看，咱们的鞋和袜，还有衣和
衫，千针万线都是他们缝那。有许多女英雄，也把功来建，为国杀敌
是代代出英贤。这女子们哪一点不如儿男？"每当此时，台下总会传
来会心的笑声和掌声，尤其是那些女观众们，好像有意无意腰都要挺
得直一些。

　　后来我发现，爷爷喜欢常香玉，倒还不仅仅是她唱得好。爷爷说，
在抗美援朝时期，常香玉用义演所得的 15 亿 270 万元（人民币旧币），
购买了一架飞机捐献给中国人民志愿军，后来飞机命名为常香玉号。想
想，她得一场一场唱多少场戏，才能攒下这么多钱，而她积攒下这么多
钱却没有自己用来享受，这真让小孩子的我很敬佩的。我觉得，常香玉
虽然没有像花木兰那样女扮男装上阵杀敌，但是她确实很有侠肝义胆，
所以她唱花木兰才这么真情实感深有底气和说服力，这种镇场、服众的
"名角儿"气蕴远非字正腔圆扮相俊美就能达到。

　　还有那面对敌寇入侵，"五十三岁又管三军"重披铁甲挂帅出征的
穆桂英；以及"当官不为民做主，不如回家卖红薯"的敢于审诰命夫

人的七品芝麻官唐成，都给我的童年带来了怎样的志气和欢乐呀。他们塑造的角色远非圣贤，却真真有孟子所谓"浩然之气"。

学戏是很苦的，天不亮就得去吊嗓、压腿、下腰、练功，那舞台上的劈叉、背摔、金鸡独立、刀剑棍枪舞得风雨不透，不能失手也不能重来，还要兼顾身段美亮相佳，"台上一分钟，台下十年功"绝非虚言。奶奶说，在旧社会，学戏还要常常挨打，所以那时候，一般的人家只要过得去，就不会送孩子去学戏，一是那时候戏子的地位低，二是也舍不得孩子吃那等苦。

而且，在我幼年大家喜闻乐见的这几位演员，大部分以普通人的标准来看，决不是美貌的，然而他们通过自己的努力，也终于能够成名成家。何况《史记》里面那位"一顾倾人城，再顾倾人国"的以美貌著称的李夫人，不也在临死之际痛言"以金交人者，金尽则交绝；以色事人者，色衰则爱驰"？使我朦胧地觉得，似乎美貌是不足恃的，不听谁又在唱"我的青春小鸟一去不回来"？美貌终究是"林花谢了春红，太匆匆"的，如果仅有这个，一旦美色不再，后果岂非可怖？

"你就跟着李简老师学戏曲吧。"

面试老师的声音虽然温和，在我听来却不啻晴天霹雳。因为我虽然从小看戏，但我从来没想过要研究它啊，而且又怎么研究呢？

可是我不敢讲。

不要说初试的千万遴选，复试的随机抽题英文演讲，就是这最后的面试，据说也不是等额的。

我怎么敢在那个时刻让人觉得"挑三拣四"？

可是出来之后，我还是在静园草坪的一棵小松树下，向其他面试的同学说出了自己的忧虑。一个同学笑着说："看你穿得就像唱戏的。"所以我大概会永远记得那天的衣服，黑色细腰带波浪边的毛衣，黛绿色长裙，绣了两三支孔雀翎。其实我从没觉得这样穿很"艺术"，但是也许京城是一个很保守的地方吧。

我就这样懵懵懂懂慌里慌张地跨进了北大，然后遭遇了人生最大的恐惧。我的同学里面，有的已经每周拿读书报告和导师见面探讨；有的获得了老师们的一致揄扬；有的甚至已经在著名学报上发表了论文并已获转载……可我和导师见面谈了一会儿，李简老师颇感兴趣地说："那你做一个资料长编吧。"

资、料、长、编？什么是资、料、长、编？

"北大不是培养作家的地方"——是培养学者的。

"北大是有一分证据，说一分话"——是重考证的。

"哪一个不都曾经是雄霸一方的诸侯？但是跨进这个园子，一切都得重新洗牌。"忘记了是那位师兄的箴言，但是应该是这样吧。其实那时我跟北大的风格完全不同，我擅写作不擅研究，擅阐释不擅考证。那意味着我必须"完全转向"，可是通向新世界的门在哪里呢？在迷雾中，茫然无措。

我记得有一次李简老师在五院的甬道上和我并肩而走时，颇为忧虑地说："好像你还没有上路啊。"

可是什么是上路呢？

我想最初我一定是让老师挺失望的，说不定还有焦虑。就像号令枪一响，别的选手都跑出大半截了，我还在起跑线上迷糊。北大中文系的老师们平均每人一年只能招一个，尤其我又算是李简老师的第一个学生，所以，成了，成功率百分之百；废了，失败率也是百分之百。但是，我又怎能让别人看我老师的笑话？她在千万人中选中了我，我怎么能让人觉得她错了？

我巴不得一天学会怎么在著名学报上发论文，却又完全不得其门而入。不知我的老师知不知道，现在我还保留着她第一次见面时开给我的书目：王国维的《宋元戏曲考》；青木正儿的《中国近世戏曲史》，一百部传奇剧本原典……要看完这些很花时间，可现在选修的课都要交论文啊，而且看完这些就会功力大增吗，还是依然故我？这简直比司芬克斯之谜还要难解，毕竟，谁能预见未来？

反正，不就这样吗？后来，我成了图书馆古本特藏室和中文系资料室的常客，先看小说和杂志，再读传奇剧本原典，以及期刊论文，读烦了再去翻翻小说杂志——要不然怎么读得下去呀。

但一开始似乎没有任何起色，日子就混杂着焦虑和迷茫中过去。但好在我比较混沌，傻傻的不知道难过和害怕。而且我的导师对我很好，除了忧虑我"不上路"外没有一句重话。她的女儿很好玩，八岁的小人儿和妈妈没大没小，自称"老爷爷"，"老爷爷要练琴了"，"老爷爷要打伞"，她姓叶，我叫她"小叶子"她又不愿意，我的导师说因为她觉得把她叫小了。那时我的老师应该只有三十多岁，可在言语和态度上似乎刻意把我和她的女儿放在一辈儿。这模模糊糊让人感觉到"师道尊严"，不过也难怪，导师是"世家之女"，父亲李修生教授就是研究戏曲的大家。

我的导师气质非常高雅，她总是梳着精致端庄的盘发，冬天的时候，一袭黑色羊绒大衣，黑色小羊皮手套，款款而来，就像托翁笔下刚出场的安娜·卡列尼娜一样高贵。北京的冬天都有暖气，进了教室要把大衣脱掉，导师要把大衣放在第一排右侧我旁边的桌子上，我那时可好玩了，嫌那桌子脏，赶紧把我新买的英文报纸铺在上面。但是现在想想，报纸上都是油墨，可不是比桌子脏多了？我现在想如果我是导师，一定会皱眉头的，但我的导师不以为忤，微微一笑就把大衣搁上边了。据说在滑铁卢战役大败拿破仑之后的英军总司令威灵顿公爵举办了一场盛大的庆祝晚宴，但宴会上一个士兵因为不懂礼节，把吃点心之前上的一碗洗手水喝了一口。目睹此情景的贵宾都窃笑不已，正在尴尬之际，威灵顿公爵端起面前那碗洗手水不动声色地也喝了一口，众人无不感动。我觉得我的导师也是有这份雅量的。

导师在讲课的时候，一个最令我暗自惊讶的特点是，她会巨细无遗地复述出所讲剧本的每个细节，而且毫无讹误。要知道那时候我正在看剧本，所以可能她讲的我刚好刚看过，所以这个印象应该是非常可靠的。这一点真的并不是每个老师都能做到，要么她是记忆力超群，要么她是对材料到了熟极而流的程度。我有时也促狭地想，既然如此，干脆不用看啦，听她讲不就行啦？但毕竟我不是偷懒耍滑的学生，答应了她的事，她看见看不见，我都会履行。

但我那时最想知道的是她怎么去做戏曲的研究。因为经过一段时间的摸索，我发现做戏曲真是太难了。陈平原老师曾总结戏曲有三条路向，一是王国维开创的，研究剧本；二是吴梅开创的，研究曲谱；三是董每戡开创的，研究舞台表演。似乎当时我只能走王国维先生的道路。但是，戏曲不比小说，有曲折的情节和丰富的心理描写，它的人物少，脸谱化，情节简单，甚至结尾几乎都是雷同的大团圆——这怎么研究啊？但是李简老师是很巧妙的，她留意到戏曲中的"戏中戏"，还有"探子报"——这不就是"共性"研究吗？还有一次，她跟我讲，发现了《目连救母》戏曲中一个佛教典故的由来。那时我可真是大吃一惊，因为北大的老师们天天念叨的不就是"原始资料"吗？这个法宝可以算是撒手锏了，因为据说这是"硬功夫"，有时单凭一条原始资料就能成就一篇有分量的文章。那时我很急切地问："老师你怎么找到的啊？"导师说："我看到《目连救母》里的这个典故，就去查佛经，就找到啦。"那时候还远没有电子化和大数据，她说得轻描淡写，我却明白，或许有运气，但更多的是大海捞针式的努力。原来做戏曲也是"汝果欲学诗，功夫在诗外"的。

　　我的导师并没有太多门户之见，所以我可以爱选什么课选什么课，她会认为是"转益多师是汝师"。我不能够像别的同学一样每周交读书报告，我现在想想她心里一定着急，但她从未疾言厉色地呵斥我，甚至也没有催过我。这让我心中无比感激，因为有的学生可能是香蕉，提前摘下催催也会熟；但我大概是鸡蛋，非要21天才能孵化成小生命，早一天可能就死掉了。所以现在我在当老师的时候，会尊重每个学生的差异性。

　　我和老师还会一起去看戏，像《牡丹亭》《长生殿》《桃花扇》等都是我们一起去看的。那《赵氏孤儿》中，程婴为了救孤摔死自己的亲生子。那《长生殿》里，盟誓生生世世为夫妇的唐明皇迫于六军哗变在马嵬坡前眼睁睁看着贵妃宛转蛾眉马前死。像《长生殿》里的《魂游》一折，被赐死的贵妃，其痴情的魂魄还要追赶唐明皇的马头。当蒙着黑纱的魂旦在舞台上飘动的时候，虽然离得远，而且明知是戏，还是让我感到一阵寒意，可见演员肢体动作之精湛了。看《牡丹亭》

还是青春版白牡丹刚出来的时候，杜丽娘和柳梦梅的扮相俊美，但其肢体和唱腔比起他们的老师来还欠火候。不过随着场次的增多，他们的技艺也越来越圆熟。而《桃花扇》竟然在南明小皇帝的鼻子上抹了一抹白，别出心裁地创造了一个"帝王丑"的形象，以讽刺其昏庸好色误国，也算是别开生面了。除此之外我还在北大百周年讲堂以及小剧场看过很多戏，但基本上都是昆曲，因为我所研究的明清传奇都是昆曲，我觉得这样还是有效的，它让案头之作变成了立体鲜活的场上之曲，在头脑中留下深刻清晰的印象。这样，我在写论文的时候，除了作者的戏曲专集，他的全集，以及史书记载之外，还有剧场表演这个资源。

但是这些还不够，本以为天天耐着性子在特藏室翻那些发黄发脆的古本戏曲丛刊已经够极限了，但之后才会发现这只是刚刚开始啊，前面还有各种戏曲史、各种戏曲综录，各种戏曲理论，以及还有人家发表的各种戏曲论文……真奇怪现在回想一下我好像没有抱怨——因为没时间抱怨。

不过我心里一直横着一条梗，因为老师们天天强调的"原始资料"是那般根深蒂固，它可能变成了一个意念中不断低语的魔咒。那时候我想研究孟称舜，因为我觉得他的《娇红记》《二胥记》和《贞文记》都写得很特别，《娇红记》里面的婢女飞红是一个迥异于戏曲中其他丫鬟的形象，前半场她和小姐王娇娘同时爱上书生申纯，且大胆地和小姐争夺，有意发露落入书生手中的小姐绣鞋，并故意在申、娇二人池边赏荷私会之际引娇娘母亲到来。后半场娇娘母亲病死，飞红被老爷纳为姜室，又变成了小姐的后母，飞红与娇娘冰释前嫌后，转为申、娇二人的婚事出谋划策，尽心尽力。这简直是一个颠覆性的丫鬟。《二胥记》和《贞文记》则是他的个人写照，孟称舜是明清之际一个很复杂的"贰臣"，但他大约和吴伟业一样，身蒙不洁，心矢贯日。所以《二胥记》是那时候他对吴三桂的幻想，以为吴三桂向清兵借军的目的如同向秦廷借军的申包胥一样是为了复国。而《贞文记》的张玉娘则是孟称舜"之死矢靡它"的心灵自我，孟称舜通过张玉娘之口道出："丈夫则以忠勇自期，妇人则以贞节自许……家亡国破守贞忠，男忠女节两相同。"因此，《贞文记》中一再咏赞的"贞"，不仅有自身独立的价值，也是"忠"的比喻——他在人世中做不到的，借由他的心灵自我张玉娘达到了完成。他让玉娘从未和不肯与早已订婚的沈佺见面，但却在沈佺死后坚定地为其守贞这样几近极端的方式来表达自己的悔恨，虽然这样显得有些矫枉过正。不仅如此，他还为张玉娘——一个实有其人又在他笔下重塑的人物——专程修建了贞文祠。而且，正当我对孟称舜大感兴趣的时候，得知他的一些"只闻其名，未见其形"的剧本藏在他的故乡诸暨图书馆。这不就是传说中罕见又珍贵的"原始材料"吗？

数天之后我出现在杭州，向诸暨图书馆进发的时候才知道人家要学校的介绍信才能看特藏。李简老师接到我的电话一定非常惊诧，那时候还是暑假，但她第二天就帮我开好了有北大抬头的介绍信。馆长好像也很惊诧，因为他亲自接见了我，之后还赠送了他的书画给我。馆长取出两大册装订精良的目录，我一页页翻过去，上面果然有孟称舜这几部罕见剧作的名目。正当我惊喜之际，馆长的一句话又把我的心情砸到了谷底——诸暨图书馆的很多珍贵资料在战争年代被日本人付之一炬，孟称舜的这些恰在其中。

许是看我太失落了，馆长说，馆藏还有一张孟称舜在重修贞文祠时写的《贞文祠记》，也是罕见资料，可以免费复印给我。我虽然很感谢地收下了，但是看它不过半页纸，心下终是黯然。其实我回京后，我的导师还是蛮肯定的，甚至还建议我写一篇小的论文，但我终究没有，因为我是想用孟称舜写硕士毕业论文的，只有这半页纸的新资料，如何能符合北大老师们的"创新"要求？如今回望，我真是一个执拗不灵活的小孩，要么全部，要么什么都不要，这确实不是现代人的风格。

这场经历最后只是化为了一篇骈文当作后记附在了我最后的硕士论文上，而我又重新开始了吭吭哧哧地看书、查资料、绞尽脑汁找题目的过程。但我似乎少长了叫作"害怕"的神经，竟然没担心会不会做不出来毕不了业，中间还高高兴兴去看戏。当时有师姐在北大 bbs 上发通告，写观后感赠戏票。我高兴得不得了，抓到我老师就去找那个师姐，从五院到师姐那儿很近，近到我导师到了师姐那儿还不知道我抓她来干吗呢。那时候我导师刚从日本回来，又是夏天，所以她没有盘发，长发披肩，穿着白T恤和蓝牛仔裤。那个师姐也有点不明情况，还以为我带了自己的师姐一起来，及至弄明白了她是我的导师，赶紧非常不好意思地给了一张最好的贵宾票。这时我才有点反应过来我是有点孟浪了，她是我的导师，不是我的同学哦，有时候我可能突然忘记了上下尊卑，但好像我的导师知道我不太聪明，也原谅我不太聪明。

后来那天导师有事没能去，我又带着我的同学去看这场戏，那个剧场非常特别，舞台下有小广场，摆着两三张红木的桌椅，每张桌上摆着几碟瓜子、点心，一杯精致的盖碗茶。一依古制，好像一下穿越到了过去看戏听曲的时代，这应该就是所谓的贵宾席了，小广场之后才是普通的观众席。我想那时我一定挺让人侧目的，因为别的桌子边大概都坐的是年高德劭之人，而我一个黄毛小丫头，大模大样地独占一桌，还煞有介事不慌不忙地喝茶、吃点心，到底是何方神圣啊？也算记忆中一趣了。此外，还记得有次我生日恰逢梅葆玖先生来北大百周年讲堂为了纪念梅兰芳大师诞辰110周年演出京剧交响剧诗《梅兰芳》，我和同屋健柠去看，健柠还打趣道："好大面子，生日梅兰芳来给你唱堂会。"嘻嘻，梅兰芳先生和梅葆玖先生可不要觉得我们不敬哦。

日子就在欢喜和忧愁的交织中过去，那时候，我觉得写不出论文就是天大的困难，殊不知后来看去实在不值一哂，因为论文甚至学问都是自己一个人都可以做到的，但是世界上有太多太多的事情都不是一个人可以做到的。

今夕何夕，我遇到过"平生不解藏人善，到处逢人说项斯"的热情提携，也遭遇过"此生欲问光明殿，知隔朱扃几万重"的冷漠对待！在漫长的等待中，领悟了时、势、机、运是永恒流转的流动，知道无奈，学会妥协，明白人家的不得已。所以最后在看戏的时候，也许并不为这戏唱得有多好，不过是趁着灯黑，趁着谁也不认识谁，才能够，在别人的悲喜里，落几滴自己的痛泪。然后接过邻座递来的纸巾，笑笑说："这戏真让人感动。"

不知不觉中，这本书就要出版了，不由回想起当年做论文的情形。

有时候在北大的路上偶遇古籍特藏室的老师，她会热情地和我打个招呼，同行的同学偶有惊奇，其实就跟卖油翁说的"我亦无他，唯手熟耳"一样，我只不过是在古籍特藏室混得脸熟而已。

早上在那里看几个小时，中午他们闭馆，我出去吃个午饭，下午又去，每次要穿过一畦玉簪花，等待黑沉沉的大门开启。有时候到了人家还没有开门，门口的两头暗红色的木雕小象总是低眉顺眼地站在那里，好像在说不急，不急。然后心也就果然慢慢地静了下来。

进门先是一个黑漆大屏风，上面是用各色玉石雕成花瓣，拼成浮雕的折枝花卉，牡丹和菊花尤其传神。右边是特藏室老师办公桌儿，通常有一两个老师坐在那里值班。

特藏室是一个方正的大厅，前半部靠近明亮的玻璃窗，摆着宽大的实木桌椅。后半部是高大的书架。由于桌子宽大，所以方便从书架上拿很多书放在一起比对，如果觉得低头看着太累了，桌子上还放着书撑，可以把一本儿书呈45度角平摊在上面，这样视线就跟书面平行，脖子就没那么累了。

常见有人赞美书香门第，赞美的人，一定没有成年累月地和书堆生活在一起，这样就会真正发现，在成堆的书架前穿梭，鼻敏感会让你一直想打喷嚏，而无论看起来多么干净的旧书，只要你翻一天的时间，你的指腹就会感觉非常的干，第二天第三天，你的指甲周围就会生出小的倒刺，你会特别想去洗手，但是涂上多好的护手霜也不能缓解这种干燥。

我猜想，是因为那些上百年的旧书积累了无数微细的肉眼看不见的微尘，所以要想长时间地看这些旧书，戴上手套，不光是保护书，也是保护自己的手。所以你看古代藏书的地方，为什么不是叫作楼，就是叫作阁？那得高大宽敞，才能保证空气流通。那诗书旧族之家，不是有几个书童，就是有几个侍婢，相信我，叫他们笔墨伺候、红袖添香还是其次，首要任务是掸尘。《牡丹亭》里说："素妆才罢，款步书堂下，对净几明窗潇洒。"这要没人掸尘，看还潇洒不潇洒。

可是那个时候，学生谁去看书的时候戴着手套，戴着口罩啊？鼻子发痒，手指发干？仗着年轻硬扛呗。

虽然说古籍特藏室书架上的书已经是比较珍贵的，不能外借只能馆阅，但是如果想看更早一点的比如说几百年前的版本，那么就要到桌子旁边的特定电脑前，检索了之后，手工填写书单交给特藏室的老师。她的背后是一个隐藏的小窗口，打开小窗口，轰隆隆一个托盘升上来，把书单放上去，托盘再轰隆隆的下降到地库。等过一阵子，托盘再托着想要的书升上来。

虽然说为了保护这些珍贵的古籍，特藏室已经是比图书馆其他地方设置得更加恒温恒湿了，但是地库里应该是有更加严密的温度湿度保护。然而饶是如此，有一次，我从地库里提出来的一本书，刚刚翻开封面，扉页的下端就碎成了几片，我很有点儿踧踖不安地望向特藏室的老师，特藏室老师一面安慰说这是风化，不关你事，我们可以修复。另一面互相商量说要抓紧时间数字化，以后尽量不要让读者直接看这些实体书了。

尽管不让我赔偿，可是我依然觉得很可惜。这些实体的书籍字画，它的手感、版式、字迹给人的感受都跟数字化不一样。实体化的书籍、字画，更能唤起人的艺术美的感受，你似乎能够触摸到作者在运笔的起承转合之间的思想流动，而墨色、纸色以及手感，让你充分感觉到到历史的沧桑感，数字化的无论怎样还原，始终是隔了一层。这时候你就可以理解为什么会有人愿意天价买下书籍字画，因为它们虽然很安静，但似乎能够与人心对话。

特藏室门前洁白的玉簪花开了又谢，这么多年过去了，蓦然回首，我竟然还这么纤毫无遗地记得特藏室老师富态白皙的手腕上总是戴着的那个绛红花纹的玛瑙镯子，记得她手边那盆金边兰，记得窗台上摆着的君子兰油绿的叶片和硕大橘红色花朵，记得从玻璃窗透射进来的旭日和夕阳的光线明暗的交替……

王国维先生曾经有些瞧不起"大团圆"，认为："吾国人之精神，世间的也，乐天的也，故代表其精神之戏曲、小说，无往而不著此乐天之色彩：始于悲者终于欢，始于离者终于合，始于困者终于亨。"这样使得我国文学少有伟大的悲剧。嗳，王国维先生那样一个聪明人，怎么有时候总有些瞧不破，孰不知，若我等凡夫俗子，能够在小人拨乱、艰难颠沛之后得到一个踣而复起，否极泰来的"大团圆"结局，已经是人生的大确幸！

张　惠

癸卯夏至写于新东园